역사 속의 나그네

복거일 장편소설

역사 속의 나그네
제4권 꿈의 지평 너머로

초판 1쇄 발행 2015년 6월 30일
초판 2쇄 발행 2015년 7월 8일

지은이 복거일
펴낸이 주일우
펴낸곳 ㈜문학과지성사
등록번호 제1993-000098호
주소 121-894 서울 마포구 잔다리로7길 18(서교동 377-20)
전화 02) 338-7224
팩스 02) 323-4180(편집) / 02) 338-7221(영업)
전자우편 moonji@moonji.com
홈페이지 www.moonji.com

© 복거일, 2015, Printed in Seoul, Korea

ISBN 978-89-320-2736-4
ISBN 978-89-320-2732-6(세트)

이 도서의 국립중앙도서관 출판예정도서목록(CIP)은 서지정보유통지원시스템 홈페이지(http://seoji.nl.go.kr)와
국가자료공동목록시스템(http://www.nl.go.kr/kolisnet)에서 이용하실 수 있습니다.
(CIP제어번호: CIP2015016340)

복거일 장편소설

역사 속의
나그네

제4권 꿈의 지평 너머로

문학과지성사
2015

꿈속에서 책임은 비롯한다.

─델모어 슈워츠

이 작품은 1991년에 먼저 세 권을 내고 중단되었다. 이어 쓸 기회가 곧 오려니 생각했었는데, 기회는 좀처럼 오지 않았고, 이제야 세 권을 더해서 일단 매듭을 짓게 되었다. 스무 해가 넘는 공백기가 너무 길어서, 독자들과의 약속을 늦게나마 지켰다는 홀가분함보다 사라진 가능성에 대한 아쉬움이 훨씬 크다.

앞의 세 권은 초판과 내용이 똑같다. 표기가 달라진 곳들이 있을 따름이다. 따라서 전에 졸작을 읽어주신 독자들께선 '제4권 꿈의 지평 너머로'부터 읽으시면 된다. 그동안 졸작을 읽어주시고 속편에 대한 기대를 말씀해주신 독자들께 고마움의 말씀을 드린다.

2015. 봄.

복거일

다른 상품들과는 달리, 책은 내용과 성격을 소비자들에게 쉽게 알릴 길이 없다. 그런 사정은 모든 저자들에게 곤혹스럽겠지만, 소설가들에게는 특히 그렇다. 책을 낼 때면, 그래서 내 책을 고른 독자들이 자신이 생각했던 것과 다른 책임을 발견하게 되는 모습이 마음에 얹힌다.

이 소설은 21세기에 태어나서 16세기에서 살아가는 어느 조선 사람의 얘기다. 그는 시낭(時囊)을 타고 6천5백만 년 전의 백악기로 시간여행을 떠나는데, 시낭이 고장 나서, 16세기에 불시착한다. 자신이 태어난 때보다 5백 년 전에 존재한 세상에 혼자 좌초하여 살아가는 일은 누구에게나 쉽지 않을 것이다. 그러나 그는 아주 큰 이점을 지녔으니, 바로 뛰어난 지식이다. 21세기에서 자라난 사람이 지닌 지식은, 특히 과학적 지식은, 대단할 것이다. 16세기 사람들이 지닌 지식에 비기면, 더욱 그럴 것이다.

그래서 이 작품은 과학소설이라고 볼 수 있다. 미래소설의 모습을 많이 지닌 역사소설이라고 볼 수도 있다. 그러나 더 적절한 이름은 아마도 무협소설일 것이다. 주인공이 영웅적 삶을 꾸려가기 때문이다. 그는 16세기의 조선 사회에 수동적으로 적응하는 것이 아니라 그것을 자신의 이상에 맞춰 바꾸려고 애쓴다. 여느 무협소설들과 다른 점은 주인공이 뛰어난 근육의 힘이 아니라 발전된 지식의 힘에 의존한다는 점뿐이다.

이 작품은 1988년 가을부터 세 해 동안 『중앙경제신문』에 연재되었다. 『중앙경제신문』의 직원들과 독자들에게 고마움의 말씀을 드린다. 연재가 시작될 때부터 격려해주신 『문학과지성』 동인 다섯 분 선생님들께, 그리고 세 권을 한꺼번에 내느라 수고하신 '문학과지성사'의 직원들께, 좀 새삼스럽지만, 고마움의 말씀을 드린다.

1991. 10.
복거일

차례

전
술
가

제 9 부

1

동헌 처마 아래로 드러난 하늘은 보얗고 보드라웠다. 그 속으로 막 이슬을 말린 나무들이 싱싱하게 솟아 있었다. 어지러운 발길에 채인 마당가의 화초들까지 다시 고개를 들고 있었다. 그렇게 평화스러운 배경 앞에선 어제 싸움도 꿈속에서 일어났던 일처럼 느껴졌다. 이마의 땀을 손등으로 슬쩍 훔치고서, 언오는 마루에 앉은 사람들을 살폈다.

부대쟝들은 방금 끝난 훈련으로 모두 얼굴이 달아올랐고 연신 땀을 훔치는 사람들도 있었다. 앞줄엔 듕대쟝들이 앉았고 뒤쪽에 단대쟝들이 앉았다. 그의 양옆으로 군사(軍師)들이 좀 어색한 자세로 앉아 있었다.

김항렬이 조급한 마음을 감추지 않은 몸짓으로 마당을 돌아다보았다. 그들은 쟝츈달과 오명한을 기다리고 있었다.

"므슥을 한다고 이리 늦난다?" 최셩업이 느긋한 어조로 누구에게랄 것 없이 물었다. 그에겐 최의 얘기가 쟝을 탓하기보다 감싸주려는 것처럼 들렸다.

"투셕긔라 하난 연장알 맹간다 하던듸……" 류갑슐이 말을 받았다. 류는 쟝이 거느린 2등대의 1단대쟝이었다.

두 사람의 수작에 좌중의 긴장이 문득 풀렸다. 사람들이 숨을 내쉬면서 자세를 바꿨다.

마침내 쟝과 오가 그들을 부르러 갔던 김갑산과 함께 길텽 모퉁이를 돌아 나타났다.

"웨 그리 구믈어린다? 다달 기다리난듸. 빨리 오개," 최가 웃음 띤 얼굴로 짐짓 나무랐다.

최의 말을 제대로 알아들은 것 같지는 않았지만, 세 사람은 걸음을 빨리했다.

그의 눈길이 처마 안쪽 제비집에 멎었다. 막 지어져 덜 다듬어진 느낌을 주는 제비집이 그의 마음을 묘하게 흔들었다. '귀금이하고 저렇게 보금자리를 마련해야 하는데…… 이젠 더 참기도 힘든데……'

반란을 일으킨 뒤로, 그는 부쩍 여자 생각이 많이 났다. 싸움터에서 한껏 솟구친 감정들이 한데 모여 아랫도리로 뻗치는 듯했다. '이러다가 내가 실수하겠다. 귀금이를 맞는 길을 빨리 찾아내야 하겠다.'

아직 배낭 속에 든 빗에 생각이 미쳤다. 귀금이가 리씨 형제의 옷가지를 들고 나온 날에도, 그녀와 둘이서 얘기할 기회를 얻지 못했었다. 아쉽게 입맛을 다시면서, 그는 수염이 없어 좀 허전한 턱을 쓰다듬었다.

"투셕긔를 맹가노라……" 마루로 올라서면서, 쟝이 변명 삼아 중얼거렸다. 체수가 작은 오가 몸을 옹송그리고 쟝의 뒤를 따랐다.

"쟝 대쟝, 오 대쟝, 어셔 오쇼셔. 투셕긔를 맹갈아샸나이다?" 귀금이 생각을 눌러 넣고서, 그는 쾌활한 목소리를 냈다.

"네, 원슈님." 쟝이 싱긋 웃었다. "이제 거의 다외얐압나니이다."

"아, 그러하나니잇가? 슈고 많이 하샸나이다." 늦게 온 사람들이 자리에 앉기를 기다려, 그는 좀 사무적인 어조로 말했다. "이제 참모 회의를 시작하겠나이다."

사람들이 자세를 고쳐 앉았다. 몇이 가볍게 헛기침을 했다.

"몬져, 쟝 대쟝하고 오 대쟝 두 분끠셔 시방 공병단대 군사달할 잇그시고셔 투셕긔를 맹갈아시나이다. 투셕긔는, 여러분들끠셔도 이대 아시다싀브이, 큰 돌알 격진으로 쏘아 보내난 연장이니이다. 그 연장이 이시면, 우리 챵의군은 셩도, 돌로 높이 사한 셩도, 틸 수 이실 새니이다." 사람들이 그의 말뜻을 새길 틈을 준 다음, 그는 큰 목소리로 말했다, "자아, 우리 박슈로 두 분 대쟝의 노고랄 치하하사이다."

그가 손뼉을 치자, 다른 사람들이 따랐다. 그의 바로 곁에 앉은 윤긔가 어색한 낯빛과 몸짓으로 손뼉을 치는 것이 곁눈으로 들어왔다. 쟝과 오의 검은 얼굴이 수줍음으로 붉어졌다.

"투셕긔 다 맹갈아디면, 여러분들끠 보여드리겠나이다. 쟝 대쟝, 늦어도 래일까장안 다 맹갈 수 이실 새니이다?"

쟝이 잠시 머뭇거리더니 조심스럽게 대꾸했다. "녜, 원슈님. 이대 하면, 래일까장안 맹갈 수 이실 닷하압나니이다."

"그리하고," 그는 웃음 띤 얼굴로 둘러보았다. "이번 훈련은 잘 다외얐나이다. 경계하라난 군호가 나오자, 모단 군사달히 빨리 제자리랄 찾아서 들어갔나이다. 처엄 한 훈련인듸, 아조 잘다외얐나이다."

몇 사람이 고개를 끄덕였다. 뒷줄에서 누가 헛기침을 했다.

"모도 잘다외얐난듸, 한 가지 죠곰 브죡한 것이 이시나이다. 여러 대쟝달끠셔는 거느린 군사달할 한끠애 싸홈하난 자리로 내보냈나이다. 그리하야 여러분들끠셔는, 뜯밧긔 일이 닐면, 급한 대에 쓸 수 이시난 군사달히 없었나이다. 싸홈터에셔는 샹녜 뜯밧긔 일달히 이시나이다. 그러모로 대쟝안 군사달할 모도 싸홈하는 자리로 내보내디 말고 헤아리디 아니한 일알 예비하야 몇 사람알 곁에 남겨두어야 하나이다. 그리 예비대랄 남겨두는 것은 아조 죵요로온 일이니이다."

문득 심각해진 얼굴로 부대쟝들이 고개를 끄덕였다.

"여러분들끠셔는 닞디 말아쇼셔, 부대랄 잇그난 대쟝안 샹녜 예비대랄 남겨두어야 한다난 리티랄. 우리 편은 군사달히 계요 열히고 격군은 백이라 할디라도, 열 사람알 모도 싸홈하난 자리로 내보내셔난 아니 다외나이다. 내죵애 쓸 군사달할 몇 곁에 남겨두어야 하나이다. 아시겠나니잇가?"

"녜에, 원슈님."

"격군이 나타났다난 군호이 나오면, 듕대쟝달끠셔는 쟈갸 단대달할 모도 싸홈하난 자리로 내보내디 마시고 격어도 단대 하나난 곁에 예비대로 남겨두쇼셔."

"녜, 원슈님. 이대 알겠압나니이다." 최성업이 대꾸했다. 앞줄에 앉은 다른 듕대쟝들이 따라서 대꾸했다.

"잇다가 뎜심 먹은 뒤헤 한 디위 더 방어 훈련을 하겠나이다. 그리하고 래일안 밤애 훈련을 하겠나이다. 격군이 밤애 텨들어오면, 병사달히 겁을 내기 쉽나이다. 그러모로 미리 밤애 훈련하난 일이 필요하나이다." 사람들이 그의 얘기를 새길 틈을 준 다음, 그는 물었다, "물어보실 일이 이시면, 말쌈하쇼셔."

사람들이 서로 처다보았다. 무슨 말을 하고 싶은 낯빛이었으나, 정작 입을 여는 사람은 없었다.

"므슴 어려운 일은 없나니잇가? 우리 챵의군이 새로 맹갈아딘 군대라서, 여러분들끠셔 부대랄 잇그시난 대 어려운 일이 많이 이실 줄로 아나이다. 나이 알아야 할 일이 이시면, 시방 말쌈하쇼셔."

사람들이 서로 얼굴을 살폈다. 잠시 밭은기침 소리들만 나왔다.

"원슈님," 이윽고 왕부영이 조심스럽게 입을 열었다.

사람들의 눈길이 왕에게로 쏠렸다.

"녜, 왕 대쟝. 말쌈하쇼셔," 그는 반갑게 대꾸했다.

"이제 우리 군사달히 모도 제 연장알 가초았압나니이다." 사람들의 눈길을 받고 잠시 머뭇거리던 왕이 말을 이었다. "그러하오나 그 연장알 제 할 대로이 쓸 줄 아난 군사달한 몇 다외디 아니하압나니이다. 칼이나 창알 아조 쓸 줄 모라난 사람이야 없겠디마난…… 뉘, 칼이나 창알 이대 쓸 줄 아난 사람이, 군사달해게 가라쳐주면, 됴할 닷하압나니이다."

여럿이 고개를 끄덕였다. 모두 그 일에 대해 생각하고 있었던 모양이었다.

"참아로 됴한 말쌈이시니이다." 기대와 걱정으로 그를 살피는 왕에게 그는 웃음 띤 얼굴로 고개를 끄덕여 보였다. "실로난 나도 그 일에 대하야 생각하고 이셨나이다. 아마도 여러분들 가온대 많안 분들끠셔 그 일알 생각하고 겨셨을 새니이다."

"녜, 원슈님," 최셩업이 말을 받자, 다른 사람들이 열심히 고개를 끄덕였다.

"나난 며츨 젼만 하더라도 불뎨자였으니, 칼이나 창알 쓰는 법을 모라고……" 짧은 뒷머리를 쓰다듬으면서, 그는 좀 겸연쩍은 웃음을 지었다.

사람들이 따라 웃음을 지었다. 분위기가 좀 가벼워졌다.

"아모리 하야도, 김 총독끠셔 연장알 가장 잘 다루실 새니, 김 총독끠셔 가라치시난 것이 됴할 닷한듸…… 김 총독끠션 어드리 생각하시나니잇가?"

"쇼쟝이……" 김이 잠시 머뭇거렸다. "원슈님 뜯이 그러하시면, 쇼쟝이 연장알 죠곰 다룰 줄 아오니……"

"그러하시면 군사달해게 연장 다루는 법을 가라칠 방도애 대해야 김 총독끠셔 생각해보쇼셔. 틈이 많디 아니하니, 래일브터 틈을 내어셔 군사달할 가라치사이다."

"녜, 원슈님. 이대 알겠압나니이다."

"또 말쌈하실 것이 이시면……"

"원슈님," 김항텰이 어렵사리 얘기를 꺼냈다. "대흥현텽을 텨셔 얻난 것은 엇더하올넌디? 어젓긔 싸홈애셔 현감이 죽고 사람달토 여럿 다텼으니, 우리 챵의군이 가면, 대흥에는 막알 사람안 없을 새니이다."

최셩업, 윤삼봉 그리고 몇 사람이 힘을 주어 고개를 끄덕였다. 다른 사람들도 흥미를 느낀 듯했다.

그는 김의 얘기가 즉흥적 제안이 아님을 느꼈다. 김과 최와 윤을 포함한 부대장들 사이에서 무슨 논의가 있었던 듯했다. 그 제안의 가치를 떠나, 부대장들이 그렇게 적극적이라는 사실이 흐뭇해서, 그는 소리 내어 웃었다. "하아, 김 총독끠셔는 그리 생각하시나니 잇가? 다란 분들끠셔는 김 총독끠셔 하신 말쌈알 어드리 생각하시나니잇가?"

"쇼쟝 생각애난 됴한 녜아기인 닷하압나니이다," 최가 말했다. "실로난 쇼쟝달 사이애셔 대흥으로 텨들어가난 것에 대하야 이믜 녜아기가 이셨압나니이다."

말을 마친 최가 둘러보자, 윤삼봉과 박초동이 고개를 끄덕였다.

"나도 김 총독 말쌈이 아조 됴한 말쌈이라 생각하나이다. 실로 난 대흥현에셔 온 군사달할 믈리쳤을 때, 나도 그러한 생각알 하얐나이다." 잠시 뜸을 들인 다음, 그는 말을 이었다. "그러나 시방 대흥현을 티기애난 졈 어려운 사졍이 이시나이다. 몬져, 시방 우리 챵의군에 가장 요긴한 것은 시일이니이다. 우리 군사달할 훈련시킬 수 있난 시일이 므슥보다 요긴하나이다. 앗가 왕 대쟝끠셔 말쌈하신대로이, 우리 군사달한 시방 연장도 제 할 대로이 쓰디 못하나이다."

그의 기대와는 달리, 사람들은 별다른 반응을 보이지 않았다. 몇 사람이 예의상 가볍게 고개를 끄덕였을 따름이었다.

"그리하고," 그는 서둘러 말을 이었다, "군사달할 군사다이 입혀야 하난듸, 그리하려면, 시일이 걸위나이다. 그동안 명 대쟝하고 최 대쟝끠서 보급단대와 의약단대 군사달할 잇그시고셔 애쓰셔셔, 아쉬운 대로 전복알 가초았디마난, 아직 브죡하나이다."

명 대쟝은 배고개댁이었고, 최 대쟝은 최월매를 가리켰다. 사람들이 맨 뒷줄에 앉은 두 여인을 돌아다보았다. 그의 치하를 듣고 사람들의 눈길을 받자, 두 여인은 고개를 숙였다. 배고개댁은 몸을 옹송그리면서 얼굴을 붉혔고 최월매는 항슈 기생답게 다소곳이 사람들의 눈길을 받았다.

최월매의 여유 있는 몸가짐에 생각 하나가 떠올랐다. '저 사람에게 부탁하면 어떨까, 귀금이와의 혼인을 주선해달라고. 저 사람이라면 매끄럽게 처리할 수 있을 것 같은데. 그러고 보니, 이곳에선 청혼도 당사자가 하는 것이 아니라, 매파가 나서는 것이 옳은 절차겠구나. 어차피 누군가 나서야 한다면……'

사람들이 그의 다음 말을 기다린다는 것을 깨닫고, 그는 생각을 가다듬었다. "시방 우리가 대홍현을 차지하면, 홍쥬나 튱쥬의 관군들이 크게 놀라셔 군사달할 더 빨리 보낼 새니이다. 그러모로 우리로셔는 대홍현을 차지하야 관군을 놀라개 하난 것보다난 다만 하라라도 시일을 벌어셔 우리 군사달할 훈련하고 군사다이 입히는 것이 옳안 일일 닷하나이다. 비록 수는 젹디만 잘 훈련다외고 잘 입은 군사달히 수는 많디마난 훈련이 다외디 아니한 군사달보다 이대 싸홀 수 이시나이다."

사람들이 동의하는 몸짓을 했다. 김항렬도 고개를 끄덕였지만, 그의 얘기에 완전히 승복한 것 같지는 않았다.

"더 죵요로온 것은, 한번 우리 챵의군이 대홍현을 차지하면, 우리는 그 고을흘 디킈어야 한다난 것이니이다. 대홍현을 디킈려면, 우리는 군사달할 둘로 난호아야 하난듸, 그것은 아조 위태로온 일이니이다."

사람들이 열심히 고개를 끄덕였다. 대홍현을 공격하는 일을 의논한 사람들도 그 문제는 생각지 못했던 듯했다.

"물론 대홍현을 차지했다가, 관군이 오기 전에 믈러날 수도 이시나이다. 그러나 그리하면 대홍현 사람달히 내죵애 관군에게 해랄 입을 새니이다. 우리 챵의군의 뜻을 딸온 사람달한 더옥 그러할 새니이다. 우리 엇디 그리할 수 이시겠나니잇가? 모단 사람달히 잘살개 하려 니러션 우리 챵의군은 그리할 수 없나이다."

침묵이 검은 보자기처럼 자리를 덮었다. 몇 사람이 무겁게 고개를 끄덕였다.

"이대 알겠압나니이다. 원슈님 말쌈이 참아로 맛당하시니이다," 김항렬이 선선히 말했다.

"녜. 원슈님 말쌈이 참아로 맛당하신 말쌈이시니이다. 쇼쟝달한 그저……" 최성업이 받았다. 다른 사람들이 동의하는 소리를 냈다.

"나이 앗가이 녀기는 것은 광시역(光時驛)의 역리들콰 말달히니이다. 어젓긔 본 것텨로, 긔병은 싸홈애 아조 종요롭나이다. 시방 긔병 몇을 얻을 수 이시면……" 그가 웃음 띤 얼굴로 입맛을 다시자, 사람들의 굳었던 얼굴들이 풀렸다.

광시역은 대홍 읍내에서 남쪽으로 20리쯤 되는 곳에 있었다. 쳥양현에서 태안군(泰安郡)까지 튱쳥도 서북부를 관통하는 금졍도(金井道)에 속해서 쳥양현의 금졍역(金井驛)과 홍쥬목(洪州牧)의 셰쳔역(世川驛)을 이어주었다.

"더옥이 쳔 대쟝끠셔 손조 우리 사졍을 광시역 사람달해게 녜아기하시면, 그 사람달 가온대 여러히 우리 챵의군에 들어올 새니이다. 나난 시방 광시역에 가디 못하난 것이 참아로 앗갑나이다."

쳔이 씨익 웃으면서 억세어 보이는 수염을 쓰다듬었다. "광시애 난 참아로 됴한 말이 하나 이시난듸……"

"시방 심 군사끠셔 읍내로 군사달할 모도려 나갔아니, 사람달히 겸 모호일 새니이다. 그러모로 이제브터는 군사달할 훈련하는 일이 아조 종요롭나이다. 김 총독끠셔는 앗가 녜아기한 것텨로 군사달할 훈련하난 일에 대하야 생각하셔셔 잇다가 나애게 알려주쇼셔."

"녜, 원슈님. 이대 알겠압나니이다."

"또 하실 말쌈이 이시나니잇가?" 그는 사람들을 둘러보았다.

아무도 입을 열지 않았다.

"윤 군사끠셔는 하실 말쌈이 없으시나니잇가?" 바로 옆에 앉은 윤긔를 돌아다보며, 그는 은근한 어조로 물었다.

"원슈님 말쌈이 모도 지당하셔셔, 쇼인이 텸가할 말쌈이……"

어설픈 웃음을 얼굴에 올리면서, 윤이 말끝을 흐렸다. 그동안 다친 데를 치료하던 윤이 오늘 처음 챵의군의 한 사람으로 회의에 나온 터였다.

그는 속으로 입맛을 다셨다. 그는 사람들이 봉선이 아버지 일을 물어오기를 바랐다. 이미 모두에게 알려졌을 터였고 어차피 공식적으로 해명해야 될 일이었으므로, 그는 자연스럽게 얘기를 꺼낼 기회가 오기를 바랐던 것이었다. 그렇다고 좀 어정쩡한 상태에서 그가 먼저 얘기를 꺼내기도 좀 뭣했다.

"그러하시면 오늘 참모 회의는 이것으로 끝내겠나이다." 그는 자리에서 일어섰다.

사람들이 황급히 따라 일어섰다.

"쟝 대쟝," 당장 최월매에게 귀금이와의 일을 부탁하고 싶은 마음을 누르고, 그는 쟝을 불렀다. 홍쥬와 해미의 관군을 맞을 준비를 하는 지금, 그런 사사로운 일을 앞세울 수는 없었다.

"녜, 원슈님." 쟝이 급히 다가왔다.

"투셕긔를 맹가난 곳아로 가사이다." 그는 곁에 엉거주춤 선 윤긔에게로 몸을 돌렸다. "윤 군사끠셔도 투셕긔가 엇디 삼겼난디 함끠 보러 가사이다."

2

　

"원슈님."

　마당에 엎드려 특공대 요원들에게 포복하는 요령을 보여주던 언오는 움직임을 멈추고 고개만 돌려 올려다보았다.

"원슈님." 둘러선 사람들 속에 섰던 김항털이 한 걸음 앞으로 나섰다.

"녜, 김 총독."

"광시댁 얼우신끠셔 오시압나니이다." 그에게로 몸을 굽히면서, 애써 흥분을 누른 목소리로 김이 말했다.

"아, 그러하나니잇가?" 잔잔한 못에 던져진 돌멩이처럼, 김의 얘기는 따스한 햇살 아래 싱그러운 흙냄새를 맡으면서 한구석으로 사관학교 시절의 기억을 즐기던 그의 마음을 거칠게 흔들었다. "그러하면, 김 대쟝."

"녜, 원슈님." 김을산이 한 걸음 앞으로 나섰다. 김은 다섯으로 이루어진 특공대를 지휘하고 있었다. 척후 참모부장 자리는 황구용이 이어받은 터였다.

"포복안 시방 나이 한 대로이 하면 다외나이다. 이제 김 대쟝끠셔 시켜보쇼셔." 옷에 묻은 흙을 털면서, 그는 김에게 격려하는 웃음을 지어 보였다.

"녜, 원슈님." 김이 따라서 좀 자신 없는 웃음을 지었다.

"봉션이 아바지도 함끠……" 그가 돌아서자, 김항텰이 낮은 목소리로 덧붙였다.

"아, 녜. 찰하리 이대 다외얏나이다." 안심과 걱정을 함께 느끼면서, 그는 고개를 끄덕여 보였다.

봉션이 할아버지가 그의 기대를 저버리지 않고 챵의군을 배반한 자기 아들을 데리고 돌아온 것은 아주 반가운 일이었다. 광시댁은 큰 재산을 가졌고 맏아들인 봉션이 아버지 말고도 아들이 셋이나 이곳에 살고 있어서, 온 집안이 쉽사리 도망치기 어려웠다. 그래도 봉션이 할아버지만이라도 도망치지 않고 돌아온다는 보장이 있었던 것은 아니었다. 만일 봉션이 할아버지가 그대로 가족을 이끌고 도망쳤다면, 그저 그의 체면이 깎이는 것이 아니었다. 봉션이 할아버지는 챵의군의 봉기를 주동한 사람들 가운데 하나였으므로, 그런 일은 배영집이 도망친 일과는 비교가 되지 않을 만큼 챵의군의 사기에 나쁜 영향을 미칠 터였다. 김항텰도 속으로 그 점을 걱정했던 모양이었다.

다른 편으론, 이제 그가 봉션이 아버지를 재판해야 했다. 그 재판은 어쩔 수 없이 길고 괴로울 터였다. 봉션이 할아버지가 혼자 돌아와서 아들이 도망쳤으니 대신 벌을 받겠노라고 나서기를 마음 한구석으로 은근히 바랐을 정도였다. 어쩌면 그리되는 것이 가장 나은 길일지도 몰랐다. 그리되면, 그 복잡한 문제가 깔끔하게 해결되면서, 병사들의 사기에도 별다른 영향을 미치지 않을 터였다. 그런 마음을 봉선이 할아버지에게 내비칠 수야 없었지만.

김항렬이 그의 얘기를 기다린다는 것을 깨닫고, 그는 아직 흔들리는 마음을 다잡았다. "최긔호 딕사의 재판알 열어야 하난듸…… 김 총독."

"녜, 원슈님."

"리 총참모쟝과 샹의하샤, 재판알 열 쥰비를 하쇼셔. 앗가 총참모쟝과 군법 참모부쟝애게 쥰비하라 닐렀나이다."

이번 사건은 그에게 법률적 일들이 앞으로 많아지리라는 것을 일깨워주었다. 그래서 그는 이미 법률적 일들을 맡을 군법참모부를 만들고 형방의 서원이었던 리홍렬을 참모부쟝으로 삼은 터였다.

"녜, 원슈님. 이대 알겠압나니이다."

"재판애난 윤긔 군사 이하 군사부의 군사달히 모도 참예할 새니이다."

원래 그는 듕대쟝 이상 부대쟝들도 재판에 참여하도록 할 생각이었다. 그만큼 이번 재판은 중요했다. 그러나 부대쟝들이 너무 바빴고, 군사부 사람들만으로도 충분할 듯했다.

"녜, 원슈님."

김에게 고개를 끄덕여 보이고서, 그는 마당에 엎드린 병사들에게로 몸을 돌렸다.

김을산의 지휘 아래 특공대 병사들이 몸을 땅에 바짝 붙이고서 기어가고 있었다. 그의 눈앞에서 하는 일이라, 모두 열심히 하는 척했지만, 훈련을 진지하게 받아들이는 기색들은 아니었다. 비록 그가 포복의 중요성을 거듭 강조했지만, 땅을 기어가는 훈련이 병사들에게 창이나 칼을 쓰는 훈련이나 현령을 요새로 만드는 일처럼 중요하게 다가올 리 없었다.

명준일의 자세가 높은 것이 눈에 들어왔다. 그는 명에게로 다가갔다.

"시방 고개랄 너모 높이 들었나이다. 고개랄 그리 높이 들면, 격병에게 쉬이 들키나이다. 졈 숙이쇼셔."

고개를 돌려 흘긋 올려다보더니, 명이 겸연쩍은 웃음을 지으면서 자라처럼 고개를 옴츠렸다. 위슈골 사는 젊은이였는데, 담차다는 평이 있었다.

"자아, 고개랄 이리······" 그는 쪼그려 앉아서 명의 자세를 고쳐주었다. "포복할 때난 고개랄 들디 말고 팔애 밧삭 붙여야 하나이다."

"녜." 씨익 웃더니, 명이 팔에 머리를 바짝 대고 기어가기 시작했다.

사람들의 눈길이 딴 데로 쏠리는 것을 느끼고, 그는 흘긋 뒤를 돌아다보았다.

봉션이 할아버지 일행이 문으로 들어서고 있었다. 가까이서 일하던 사람들이 모두 멈추고서 그들을 쳐다보았다.

가슴이 조여드는 것을 느끼면서, 그는 천천히 일어섰다. 그의 낯빛을 흘끔거리는 눈길들을 모른 척 받으면서, 막 내삼문을 들어선 사람들을 살폈다.

맨 앞엔 봉선이 할아버지가 섰다. 봉선이 아버지의 웃몸과 팔을 단단히 묶은 삼줄 한끝을 왼손에 쥐고 있었다. 그 뒤를 슈쳔이가 따랐다.

아들을 손수 묶어 끌고 온 노인의 모습이 그의 가슴을 찔렀다. '아들의 몸을 저렇게 묶을 때, 마음이 어떠했을까?'

이어 남편이 묶이는 것을 바라보며 소리 죽여 울었을 봉선이 엄마와 아버지가 묶여 끌려가는 것을 보며 엉엉 울었을 봉선이와 봉슈의 모습이 눈앞에 떠올랐다. '온 집안이…… 나에게 그리도 잘 해준 사람들인데, 내가 이제 그 은혜를……'

사람들의 눈길에 밀린 듯, 봉선이 할아버지가 걸음을 멈추었다. 그러고는 어찌할 바를 모르는, 막막한 눈길로 마당을 한 바퀴 둘러보았다.

노인의 난처함을 덜어주려고, 그는 그들 쪽으로 걸음을 떼어놓았다. 갑자기 그의 가슴이 쿵 하고 뛰었다.

봉선이 할머니가 봉슈의 손을 잡고 문 안으로 들어서고 있었다. 그 뒤를 봉선이의 손을 잡은 봉선이 엄마가 따랐다.

'그것 참. 저 어르신께서 인정에 호소하실 작정이구나. 가뜩이나 복잡한 일이 더 복잡하게 됐구나.' 한층 더 무거워진 마음으로 그는 그들을 맞으러 나아갔다. "어서 오쇼셔. 얼우신끠셔 먼 걸음을……"

노인이 걸음을 멈추고 급히 그의 읍에 답례했다. "원슈님, 죠

곰 늦었압나니이다. 집애셔 나오난듸 봉슈 놈이 발이 알파다 하야
셔……" 노인이 흘긋 손자를 돌아다보았다.

"아, 그러하샸나니잇가?" 뒤쪽에 선 부인들 쪽으로 읍하고서,
그는 봉슈에게로 눈길을 돌렸다. "봉슈 도련님, 슈고랄 많이 하샸
나이다. 길이 먼듸…… 이리 오쇼셔."

그가 웃음을 지으면서 두 손을 내밀자, 녀석이 흘긋 제 할머니의
낯빛을 살피더니 그에게로 다가왔다. 버선에 흙이 많이 묻었고 미
투리는 코가 해어져 있었다.

"발이 많이 알파샀나이다?"

그의 눈길을 따라 흘긋 제 발을 내려다보더니, 녀석이 고개를 끄
덕였다.

"이제 다외얏나이다." 녀석의 어깨를 감싸 안고 나오는 한숨을
눌러 넣으면서, 그는 마주선 사람들을 살폈다.

봉션이 할아버지의 추레한 행색이 그의 가슴을 아프게 긁었다.
워낙 큰일이 벌어진 터라, 노인은 평소의 침착함을 많이 잃은 모습
이었다. 눈이 벌겋고 왼쪽 눈가에는 눈곱까지 끼어 있었다. 입술도
까맣게 타 있었다.

노인의 눈길에서 걱정과 애원과 기대를 읽고서, 그는 아직 정해
지지 않은 자신의 마음을 들여다보았다. 처음부터 봉션이 아버지의
목숨만은 어떤 일이 있어도 살리기로 마음먹은 터였지만, 봉션이
아버지에게 내릴 벌의 종류와 양에 대해서는 판단이 서지 않았다.

'어떻게 해야 하나? 내게 누구보다도 큰 은혜를 베푼 이 노인을
위해 나는 지금 무엇을 해야 하는가? 무엇을 할 수 있는가?'

봉선이 아버지는 고개를 숙이고 있었다. 얼굴은 잿빛이었지만, 이미 마음을 정한 듯, 웅크린 몸에선 절망에서 솟는, 뜻밖에도 단단한 기운이 나오고 있었다.

'역시……' 그는 속으로 무겁게 고개를 끄덕였다. 봉선이 아버지의 마음은 여전히 그가 닿을 수 없는 곳에 있었다. 그가 무슨 벌을 내리든, 그 벌이 무겁든 가볍든, 봉선이 아버지의 닫힌 마음은 그에겐 열리지 않을 것이었다.

'얼마나 유치한 생각이었나……' 문득 부끄러움이 불길처럼 가슴을 지졌다.

봉선이 아버지에게 내릴 벌을 생각하면서, 그는 뜻밖에도 가벼운 벌에 감격해서 눈물을 흘리는 봉선이 아버지의 모습을 떠올렸다. 가족을 생각해서 도망치기를 거부하고 죽음이 기다리는 곳을 제 발로 찾아온 사내의 모습 앞에 놓이니, 그런 생각을 하면서 흐뭇했던 자신의 모습이 말할 수 없이 초라했다. 견디기 어려운 그 초라함을 몰아내려고 그는 자신도 모르게 고개를 세차게 흔들었다.

두려움과 슬픔 속에서도 자세를 흩트리지 않던 봉선이 할머니의 얼굴에 문득 검은 그늘이 드리웠다. 그가 봉선이 아버지를 바라보면서 고개를 흔들자, 그녀는 그 고갯짓이 자기 아들에게 향했다고 여긴 것이었다. 그녀 뒤에 장옷을 둘러쓴 봉선이 엄마가 딸의 손을 꼭 쥔 채 고개를 숙이고 있었다. 봉선이는 눈물이 글썽한 눈길로 그에게 애원하는 눈길을 보내고 있었다.

'이 사람들의 마음을 내가 이리 아프게 하다니. 어쩌다가 이렇게 됐나?' 낯선 세상에 좌초한 그가 뿌리를 내리도록 도와준 그들은 그에겐 누구보다도 가깝고 소중한 사람들이었다. 어머니, 누이, 그리고 딸과 같은 사람들이었다.

"마나님, 너모 걱뎡하디 마쇼셔," 엉겁결에 위로하는 말을 입 밖에 내고서, 그는 아차 싶었다. 지금 미리 재판에 대해서 얘기하는 것은 크게 어그러진 일이었다.

봉선이 할아버지가 고개를 들어 조심스럽게 희망이 어린 눈길로 그의 낯빛을 살폈다. 봉선이 아버지도 고개를 들어 흘긋 그를 쳐다보았다.

갑자기 봉선이 할머니가 고개를 수그리면서 울음을 터뜨렸다. 가까스로 눌러 넣었던 슬픔과 걱정이 그의 말에 솟구친 모양이었다. 봉선이 엄마와 봉선이가 따라서 울음을 터뜨렸다.

그는 난감한 마음으로 그들을 바라보았다. 워낙 거세게 터져 나온 울음이라, 달랠 엄두도 나지 않았다. 하긴 달랠 말도 없었다. 그는 그저 덩달아서 울먹이기 시작한 봉슈의 어깨를 어루만졌다.

다행히, 봉선이 할아버지가 나섰다. "그만들 울거라. 여긔셔 그리하면, 아니 다외나니라. 그만들 울거라."

그러나 한번 터진 울음은 쉽사리 가라앉지 않았다. 울음을 그치려 애쓰니, 오히려 설움이 복받치는 모양이었다.

둘러선 사람들이 민망스러운 얼굴로 봉선네 식구들과 그를 번갈아 살폈다. 그와 눈길이 마주친 사람들은 황급히 눈길을 돌렸다.

"그만 못 그친다? 여긔 어뒨 줄 알고셔 그리하난다?" 마침내 봉선이 할아버지가 큰소리를 냈다. 그러고서도 한참 지나서야, 가까스로 울음이 멈추었다.

"봉션 아씨, 이리 오쇼셔." 아이들이 있으면 여러모로 곤란하리라는 데에 생각이 미치자, 그는 아직 훌쩍거리는 봉션이에게 손짓했다.

봉션이는 잠시 머뭇거리더니 흘긋 제 엄마를 올려다보았다. 봉션이 엄마가 장옷 자락으로 딸의 얼굴을 훔쳐주었다.

"이리 오쇼셔," 얼굴에 웃음을 올리고서, 그는 다시 말했다.

다시 제 엄마의 얼굴을 살피더니, 녀석이 조심스럽게 앞으로 나섰다.

"숯골애셔 여긔까장안 아조 먼 걸음인듸, 다리 많이 알팠나이다?" 녀석의 손을 잡고 얼굴을 들여다보면서, 그는 부드럽게 물었다.

발개진 눈으로 그의 낯빛을 살피더니, 녀석이 고개를 숙이고 조용히 저었다.

아직 철이 없는 봉슈와는 달리, 아마도 봉션이는 걱정과 슬픔으로 다리가 아픈 줄도 몰랐으리라는 생각이 그의 가슴을 후볐다. "자아, 뎌긔로 가사이다." 그는 내아 쪽을 가리켰다.

몸을 돌려 두 아이들을 데리고 내아 쪽으로 걸음을 옮기면서, 그는 셩묵돌을 찾았다. "셩 대쟝."

"녜, 원슈님." 한쪽에 조용히 섰던 셩이 성큼 다가섰다.

"뎌분들홀 동헌 마로로 뫼시쇼셔."

"녜, 원슈님. 알겠압나니이다."

그는 몸을 돌리고서 봉션이 할아버지에게 짐짓 밝은 낯빛을 지

어 보였다. "얼우신끽셔는 몬져 동헌으로 올아가쇼셔. 쇼쟝안 봉
션 아씨와 봉슈 도령을 복심이 어마니애게 맛디고 오겠나이다."

"녜, 원슈님." 노인이 두 손을 높이 올리고 허리를 깊숙이 굽혀
인사했다.

"뎌긔," 그는 아이들에게 다시 내아 쪽을 가리켜 보였다. "뎌긔
내아로 가면, 복심이 어마니 이시나이다."

"복심이 어마니 여긔 겨시니이다?" 그의 부드러운 목소리와 웃
음 띤 얼굴에 마음이 좀 가라앉았는지, 봉선이가 생기를 되찾은 얼
굴로 물었다.

"녜. 복심이 어마니난 여긔셔 사람달희 밥알 짓나이다. 전에 못
알 맹갈 때텨로, 여긔셔도 사람달희 밥알 짓나이다. 그리하고 승문
도령하고 우츈 도령도 여긔 이시나이다."

그를 따라 조그만 웃음을 얼굴에 올리면서, 녀석이 반갑게 고개
를 끄덕였다.

"나도 우츈이 아난듸," 봉슈가 거들었다.

"아, 그러하나니잇가?" 처음으로 그의 얼굴에 밝은 웃음이 자리
잡았다.

"원슈님," 그들이 내아 가까이 갔을 때, 뒤쪽에서 김항텰이 그를
불렀다. 돌아다보니, 뛰다시피 걸어오는 김의 뒤로 리산웅과 리홍
렬이 보였다.

그는 걸음을 멈추었다. "녜, 김 총독."

"군사(軍師)달끽 알렸압나니이다."

"이대 하샸나이다." 리산웅과 리홍렬이 이르기를 기다려, 그는

말을 이었다. "그러하면, 최긔호 딕사의 죄랄 살필 자리랄 마련하쇼셔. 나이 앗가 녜아기한 것텨로, 몬져 한녁에 재판관의 자리랄 마련하고 그 앒애 피고인의 자리와 감찰관의 자리를 마련하쇼셔. 피고인 바로 곁에 피고인알 위하야 녜아기랄 하야줄 변호인의 자리랄 마련하쇼셔. 그리하고 재판관의 량녁에 피고인이 죄랄 저즐었는디 판명할 배심원들히 앉게 하쇼셔." 이미 리산응과 리홍렬에게 지시한 일이었지만, 그는 김을 위해 다시 설명했다.

"녜, 원슈님. 이대 알겠압나니이다." 리산응이 대꾸했다. 리의 말을 따라, 두 사람이 고개를 끄덕였다.

김항렬은 챵의군에서 누구보다도 큰 공을 세웠고 리산응과 비슷한 품계를 받았으며 륙군 총독이라는 직책 덕분에 리보다 권한이 훨씬 큰 인물이었다. 그래도 김은 리 앞에선 자신을 낮추었다. 신분을 따지지 않는 챵의군이었지만, 이전의 사회적 신분은 아직도 사람들 사이의 관계에 큰 영향을 미치고 있었다. 하긴 앞으로도 꽤 오랫동안 그럴 터였다.

고개를 끄덕였지만, 눈치를 보니, 김은 그의 말뜻을 제대로 알아들은 것 같지 않았다. 자리를 마련하는 일이 꽤 복잡하기도 했지만, 재판 절차 자체가 이곳 사람들에게 낯설 터였다. 재판을 할 때는 죄인을 마당에 꿇어앉히고 고문부터 시작하는 세상이었다. 동헌 마루에 재판정을 마련하는 일이 적잖이 이상할 터였고, 변호인이나 배심원과 같은 말들은 물론 처음 들었을 터였다.

그는 쪼그려 앉아서 돌멩이를 집어 들었다. "나이 여긔 따해 그려보겠나이다. 이것이 동헌 마루인듸…… 여긔에 재판관이 앉고……"

그림으로 설명하자, 비로소 김이 자신 있게 고개를 끄덕였다. "이대 알겠압나니이다."

"재판관은 나이 다월 새고," 그는 돌멩이를 버리고 일어섰다. "배심원들흔 군사달콰 리 총참모쟝과 김 총독이 다월 새니이다. 배심원쟝안 윤긔 군사이 다월 새니이다. 변호인은 피고인의 사정을 잘 아난 사람이 다외야 하니, 최연규 딕군사이 맛개 하난 것이 됴할 새니이다. 만일 최 딕군사이 변호인 다외기랄 마다하면, 나이 피고인과 갓가온 사람달 가온대셔 한 사람알 갈해내 일을 맛디겠나이다."

"녜, 원슈님. 이대 알겠압나니이다," 리산웅이 대꾸했다.

"나난," 그는 신기한 듯 그들의 수작을 지켜보는 아이들을 가리켰다. "봉선 아씨와 봉슈 도령을 내아애 이시난 대지동 사람달해게 맛디고 가겠나이다. 몬져 가셔셔 살피쇼셔."

"원슈니임," 그가 두 아이들을 데리고 내아 가까이 가자, 개똥이가 반갑게 소리치면서 달려왔다. 이어 승문이가 달려왔다.

"우츈 도령은 어듸……?"

"우츈이 형은 알판 사람달 고티려 갓나이다," 승문이가 대꾸했다.

"아, 그러하나니잇가? 개똥이 도령님, 봉선 아씨랄 아시나이다?"

개똥이가 수줍게 웃으면서 고개를 끄덕였다. "숯골……"

"이대 다외얏나이다. 함끠 놀아쇼셔. 승문 도령님, 어마님 어듸 겨시나니잇가?"

"뎌긔 브억에셔 떡을……" 승문이가 연기가 나오는 내아 부엌을 가리켰다.

"떡을 맹가시나니잇가?"

"녜." 녀석이 기대에 찬 얼굴로 씨익 웃었다.

"그러하면, 승문 도령님, 봉션 아씨와 봉슈 도령을 다리고셔 어마님끠 가쇼셔. 떡이나 다란 먹을 것을 찾아셔……"

"녜." 녀석이 고개를 힘차게 끄덕였다.

"그러하면 싸호디 말고 사이 됴케 놀아쇼셔."

"녜." 두 녀석이 고개를 열심히 끄덕였다.

가슴이 좀 가벼워졌다. 아이들은 낯설고 살벌한 환경에 재빨리 적응하고 있었다. 바뀐 환경에 적응하는 정도가 아니라, 새로운 삶을 즐기고 있었다. 산골 아이들 티도 빠르게 벗고 있었다. 특히 우츈이의 변모는 뚜렷해서, 녀석은 며칠 사이에 어른이 되어 있었다. 이제는 다치거나 병 걸린 사람들을 고치는 일에서 한몫 단단히 하는 어엿한 병사였다.

'아직 어린 우츈이가 그렇게 어엿한 병사가 된 것이 과연 좋기만 한 일일까?' 그는 어깨를 슬쩍 추슬렀다. '좋은 일이든 아니든, 현실은…… 내란에선 흔히 아이들이 동원되잖나?'

가벼운 한숨을 쉬고서, 그는 뻗어나가는 상념을 거두어들였다. "봉션 아씨, 개똥이 도령하고 승문 도령하고 함끠 승문 도령 어마님끠 가쇼셔. 가셔셔 므슥을 졈 먹고 놀아쇼셔. 걱뎡할 것 없나이다. 아시겠나니잇가?"

잠시 그의 얼굴을 살피더니, 녀석이 선선히 고개를 끄덕였다.

"녜, 스승님."

"잇다가 개똥이 도령님하고 승문 도령님끠셔는 봉션 아씨와 봉슈 도령님에게 여기 현텽 구경을 시켜주쇼셔."

"녜, 원슈님," 흘긋 봉션이를 살피더니, 개똥이가 의젓하게 대꾸했다.

아이들을 제 또래들에게 맡기고서 한결 가벼워진 마음으로 그가 동헌 섬돌을 올라섰을 때, 사람들은 이미 마루에 자리 잡고 있었다. 리산웅과 리홍렬이 내려와서 그를 맞았다. 그가 마루로 올라서자, 웅성거리던 소리가 뚝 그쳤다.

일어섰던 사람들이 다시 앉기를 기다려, 그는 입을 열었다. "이제 호셔챵의군의 군법 재판뎡을 여나이다. 이 재판뎡은 최긔호 피고인의 죄랄 재판하나이다." 어쩐지 허전해서, 그는 손으로 앞에 놓인 서안을 쓰다듬었다. 재판관이 말을 마치면 으레 두드리는 나무망치가 무척 아쉬웠다.

무거운 침묵이 동헌을 채웠다. 아무도 움직이거나 소리를 내지 않았다.

"군법 참모부쟝."

"녜, 원슈님."

"군법 참모부쟝안 이 재판뎡의 감찰관이니이다. 감찰관으로서 최긔호 피고인의 죄샹알 말하쇼셔."

"녜, 재판쟝님." 리홍렬이 서안에 놓인 종이를 집어 들고 헛기침으로 목청을 다듬었다. "피고인 최긔호난 례산현 대지동면 탄동리애 살면셔 녀름 짓난 사나희라. 신해생아로 당년 이십구 셰라. 처엄브터 호셔챵의군애 참예하야셔 딕사의 품계를 받고 딕군사의 직을 맛닫도다……" 억양이 거의 없어서 단조로운 리의 목소리가 논고의 사무적 성격에 묘하게 어울렸다.

"피고인안 긔묘년 삼 월 십사 일애 대지동면의 집에 볼일이 이시다 하고셔 례산현텽을 빠뎌나간 뒤헤 가만이 대흥현에 가셔 호셔챵의군이 니러션 일을……"

마음 한쪽으로 리의 목소리를 따라가면서, 그는 사람들을 둘러보았다. 논고는 리홍렬과 리산웅이 상의하여 만들었지만, 그가 많이 고친 터여서, 그는 이미 논고의 내용을 잘 알고 있었다.

사람들은 굳은 얼굴로 리의 논고를 듣고 있었다. 모두 그의 눈길을 애써 피하고 있었다.

'이 재판이 저 사람들에겐 어떻게 비칠까? 이런 재판 절차의 뜻을 저 사람들이 얼마나 이해할 수 있을까? 변호인이나 배심원과 같은 제도를? 재판에서 죄가 있다고 판정되기까진 피고인은 죄가 없다는 가정을? 민주주의가 뿌리를 내리면서 수백 년 동안 힘들고 더디게 진화한 법 이론들과 관행들을? 무엇보다도,' 그는 마른침을 삼켰다. '내가 내릴 가벼운 벌을?'

지금 이곳에 모인 사람들은, 그의 뜻을 짐작할 만한 서넛을 빼놓곤, 모두 봉선이 아버지가 사형을 선고받으리라고 여길 터였다. 따라서 그의 판결은 그들에겐 뜻밖의 일로 다가올 터였다.

"…… 하므로써 호셔챵의군을 위태로이 하얐도다." 마침내 리가 말을 마치고 그를 쳐다보았다.

"감찰관, 슈고하샸나이다. 최긔호 딕사의 재판알 이어가기 젼에, 이 재판애 대하야 쇼쟝이 재판관으로셔 여러분들끠 드릴 말쌈이 이시나이다. 몬져," 그는 사람들을 한 바퀴 둘러보았다. "피고인이 참아로 죄랄 저즐었다고 드러나기 전까장안, 피고인안 죄 없난 것으로 녀겨뎌야 하나이다. 그러하야셔, 죄 이시난 것으로 결옥(決獄)이 나기까장안, 아모란 벌도 받디 아니 하나이다."

두어 사람이 고개를 끄덕였다. 그러나 다른 사람들은 그의 말뜻을 알아듣지 못한 얼굴로 그를 쳐다보았다.

"그러모로, 최긔호 피고인이 죄랄 저즐었다난 것을 밝힐 책임안 쇼쟝(訴狀)알 낸 사람, 즉 호셔챵의군의 감찰관애게 이시나이다."

사람들이 그의 말뜻을 새길 시간을 주려고, 그는 뜸을 들였다. 그러나 감찰관인 리홍렬의 낯빛이 멍한 것을 보면, 그의 말뜻을 제대로 이해한 사람은 없는 듯했다.

'할 수 없지. 일일이 설명하면서, 일을 하다가……' 그는 말을 이었다. "자연히, 피고인의 죄난 증거나 증인으로 드러내야 하나이다. 형구들로 고신(拷訊)하야 죄랄 자복받난 일안 이실 수 없나이다. 모딘 매애 못 이겨 자복한 말알 엇디 믿을 수 이시리잇가?"

이번엔 여럿이 고개를 끄덕였다. 그와 눈길이 마주치자, 피고인석 뒤쪽 방청석에 앉은 봉션이 엄마가 고개를 숙이면서 장옷을 여몄다.

그녀의 핼쑥한 얼굴이 그의 가슴을 아프게 조였다. 지금 그녀가 맛보는 괴로움은 말로 나타내기 어려울 터였다.

'내가 조금만 신중했더라면…… 내가 봉션이 아버지의 의심을 사지 않았더라면, 이렇게까지 되진 않았을 텐데. 이젠 재판이 잘

끝나더라도, 봉선이 엄마는 평생 괴로움을 받으며 살겠지.'

지금 그가 그녀를 위해 할 수 있는 것이 없다는 생각이 가슴을 차갑게 훑었다. 그가 나서면, 오히려 사태만 더 나빠질 터였다.

그는 마음을 다잡아 고집스럽게 뻗어나가는 상념의 덩굴을 잘랐다. "그리하고 재판애난 피고인알 위하야 녜아기할 변호인이 꼭 이셔야 하나이다. 븥들여셔 포승에 묶인 채 재판뎡에 끄이어 나온 피고인안, 죄 이시든 없든, 할 말알 제 할 대로이 하기 어렵나이다. 그러모로 피고인애 갓가온 사람이 나셔셔 피고인알 위하야 녜아기랄 하난 것이 옳안 쳐사이니이다. 그리 나셔는 사람이 없으면, 재판관이 맛당한 사람알 갈해내셔 변호인의 직임을 맛뎌야 하나이다. 변호인이 없이는 재판알 할 수 없나이다."

사람들은 그의 얘기에 별다른 반응을 보이지 않았다. 그의 말뜻을 알아들었다는 낯빛을 한 사람들도 드물었다.

'변호인이란 개념이 그리도 이해하기 어렵나?' 마음이 막막해지는 것을 느끼면서, 그는 아들 곁에 무릎을 꿇고 앉은 봉선이 할아버지에게 말했다. "최연규 딕군사."

노인이 힘겹게 고개를 들었다. "녜, 원슈님."

"바로 앉아쇼셔."

"아니압나니이다." 경황이 없는 가운데서도 노인은 힘을 주어 고개를 저었다.

"시방 최 딕군사끠셔 피고인이 다외얀 것이 아니다. 바로 앉아쇼셔."

"아니압나니이다, 원슈님. 쇼인이 죄인이압나니이다. 자식알 졍

42

히 가라치디 못하얐아니, 쇼인이 죄 진실로 크나이다."

'그것 참. 이번 재판은 여러모로 날 피곤하게 만드는구나.' 나오는 한숨을 죽이고서, 그는 사람들을 둘러보았다. 모두 표정이 어둡고 굳어 있었다. 자리가 자리인 탓도 있겠지만, 사람들이 이번 재판을 제대로 이해하지 못하는 것이 더 큰 까닭일 터였다. 법 이론이 원시적이고 인권이라는 개념이 존재하지 않는 세상에서 현대적 재판을 시도하는 것이 서투른 연극처럼 느껴졌다.

"또 하나 여러분들끠 드릴 말쌈이 이시나이다. 우리 호셔챵의군이 다사난 곳애셔는 아모도 다란 사람이 한 일로 벌을 받디 아니하나이다. 아모리 갓가온 사람이 한 일이라도, 자갸 한 일이 아니면, 죄 다욀 수 없나이다. 자식이 한 일로 부모가 벌을 받디 아니하며, 남진이 한 일로 겨집이 벌을 받디 아니하나이다."

사람들의 굳었던 낯빛이 풀리기 시작했다. 그가 막 한 얘기에 모두 흥미를 느낀 모양이었다.

"자갸 갓가온 사람이 한 일애 대하야 책임알 져야 한다고 한번 명하야디면, 그런 책임안 졈졈 므거워디나이다. 그러하야셔 한 사람이 죄랄 저즐으면, '삼족알 멸한다' 하고, 므거운 셰공알 내디 못한 사람이 도망하면, 겨레나 이웃이 그 셰공알 내게 다외나이다. 그리다외면, 아모도 마암 놓고 살 수 없나이다. 그렇디 아니 하나니잇가?"

"녜, 원슈님. 그러하압나니이다." 쳔영셰가 대꾸했다. 쳔의 구김살 없는 목소리가 자리에 어린 무거움을 좀 걷어냈다. 다른 사람들이 따라서 웅얼웅얼 동의했다.

"우리 호셔챵의군이 다사난 곳애셔는 사람안 오직 자갸 한 일에 대하야만 책임알 디나이다. 그러하오니," 그는 얼굴에 부드러운 웃음을 떠었다. "최 딕군사끠셔는 바로 앉아쇼셔. 최 딕군사끠셔 하신 말쌈안 우리 모도 이대 알디마만, 시방 이 자리난 군볍에 딸와셔 피고인의 죄랄 재판하난 자리니이다. 최 딕군사끠셔 자식알 졍히 가라치디 못한 책임이 이시나 없나 갈해난 자리 아니이다."

"원슈님 말쌈이 지당하압나니이다." 리산옹이 거들었다. "최 딕군사끠셔는 바로 앉아쇼셔."

"원슈님 말쌈이 그러하시면……" 잠시 머믓거리더니, 봉션이 할아버지가 힘겹게 일어나 바로 앉았다.

가만히 한숨을 내쉬고서, 그는 사람들을 한 바퀴 둘러보았다. 사람들의 얼굴에 생기 비슷한 무엇이 돌고 있었다. 그의 얘기에 담긴 논리가 마침내 사람들의 마음에 받아들여지기 시작한 듯했다.

"재판안 두 가지 일로 이루어디나이다. 하나난 일어난 일이 엇더하얐난디 살피난 것이니이다. 피고인이 참아로 쇼쟝에 나온 죄랄 저즐었는디 살피난 것이니이다. 또 하나난 피고인이 참아로 죄랄 저즐었을 때, 그 죄애 대하야 내릴 벌을 명하난 것이니이다. 아시겠나니잇가?"

"녜, 원슈님," 이번엔 여러 사람들이 한꺼번에 대꾸했다. 당연히 사형을 선고받으리라고 여겨진 죄인을 재판하는 자리라 무척 무거웠던 분위기가 많이 풀리고 있었다. 누가 소리 내어 헛기침을 하자, 여기저기서 헛기침 소리가 났다.

"피고인이 참아로 죄랄 저즐었는디 살피난 일안 배심원들히 할 새니이다. 이 재판애셔 배심원이 다월 분들혼 윤귀 군사," 그는 바로 왼쪽에 앉은 윤귀를 돌아다보았다.

"녜, 원슈님." 윤이 앉은 채 그에게 몸을 숙이면서 목례했다. 아침에 투석기를 함께 살핀 뒤로, 윤은 챵의군 일에 눈에 뜨이게 적극적으로 나셨다.

"리산구 부군사, 신경슈 부군사, 그리하고," 그는 오른쪽을 돌아다보았다. "리산웅 총참모쟝, 김항렬 륙군 총독이시니이다. 배심원쟝안 윤귀 군사이시니이다. 배심원들끠셔는 리홍렬 군법 참모부쟝의 쇼쟝과 변호인의 변론알 살피신 뒤헤 피고인이 참아로 죄랄 저즐었는디 판명하야주쇼셔."

"이대 알겠압나니이다," 윤이 대꾸했다.

"배심원들히 피고인은 쇼쟝애 나온 죄랄 저즈른 적이 없다고 판명하면, 피고인은 바로 플려나나이다. 만일 배심원들히 피고인이 참아로 죄랄 저즐었다고 판명하면, 죄애 대한 벌을 명하난 일은 재판관인 쇼쟝이 할 새니이다." 잠시 뜸을 들인 다음, 그는 말을 이었다, "변호인안 쇼쟝의 생각애난 최 딕군사끠셔 맛다시난 것이 됴할 닷한듸, 최 딕군사끠셔는 생각이 엇더하신디?"

"쇼인이 감히……" 봉선이 할아버지는 두 손으로 마루를 짚고 몸을 깊이 숙이면서 사양했다.

"피고인알 위하야 녜아기하여야 하므로, 변호인은 피고인이 한 일과 그리하게 다윈 사정알 이대 알아야 하나이다. 최 딕군사보다가 최긔호 피고인알 이대 아난 사람이 시방 여긔 없으니, 최 딕군끠셔 변호인이 다외시난 것이 됴할 닷하나이다. 피고인애게 도움이 다윌 만한 녜아기달만 하쇼셔."

그래도 노인은 고개를 숙인 채 한동안 망설였다. 마침내 노인이 고개를 들고 결연한 낯빛으로 힘들게 말을 꺼냈다. "원슈님 높아신 뜯이 그러하시면, 쇼인이……" 노인이 다시 두 손으로 마루를 짚고서 몸을 깊이 숙였다.

"감샤하압나니이다. 감찰관인 리홍렬 군법 참모부쟝이 이믜 쇼쟝알 넑었으니, 이제 변호인끠셔는 피고인알 위하야 녜아기랄 하야주쇼셔."

노인이 곤혹스러운 낯빛을 지었다. "원슈님 높아신 뜯을 받들어셔 쇼인이 변……" 노인이 머뭇거리면서 리홍렬을 쳐다보았다.

"변호인," 리가 알려주었다.

"녜. 쇼인이 변호인이 다외기난 하얐디마난…… 므슴 녜아기랄 하여야 됴할디…… 쇼인이 자식알 정히 가라치디 못하야 이리 다외얐아니, 죄난 쇼인애게 이시압나니이다. 쇼인의 자식이 산골애셔 나셔 산골애셔 따할 파면셔 살아셔, 배온 것이 전혀 없압나니이다. 그러하오니 원슈님과 여러 대쟝님달끠셔는 그런 사졍을 살펴셔셔……" 노인이 울먹이면서 말을 맺지 못했다.

그러자 뒤에 앉은 부인들이 다시 울음을 터뜨렸다. 가까스로 참았던 터라, 한번 터지자, 걷잡을 수 없었다.

가슴속에서 들끓는 갖가지 감정들을 누르면서, 그는 속으로 씁쓸한 웃음을 지었다. 영화나 텔레비전의 연속극의 재판 장면들에서 사람들이 하는 것처럼, 이곳 사람들도 자신들의 역할을 하리라고 모르는 새 기대했던 터라, 그는 맥이 풀렸다. 지금 재판은 비희

극에 가까워지고 있었다.

'중세 조선 사람들이 몇 세기 뒤에야 자리 잡을 개념들을 이내 이해하리라고 여긴 것이 너무 비현실적이었지. 현대의 법과 재판은 이곳의 전통에서 진화한 것이 아니라 다른 문명에서 나온 것이니, 더욱 그렇지.' 그는 속으로 쓸쓸하게 입맛을 다셨다.

바로 그런 사정이 그가 이 세상에 나온 뒤로 큰 어려움을 겪은 근본적 이유였다. 그가 이 세상에 도입하고 싶은 기술들이나 제도들은 거의 모두 유럽 문명에서 진화한 것들이었다. 당연히, 그것들은 이 세상의 전통에 이질적이었고 도입하기가 그만큼 힘들었다.

부인들의 울음이 차츰 그치고, 설렁거리던 분위기가 좀 가라앉았다.

"그러하오니 원슈님과 여러 대쟝님달끠셔는 못난 쇼인의 자식알 너그러이 살펴쇼셔," 노인이 가까스로 말을 맺었다.

'현대 법정에 선 변호인과는 거리가 멀지만, 그런대로 변호인의 소임은……' 그는 스스로를 격려했다. '내가 너무 많은 것을 바랄 순 없지. 이 자리를 통해 적어도 몇 가지 개념들과 제도들을 도입했잖나? 현대적 재판 제도를 도입하는 첫걸음을 내디딘 셈이지. 비록 우스꽝스럽긴 해도. 그리고 지금까지 내가 한 얘기들을 나중에 군령으로 정리해서 발표하면, 더 많은 사람들이 알 수 있을 테고……'

"그리하야주시면, 챵의군을 위하야 쇼인의 재산알 절반 내놓겠압나니이다," 말을 끝낸 것처럼 보였던 노인이 덧붙였다.

뜻밖의 얘기에 그의 마음이 한순간 출렁거렸다. 변호인이 재판을 받는 피고인의 유죄를 미리 단정한 것도 현대적 법 감각을 아직 지닌 그에겐 좀 이질적으로 다가왔지만, 자신의 재산을 내놓을 테니 벌을 탕감해달라는 제안은 정말로 뜻밖이었다.

그는 잠시 노인의 얼굴을 멀거니 쳐다보았다. 애원을 담은 노인의 눈길이 그의 가슴을 후비고 들었다.

마음 한구석으로 그런 제안이 이 세상에선 그리 낯선 관행이 아니라는 생각이 들었다. 하긴 그것은 현대 이전의 사회들에서는 널리 퍼진 관행이었다.

고개를 가볍게 끄덕이는 그의 마음속에서 다른 생각이 꼼지락거렸다. 노인은 재산의 절반을 내놓겠다고 한 것이었다. 맏아들의 목숨이 걸린 판인데도, 자수성가한 사람답게 노인은 재산을 모두 내놓겠다고 하지 않았다. 그는 자신의 얼굴에 웃음기가 배어 나오는 것을 느꼈다.

그가 노인의 얘기에 대꾸하려는데, 누가 급히 달려와서 섬돌을 단숨에 뛰어 올라섰다.

그의 가슴이 철렁했다. '드디어……'

"원슈님," 토방에 선 채 숨을 몰아쉬면서, 안정훈이 말했다. 안은 역내다리에서 망을 보고 있었다. "원슈님, 군사달히 오고 이시압나니이다. 홍쥬 녁에셔 군사달히 오고 이시압나니이다."

3

앞장선 안정훈이 말 위에서 흘긋 돌아다보았다. 안의 몸짓엔 애써 누른 조급함이 배어 있었다.

그러나 언오는 말을 빨리 몰지 않았다. 안의 보고가 정확하다면, 사태가 위급한 것은 아니었다. 역내다리에서 적병들과 마주 섰을 때 할 일들에 대해 미리 생각해두고 싶기도 했다. 뒤에서 따라오는 보병들과 너무 멀리 떨어지는 것도 마음에 걸렸다. 모자를 고쳐 쓰고서, 그는 뒤를 돌아다보았다.

천영세와 긔병 둘이 한 줄로 따라오고 있었다. 그러나 현령을 함께 나섰던 보병들은 처져서 보이지 않았다. 보병들은 셩묵돌이 거느린 근위단대와 윤삼봉이 거느린 1등대 3단대 병사들이었다.

'말을 빨리 더 구해야지. 광시역 말들만 데려왔어도, 사정이 사뭇 나았을 텐데. 그러나저러나, 일이 빨리 닥쳤구나. 더도 말고 사흘만 여유가 있더라도……'

관군의 공격을 막아낼 준비는 잘 되어가는 편이었다. 그러나 필요한 일들은 하나같이 시간이 걸렸다. 사람들을 조직하고 훈련하는 일이 특히 그랬다. 례산현령 싸움에서 챵의군이 대흥현에서 온 군대를 단숨에 물리쳤다는 것이 알려지자, 챵의군에 들어오려는 사람들이 부쩍 늘어났다. 일홍역의 역리들은 모두 가족까지 데리고서 현령으로 들어왔다. 그가 천영세를 역에 보내서 남은 사람들을 설득한 덕분이었다. 챵의군에 들어간 역리들이 있다는 것이 알려지면, 홍쥬나 해미에서 올 관군들에게 역에 남은 사람들이 해를 입을 위험이 있었다. 그래서 인적 자원은 갑자기 늘어났지만, 훈련이 되지 않은 사람들은 자산이 아니라 위험한 짐이 될 수도 있었다.

'그것 참.' 그는 혀를 찼다. 관군과 싸워 이기는 길을 찾아냈는데도, 준비할 시간이 없다는 것이 안타까웠다.

관군과 싸울 때, 그가 이곳에 알려지지 않은 전략과 전술을 써야 한다는 것은 처음부터 분명했었다. 이곳 사람들에게도 익숙한 전략과 전술에 의지하면, 작고 훈련이 덜 된 챵의군이 훨씬 크고 훈련이 잘된 관군에 맞설 수 없을 터였다. 그렇게 알려지지 않은 전술로 그가 먼저 생각해낸 것이 특공대로 적군의 지휘부를 기습하는 것이었다.

그럴듯한 생각이었다. 따지고 보면, 그것은 존 풀러가 '마비에 의한 공격'이라 부른 전술에 속했다. 풀러에 따르면, 적군과 싸우는 데는 두 길이 있었다. 하나는 적병들을 죽이거나 다치게 하거나 붙잡아서 적군을 천천히 갈아 없애는 길이었다. 다른 하나는 지휘부를 없애거나 마비시켜서 군대가 제대로 움직이지 못하게 하는 길이었다. 효율로 따지면, 물론 후자가 훨씬 나았다.

제1차 세계대전 때, 풀러는 공군력으로 떠받쳐진 전차 부대를 써서 적군 방어선의 선택된 지점들을 뚫고 곧장 적군의 지휘부들과 보급 기지들을 치는 작전을 추천했다. 그런 공격으로 지휘부가 마비되면, 비로소 정상적 공격을 하자는 얘기였다. 실제로 영국군은 1918년 여름 '아미앵 싸움'에서 그런 작전을 시도했고 기대보다 훨씬 큰 성공을 거두었다. 갑자기 나타난 전차 부대의 공격을 받자, 독일군 지휘부는 이내 마비되었고, 거기서 나온 공황은 독일군의 패배에 결정적으로 작용했다. 어떤 싸움에서든 이긴 쪽보다는 진 쪽이 그 싸움의 교훈들을 깊이 새기게 마련이어서, 그 뒤로 그런 전술을 발전시킨 것은 독일군이었다. 덕분에 그들이 제2차 세계대전 초기에 폴란드, 프랑스 및 영국의 군대를 상대로 거둔 빛나는 승리들은 '전격 작전blitzkrieg'을 일상어로 만들었다.

중세의 싸움터에서 전차 부대처럼 적군의 지휘부를 강타할 수단은, 있다면, 기병대였다. 지금부터 60년 뒤에 일어날 병자호란(丙子胡亂)에서 조선군이 참패하게 된 것은 기병들로 이루어진 청군(淸軍)의 전격 작전에 조선군 지휘부가 마비되었기 때문이었다. 청군은 압록강을 건넌 지 열흘 만에 한성 가까이 이르렀고, 조선 정부는 청군이 쳐들어왔다는 사실을 청군이 한성에 닥치기 겨우 하루 전에 알았다. 그래서 조선군은 단 한 번도 조직적 저항을 하지 못하고 허물어졌다.

그러나 지금 그가 거느린 기병대는 기병 여섯으로 이루어졌다. 그런 부대로 적군의 지휘부를 급습하는 일은 물론 생각할 수 없었다. 대신 그는 특공대를 쓸 생각이었다. 자객을 써서 지휘관을 제거하는 것은 이곳에도 잘 알려진 전술이었지만, 특공대라는 부대를 따로 만들어 운용하는 일은 없었으므로, 그의 전술이 지닌 충격 효과는 그만큼 클 터였다.

문제는 특공대가 오랫동안 여러 가지 훈련들을 받은 병사들로 이루어져야 된다는 점이었다. 그는 오늘 처음 특공대를 뽑아서 포복하는 법을 가르치기 시작한 참이었다.

'단 하루라도 여유가 있었으면, 도움이 될 텐데. 야간에 적진을 기습하는 것을 가르치려면, 야간 행군이라도 한번 해봐야, 얘기가 될 것 아닌가.' 그는 다시 혀를 찼다.

말뫼다리를 건너자, 길이 나뉘었다. 북쪽으로 뻗은 길은 신창으로 가는 길이었고, 서쪽으로 뻗은 길은 역내다리를 건너 덕산과 홍쥬로 가는 길이었다. 이곳에선 다리가 보였다.

손을 들어 뒤에 선 사람들에게 멈추라는 신호를 보내고, 그는 천천히 고삐를 당겼다. "워워."

천영셰가 말을 그의 말에 나란히 대더니 말없이 그의 낯빛을 살폈다.

"엇더한디 한디위 살펴보사이다." 그는 안장에 얹어놓은 헝겊 가방에서 쌍안경을 꺼냈다.

눈에 들어온 역내다리 풍경은 생각했던 것보다 조용했다. 다리를 사이에 두고 두 무리의 군사들이 마주보고 있었다. 건너편 강둑에 모여 선 군사들은 열댓쯤 되었다. 길을 따라 서쪽에서 오고 있을 본대는 이곳에선 보이지 않았다.

쌍안경을 내리고서, 그는 고개를 끄덕였다. 급할 것은 없었다. 안경훈의 보고에 따르면, 그가 미리 지시한 대로 다리 한쪽 끝을 뜯어냈으므로, 관군 전위에 속할 군사들이 다리를 단숨에 건널 수는 없었다.

"쳔 대쟝, 자아," 그는 쌍안경을 쳔에게 내밀었다. "이 쌍안경으로 역내다리랄 보쇼셔. 잘 보이나이다."

"녜, 원슈님." 잠시 머뭇거리더니, 쳔이 두 손으로 조심스럽게 쌍안경을 받아 들었다.

"시방 잡으신 대로이 두 눈에 다히쇼셔."

"녜." 쳔이 쌍안경을 눈에 대었다. 곧 내리더니, 역내다리 쪽을 한번 살피고서 다시 대었다.

좀 느긋해진 마음으로 가슴을 펴면서, 그는 뒤를 돌아다보았다.

그와 눈길이 마주치자, 바로 뒤에 선 량슈돌이 좀 열적은 웃음을 지으면서 고개를 돌렸다. 보병들은 아직도 보이지 않았다.

"참아로 신긔하압나니이다," 쳔이 감탄하면서 쌍안경을 그에게 되건넸다. "뎌리 멀리 이시난 사람달히 바로 코앒애 이시난 것텨로 보이니……" 쳔이 고개를 흔들었다.

"녜." 그는 느긋한 웃음을 얼굴에 올렸다. "우리 쳑후참모부 군사달히 잘하난 닷하나이다."

"녜, 원슈님. 그러한 닷하압나니이다." 그를 따라서 쳔이 웃음을 지었다.

꽤 멀리 나아간 안경훈이 말을 돌리고 있었다.

애타게 소식을 기다릴 쳑후들의 모습이 떠올랐다. 그는 안에게

그냥 가라고 손짓했다. "몬져 가쇼셔. 안 딕병 몬져 가셔셔 황 대
쟝끠 우리 온다 니르쇼셔."

"녜, 원슈님. 이대 알겠압나니이다." 안은 냉큼 말을 돌렸다.

"그러하면 우리도 가보사이다." 천에게 말하고서, 그는 두 다리
로 점백이의 옆구리에 신호를 보냈다.

역내다리를 향해 천천히 말을 모는 사이, 그의 마음에선 작전
계획이 차츰 또렷해졌다. 그것은 서쪽에서 온 군대가 홍쥬진의 군
대라는 가정에 바탕을 둔 것이었다.

튱쳥도 서북부 내보(內浦) 지방에서 큰 군대가 있는 곳은 해미의
튱쳥우도 병영과 홍쥬진이었다. 이곳 례산에서 해미는 홍쥬보다
곱절 멀었다. 실은 해미를 가려면, 홍쥬를 거쳐야 했다. 자연히, 례
산현에 민란이 일어났다는 소식은 홍쥬보다 해미에 훨씬 늦게 들
어갔을 터였다. 아직은 해미 병영의 군대가 닿을 때가 아니었다.

반면에, 홍쥬진의 군대라면, 시간이 들어맞았다. 대흥현감의 장
계가 그저께 밤에 나갔다 하니, 민란이 일어났다는 소식이 홍쥬목
사 귀에 들어간 것은 어저께 아침이었을 것이었다. 그러나 홍쥬목
사로선 이웃 고을 수령의 보고만 믿고서 군대를 움직이기 어려웠
을 터였다. 자칫하면 엉뚱한 의심을 받아 화를 입을 수 있었다. 그
래서 어저께는 대흥현감의 보고가 사실인지 확인하는 데 시간을
썼고, 마침내 사실임이 확인되자, 오늘 아침 일찍 군대를 이끌고
나섰을 터였다. 지금이 오후 3시 반이니, 그들이 오전 8시에 홍쥬
를 떠났다 치면, 일곱 시간 반 걸린 것이었다. 오다가 점심을 먹느
라 두 시간쯤 쉬었다 치면, 다섯 시간 반 동안 행군한 셈이었다. 홍

쥬에서 례산까지는 50리 길이니, 거리와 시간이 거의 들어맞았다. 아까 안정훈의 보고를 받자, 그는 먼저 지도를 펴놓고 그것부터 따져보았다.

시간이 맞지 않는다는 사실 말고도, 지금 닿은 군대에 해미 병영의 군대가 들어 있지 않다고 볼 수 있는 근거는 또 있었다. 해미에서 례산으로 오려면, 해미현 동쪽을 남북으로 달리는 가야산(伽倻山) 줄기를 넘어 덕산으로 나오는 것이 빨랐다. 여느 때처럼 편한 길을 따라서 홍쥬를 거쳐 오려면, 꽤 돌아야 했다. 긴급한 상황에서 그렇게 둘러 오는 것은 이치에 맞지 않았다.

해미와 홍쥬가 긴밀히 협력했을 가능성도 그리 크지 않았다. 군대에 관한 일에선 병마졀도사(兵馬節度使)가 목사(牧使)를 지휘했지만, 무관인 튱쳥우도 병마졀도사와 틀림없이 문관일 홍쥬목사가 이런 일에서 긴밀하게 협력할 만큼 가까운 사이일 것 같지는 않았다. 조선조에서 문관과 무관 사이의 차별은 심했다. 목사는 정3품이었지만, 앞으로 높은 품계를 받고 중요한 직책을 맡을 전망이 밝았다. 병마졀도사는 종2품이었지만, 거의 문관들로 짜인 중앙 정부의 조직에서 더 높은 품계를 받거나 더 중요한 직책을 맡을 전망은 그리 밝지 않았다. 그런 상황에서 둘 사이는 어색할 수밖에 없을 터였다. 경쟁하는 사이일지도 몰랐다.

'그러니 지금 닿은 군대는 홍쥬진의 군대고 해미 병영의 군대는 오늘은 이곳에 닿기 어렵다고 볼 수 있지. 그렇다면, 두 군대가 이곳에서 만나 힘을 합치기 전에, 먼저 온 군대를 깨뜨리는 것이 옳지.' 그는 어금니에 힘을 주었다. '무슨 일이 있더라도, 오늘 밤 안

으로, 아무리 늦어도 내일 새벽까진, 결판을 내자.'

그가 다리에 닿았을 때, 그의 마음엔 작전 계획이 구체적으로 서 있었다. 자신이 막 다듬은 계획을 다시 훑어보면서, 그는 고개를 끄덕였다. '언제 다리에서 물러나느냐에 달렸는데…… 우리 군사들이 어려운 철수 작전을 질서 있게 수행할 수만 있다면……'

모든 싸움들에서 그랬지만, 해미에서 오는 군대가 합치기 전에 지금 닿은 군대와의 싸움을 끝내야 한다는 사정 때문에, 이번 싸움에선 싸움의 주도권을 잡는 일이 특히 중요했다. 만일 관군이 싸움을 걸어오지 않는다면, 창의군이 먼저 싸움을 걸어야 했다. 그러나 행군해 와서 그대로 싸우고 싶어 할 군대가 지닌 운동량을 줄이는 것도 중요했다. 부서진 다리 때문에 나아가지 못하고 한참 멈춘다면, 관군의 예기가 많이 꺾일 터였다. 공병대를 따로 두지 않은 중세의 군대가 부서진 다리를 고치는 일은, 설령 앞에서 막아선 군대가 없다 하더라도, 쉬운 일이 아닐 터였다. 그런 일은 멀리 걸어와서 지친 병사들을 더욱 지치게 해서, 야간에 특공대로 기습하려는 그의 계획을 도울 터였다.

자연히, 그가 언제 병사들을 데리고 다리에서 물러나느냐 하는 것이 중요했다. 너무 빠르면, 적군이 현형을 에워쌀 가능성이 있었다. 너무 늦으면, 적군은 무한천 건너편에서 숙영하게 되어 내일 새벽까지 싸움을 끝내려는 그의 계획이 틀어질 터였다.

그가 오는 것을 보자, 황구용이 뛰어왔다. "원슈님."

"황 대쟝, 이대 하샷나이다." 황의 경례에 답례하면서, 그는 쾌활한 목소리를 냈다.

황이 수줍은 웃음을 얼굴에 띠었다. "원슈님끠셔 말쌈하신 대로 이 하얐압나니이다."

"녜. 그러하면 한디위 보사이다."

다리 가까이 가자, 그는 쌍안경을 집어 목에 건 다음 말에서 내렸다.

둑 아래 나무에 말을 매고 올라온 안정훈이 고삐를 잡아서 말을 둑 뒤로 끌고 내려갔다. 천영세를 비롯한 기병들도 말을 끌고 둑 뒤로 내려갔다.

"원슈님, 뎌긔……" 다리 둘레를 살피는 그에게 황구용이 건너편 들판을 가리켰다.

떼를 지은 군사들이 일홍역을 막 지나고 있었다. 깃발들이 섞인 것으로 보아, 본대 같았다.

'흠.' 쌍안경을 내리면서, 그는 가슴에 무겁게 얹혔던 두려움과 걱정이 많이 가시는 것을 느꼈다. 쌍안경 속에 들어온 모습을 보면, 병사들은 많았지만, 잘 훈련되고 군기가 선 군대는 아니었다.

'하긴 지금은 임진왜란 직전이지. 군사 제도가 허물어지고 군대가 아주 약해진 때지. 게다가 부대들이 서로 연락해서 한꺼번에 오지 않고 하나씩 오니. 마치 우리 군대를 훈련시키려는 것처럼.' 그는 씨익 웃었다. '어쩌면 진관제(鎭官制) 아래에선 그렇게 될 수밖에 없겠지.'

그렇게 부대들이 모여서 오지 않고 하나씩 오게 된 데엔, 수령들이 민란군을 얕보고 공을 탐냈으리라는 점도 있겠지만, 지금 시행되는 지방 방위 체제인 진관제의 특성도 작용했을 터였다. 진관제에서 기본 단위는 절제사(節制使)나 첨절제사(僉節制使)의 병영인 거진(巨鎭)이었다. 이곳의 거진은 병마첨절제사를 겸임한 홍쥬목사가 지휘하는 홍쥬진으로, 온양(溫陽), 면천(沔川), 셔산(瑞山), 태안(泰安), 셔천(舒川), 평택(平澤), 아산(牙山), 신챵(新昌), 례산(禮山), 대흥(大興), 덕산(德山), 당진(唐津), 결셩(結城), 해미(海美), 홍산(鴻山), 청양(靑陽), 보령(保寧), 남보(南浦), 비인(庇仁)의 열아홉 제진(諸鎭)들을 거느렸다. 거진은 병마절도사의 병영인 주진(主鎭)의 지휘를 받았다. 그러나 위급한 사태가 나오면, 거진은 스스로 판단하여 군대를 움직일 수 있었다. 실제로는 싸움터에 나가지 않고 머뭇거렸다는 비난이 뒷날에 나올 것을 걱정해야 했으므로, 주진으로부터 지시가 내려오기 전에 움직여야 했다.

진관제는 군대의 기동성이 낮은 중세에선 결코 불합리한 제도가 아니었다. 적군의 병력이 크지 않을 때, 그렇게 빠른 반응은 무엇보다도 중요했다. 외적의 침입은 드물었지만 민란은 자주 일어났던 조선조에선 특히 그랬다. 그러나 적군의 세력이 크면, 그런 제도는 치명적 약점을 드러냈으니, 싸움에 차례로 투입된 부대들이 허물어져서 강력한 전력을 갖춘 부대를 이루어 싸우기 어려웠다. 그런 약점은 임진왜란에서 뚜렷이 드러났었다.

'어쨌든, 내겐 다행스럽지. 이번 고비만 넘기면…… 반란군의 처지에선 싸움마다 고비긴 하지만……' 천천히 턱을 문지르면서, 그는 다시 다리 건너편 관군 병사들에게로 눈길을 돌렸다.

그동안에도 몇이 더 늘어나서, 건너편에 모인 병사들은 이제 서른이 넘어 보였다. 그래서 어지간하면, 본대가 이르기 전에 다리를 점령하려 나설 만도 했다. 다리가 크게 부서진 것은 아니었다. 이쪽 끝 가까이 두 길가량 바닥에 깔았던 나무토막들을 들어낸 것뿐이어서, 이쪽에서 막는 사람들이 없다면, 어려운 대로 그냥 건널 수 있었다. 그러나 그들은 이쪽에 교두보를 마련하려는 기색이 없었다. 그저 서성거리면서 그의 이상한 행색을 살피고 있었다.

그는 황을 돌아다보았다. "뎌 사람달히 다리랄 건너려 하디 아니하얐나니잇가?"

황이 씨익 웃었다. "처엄에는 뎌긔까장 몰여왔압나니이다." 황이 다리 한가운데를 가리켰다. "그러하다가 우리 살알 쏘자, 모도 혼비백산하야 도망하얐압나니이다. 한 놈안 넘어뎌셔 다리 아래로 떨어뎠압나니이다."

"그리 떨어딘 사람안 엇디 다외얐나니잇가?"

"뻘에 떨어뎌셔 별로 다티디난 아니한 닷하압나니이다. 엉금엉금 기어셔 돌아갔압나니이다."

"하아아," 그는 웃으면서, 다리 끝에 한 길가량 남은 부분을 가리켰다. "황 대쟝, 뎌긔 나모달할 마자 뜯어내사이다. 뎌 사람달 기운을 겸 빼게 하사이다."

"녜, 원슈님." 황이 싱긋 웃었다.

다리에서 들어낸 나무토막들은 쳑후들이 초소라고 만든 다리 오른쪽 움막 앞 벽에 쌓여 있었다. "나모 토막달한 뎌긔 버드나모애 지혀 쌓아쇼셔. 버드나모 둘에 격병들희 살알 막아낼 쵸쇼랄 새로이 맹갈아사이다."

"녜, 원슈님. 이대 알겠압나니이다." 황이 대꾸하자, 일홍역의

급쥬였던 손몽생이 냉큼 손바닥에 침을 뱉어 문지르며 다리로 다
가갔다.

4

"원슈님, 이제 다 왔압나니이다." 나지막한 봉우리에 올라서자, 왕선동이 그를 돌아다보면서 속삭였다. "원슈님, 뎌긔……"

"아, 녜." 언오는 왕의 손길을 따라 내려다보았다.

등이 하나 빛나고 있었다. 그 둘레로 마을이 어렴풋이 보였다. 달이 진 밤 풍경 속에서 어둠을 가까스로 밀어내면서, 그 외로운 등은 사람의 온기를 지키고 있었다.

그 등이 힘겹게 쳐든 평화와 따스함을 자신이 부숴야 하리라는 생각에 그의 가슴을 무엇이 날카롭게 훑고 지나갔다. 둘레의 살에서 가슴의 빈 곳으로 슬픔이 스며 나오는 것을 느끼면서, 그는 자리에 어울리지 않는 한숨을 죽였다. 그래도 그것은 익숙하게 느껴지는 감정이어서, 그의 마음은 그런 감정을 어디서 맛보았나 살피면서 이제는 아득해진 21세기의 세상을 더듬고 있었다. 그는 무심한 손길로 앞에 선 다복솔에서 솔잎 몇을 뽑아 입에 머금었다.

"뎌긔 등이 비취는 집이압나니이다." 고개를 빼어 내밀고 아래를 살피던 왕이 다시 속삭였다.

"아, 그러하나니잇가?" 그는 멀리 나간 마음을 불러들였다. 입 안에 고인 시고 씁쓸한 솔잎 맛이 뒤늦게 그의 마음에 닿았다. "뎌 집이 그 쥬막이니이다?"

별 뜻 없는 확인이었다. 홍쥬 군대를 지휘하는 사람들이 신졈리 주막에 자리 잡았다는 왕의 첩보에 따라, 특공대를 이끌고 나선 참이었다.

"녜, 원슈님. 그러하압나니이다." 왕의 낮은 목소리엔 자신감이 배어 있었다.

왕은 오늘 아침에 챵의군에 응모했다. 신졈리에 사는 사람의 사노(私奴)였는데, 챵의군에 들어오자, 성을 례산 왕씨로 삼았다. 새로 응모한 사람들 가운데는 사노들이 많았는데, 대부분은 례산현텽 관노들을 본받아 례산 왕씨를 성으로 삼았다.

'이러다간 례산 왕씨가 대성이 되겠다.' 야릇한 웃음으로 그의 입이 비뚤어졌다. '뭐, 나쁠 건 없지. 지금 노비 계층이 줄잡아도 조선 인구의 삼 분의 일은 될 테니, 그 사람들의 반만 우리에게 들어와도……'

뒤에서 누가 소리를 죽이면서 힘들게 가래를 꺼냈다.

돌아다보니, 등불이 던진 주술에 걸린 듯, 모두 넋을 놓고 마을을 내려다보고 있었다. 그의 눈길을 느끼고, 바로 곁에 선 김을산이 그에게로 고개를 돌렸다.

"김 대쟝."

"녜, 원슈님." 얼굴에 검댕을 칠해서 외모가 단정한 김이 평소보다 훨씬 거칠게 보였다.

"마알로 나려가기 전에, 한 번 더 행쟝알 살피게 하쇼셔. 므슥에 걸위여셔 소래랄 내디 아니하게······"

"녜, 원슈님. 이대 알겠압나니이다." 김이 부하들을 향해 돌아섰다. 그러나 김의 명령을 듣기 전에, 네 사람은 옷매무새를 다시 가다듬었다. 그들의 옷은 모두 검게 물들여져서 어둠 속에서 알아보기 어려웠다.

"그러하면, 왕 훈병, 앒애 셔쇼셔."

"녜, 원슈님." 왕이 성큼 마을로 내려가는 길로 접어들었다.

'경계가 얼마나 엄할까?' 자꾸 등불로 끌리는 눈길을 돌려 밤눈을 잃지 않으려고 애쓰면서, 그는 다시 관군 진영의 경계 상태를 그려보았다. '초병들을 몇이나 세웠을까? 더 중요한 건 지금 졸지 않고 제대로 번을 서는 초병들이 몇이나 되느냔데······'

역내다리로부터의 철수는 그의 계획대로 이루어졌다. 본대가 다리에 닿자, 관군은 다시 다리를 건너려고 시도했다. 이쪽에서 막아선 사람들은 모두 스물밖에 되지 않았지만, 목숨을 걸고 부서진 다리를 건너려는 관군 병사들을 드물었다. 그래서 두 군대는 다리를 사이에 두고 거의 한 시간 동안 산발적으로 싸웠다. 마침내 관군이 싸울 뜻을 잃은 것처럼 보였다. 그는 서둘러 병사들을 이끌고 물러났다. 관군이 숙영을 위해 일흥역으로 돌아갈까 걱정된 것이었다. 그의 군대가 물러난 뒤에도, 관군이 모두 다리를 건너기까지는 한 시간 넘게 걸렸다. 다리를 건넌 뒤에도, 아직 해가 많이 남았지만,

관군은 현령을 공격하려 하지 않고 신겸리의 주막 둘레에 야영할 준비를 시작했다.

그런 군대가 경계를 제대로 할 것 같지는 않았다. 밤이 이슥해서, 먼 길을 걸어온 군사들에게는 무척 졸리기도 하겠지만, 야기도 꽤 찼다. 제자리에서 맑은 정신으로 번을 서는 초병들이 있을 것 같지 않았다.

숲이 끝나고 밭이 시작되는 곳에서 그들은 멈췄다. 덤불 뒤에 몸을 숨기고 숨을 돌리면서, 그는 아래쪽을 살폈다.

주막은 다른 집들로부터 좀 떨어져 홀로 서 있었다. 지은 지 얼마 되지 않은 집으로 그리 크지 않았는데, 꼬집어 말할 수 없는 무엇이 그 집이 주막임을 말해주었다. 주막 둘레엔 울타리다운 울타리가 없었다. 뒤쪽엔 감나무 아래 놓인 장독대가 밭과 뒤뜰의 경계 구실을 하고 있었다.

주막 바로 옆 빈터에 꽤 큰 장막(帳幕)이 하나 서 있었다. 등은 그 장막 바로 옆 밤나무 가지에 걸려 있었다.

'흠. 거진의 군대가 움직였으니……' 그는 고개를 끄덕였다. 왕선동의 보고엔 관군이 장막을 쳤다는 얘기는 없었었다.

주막이나 장막 가까이 깨어 있는 사람은 없는 것처럼 느껴졌다. 장막 옆에 초병이 웅크리고 앉아서 졸고 있었다. 좀 알아보기 어려웠지만, 찬찬히 살펴보니, 주막 뒤쪽 굴뚝 곁에서 다른 초병이 졸고 있었다. 다리를 뻗고 등을 굴뚝에 기댄 품으로 보아, 존다기보다 잔다고 해야 될 듯했다. 다른 병사들은 모두 민가들에 들어간 것처럼 보였다.

'오늘 밤은 이 마을 사람들이 마음을 졸이면서 보내겠구나. 군사들로부터 해나 입지 않았으면. 그러나저러나, 홍쥬목사 나아리께선 어디서 묵으시나? 장막 속에서? 아니면, 주막 안채에서?'

잠시 생각한 뒤, 그는 마음을 정했다. 아무래도 장막 안을 먼저 살펴야 할 것 같았다. 그는 사람들을 둘레로 불렀다.

"시방 초병 둘히 번을 셔고 이시나이다. 하나난 쟝막 바로 밧긔 이시고, 다란 하나난 쥬막의 굴독 곁에셔 졸고 이시나이다."

"녜, 원슈님," 김을산이 대꾸했다. 다른 사람들은 잠자코 고개를 끄덕였다.

"김 대쟝."

"녜, 원슈님."

"김 대쟝끠셔는 밤나모 가지애 걸원 등을 없애쇼셔."

"녜, 원슈님. 이대 알겠압나니이다."

"졍 딕병과 김 딕병, 두 분끠셔는 굴독 곁에셔 조오난 초병을 쳐티하쇼셔."

"녜, 원슈님," 졍희영과 김현팔이 흥분을 억누른 목소리로 대꾸했다.

현텽을 떠나기 바로 전에 정심환을 한 알씩 먹었으므로, 특공대 요원들은 모두 지금쯤 정신이 맑고 원기가 날 터였다. 그는 정심환을 먹지 않았다. 이번 기습으로 임무가 끝날 특공대 요원들과는 달리, 그는 계속 부대를 지휘해야 했다.

"그리하고 명 딕병과 강 딕병, 두 분끠셔는 쟝막 앒애셔 조오난 초병을 쳐티하쇼셔."

"녜, 원슈님."

"나난 쟝막 안하로 들어가셔 안해 이시난 사람달할 쳐티하겠나이다. 왕 훈병끽셔는 나랄 딸오쇼셔."

"녜, 원슈님."

"이제 우리 군대 뮈기 시작하얐알 새니이다. 우리 젹의 위두를 쳐티하면, 우리 챵의군은 싸홈애셔 쉬이 이긜 새니이다."

그가 거느린 특공대가 관군의 진지에 닿을 때쯤, 김항텰이 본대를 이끌고 현텽을 나서기로 되어 있었다. 시계가 없었으므로, 두 군대의 움직임을 정확히 맞추기는 물론 어려웠지만.

"그러하면 나가사이다." 등에 멘 조그만 헝겊 배낭에서 손전등을 꺼내 들고, 그는 덤불 뒤에서 나왔다. 밭으로 나서자, 알몸으로 선 듯했다. 누가 그를 지켜보는 것만 같았다.

그들이 밭을 반쯤 지났을 때, 누가 장막에서 나왔다. 장막 앞에서 졸던 초병이 놀라서 벌떡 일어섰다.

그의 가슴이 졸아붙었다. '이런. 하필 지금……'

안에서 나온 사람은 초병을 흘긋 보더니 위쪽으로 몇 걸음 올라왔다. 아직 잠이 덜 깬 모습이었다.

그는 명쥰일과 강찬삼에게 장막 앞에 선 초병을 가리켰다. 이어 자신을 가리키고 바로 장막 안에서 나온 사람을 가리켰다.

두 사람이 고개를 끄덕이고 장막 앞의 초병을 향해 나아갔다.

그가 가까이 갔을 때에야, 비로소 그 사람은 그를 보았다. 그 사람의 몸이 그대로 얼어붙었다, 두 손으로 풀어진 허리춤을 움켜쥔 채.

"사람 살려," 그가 성큼 다가서면서 칼을 치켜들자, 비로소 그 사람의 입이 열렸다.

칼날을 받은 살의 이지러진 저항이 칼자루에 전해지면서, 그의 속이 뒤집혔다. 그래도 그는 이를 악물고서 다시 후려쳤다. 무거운 칼을 한 손으로 휘둘렀기 때문에, 칼이 뜻대로 움직이지 않았다.

칼을 맞은 사람이 비틀거리면서 무겁게 넘어졌다. 바지가 흘러내려서, 아랫도리가 드러났다.

어쩐지 앙상하게 느껴지는 그 아랫도리에 거듭 진저리치면서, 그는 넘어진 사람의 목을 향해 다시 칼을 휘둘렀다. 그러고서야 돌아다보았다.

명준일이 막 장막 앞의 초병을 처치한 참이었다. 강찬삼이 그를 돌아다보았다. 나뭇가지에서 등을 떼어낸 김을산이 등불을 끄기 전에 풍경을 기억해두려는 듯한 몸짓으로 한 바퀴 둘러보고 있었다. 굴뚝 앞에선 정희영과 김현팔이 땅에 누운 초병을 정신없이 칼로 찍고 있었다.

'꼭 서투른 칼잡이들이 고기를 난도질하는 것 같구나.' 아직 울렁이는 속을 달래면서, 그는 장막 자락을 들치고 안으로 들어섰다. 들어서는 길로 손전등을 켜서 안을 비췄다.

손전등의 거센 불빛을 받고서, 막 잠에서 깨어난 사람들이 그대로 얼어붙었다. 한 사람은 평상에 걸터앉아 훠를 신던 참이었다. 평상에서 잔 것으로 보아, 적어도 장막 안에선 제일 높은 사람이었다. 나머지 세 사람들은 땅바닥에 마련한 잠자리에 앉거나 서 있었다.

그는 손전등을 훠를 신던 사람에게 겨냥했다.

거센 불빛을 받자, 그 사람은 본능적으로 한 팔로 눈을 가렸다. 다른 손으로는 휘 한 짝을 든 채.

그는 그 사람의 목을 겨누어 칼을 휘둘렀다. 단단하고 날카로운 금속에 맞선 여린 살의 저항이 칼자루로 전해오면서, 다시 속이 뒤집혔다. 그러나 그 사람이 자신이 찾는 사람은 아니란 생각이 가슴을 눌러서, 속은 이내 가라앉았다. 홍쥬목사를 찾기 전까진, 그렇게 감정을 풀어놓는 것은 한가로운 사치였다. 손전등으로 목표를 비추면서, 그는 정신없이 칼을 휘둘렀다. 그의 뒤를 따라 들어온 왕선동이 몽둥이로 채 일어나지 못한 사람을 치는 것과 그 사람이 외마디 소리를 지르는 것이 그의 마음속으로 들어왔다.

장막 밖으로 나와서야, 그는 정신을 차렸다. 오른팔은 뻣뻣해서 거의 마비된 듯했고, 가슴은 터질 것처럼 뛰고 있었다. 가쁜 숨을 몰아쉬면서, 그는 손전등을 꺼서 주머니에 넣고 칼을 왼손에 바꿔 쥐었다.

문득 앞쪽에서 말 울음소리가 났다. 고요한 야기를 뒤흔드는 그 소리에 그의 가슴이 쿵 하고 뛰었다.

그는 말 울음이 난 쪽을 살폈다. 김을산이 등불을 끈 탓에, 밖은 아주 깜깜했다. 그는 말 울음이 꽤 먼 데서 났다고 판단했다. 주막에 마구간이 없었으므로, 홍쥬 군대의 말들은 아마도 민가들의 외양간 같은 곳에 들었을 터였다. 어둠 속으로 낮으나 묵직한 소리가 먼 파도 소리처럼 밀려왔다. 무거운 잠에서 깨어나는 마을이 내는 소리였다. 관군 군사들이 무슨 일이 일어났음을 깨닫고 혼란스러운 속에서 위협을 맞으려고 몸을 일으키고 있었다.

'흠, 어떤 작전 계획도 적과의 첫 조우에서 살아남기 어렵다고 했지.' 쓸쓸한 생각 한 토막이 그의 마음 앞쪽으로 나왔다.

그의 작전 계획은 관군의 지휘부를 몰래 없앤 뒤 갑자기 들이쳐서 관군이 지휘부를 재구성할 시간을 주지 않는 것이었다. 그렇게 하면, 지휘부의 마비가 바로 병사들의 공황으로 이어질 터였다. 그러나 지금 그는 관군의 지휘부를 제대로 없애기 전에 관군을 깨운 것이었다. 장막 속에서 죽은 사람은 아마도 홍쥬목사 바로 아래서 군대를 실제로 지휘하는 군관일 터이니, 그 사람의 죽음은 홍쥬 군대에 분명히 큰 손실이었다. 그러나 홍쥬목사 자신이 살아 있는 한, 그가 세운 작전 계획의 효과는 많이 줄어들 터였다.

특공대의 기습이 성공했으리라고 여기면서 이리로 오고 있을 본대의 모습이 떠오르면서, 그의 마음이 갑자기 다급해졌다. '어떻게 한다? 먼저 주막부터 덮쳐야 하는데……'

"원슈님?" 왼쪽에서 조심스러운 김을산의 목소리가 났다.

소리가 난 쪽을 살펴보니, 특공대 병사들이 한데 모여 있었다.

마음이 좀 가라앉는 것을 느끼면서, 그는 그들에게로 다가갔다. "쟝막 안해 이시던 사람달한 모도 쳐티하얏나이다. 그러하나 홍쥬목사난 거긔 없었나이다. 쥬막알 살펴보사이다."

"녜, 원슈님," 김을산이 대꾸하고 앞장섰다.

그들이 막 주막집 모퉁이를 돌아가는데, 두 사람이 나타났다. "누고?"

그는 성큼 앞으로 나서면서 손전등을 켜서 왼쪽 사람의 얼굴을 비췄다. 이어 그 사람의 놀란 얼굴을 칼로 쳤다. 이어 다른 사람의 얼굴을 비췄다. 그러나 벌써 김을산이 칼을 휘두르고 있었다.

'플래시가 아주……' 웃음기 없는 웃음으로 그의 입가가 일그러졌다.

손전등은 지금 무엇보다도 좋은 무기였다. 이곳 사람들에게 느닷없이 나타난 거센 불빛은 상상하기 어려운 것이었다. 부시를 치는 소리도 불길도 없이, 느닷없이 눈을 뜨지 못하게 하는 그 거센 불빛에 모두 몸과 마음이 얼어붙었다.

그가 주막 마당으로 들어서자, 안방 문이 열리면서, 누가 마루로 나왔다. 바지저고리 차림에 맨상투 바람인 사내가 방 안의 등불에 드러났다.

그는 직감적으로 그 사람이 자신이 찾던 사람임을 깨달았다. 그는 머뭇거리지 않고 토방으로 올라서서 불빛에 밤눈을 잃고 마루에 선 그 사람의 다리를 칼로 후려쳤다. 이어 무릎을 꿇는 사내의 목을 겨누고 내려쳤다. 전등 불빛으로 확인하기 전에 그는 이미 자신의 칼이 그 사내에게 치명상을 입혔음을 느꼈다. 이를 악물고 그는 한 번 더 칼을 휘둘렀다.

"김 대쟝." 김을산을 불러놓고서, 피 칠갑을 한 자신의 모습이 야차(夜叉)처럼 보이리라는 생각이 뒤늦게 들어, 그는 자신을 내려다보았다.

"녜, 원슈님," 바로 뒤에서 김의 목소리가 났다.

"뎌 방 안해 뉘 이시난디 살펴보쇼셔."

"녜, 원슈님." 김이 가볍게 마루로 올라섰다.

숨을 몰아쉬면서, 그는 손전등으로 둘레를 비춰 보았다.

양쪽에서 관군 병사들이 몰려들고 있었다. 그러나 성큼 나서는 사람은 없었다.

"원슈님," 윗방 문을 열고 나오면서, 김이 불렀다.

"녜, 김 대쟝."

"방애난 아모도 없압나니이다. 안방애난 젊은 겨집 하나이 이시고 윗방애난 이 집 식구들뿐이압나니이다."

"그러하면 다외얐나이다. 돌아가사이다."

주막을 돌아 밭으로 올라서면서, 그는 아쉽게 아까 말 울음이 났던 곳을 돌아다보았다.

이제 마을은 관군 병사들의 웅성거림으로 설레고 있었지만, 그들이 밭을 가로질러도 쫓아오는 사람은 없었다.

밭을 벗어나 산속으로 들어가면서, 그는 흘긋 동쪽을 살폈다.
'이제 올 때가 됐는데. 무슨 일이……'

문득 산자락 너머에서 횃불이 하나 나타났다. 이어 횃불이 몇 개로 늘어났다. 마침내 그의 군대가 닿은 것이었다.

5

"그러하오면 이제 식을 거행하겠압나니이다." 동헌 토방 한쪽에
선 문셔참모부쟝 김교듕이 말했다. 김의 목소리는 컸지만, 긴장한
탓인지, 좀 떨렸다. "몬져, 호셔챵의군 긔에 대한 경례 이실 새니
이다. 모도 군긔를 향하야 셔쇼셔."

토방 한가운데에 선 언오는 동헌 마당 왼쪽에 세워진 군기 게양
대 쪽으로 몸을 돌렸다. 잠을 제대로 자지 못해서, 눈이 따갑고 침
침했다. 다행히, 머리는 맑았다.

양옆에 선 사람들이 그를 따라 게양대를 바라보고 섰다. 군사(軍
師)들과 본부 행정요원들이었다. 마당에 모인 사람들이 제각기 게
양대를 바라보고 서면서, 잠잠해졌던 마당에서 다시 낮은 웅성거
림이 났다.

그 소리를 김교듕의 우렁찬 목소리가 덮었다. "군긔에 대하야
경례."

병사들이 오른손을 들어 모자나 이마의 오른쪽 끝에 댔다. 맵시 있는 몸짓들은 아니었지만, 이미 여러 번 연습했던 터라, 제법 절도가 있었다. 제각기 빛깔이 다른 치마저고리를 입고 모자도 쓰지 않은 여인들이 경례하는 모습이 곁눈으로 들어왔다. 아무래도 좀 야릇한 모습이어서, 그의 입가에 가벼운 웃음기가 고였다.

'아, 내가 그 생각을 하지 못했구나. 이젠 여군들도 군모를 쓰도록 해야지.'

토방 바로 아래에 자리 잡은 군악대에서 날라리 소리가 올랐다. 북소리가 조심스럽게 따랐다. 어젯밤 싸움이 있기 전에, 그는 군악대를 따로 만들고 군악대 임무를 가외로 맡았던 3등대를 온전한 전투 부대로 편성했다.

운동모자 챙에 댄 오른손에 힘을 주면서, 그는 좀 메마르게 느껴지는 봄바람에 펄럭이는 깃발을 올려다보았다. 자작나무로 만든 깃대가 그리 높지 않아서, 깃발은 그의 눈보다 서너 자 위에 걸려 있었다.

호셔창의군 깃발은 흰 바탕에 그려진 태극(太極)이었다. 그는 처음엔 조선공화국의 깃발을 따라 흰 바탕에 그려진 분홍 진달래꽃을 생각했었다. 그러나 이곳 사람들이 21세기 조선 사람들처럼 진달래꽃에서 한반도의 상징을 읽어내리라고 기대할 수는 없었다. 흔한 꽃에 대해 경례하는 것을 우스꽝스러운 일로 여길 수도 있었다. 반면에, 조선의 전통적 깃발에 쓰인 태극은 이곳 사람들에겐 현묘한 우주의 이치를 상징했다. 그러나 남조의 국기였던 태극기에 들어간 사괘(四卦)는 넣지 않았다. 그렇게 하는 편이 그리기 쉬웠고 깔끔해서 보기에도 나았다.

날라리 소리에 실린 「붉은 등대 너머로」의 한 마디가 포근해 보이는 회청색 하늘로 날아올랐다. 아득한 오리온 자리를 향하는 것처럼 힘차고 매끄럽게. 「붉은 등대 너머로」는, 뛰어나게 아름답고 힘이 세어서 여신들의 사랑을 받았던 사냥꾼에 관한 고대 그리스의 신화를 바탕으로 삼아, 부패한 은하계 제국의 압제에 맞선 혁명가의 얘기를 그린 「오리온의 세번째 연가」라는 영화의 주제가였다. 붉은 등대는 오리온 자리의 알파 별 베텔게우스를 뜻했다.

뜨거운 무엇이 속에서 솟구쳐 가슴을 뻐근하게 채웠다. 깃발 위에서 떨리는, 좀 서툰 솜씨로 그려진 태극을 바라보는 그의 눈가가 아려왔다.

이것은 소리 없는 아우성
저 푸른 해원을 향하여 흔드는
영원한 노스탈자의 손수건

언젠가 예인선에 끌려 바다로 나가는 잠수함의 전망탑에 서서 부두 위의 국기를 향해 경례했던 때가 생각났다. 동료 승무원들 가운데 누구를 전송하러 나온 계집아이의 손에 들린 자그마한 국기였다. 흐릿한 하늘 아래 을씨년스럽고 바람만 센 늦가을 부두에서 열 두어 살 난 계집아이가 흔들던 그 작은 깃발은 갑작스러운 감동으로 그의 눈을 흐리게 했었다. 그로선 그때가 조선공화국의 깃발에서 가장 큰 감동을 받았던 때였다. 그 깃발은 자신이 목숨을 걸고 지키려는 소중한 것들의 상징으로 성큼 다가왔었다.

　　순정은 물결 같이 바람에 나부끼고
　　오로지 맑고 곧은 이념의 푯대 끝에
　　애수는 백로처럼 날개를 펴다.

　그래도 그때 맛보았던 감정은, 지금 자신이 만들어 올린 깃발을 올려다보면서 맛보는 감정에 비기면, 창백하게 느껴졌다. 반란을 일으킨 사람들이 자신들의 깃발을 우러르며 맛보는 감정엔 이미 자리 잡은 체제를 상징하는 깃발을 따르는 사람들은 결코 맛볼 수 없는, 비장한 무엇이 있다는 것을 그는 깨달았다.

　　아아 누구던가
　　이렇게 슬프고도 애달픈 마음을
　　맨 처음 공중에 달 줄을 안 그는.

　그의 흐릿한 눈앞으로 비장하게 '반기를 들었던' 사람들의 모습이 스쳤다 ─ 진승(陳勝), 황소(黃巢), 망이(亡伊), 홍경래(洪景來), 스파르타쿠스, 푸가초프…… 그들 모두 끝내 패해서 목숨을 잃었다.
　'누구였던가, 이렇게 슬프고도 애달픈 마음을 맨 처음 공중에 달 줄을 안 그는? 어느 고대 사회에서 압제적 권력에 맞서 일어섰던, 이름 알려지지 않은 누구였던가?'
　"바로."

그는 몸을 바로 하고서 앞마당에 모인 사람들을 내려다보았다. 병사들이 군대 의식을 아주 빠르게 배운다는 사실이 그의 비감해진 마음을 든든한 땅처럼 떠받쳤다. 사람들은 그저께 있었던 훈장 수여식에서보다 훨씬 자연스럽고 절도 있게 움직였다. 그는 가슴을 펴고 숨을 깊이 들이쉬었다.

"원슈님끠 대한 경례 이실 새니이다." 김교듕의 얘기에 김항텰이 돌아서서 외쳤다. "원슈님끠 대하야 경례."

"챵으이." 병사들이 그에게 경례하면서 구호를 외쳤다.

"챵의." 김항텰이 돌아서서 그에게 맵시 있게 경례했다.

"챵의." 병사들의 구호에 배 속에서 우러난 힘이 배어 있는 것이 흐뭇해서, 그도 목소리에 힘을 주었다.

"이제 원슈님끠셔 작야(昨夜) '신졈리 싸홈'애셔 공이 컸던 사람달할 표챵하시겠압나니이다." 경례가 끝나자, 김교듕이 말했다. "몬져, 작야 싸홈애셔 전사한 채갑식 훈병에 대한 표챵이 이실 새니이다. 채 훈병은 황셩무공훈쟝알 받고 부병애 튜셔다욀 새니이다."

채갑식은 현텽 북쪽 원통리에 사는 젊은이로 어제 아침에 챵의군에 들어왔다. 언오가 거느린 특공대의 습격으로 지휘부가 없어진 참에 김항텰이 이끈 본대가 들이닥치자, 홍쥬 군대는 맞설 생각도 하지 못하고 무너졌다. 이어 챵의군이 추격이 시작되었는데, 5듕대에 배치된 채는 어쩌다 자기 부대에서 벗어나서 아침에 무한산성 아래 논에서 시체로 발견되었다. 채는 챵의군에서 나온 단 하나의 전사자였다.

"채 부병의 유족끠셔는 군령 데팔호애 딸와 보샹알 받아실 새니이다." 잠시 뜸을 들이더니, 김이 말을 이었다. 김은 이제 여유 있게 식을 진행하고 있었다. "그러모로 유족끠셔는 부병의 봉록인 쌀 여슷 말알 스무 해 동안 달마다 받아실 새니이다."

마당에 모인 병사들 사이에서 낮은 웅성거림이 났다. 임무를 수행하다가 죽거나 다친 병사들에 대한 보상을 규정한 군령 데8호의 내용은 이미 동헌 옆벽에 붙여진 공고에서 알았을 터였지만, 막상 죽은 동료가 그 군령에 따라 보상받게 되자, 병사들에겐 그 군령의 뜻이 새롭게 다가온 듯했다. 싸움터에서 죽은 군사들에 대한 보상이 거의 없는 이곳에서 유족에게 스무 해 동안 봉록 전액을 지급한다는 규정은 사람들에게 깊은 인상을 남길 터였다.

물론 전상자들에게도 보상이 마련되었다. 생업에 종사할 수 없을 만한 듕샹(重傷)을 입은 사람에겐 봉록의 반을 평생 지급하고, 생업에 지장이 있는 평샹(平傷)을 입은 사람에겐 4분의 1을 평생 지급하고, 생업에 별 지장이 없는 경샹(輕傷)을 입은 사람에겐 4분의 1을 5년 동안 지급하도록 되었다.

"채 부병의 유족끠셔는 앒아로 나오쇼셔," 김이 말하고서 담 아래에 모인 한 무리의 사람들을 흘긋 쳐다보았다.

사람들의 눈길이 그리로 쏠렸다. 사람들이 길을 터주자, 허리가 구부정한 노파 한 사람이 나타났다. 무거운 정적이 마당에 내렸다.

작은아들로 보이는 소년의 부축을 받아 힘겹게 섬돌을 올라오는 그녀를 바라보면서, 그는 마음이 흔들리는 것을 느꼈다. 죽은 병사가 홀어머니를 모셨다는 얘기는 이미 들은 터였지만, 막상 이렇게 만나게 되니, 얼굴조차 기억에 없는 병사의 죽음이라는 추상적 사건이 문득 비극적 모습을 갖추고 그의 마음속으로 밀고 들어왔다. 그를 돕다가 죽은 사람의 유족을 만난 것은 이번이 처음이었다.

'이렇게 갑자기 자식을 잃은 어머니의 마음을 어떨까? 자식이 죽으면, 가슴에 묻는다고 했는데……'

"원슈님, 여긔……" 마갑슈가 나무 쟁반을 들고 와서 그에게 내밀었다.

"네." 그는 마음을 다잡고 쟁반에서 표창장을 집어 들었다. "표챵쟝. 뎨오듕대 뎨삼단대 훈병 채갑식. 귀하난 긔묘년 삼 월 십일 일의 신졈리 싸홈애셔 큰 공알 셰우고 전사하얐도다. 호셔챵의군의 모단 견우들흔 귀하의 공젹을 기리고 귀하의 의로온 주굼을 슬허하노라. 귀하의 공젹에 죠곰이나마 보답하져, 호셔챵의군은 귀하애게 황셩무공훈쟝과 부병의 품계를 튜셔하노라. 긔묘년 삼 월 십일 일 호셔챵의군 원슈 리언오."

표창장을 받아 드는 노파의 손이 떨렸다. 그녀의 주름 많은 볼 위로 눈물 두 줄기가 조용히 흘러내렸다. 사람들의 박수 소리가 커져서 그와 노파를 울타리처럼 둘러쌌다. 그 소리의 울타리를 뚫고 조심스럽게 두드리는 북소리가 들어왔다.

그는 마갑슈가 든 쟁반에서 훈장을 집어 들고 그녀에게로 다가 갔다. 대나무로 만든 안전핀으로 그녀의 거친 무명 저고리 앞가슴에 노란 훈장을 달았다. 그리고 한 걸음 물러나서, 그녀에게 경례했다. 눈물로 흐려진 눈 속으로 그녀 모습이 들어오고 그 모습에 저 세상에 두고 온 자신의 어머니 모습이 겹쳤다. 그랬다, 어느 세상에서나 어머니는 같았다. 그가 팔을 내리자, 북소리가 뚝 그쳤다.

"다암애난 부대 표챵이 이실 새니이다." 마갑슈가 노파를 부축해서 섬돌을 내려가자, 김교듕이 말했다. "이번에 표챵알 받알 부대난 신졈리 싸홈애서 션봉이었던 뎨삼듕대니이다."

김의 발표에 병사들이 잠시 웅성거렸다. 3듕대 대열 속에서 누가 팔을 번쩍 치켜들었다.

"뎨삼듕대의 부대쟝과 긔슈는 앒아로 나오쇼셔."

최셩업이 머뭇거리면서 앞으로 나왔다. 최의 옆에 섰던 기수가 3듕대 깃발을 들고 따라왔다.

그는 3듕대를 표챵하게 된 것이 흐뭇했다. 주로 나이가 지긋한 사람들로 이루어졌고 그동안 군악대 노릇을 많이 했으므로, 싸움터에서 돋보이는 역할들을 맡았던 다른 듕대들에 비기면, 3듕대는 분위기가 좀 가라앉은 것처럼 보였었다. 이번 일에서 처음부터 그를 충실하게 따라준 최셩업에게 보답하게 되었다는 점도 흐뭇했다.

"표챵쟝." 최와 기수인 리샹훈이 토방으로 올라와서 그를 바라보고 서자, 그는 표챵장을 읽기 시작했다. "뎨삼듕대. 귀 부대난 긔묘년 삼월 십일일의 신졈리 싸홈애서 션봉아로 큰 공알 셰웠도다. 다란 부대달회 귀감이 다외난 그 공젹을 기려 표챵하노라. 긔묘년 삼월 십일일 호셔챵의군 원슈 리언오."

그는 표챵장을 최에게 내밀었다. 쟝복실에서 례산현텽 관군과의 싸움을 앞두고 농악대를 지휘하던 최의 모습이 그의 눈앞에 선연하게 떠오르면서, 고마움이 그의 가슴을 뻐근하게 채웠다. 얼굴에 웃음을 띠면서, 그는 최에게 슬쩍 고개를 끄덕여 보였다.

긴장으로 굳은 최의 낯빛이 문득 흔들렸다. 이어 근엄한 얼굴에 수줍은 웃음이 자리 잡았다.

그는 쟁반에서 쪽빛 띠를 집어 3등대 깃발 위쪽에 달았다. 그리고 조심스럽게 띠를 훑어 내렸다.

'이제 모든 부대들이 선봉이 되려고 다투겠지. 보답이야 쪽빛 띠 하나지만, 그것이 상징하는 영예를 위해 목숨들을 걸겠지……'

리샹훈이 숙였던 깃발을 다시 세우자, 사람들이 손뼉을 쳤다. 3등대 병사들이 소리를 질렀다.

"이제 원슈님끠셔 작야 싸홈애셔 큰 공알 세운 사람달할 표챵하시겠압나니이다." 최와 리가 섬돌을 내려가자, 김교듕이 말했다. "자셩무공훈쟝알 받알 사람달한 부사 김항텰과 부병 황구용이니이다. 두 분끠셔는 앒아로 나오쇼셔."

김항텰과 황구용은 이미 그저께 각기 자셩무공훈쟝과 황셩무공훈쟝을 받아서, 한 품계씩 오른 터였다. 이제 새로 훈쟝을 받으면, 다시 한 품계씩 오를 터이니, 사흘 동안에 품계가 둘이나 오른다는 얘기였다.

'비슷한 품계로 시작했는데, 이제부턴 차츰 차이가 나는구나. 불만을 품은 사람들도 생기겠지만, 이젠 싸움터에 나가면, 모두 목숨을 걸고서…… 어쨌든, 김 총독의 품계가 빨리 올라가는 건 좋은 일이지.'

훈쟝을 받는 사람들이 많아서, 훈쟝을 주는 일도 시간이 꽤 걸렸다. 황셩무공훈쟝을 받은 사람들이 아홉이고, 쳥셩무공훈쟝을 받은 사람들이 서른둘이었다.

"이제 원슈님끠셔 훈시하시겠압나니이다." 훈장을 주는 일이 끝나자, 김교등이 말했다.

그는 마당에 모인 사람들을 둘러보았다. 너른 마당을 가득 채우고도 넘친 사람들이 새삼스럽게 그의 가슴을 뻐근하게 했다. 대디동 사람들을 이끌고 저수지 터를 내려오던 때가 생각났다. 노인들과 아이들까지 쳐도, 2백이 채 못 되었고, 그래도 군대라고 할 만한 것은 몽둥이로 무장한 서른 남짓한 젊은이들이었다. 이제는 제대로 무장하고 전투 경험이 있는 320명의 병력을 거느린 것이었다.

'흠. 이것이 반란을 일으킨 사람들이 맛보는 즐거움이겠지. 하루가 다르게 추종자들이 불어나는 것이 즐겁겠지. 그래서 때로는 자신의 성공에 취해서, 정부군과 무모한 싸움을 벌이기도 하고……'

어떤 반란에서나 반란군은 초기엔 아주 빠르게 늘어났다. 몇십명이 일으킨 반란이 며칠 안에 몇천 명의 추종자들을 모으고 몇 달안에 몇만 명 또는 몇십만 명을 모은 경우들이 흔했다.

'단 팔십 명의 코사크족 병사들로 반란을 시작한 푸가초프가한 달 뒤엔 이천 오백을 거느렸고 석 달 뒤엔 십만 명을 거느렸으니……'

에멜란 푸가초프는 18세기 후반 러시아에서 코사크족과 농민들을 모아 반란을 일으켰는데, 그의 반란은 러시아의 '농민 전쟁'들가운데 가장 규모가 컸다.

'하지만 내가 푸가초프처럼 잘못 판단해서 싸움에서 단 한 번이라도 지면, 이 사람들은 이내 흩어지겠지.' 그의 머리 뒤쪽에서 차분한 목소리가 그의 달뜬 가슴에 찬물을 끼얹었다.

관군과의 싸움에서 한 번만 지더라도, 호셔챵의군은 이내 무너질 터였다. 어느 반란에서나, 정부군은 정부 조직이 떠받쳐서 거듭된 패전에도 쉽사리 무너지지 않았지만, 반란군은 패전을 견뎌낼 만한 응집력이 없었다. 한때 3백만 농민들이 가담했던 푸가초프의 반란군도 단 한 번의 패전으로 흩어졌다. 빠르게 불어난 군대는 빠르게 흩어지기 마련이었다.

"원슈님끠 대하야 경례," 부대를 향해 돌아선 김항텰이 외쳤다.

"챵으이," 병사들이 우렁차게 외쳤다.

"챵의," 그를 향해 돌아선 김이 경례했다.

"챵의." 답례하는 그의 마음에는 그러나 그런 생각이 그늘을 드리우지 않았다. 그런 생각이 마음을 덮기에는 어젯밤 승리가 너무 생생했다.

"이제는 아조 오래다외얀 닷하디마난, 혜아려보면, 우리 호셔챵의군이 니러션 것은 나할 젼이얻나이다." 병사들이 편한 자세로 듣도록 이른 뒤, 그는 차분한 어조로 훈시를 시작했다. "그 나할 사이애 우리는 됴명의 셕은 관리달할 도오난 관군과 세 번 싸화 세 번 이긔얻나이다. 앒아로도 우리는 싸홀 때마다 이긔어야 하나이다. 그리하여야, 우리는 우리 쳐자달콰 권쇽달할 디킐 수 이시나이다. 그리하여야, 우리는 모단 사람달히 사람다이 살 수 이시난 셰상알 맹갈려고 니러션 우리의 뜯을 이룰 수 이시나이다. 그러하디 아니 하나니잇가?"

"녜에," 몇이 대꾸했다.

"그러하디 아니 하나니잇가?"

"녜에이," 이번에는 대답이 컸다.

"녜. 그러하나니이다. 우리는 싸홀 때마다 이긔여야 하나이다. 그러나 큰 싸홈애셔 이기고난 우리는 겸 즐길 수도 이시나이다. 그리하고 목도 마라나이다. 술 생각이 날 만도 하나이다." 잠시 말을 멈추고, 그는 사람들의 반응을 살폈다.

다른 군대에서와 마찬가지로, 챵의군에서도 술은 큰 문제였다. 물론 병사들이 술을 마시는 것을 막을 수는 없었다. 막기가 어려울 뿐 아니라 바람직하지도 않았다. 그렇다고 병사들이 맘대로 마시도록 할 수도 없었다. 물론 적당히 마시도록 해야 했지만, 다른 사람들도 아니고 병사들이 술을 마실 때 절제하기를 기대할 수는 없었다.

술 얘기가 나오자, 병사들의 낯빛이 바뀌었다. 뜻밖의 얘기를 어떻게 받아들여야 할지 모르는 낯빛이 되더니, 그의 얼굴에 어린 웃음기를 보자, 낯빛이 풀렸다. 옆 사람을 돌아다보고, 소곤거리는 병사들도 있었다.

"싸홈애셔 이긔면, 군사달히 술을 마시면서 이긘 것을 즐기는 것은 당연하나이다. 그러나," 그는 근엄한 얼굴로 잠시 뜸을 들였다. "우리 챵의군은 다암 싸홈알 준비하여야 하나이다. 그러모로 나난 여러분들끠 목이 마란 것을 겸 참아달라 말쌈드리나이다. 여러분, 다암 싸홈알 위하야 목이 마란 것을 겸 참아실 수 이시나니잇가?"

"녜에이," 뜻밖에도 많은 병사들이 머뭇거리지 않고 대꾸했다.

"감샤하압나니이다. 우리 이 셰샹알 사람달히 사람다이 살 수 이시난 셰샹아로 맹갈안 뒤헤, 석은 관군을 걱뎡하디 아니 하야도 다윌 때애, 우리 슬카쟝 마시사이다. 그때까쟝안 목이 마라더라도 졈 참으쇼셔. 시방안 나이 한 잔식 딸와드리는 술로 참아쇼셔." 그는 김교듕을 돌아다보았다. "김 대쟝, 술은 마련다외얏나이다?"

"녜, 원슈님. 뎌긔……" 김이 마당 뒤쪽을 가리켰다.

"여러분," 그는 다시 병사들에게 말했다. "훈련댱의 땀 한 방올안 싸홈터의 피 한 방올알 막난다난 녜아기 이시나이다. 우리 시방 땀 흘리면셔 다암 싸홈알 쥰비하면, 우리는 싸홈터에셔 피를 흘리디 아니할 새니이다. 여러분, 여러분끠셔는 땀알 흘리면셔 열심히 다암 싸홈알 쥰비하시겠나니잇가?"

"녜에이." 병사들의 대꾸에 힘줄이 들어 있었다.

"그러하면 우리 만셰를 브르고셔 이 식을 마차사이다. 호셔챵의 군 만셰에." 그는 두 팔을 들어 만세를 불렀다.

"만셰에," 병사들이 제각기 팔을 들면서 외쳤다.

"만셰에," 그는 더 큰 목소리를 냈다.

"만셰에에," 이번에는 병사들의 목소리가 거의 동시에 났다. 토방에 선 병사들도 병사들의 외침에 목소리를 보탰다.

"만셰에," 모르는 새 홍이 올라, 그는 갈라지는 소리가 나오도록 힘껏 외쳤다.

"만셰에에," 모든 사람들의 목소리가 한 덩이 되어 하늘로 솟구쳤다.

"자아, 그러하면," 그는 양쪽으로 늘어선 군사(軍師)들을 돌아다보았다. "나이 이제 군사달해게 술을 한 잔식 딸와주려 하나이다.

군사달끠셔도 군사달해게 술을 한 잔식 딸와주시면셔 격려하야 주쇼셔."

"녜, 원슈님," 다른 군사들이 머뭇거리자, 바로 곁에 선 윤긔가 서둘러 대꾸했다.

"술독이 뎌긔 이시나이다." 그는 술독들이 놓인 곳을 가리켰다. "함끠 가사이다."

그가 섬돌을 내려오는 것을 보자, 보급단대 앞에 섰던 배고개댁이 급히 술독들이 놓인 곳으로 다가갔다.

"복심이 어마님, 슈고랄 많이 하샸나이다."

그의 치하에 배고개댁의 얼굴이 발갛게 물들었다. "쇼쟝이야 그저……"

뜻밖에도 매끄러운 대꾸에 그는 좀 놀라서 그녀를 살폈다. 싸움터에서 보낸 며칠 사이에 그녀는 산골 여인의 티를 말끔히 씻은 것이었다. 문득 묵직한 충동이 그의 아랫도리에 고였다.

그는 좀 당혹스러운 마음으로 가까이 선 부대를 돌아다보았다. 참모부였다. 바로 곁에 1등대 1단대가 있었다. "박 대쟝."

"녜, 원슈님." 박초동이 급히 다가왔다.

"부대원들흘 다리고 오쇼셔. 나이 술을 한 잔식 딸와줄 새니."

"녜, 원슈님."

"복심이 어마님, 그 술독도 둡게를 벗기쇼셔." 볼록한 젖가슴으로 끌리는 눈길을 억지로 술독에 비끄러매면서, 그는 술독 곁에 놓인 함지에서 바가지를 집어 들었다.

"녜, 원슈님." 어느 사이엔가 다가온 고사리댁이 서둘러 술독 뚜껑을 벗겼다.

"뎌 술독의 술안," 그는 윤긔를 돌아다보았다. "윤 군사끽셔 딸 와주쇼셔."

"녜, 원슈님." 그의 웃는 얼굴을 윤긔가 웃는 얼굴로 받았다. 나흘 전 싸움에 져서 붙잡힌 례산현감이 처음으로 웃음을 보인 것이었다.

6

"브르압샸나니잇가?" 동헌 마루로 올라선 왕부영이 조심스럽게 물었다.

"아, 왕 대쟝. 어셔 오쇼셔." 리산웅, 김교듕, 그리고 새로 믈쟈 참모부쟝이 된 김진팔과 현령의 수입과 지출에 관해서 얘기하던 언오는 옆자리를 가리켰다. "이리 오쇼셔."

"녜, 원슈님." 왕이 한쪽에 무릎을 꿇고 앉았다.

"편히 앉아쇼셔. 왕 대쟝끠 오시라 한 것은, 다란 일이 아니라, 이것을 졈 보시고……" 그는 서안 뒤에 놓인 두루마리 문서를 들어 왕에게 내밀었다. "군령 뎨십일호인듸, 한번 닑어보시고셔 왕 대쟝의 뜯이 엇더하신디 녜아기하야주쇼셔."

"녜, 원슈님. 알겠압나니이다." 왕이 공손히 문서를 받아서 조심스럽게 펼쳤다.

"셩 대쟝," 그는 마루 끝에 걸터앉은 셩묵돌을 불렀다.

"녜, 원슈님." 셩이 냉큼 일어나서 돌아다보았다.

"의약단대에 가셔서 최 대쟝끠 졈 오시라 하쇼셔."

우츈이가 거의 의약단대에서 지내고 다른 근위병들이 작업에 동원되었으므로, 셩은 혼자서 근위병 노릇에 잔심부름까지 하는 판이었다.

"녜, 원슈님." 셩이 이내 몸을 돌려 탄력 있는 걸음으로 섬돌을 내려갔다.

'사람이 많이 늘어났는데도, 일할 사람이 오히려 부족하니⋯⋯ 잔심부름할 사람을 하나 붙여줘야 하는데.' 길텽 모퉁이를 돌아가는 셩을 보면서, 그는 입맛을 다셨다. '그럴 게 아니라, 아예 우츈이를 의약참모부로 돌리고 비셔병을 새로 쓰는 게⋯⋯'

읽기를 마친 왕이 조심스럽게 문서를 서안 위에 내려놓았다. 이어 무릎을 꿇고 고개를 숙였다. "원슈님끠셔 미쳔한 쇼인달할 이리 보살펴주시니, 쇼인달한 므슥이라 말쏨알 올려야 할디⋯⋯"

"왕 대쟝 생각애난 엇더하나니잇가? 이리하면, 다월 닷하나니잇가?" 문서를 펼치고 다시 훑어보면서, 그는 물었다. 관둔뎐(官屯田)의 처리에 관한 군령이었는데, 글이 마음에 들었다.

호셔챵의군 군령 뎨십일호

흐나. 군령 뎨일호애 똘와 량인돌히 두외얀 례산현의 공쳔들 가온디 외거 노비에 대ᄒ야, 저희 바티던 신공돌홀 모도 없이 ᄒ노라.

둘. 눔의 노비 두외얀 사룸돌히 사룸다이 살게 ᄒ려면, 저희를 량인돌로 도루ᄂ 것만ᄋ로ᄂ 브죡ᄒ도다. 제 재산과 생업을 가존 뒤혜야, 사룸은 사룸다이 살 수 이시도다. 그런 사졍을 생각ᄒ야, 례산현의 관둔뎐 열세 결을 뎐에 닉거 노비였던 사룸돌헤게 고로 ᄂ호아주노라.

세. 관군뎐을 받은 사룸돌혼 그 값ᄋ로 다음 해(경진년)브터 열해 동안 세금 밧게 소츌의 십 분지 일을 호셔챵의군에 바틸시도다.

긔묘 삼 월 십일 일
호셔챵의군 원슈 리언오

"쇼인달히야 그저……" 왕의 목소리가 문득 가라앉았다. "이믜 원슈님끠셔 베프신 은혜 깊사온듸…… 쇼인달한 모도 원슈님 은혜를 깊이 새길 새압나니이다."

"그러하면 다외얏나이다. 군령을 내다붙이쇼셔."

"녜, 원슈님." 네 사람이 함께 일어섰다.

"아, 가만……" 그는 사람들을 다시 앉혔다. "왕 대쟝끠 보여드릴 것이 또 이시난듸……"

그가 손짓하자, 김교듕이 손에 든 두루마리 문서를 왕에게 건넸다.

"그 문셔는 군령 뎨십호의 초인듸, 한번 보쇼셔. 이제 왕 대쟝끠셔는 뎨구듕대랄 잇그시나이다."

"아, 네, 원슈님." 왕이 받아 든 문서를 조심스럽게 펼쳤다. 두루마리가 워낙 길어서, 김교듕과 김진팔이 양끝을 잡았다.

군령 10호는 챵의군을 새로 편성한 것을 밝혔다. 사흘 전 군령 3호로 편성했을 때보다 사람 수가 훨씬 많아진 데다가 두 번의 큰 싸움을 치르면서 사람들의 됨됨이가 드러났으므로, 군대를 새로 편성하는 것이 시급했다.

　　　원슈부　　원슈 리언오

　　　군사부　　군사　　　경령 윤긔
　　　　　　　　부군사　　딕령 리산구
　　　　　　　　부군사　　딕령 신경슈
　　　　　　　　딕군사　　경위 김경문
　　　　　　　　딕군사　　부위 최연규
　　　　　　　　딕군사　　부위 심연용
　　　　　　　　딕군사　　부위 셕현공
　　　　　　　　딕군사　　딕위 신졈필
　　　　　　　　딕군사　　딕위 박션동

　　　근위단대쟝 경병 셩묵돌

　　　총참모부　슈 총참모쟝　경위 리산웅

슈 문셔참모부쟝   졍병 김교듕

슈 군법참모부쟝   부병 리홍렬

슈 군악참모부쟝   부병 한졍희

슈 쳑후참모부쟝   졍병 황구용

      쳑후단대쟝   부병 안졍훈

슈 행군참모부쟝   부병 손향모

슈 훈련참모부쟝   부병 죠한긔

슈 티부참모부쟝   부병 신듕근

슈 믈자참모부쟝   졍병 김진팔

      취사단대쟝   졍병 김순례

      침션단대쟝   부병 리슌매

슈 의약참모부쟝   부병 최월매

      의약단대쟝   딕병 졍도화

      위생단대쟝   부병 원막생

슈 민사참모부쟝   부병 김병룡

륙군 본부   슈 륙군 총독   졍수 김항렬

뎨일듕대쟝   졍병 박초동

      뎨일단대쟝   부병 신종구

      뎨이단대쟝   졍병 백용만

      뎨삼단대쟝   부병 박희관

뎨이듕대쟝　졍병 류갑슐

　뎨일단대쟝　부병 박우동
　뎨이단대쟝　졍병 김인식
　뎨삼단대쟝　부병 최만업

뎨삼듕대쟝　딕ᄉ 최셩업

　뎨일단대쟝　졍병 김갑산
　뎨이단대쟝　졍병 김셰윤
　뎨삼단대쟝　부병 홍진효

뎨오듕대쟝　딕ᄉ 류죵무

　뎨일단대쟝　졍병 리쟝근
　뎨이단대쟝　부병 박슌홍

뎨육긔병듕대　딕ᄉ 쳔영셰

　뎨일단대쟝　졍병 안징
　뎨이단대쟝　부병 우승호

뎨칠듕대쟝　딕ᄉ 윤삼봉

92

데일단대쟝　부병 손갑셕

데이단대쟝　부병 심종규

데팔공병듕대쟝　딕스 쟝츈달

데일단대쟝　부병 오명한

데이단대쟝　부병 셔긔쥰

데삼단대쟝　부병 엄삼달

데오단대쟝　부병 마억보

데육단대쟝　졍병 셕심셩

데구듕대쟝　졍병 왕부영

데일단대쟝　부병 왕병두

데이단대쟝　부병 왕은복

데십특공듕대쟝　딕스 김을산

데일단대쟝　부병 졍희영

데이단대쟝　부병 명쥰일

데삼단대쟝　부병 김현팔

데오단대쟝　부병 강찬삼

비록 만들어진 지 나흘밖에 안 되었지만, 세 차례 싸움을 치르면서, 챵의군은 제법 짜임새 있는 군대로 진화했다. 그래서 그는 이전의 편제를 되도록 유지하려 애썼다. 이미 부대원들 사이에 이루어진 인간관계들과 팀워크를 흔들지 않는 것이 옳았다.

눈에 뜨이는 변화들은 봉션이 아버지가 빠진 것과 향천사(香泉寺)의 불승들 가운데 돌다리를 잘 놓는다고 알려진 사람 둘을 받아들인 것이었다. 지금 딕군사 셕현공과 6공병듕대 6단대쟝 셕심셩은 무한쳔 상류에 작전용 나무다리를 놓고 있는 쟝춘달을 돕고 있었다. 그리고 바느질이 많아졌으므로, 침션단대를 편성했고, 목욕탕 운영과 의복 세탁을 맡은 위생단대를 만들었다.

그러나 그에게 가장 흐뭇한 변화는 특공듕대를 새로 만든 것이었다. 이번 '신졈리 싸홈'에서 특공대의 기습이 결정적 역할을 했으므로, 특공대를 본격적으로 쓰기로 한 것이었다. 이번 기습에 참가했던 네 요원들을 단대쟝으로 삼아서 특공단대 넷을 편성했다.

단대는 단대쟝을 포함해서 네 사람으로 이루어졌다. 작은 조직에서 넷은 가장 안정된 숫자였다. 둘이면, 서로 다투기 쉬웠다. 셋이면, 둘이 연합해서 나머지 하나를 따돌리는 성향이 있었다. 특히, 부하 둘이 연합해서 지휘자에게 대항할 위험이 컸다. 넷이면, 사정이 달랐다. 어느 둘이 연합하면, 나머지 둘도 자연스럽게 연합하게 되어서, 따돌림을 당하는 사람이 나오기 어려웠다. 특공대를 맨 먼저 운용한 군대는 영국군이었는데, 제2차 세계대전 아프리카 작전에서 원거리 특공대를 내보낼 때, 늘 네 사람을 한 조로 편성했었다. 그 일화를 소개하면서, 그의 해사 시절 전사 교관은 하렘도 넷이 상례라고 말했었다. 하렘이 넷이어야, 집안이 화목하다는 얘기였는데, 진담인지 농담인지 분명치 않았지만, 일리 있다는 생각이 들었었다.

"쇼쟝이 이리 종요로온 자리랄 맛다셔……" 자신의 직책을 확인한 왕이 좀 걱정스러운 낯빛을 했다.

"나이 생각애난 왕 대쟝끠셔 부대랄 이대 잇그실 닷하나이다. 왕 대쟝과 9듕대 군사달히 여긔 현텽 일을 이대 알고 읍내 사정도 밝아니, 앒아로 9듕대난 쥬로 례산현텽을 디키난 임무랄 맛달 새니이다."

"원슈님, 감샤하압나니이다. 원슈님 깊으신 은혜 결초보은하겠압나니이다." 왕이 두 손으로 마루를 짚고 몸을 숙이면서 다짐했다.

"그러하면, 김 대쟝, 이 초랄 경셔하야 가져 오쇼셔."

"네, 원슈님." 김교듕이 문서를 받아 들자, 사람들이 다시 일어섰다.

'일단 그렇게 해놓고……' 토방으로 내려서는 사람들을 먼 눈길로 바라보면서, 그는 생각을 가다듬었다. '어차피 관둔뎐 열세 결로는 해결될 수 없는 문제니.'

관둔뎐은 현텽에서 관노들을 써서 직접 경작하는 땅으로, 거기서 나오는 소출은 례산현텽의 수입에서 가장 중요한 것이었다. 『경국대뎐』에 현의 몫으로 정해진 관둔뎐은 12결이었는데, 례산현에는 수외관둔뎐(數外官屯田)이 1결 있었다. 평년에는 결당 쌀 열한두 섬의 소출이 있어서, 관둔뎐에서의 한 해 수입은 거의 쌀 150섬이 되었다. 아록뎐(衙祿田)과 공슈뎐(公須田)이 각각 41결과

15결이 되었지만, 그것들은 현령에서 세금만을 거두는 민전(民田)이었다. 결당 쌀 20말을 세금으로 거두었으므로, 거기서 나오는 수입은 쌀 80여 섬에 지나지 않았다. 물론 다른 세금들도 있었으니, 화전세(火田稅)가 꽤 되었고, 꿩, 닭, 볏짚, 땔감, 숯, 홰 따위 향공(鄕貢)도 있었고, 잡세도 서너 가지가 되었다. 그래도 관군면의 소출을 빼면, 수입이 절반 넘게 줄어드니, 결코 작은 문제가 아니었다.

'지금 내 처지에서 가을에 할 걱정을 미리 하는 건…… 게다가 향공도 곧 없애야 하는데.' 그는 즐거움과 걱정이 뒤섞인 야릇한 웃음을 입가에 올렸다.

그는 지금 조선 정부에서 거두는 여러 가지 세금들을, 소득의 1할에 상당하는 소득세만을 남기고, 모두 없앨 생각이었다. 그렇게 세금을 단순하고 가볍게 하는 것은 여러모로 합리적이었다. 무엇보다도 중요한 고려 사항은 그런 조치가 인민들의 지지를 받으리라는 점이었다. 그로선 그런 개혁 조치를 당장 공포하고 싶었지만, 지금 그의 기병(起兵)이 이곳 사회에 준 충격이 너무 커서 사람들이 그런 조치가 지닌 혁명적 뜻을 제대로 새기기 어려울 터였다. 그래서 혼란이 좀 가라앉기를 기다리는 참이었다.

길령 모퉁이를 돌아서, 성묵돌과 최월매가 나타났다.

치맛자락을 쥐고 종종걸음을 치는 최를 보자, 머리 뒤쪽에 묵직하게 자리 잡았던 귀금이 생각이 성큼 앞으로 나왔다. 아까 배고개 댁을 보고 느닷없이 느꼈던 욕정은 좀처럼 수그러들지 않았다. 그동안 억지로 눌러 넣었던 욕정의 물살이 의지의 둑을 무너뜨릴 듯한 기세로 넘실거렸다. 그래서 그는 이참에 아예 귀금이의 일을 처리할 생각이었다. 이미 어저께 최에게 매파 노릇을 부탁하기로 마음먹었던 터이기도 했다.

"최 대쟝, 어셔 오쇼셔," 그녀가 마루 위로 올라서자, 그는 짐짓 쾌활한 목소리를 냈다.

"브르압샸나니잇가?" 맵시 있게 앉으면서, 그녀가 윗몸을 가볍게 숙였다.

"녜. 병원 일안 엇더하나니잇가?" 아침에 병원에 들렀으므로, 무슨 큰 알맹이가 든 물음은 아니었다.

"여전하압나니이다." 그녀가 이마를 가볍게 찌푸렸다. "죠곰 전에 또 한 사람이 죽었압나니이다."

"또?"

"녜. 이제 곧 죽을 만큼 큰 샹쳐를 받안 사람달한 다 죽은 혜옴이니이다. 한 사람이 상쳐이 졈 큰듸, 오날 밤만 디나면, 살디 못살디 알 수 이실 새니이다." 그녀는 아주 사무적인 어조로 말했다. 많은 사람들을 치료하다 보니, 사람이 죽고 사는 일도 사무의 한 부분이 된 듯했다.

"시신달한 엇디하얏나니잇가?"

"향쳔사 골로 보냈압나니이다."

싸움에서 죽은 관군들의 시체들은 향쳔사 골짜기에 마련한 공동묘지에 묻혔다. 호쟝 심연용이 청을 넣어, 향쳔사에서 죽은 사람들을 위해 재를 올리기로 되었다.

그는 고개를 끄덕였다. "이대 하샷나이다. 그리하고 홍쥬목사 방애 이셨던 겨집은 엇더하나니잇가?"

새벽에 홍쥬목사 방에서 붙잡힌 기생은 아주 어렸다. 열네 살이라고 했는데, 열두어 살로 보일 만큼 몸집이 작아서, 보기에 안쓰러웠다. 얘기를 들어보니, 홍쥬에 살았는데, 부모가 환곡(還穀)을 제때에 갚지 못하게 되자, 대신 딸을 홍쥬목에 팔았다는 것이었다.

"이제는 마암이 졈 가라앉았압나니이다. 의약단대에서 일알 도오라 하얏압나니이다."

"이대 하샸나이다. 열넷이면, 기생이 다외기애난 너모 어린 듸……" 귀금이가 겨우 열다섯 살이라는 것을 떠올리고, 그는 말끝을 흐렸다.

"쇼녀는, 쇼쟝안 열셋에 머리를 얹었압나니이다." 최가 받았다. 그러나 그녀의 낯빛과 목소리는 맑았다.

"실로난," 그녀 얘기에 용기를 얻어, 그는 얘기를 꺼냈다. "나이 최 대쟝알 뵙자 한 것은…… 나이 묘하하난 사람이 이시난듸, 나이 스스로 나셔기 졈 므슥하야……"

"아, 그러하압시나니잇가?" 그녀가 문득 낯빛을 고치고서 그에게로 다가앉았다. "쇼쟝이 도와드릴 일이라도……?"

7

위쪽 논에서 볍씨를 뿌리던 늙수그레한 농부가 흘끔 이쪽을 살
피다가, 그와 눈길이 마주치자, 황급히 고개를 돌렸다. 그래도 그
농부는 처음 창의군을 대했을 때보다는 두려움이 많이 가셔져 있
었다. 그 농부 너머로 들판에서 일하는 농부들 대여섯이 보였다.
무한천 바로 곁에 있는 들판이라, 날씨가 가물었지만, 볍씨를 뿌리
는 데 큰 어려움은 없는 듯했다. 뒤쪽 산에서 꿩 울음이 들려왔다.
　평화스러운 봄 풍경이 싸움터에서 받은 충격으로 얼얼한 그의
마음을 보드라운 손길로 어루만졌다. 이웃 고을에서 일어난 반란
과 거푸 벌어진 싸움들에 흔들리지 않고 생업을 돌보는 농부들에
게 향하는 고마움이 하필이면 농사철에 큰일을 벌였다는 생각이
늘 한구석에 얹혀 있는 그의 가슴속으로 따스하게 번지고 있었다.
이 들판은 례산현과 대흥현의 경계 바로 너머에 있었다. 대흥현 근
동면(近東面) 손지동리(遜志洞里)라고 했다.

'세상이 어수선해도, 농사를 짓는 사람들은 저렇게…… 이제 씨를 뿌리는 일은 그럭저럭 마친 듯한데. 비만 좀 오면 되는데.' 구름 없는 하늘은 비와는 거리가 먼 낯빛을 짓고 있었다. 그것이 좀 아쉽긴 했지만, 그래도 봄 하늘의 포근한 품은 그의 마음을 끌어 올렸다.

"륙긔병듕대 앏아로."

천영셰의 목소리에 그는 상념에서 깨어났다. 멀리 나들이 나간 마음을 거두어들이고서, 그는 다리 쪽을 살폈다.

6긔병듕대 1단대쟝 안징이 말을 끌고 다리 쪽으로 다가서고 있었다. 차례를 기다리는 것이 지루했었는지, 말의 걸음엔 기꺼움이 배어 나왔다. 다리 바로 옆에 어저께 오후에 이 다리를 만드는 일을 지휘한 쟝춘달이 좀 긴장된 얼굴로 서 있었다. 8공병듕대의 다른 부대원들이 듕대쟝 둘레에서 사람들이 다리를 건너는 것을 살피고 있었다.

'스님들이라 역시……' 강 건너편을 바라보고서, 그는 고개를 끄덕였다.

그쪽엔 다리를 놓는 일에서 쟝을 도운 셕현공과 셕심셩이 서서 사람들이 다리를 건너는 모습을 지켜보고 있었다. 손에 잡은 죽창이 아무래도 차림에 어울리지 않았지만, 두 불승들에게선 다른 사람들에게서 느껴지지 않는 차분하고 넉넉한 무엇이 느껴졌다.

안징의 말이 다리 위로 올라서자, 그는 자신도 모르게 주먹을 쥐었다. 급히 만든 다리라, 보기에는 튼튼했지만, 어쩔 수 없이 마음이 졸아들었다. 다리가 무너지는 것보다도 말의 발이 다리 위에 깔아놓은 나무토막들 사이로 빠지는 것이 더 걱정이 되었다. 지금 말한 마리는 정말로 소중했다.

마침내 안징이 다리를 다 건넜다. 다리는 끄떡하지 않고 말의 무게를 받아냈다. 안의 말이 건너편 모래밭으로 내려서자, 바라보던 사람들이 일제히 안도의 한숨을 내쉬었다.

챵의군은 지금 해미 병영 관군과의 싸움에 대비하여 기동 훈련을 하고 있었다. 다음 싸움이 해미 군대와의 싸움이리라는 것은 거의 확실했다. 해미 군대가 언제 례산에 이를지는 아직 짐작하기 어려웠지만, 그 군대는 분명히 튱쥬나 한성에서 올 군대보다 먼저 닿을 터였다.

물론 그는 싸울 때와 곳을 자신이 결정하여 전술적 우위를 얻고 싶었다. 그 목적을 위해서 그가 생각해낸 계획은 해미 군대가 역내다리를 건너지 못하게 해서 일흥역에서 숙영하도록 만드는 것이었다. 역내다리 서쪽은 들판이어서, 일흥역을 빼놓으면, 숙영지로 삼을 만한 곳이 없었다. 다리를 건너지 못하면, 자연스럽게 해미 군대는 사람들이 없는 일흥역에서 묵을 터였다. 그리되면, 그는 밤에 군대를 이끌고 관군을 칠 생각이었다. 물론 야습은 아주 어렵고 위험했다. 챵의군처럼 막 조직되고 훈련이 덜 된 군대엔 특히 그랬다. 그래도 그곳 지형에 밝은 일흥역의 역리들이 안내할 터였고, 이번 기동 훈련으로 모든 병사들이 접근로의 지형에 익숙해질 터였다. 더 중요한 것은 챵의군이 이미 밤에 싸운 경험이 있다는 사실이었다.

그런 야습에서 역내다리로부터 무한천 상류로 거의 10리를 올라온 곳에 놓인 이 다리는 중요한 역할을 할 터였다. 해미 군대는 병마절도사가 거느린 직업적 군대였으므로, 홍쥬 군대처럼 경계가 소홀하진 않을 것이었다. 그래도 그들의 눈길은 역내다리 쪽으로 쏠릴 터여서, 이렇게 멀리 돌아서 숙영지 뒤쪽에서 나타나면, 기습의 효과가 제대로 나올 수 있었다.

이번엔 특공대를 운용하지 않기로 했다. 기지와 목표 사이의 거리가 홍쥬 군대와 싸울 때보다 몇 곱절 멀었으므로, 다른 부대들 사이에 시간을 맞추기가 어려웠고 예상치 못한 상황이 나타날 가능성이 컸다.

그는 자신이 세운 작전 계획이 마음에 들었다. 자신이 바라는 곳에 적군이 머물게 하는 것은 이기는 데 당연히 큰 도움이 될 터였다. 그것은 바로『손자병법』에 나오는 원칙이었다: "잘 싸우는 사람은 지지 않을 곳에 서서 적이 지는 것을 놓치지 않는다. 그래서 이기는 군대는 미리 이기고서 싸우러 나선다."

비밀이 새나가지 않도록 그는 그 계획을 김항텰에게만 알렸다. 미리 밝혔다가 배영집이 또 하나 나오면, 그의 계획이 쓸모없어질 뿐 아니라 적의 덫에 걸릴 위험까지 있었다. 그래서 지금 사람들은 이 기동 훈련이 야습의 예행연습인 줄 모르고 있었다.

병사들은 둑길을 따라 한 줄로 가고 있었다. 길다운 길이 없었으므로, 행군 속도는 느렸다. 모두 작은 배낭을 메고 있었다. 속에 짚신 두 켤레와 점심인 김밥과 비상식량인 볶은 콩이 들었을 터였다. 덕분에 챵의군의 행군 능력은 적어도 세 곱절 늘어난 셈이었다. 나폴레옹의 말대로, 군대는 위(胃)가 채워져야 움직일 수 있었다.

'이젠 제법 군인답게 보이는데. 모자만 해주면…… 상투 때문에 모자는 당분간 좀 어렵겠지만.' 입가에 야릇한 웃음을 띠면서, 그는 쌍안경을 들어 앞쪽을 살폈다.

앞장선 1등대는 벌써 1차 집결지에 닿아서 쉬고 있었다. 1차 집결지는 서남쪽으로 무한천을 거슬러 올라간 곳에 자리 잡은 '업덴뫼'라는 조그만 봉우리 동쪽 기슭이었다. 맨 먼저 다리를 건넌 척후대는 더 앞쪽으로 나가서 보이지 않았다.

그는 쌍안경을 내리고 시계를 보았다. '열 시 십 분이라. 척후대가 다리를 건넌 지 거진 한 시간이구나. 지금쯤은 일홍역 둘레를 정찰하겠다.'

"원슈님," 그의 말을 붙잡고 선 셩묵돌이 조심스럽게 불렀다.

"녜?" 살펴보니, 6긔병등대는 거의 다 다리를 건넌 참이었다. 이제 그와 근위단대가 건널 차례였다. "아, 녜. 우리도 건너사이다." 그는 셩에게로 다가가서 고삐를 건네받았다.

"쟝 대쟝," 다리로 올라서기 전에, 그는 쟝츈달에게 말을 건넸다. "다리랄 이대 맹갈아샀나이다. 쟝복실 사람달히 쟝 대쟝안 사람보다 일이 단단하다 하더니, 역시……"

해놓고 보니, 칭찬으로만 들릴 얘기가 아니었는데, 다행히, 쟝은 씨익 웃으면서 뒷머리를 긁적거렸다. 바라보던 공병등대 병사들이 흐뭇한 낯빛을 했다.

다리를 건너자, 그는 불승들에게도 치하하는 말을 건넸다. "두 분끠셔 도와주신 덕분에 다리 이대 맹갈아뎠나이다. 감샤하압나니이다."

두 사람이 고개를 숙이면서 합장했다. "나무아미타불. 감샤하압나니이다, 원슈님. 쇼승들히 한 일안 별로 없압나니이다," 셕현공이 서두름 없이 말했다.

울림이 깊은 셕현공의 목소리는 그의 마음속에 낭랑하게 독경하는 스님의 모습을 떠올렸다. 그는 자신이 얼치기 불승 노릇을 하며 지낸 때를 돌아다보았다. 오래된 것처럼 느껴졌지만, 생각해보면, '환속'한 지 겨우 닷새가 된 것이었다. 그가 불승이었다는 얘기는 향천사 불승들도 들었을 것이었다.

근위병들이 다 건넌 것을 확인하자, 그는 말에 올라탔다. 논 냄새 실린 바람이 얼굴을 부드럽게 씻었다. 그의 뜻을 아는지, 말은 천천히 걸음을 옮기기 시작했다. 이제 겸백이는 그와 호흡이 잘 맞았다. 문득 노래 한 마디를, 로시니의 서곡들처럼 가볍고 빠른 가락 한 마디를, 휘파람으로 불고 싶은 충동이 몸속에서 꿈틀거렸다.

마음이 들뜰 만도 했다. 그저께 밤에 아주 중요한 싸움에서 이겼고, 다가오는 싸움에 대비해서 괜찮은 작전 계획을 마련했고, 이제 그것을 제대로 집행하기 위한 기동 훈련을 하고 있었다. 화창한 봄날에 밖으로 나온 것이 즐겁기도 했다. 그러나 그런 까닭들 때문만은 아니었다. 봉션이 아버지 재판을 깔끔하게 끝냈다는 사실도 있었다.

어젯밤 그는 동헌에서 재판을 다시 열었다. 그의 예상대로, 배심원들은 봉션이 아버지가 감찰관의 소장(訴狀)에 나온 죄를 지었다고 판정했다. 물론 챵의군엔 그런 죄를 다스리는 데 근거가 될 법이 아직 없었다. 그러나 모두 그런 죄를 지은 사람은 당연히 사형을 받아야 한다고 생각하는 듯했다. 그래서 그는 사람들에게 설명했다, 반역죄는 사형을 받아야 마땅하지만, 봉선이 할아버지가 챵의군을 위해 애쓴 사정과 간밤에 군대가 야습하러 나간 동안 봉선이 아버지가 현텽을 지키는 일에 스스로 참여했다는 사정도 고려해야 한다고. 다행히, 사람들은 그의 얘기에 선선히 동의했다. 그래서 그는 쌀 50섬에 상당하는 750문의 벌금을 올해 안에 내고 10년 동안 마을 밖으로 나오지 말라고 판결했다. 감옥을 운영하기 어려운 처지에서, 마을 밖으로 나오지 말라는 판결은 가장 현실적 방안이었다. 홍쥬 군대와의 싸움 덕분에 피를 흘리는 형벌을 내리지 않게 된 것이 다행스러운 데다가 봉선이네 식구들이 모두 기뻐했고 다른 사람들도 별다른 얘기가 없어서, 그는 무척 흐뭇했다.

그의 마음을 정말로 들뜨게 만드는 것은 귀금이 일이 기대보다 훨씬 빠르고 깔끔하게 풀렸다는 사실이었다. 어저께 그에게서 그와 귀금이 사이의 일을 듣자, 최월매는 챵의군에서 그녀를 속량하는 방안을 내놓았다. 그가 이미 그녀에게 의술을 가르치기로 약속했던 터이니, 의약단대에 넣으면 좋지 않으냐는 얘기였다. 그가 허락하자, 최는 그 길로 귀금이의 납가(納價)인 쌀 스무 섬에 해당하는 '챵의공채'를 지니고 한산댁 마름인 박선동과 함께 대지동으로 들어갔다. 일이 잘 풀려서, 그녀는 밤늦게 귀금이와 함께 현텽으로 나왔다. 그로선 귀금이를 가까이 두게 된 것이 반가웠고 그녀가 최의 보살핌을 받게 된 것이 든든했다. 게다가 이제는 혼인을 위한 복잡한 절차들도 모두 최가 주선할 터였다.

그는 뒤를 돌아다보았다. 참모부 요원들은 아직 다리 건너편에 있었다.

'해미 군대를 꺾고 홍쥬성을 차지하고 나면, 제대로 격식을 갖춰서 혼례를 올려야지. 귀금이의 신분이 낮으니까, 식은 화려하게 치르는 것이 좋겠지. 인물이야 그만하면 고우니까, 잘 차려입으면……'

어젯밤에 본 그녀 모습이 떠올랐다. 그를 보자, 그녀는 얼굴을 붉히면서 고개를 숙였다. 그는 그녀의 그런 태도에서 그녀가 이미 그를 지아비로 받아들였음을 느꼈다. 나아가서 당장이라도 잠자리를 같이할 마음까지 품었음을. 옆에서 보던 최월매가 그에게 은근히 권했다, 이제부터는 귀금이가 곁에서 모시도록 하라고. 더할 나위 없이 고혹적인 제안이었다. 촛불에 드러난 그녀 자태는 그의 마음을 어지럽게 했다. 그러나 그는 어찌어찌 그 제의를 물리칠 수 있었다. 큰 싸움을 앞두고 원슈가 그리하는 것이 모범이 될 수는 없다는 생각이 끝내 그를 놓아주지 않았다.

'며칠만 더 참으면……'

귀금이를 바로 곁에 두고서도 따로 지내는 것은 아픔에 가까웠지만, 그런 아픔엔 즐거움을 더 오롯이 하려고 당장 맛보는 것을 미룰 때 느끼게 되는 뿌듯함이 섞여 있었다. 최를 따라 방을 나서면서 그에게 던진 귀금이의 눈길이 떠오르면서, 그렇게 뿌듯함 섞인 아픔이 아랫도리에 묵직한 힘으로 고이기 시작했다.

그가 업텐뫼 가까이 갔을 때, 북쪽에서 말 탄 사람이 나타났다. 말을 급히 몰고 있었다.

그의 가슴이 긴장과 기대로 팽팽해졌다. 쌍안경으로 살피지 않

고서도, 말 탄 사람이 안경훈임을 알 수 있었다. '무슨 일인가? 해미 군대가 벌써 닿았나?'

그가 집결지에 이르자, 안은 곧바로 그에게 다가왔다. "원슈님. 챵의."

조급한 마음을 누르면서, 그는 안의 경례에 답례했다. "챵의. 어셔 오쇼셔."

"덕산 녁에셔 군사달히 오고 이시압나니이다." 안의 목소리가 억누른 흥분으로 떨렸다.

"아, 그러하나니잇가?" 그는 곁에 선 김항렬에게 슬쩍 고개를 끄덕여 보였다. "몇이나 다외더니잇가?"

"백 사람 갓가이 다외압나니이다. 시방 방하리 내랄 건너는듸, 션봉인 닷하압나니이다."

"듕군은……?"

안이 고개를 저었다. "아직 보이디 아니하얏압나니이다. 뒤헤 이시난디……"

"아, 녜. 슈고랄 많이 하샸나이다. 겸 쉬쇼셔." 그는 셩묵돌을 내려다보았다. "셩 대쟝. 듕대쟝달할 모호쇼셔."

"녜, 원슈님."

말에서 내리면서, 그는 바삐 따져보았다. 덕산 쪽에서 온다니, 해미 병영 군대가 분명했다. 지금 방하리에 닿았다면, 어젯밤은 덕산 읍내에서 묵었고 해미를 떠난 것은 어제 낮이라는 얘기였다. 홍쥬 군대보다 하루쯤 늦게 출동했다는 얘기니, 앞뒤가 맞았다.

그렇다면, 지금 챵의군 앞엔 두 길이 있었다. 하나는 적군에게

탐지되기 전에 물러나는 것이었다. 역내다리는 김을산이 거느린 10특공등대가 지키고 있었으므로, 지금 지원 부대를 보내면, 적군이 강을 건너지 못하게 하는 일은 어렵지 않았다. 그리고 왕부영의 9등대가 지금 현령을 지키고 있었으므로, 이내 그쪽으로 투입될 수 있었다. 이쪽에 새로 만든 다리가 있다는 사실은 당분간 적군이 모를 터였다. 그렇게 물러났다가 작전 계획대로 밤에 습격하면, 되었다. 다른 길은 지금 싸우는 것이었다. 챵의군이 가까이 있다는 사실을 적군이 모를 터이니, 낮이었지만, 어지간하면 기습이 성공할 수 있었다.

마음을 정하는 데는 오래 걸리지 않았다. 적군의 모습을 보고 물러나는 일은 언제나 사기에 나쁜 영향을 미쳤다. 챵의군처럼 급히 만들어진 군대엔 특히 그랬다. 병력이 훨씬 많은 정규군과 맞부딪치는 것은 늘 위험했지만, 병사들의 사기가 떨어진다는 것은 훨씬 더 위험했다.

'받아들일 만한 위험이지.' 그는 어금니에 힘을 주었다. '잘 준비하면, 기습이 성공할 수 있고, 일단 기습이 성공하면, 나약해진 관군으로선……'

그사이에 등대장들이 모여들었다. 모두 기대에 찬 낯빛이었다.

'이것이 우리 군대의 자산이지. 이렇게 싸우고 싶어 하는 마음이 어느 군대에나 가장 큰 자산이지,' 그는 어쩔 수 없이 두려워지는 자신을 격려했다.

"원슈님, 다 모호얐압나니이다." 김항렬이 보고했다.

"아, 녜." 고삐를 셩에게 넘기고, 그는 등대장들에게 상황을 설

명하기 시작했다. "쳑후의 보고에 딸오면, 덕산 녁에셔 군대 오고
이시나이다. 시방 방하리 내랄 건너고 이시다 하나이다. 백 사람
갓가이 다외난듸……"

그가 설명을 마치자, 사람들이 무겁게 고개를 끄덕였다. 모두 심
각한 낯빛이었지만, 두려워하는 기색은 없었다.

"시방 우리에게는 두 길이 이시나이다. 하나난 현텽으로 믈러나
난 길이니이다. 다란 하나난 나아가셔 젹을 티난 길이니이다." 그
는 잠시 뜸을 들였다. "여러분들끠셔는 어느 길이 묘한 방책이라
생각하시나니잇가?"

"원슈님, 쇼쟝의 어린 소견에는 시방 나아가셔 젹을 티난 것이
맛당할 닷하압나니이다. 시방 우리 어디 이시난디 젹이 모라니, 이
때 긔습해야, 젹을 이길 수 이시압나니이다." 윤삼봉이 대꾸하고
서 사람들을 둘러보았다.

여럿이 고개를 끄덕였다. "쇼쟝 생각애난 윤 대쟝 녜아기 맛난
닷하압나니이다," 김항텰이 덧붙였다.

"여러분들희 뜯이 바로 내 뜯이니이다. 우리 나아가셔 젹을 힘
까장 티사이다. 윤 대쟝 말쌈대로이, 시방 젹이 우리 이리 갓가이
이시난 줄 모라니, 우리 가만이 나아가면, 긔습할 수 이실 새니이
다. 젹이 일홍역에셔 쉴 닷하니, 우리 거긔셔 긔습하사이다. 아시
겠나니잇가?"

"녜."

"그러하면, 김 총독."

"녜, 원슈님."

"김 총독끠셔는 앒머리 부대달할 잇그시고셔 몬져 일홍역으로 가쇼셔. 나난 뒤헤 처딘 부대달할 잇글고셔 딸와가리다. 나이 잇글 부대달한 쳔 대쟝의 류긔병듕대, 쟝 대쟝의 팔공병듕대, 그리고 군사부와 총참모부이니이다."

"녜, 원슈님. 알겟압나니이다."

"거긔 가셔셔, 젹이 모라개 부대달할 배티하쇼셔. 그리하시고셔 사졍알 살펴 명하쇼셔, 혼자셔 젹을 틸 것인가, 아니면 나이 잇 그난 부대달할 기다려 함끠 틸 것인가. 김 총독끠셔 명하쇼셔. 죵요로온 것은 젹의 듕군이 이르러 션봉과 합치기 젼에, 션봉을 티는 것이니이다. 아시겟나니잇가?"

"녜, 원슈님. 이대 알겟압나니이다."

"다외도록 젹의 한가온대랄 텨셔, 젹이 둘로 난호아디개 하쇼셔. 젹의 군사달히 도망하면, 급히 쫓아셔 다시 모호이디 못하개 하쇼셔. 왼녁 군사달히 듕군 녁으로 도망치게 하난 것이 죵요롭나이다. 션봉 군사달히 쫓겨오난 것을 보면, 듕군 군사달히 모도 겁이 나셔 도망할 새니이다." 그는 얼굴에 느긋한 웃음을 올렸다.

"녜, 원슈님. 명심하겟압나니이다." 김의 얼굴에 옅은 웃음이 퍼졌다.

"젹이 우리에 맞셔 싸호면, 나난 젹의 옆이나 뒤헤셔 티겟나이다. 모도 아시겟나니잇가?"

"녜, 원슈님." 듕대쟝들의 대답에 힘이 들어 있었다.

"일홍역으로 가난 사이애도 군사달히 죵용히 뮈게 하쇼셔. 우리 갓가이 이신 줄 젹이 모라난 것이 아조 죵요롭나이다."

"녜, 원슈님."

"그러하면, 떠나쇼셔." 김의 눈을 들여다보면서, 그는 자신의 가슴속에 이는 감정들을 전하려 애썼다.

"녜, 원슈님." 그의 눈길에 담긴 뜻을 읽은 듯, 김의 눈빛이 그윽해졌다. 어려운 싸움을 앞두고 헤어지는 자리에선 늘 그랬다. "그러하면 쇼쟝안 떠나겠압나니이다."

"그리하쇼셔."

김이 자세를 바로 하더니, 손을 들어 경례했다. "챵의."

자세를 바로 하면서, 그도 답례했다, "챵의."

8

 관군 본대의 앞머리가 야트막한 산줄기를 타고 넘는 길을 천천히 오르기 시작했다. 딱히 고개라고 할 것도 없는 평퍼짐한 산등에 자리 잡은 일흥역까진 아직 1킬로미터는 될 터였다. 그 뒤로 병사들의 행렬이 방하리 다리까지 이어졌다. 관군 본대의 병력은 많았지만, 다행히, 뒤따르는 부대는 보이지 않았다. 행렬 가운데에 모여서 흔들리는 깃발들이 지휘부의 위치를 알려주었다. 말 탄 사람들이 여럿 보였지만, 장수들을 알아보기는 아직 쉽지 않았다.

 '한 오백 명?' 관군의 수를 추산해보면서, 언오는 쌍안경을 내렸다. '선봉을 백 명으로 잡으면, 육백 명이란 얘긴데……'

 좀 느긋해진 마음으로 그는 숨을 길게 내쉬었다. 튱청우도 병마절도사가 해미 병영에서 이끌고 왔을 군대였으므로, 수가 훨씬 많았더라도, 놀라지 않았을 터였다. 그래도 지금 그가 거느린 군대에 비기면 압도적으로 우세한 군대였다. 그가 지금 이끌고 나온 군대는, 여군들을 포함해도, 3백이 채 안 되었다.

'말 탄 사람들의 수가 꽤 많긴 하지만, 잘 훈련된 군대 같진 않은데. 기습을 당해 지휘부가 마비되면……' 그의 군대에게 기습당한 관군의 모습을 그려보면서, 그는 뒤를 돌아다보았다.

한 손으로 고삐를 잡고 선 쳔영셰가 기대에 찬 눈길로 그의 얼굴을 살폈다. 그 뒤로 6긔병둥대의 기병들이 말들을 달래면서 팽팽히 당겨진 얼굴들로 기다리고 있었다. 저만큼 보병들이 조용히 다가오고 있었다.

"쳔 대쟝, 여긔……" 그는 쳔에게 쌍안경을 내밀었다. "한디위 살펴보쇼셔."

"네, 원슈님." 쳔이 조심스럽게 쌍안경을 받아 들어 눈에 가져갔다.

그는 이곳과 길 사이의 땅을 비판적 눈길로 살폈다. 나무들로 덮인 산비탈이라, 기병대가 제대로 움직이기 어려운 지형이었다. 하긴 보병들도 제대로 대형을 갖추기가 쉽지 않을 터였다. 게다가, 길은 산등성이를 타고 나 있었다. 비록 밋밋하기는 했지만, 비탈은 비탈이어서, 길 아래쪽에 매복한 부대로서는 돌격 속도가 느릴 수밖에 없었다.

"원슈님, 여긔……" 앞쪽을 살피고 난 쳔이 쌍안경을 내밀었다.

"엇더하나니잇가?"

쳔이 씨익 웃으면서 억세어 보이는 수염을 쓰다듬었다. "수이 제법 많삽나니이다."

"나이 보기애난 한 오백 명 다외난 닷한듸……"

"녜. 쇼쟝 소견에도 그즈음 다외난 닷하압나니이다."

그는 몸을 돌렸다. "안 대쟝. 우 대쟝. 이리 오쇼셔."

1단대쟝 안징과 2단대쟝 우승호가 말을 이끌고 조심스럽게 다가왔다. 우승호는 스물을 갓 넘은 젊은이였다. '신졈리 싸홈'에서 관군의 말들을 여러 마리 얻어서, 훈쟝을 받고 새로 편성된 2단대를 이끌게 된 터였다.

"세 분 대쟝달끠셔는 내 말알 이대 들으쇼셔. 우리 긔병대난 젹의 쟝슈들히 이시난 듕군의 지휘부를 틸 새니이다. 긔들히 한대 모호여셔 오난 닷하나이다. 져들히 우리 앒알 디날 때, 우리 긔병대 일제히 달려 나가셔 티사이다. 아시겠나니잇가?"

"녜, 원슈님. 이대 알겠압나니이다," 쳔이 대꾸하자, 다른 두 사람이 우물거리면서 고개를 끄덕였다.

"죵요로온 것은 젹의 쟝슈들흘 티난 것이니이다. 쟝슈들히 죽거나 다티면, 젹의 군사달한 인하야 흩어딜 새니이다. 사졍이 그러하니, 세 분 대쟝달끠셔는 우리 군사달해게 이대 니르쇼셔, 젹의 쟝슈들흘 티라고. 우리 긔병들히 다란 군사달할 좇아가난 일이 없게 하쇼셔."

"녜, 원슈님. 이대 알겠압나니이다. 단단이 니르겠압나니이다."

세 사람이 돌아가자, 그는 셩묵돌을 찾았다. "셩 대쟝. 가셔셔 리 총참모쟝하고 쟝 대쟝끠 이리 오라 하쇼셔."

"녜, 원슈님." 다른 근위대원들에게 눈짓을 하더니, 셩이 뒤쪽으로 달려갔다.

'보병 일개 듕대만 있어도, 사뭇 나을 텐데.' 그는 아쉽게 입맛을 다셨다.

그가 지금 거느린 부대는 실질적으로 10명의 기병들과 50명 가량 되는 공병둥대 병사들뿐이었다. 참모부 병사들은 수가 적지 않았지만, 대부분 여군들이어서 실제로 싸움에 나설 수 있는 병사들은 열 남짓했다.

'왕 대쟝 부대만 있었어도……'

기동 훈련을 할 동안 현텽을 비워둘 수는 없었다. 그래서 왕부영을 임시로 '례산현텽 위슈대쟝'으로 임명하여 9둥대를 이끌고 현텽을 지키도록 했다. 아울러 왕은 챵의군에 새로 들어오려는 사람들을 받아들이고 훈련시키는 임무도 맡았다.

'그런데 왜 아직…… 이제 김 총독이 움직일 때가 됐는데……'

그의 생각을 읽기라도 한 듯, 오른쪽에서 함성이 일었다. 이어 많은 사람들이 거듭 내서 뒤엉킨 '챵의군' 소리가 거품 이는 파도처럼 그의 마음을 덮쳤다.

'드디어……' 두려움과 홍분으로 가슴이 졸아드는 듯해서, 그는 가슴을 펴고 숨을 깊이 들이쉬었다. 소나무 가지들 사이로 뻐끔한 하늘이 보드라웠다. 두 군대가 부딪친 싸움터의 어지러운 소리들이 밀려왔다. 마음을 다잡고, 그는 관군 본대의 진영을 살폈다.

느닷없는 함성에 관군의 행렬이 흔들리더니 동력이 끊긴 기계처럼 차츰 멈추었다. 이어 행렬이 어지러워지면서, 곳곳에서 외치는 소리들이 났다.

그는 고개를 끄덕이면서 쌍안경을 눈에 댔다.

관군 진영은 부산했다. 곳곳에서 군관들이 병사들을 앞으로 몰아세우고 있었다. 그러나 병사들은 앞으로 나갈 생각을 하지 않고 우물쭈물했다. 맨 앞쪽 병사들은 더욱 움츠러들어서 대열이 뒤로 물러서는 형국이었다.

"원슈님," 뒤에서 리산응의 조심스러운 목소리가 났다. "쇼쟝달 할 브르압샸나니잇가?"

그는 돌아섰다. "어셔 오쇼셔. 시방 김 총독이 이끈 우리 부대 적의 션봉을 틴 닷하나이다. 우리는 여긔셔 기다렸다가 션봉을 구 하러 달려가난 젹의 둥군을 티사이다. 나난 류긔병듕대의 긔병들 과 함끠 젹의 쟝슈들흘 티겠나이다."

"녜, 원슈님," 리가 대꾸했다. 쟝춘달이 조심스럽게 고개를 끄덕 였다.

"쟝 대쟝끠셔는 팔공병듕대랄 긔병대의 올한녁에 두쇼셔. 뎌긔 즈음에 두면, 다일 새니이다."

그가 가리키는 곳을 보더니, 쟝이 열심히 고개를 끄덕였다. "녜, 원슈님. 이대 알겠압나니이다."

"그리하고 리 대쟝끠셔는 참모부 군사달할 긔병대의 바로 뒤헤 두쇼셔. 내 젼에 녜아기한 대로이, 예비대를 두는 것이 죵요롭나이 다. 이번 싸홈애셔 참모부는 예비대니이다."

"녜, 원슈님. 이대 알겠압나니이다."

"류긔병듕대와 팔공병듕대가 티고 나간 뒤헤, 우리 군대애 약한 곳이 삼기면, 그곳아로 참모부 군사달할 잇그쇼셔. 아시겠나니잇 가?"

"녜, 원슈님. 이대 알겠압나니이다."

"그러하면 두 분 대쟝달끠셔는 돌아가셔셔 군사달할 배티하쇼셔."

이제 관군의 행렬은 좀 질서를 찾아 빠르게 움직이고 있었다. 말 탄 장수 하나가 병사들을 몰아세우면서 앞으로 나오고 있었다.

그는 쌍안경으로 그 장수를 살폈다. 관군의 복식에 대해 잘 알지 못하는 터라, 그로선 그 장수가 누구인지 짐작하기 어려웠다. 그러나 어쩐지 그 장수가 튱청우도 병마절도사인 것 같지는 않았다.

'그것 참. 얘기가 좀 달라지는데……' 쌍안경을 내리면서, 그는 속으로 입맛을 다셨다.

일이 그가 예상했던 것과는 다르게 풀리고 있었다. 그는 관군의 장수들이 한데 모여 그의 군대가 매복한 곳을 지나리라고 여겼었다. 그래서 기병대로 그들을 치면, 단숨에 관군의 지휘부를 마비시킬 수 있으리라고 계산했었다. 만일 관군 장수들이 나뉘어서 부대들을 지휘한다면, 기습의 효과가 많이 줄어들 수밖에 없었다. 게다가 그가 거느린 군대가 워낙 적으므로, 오히려 역습을 당할 가능성이 컸다.

'어떻게 한다?' 속이 타서 입안이 바싹 마른 듯했다. '작은 부대로 습격했다가 역습을 당하면……'

잠시 망설이다가, 그는 그 장수를 그냥 보내기로 했다. 관군 대열의 뒤쪽을 치는 편이 역습의 가능성을 줄일 터였다.

그때 오른쪽에서 관군 병사들 서넛이 달려왔다. 이어 열은 되어 보이는 한 무리 관군 병사들이 몰려왔다. 모두 겁을 먹고 도망쳐 온 기색이었다. 겁에 질린 션봉의 병사들을 만나자, 행렬이 멈추었다. 병사들이 한데 몰려서 큰 소리로 떠들고 손짓을 했다.

말 탄 장수가 멈춘 행렬의 앞쪽으로 급히 나왔다. 그 장수는 말을 탄 채 몸을 굽히고 병사들의 얘기를 들었다. 이어 칼을 뽑아 들고서 병사들을 앞으로 몰아세웠다.

갑자기 조급해진 마음으로 그는 둘러보았다. 부대 배치는 제대로 이루어지지 않고 있었다. 훈련이 되지 않은 군대인데다 적군에게 들키지 않게 살금살금 하는 터라, 그럴 수밖에 없었다.

그 장수의 독려를 받아, 관군의 앞머리가 다시 나아가기 시작했다. 그러나 병사들은 빨리 싸움터로 나아가려는 마음이 없는 듯 머무적거렸다. 대신 깃발들이 몰린 지휘부가 빠르게 앞으로 나오고 있었다. 그래서 챵의군이 매복한 곳엔 행렬이 개구리 삼킨 뱀처럼 뭉쳐 있었다. 말 탄 군관들의 호위를 받으며, 장수 하나가 앞으로 나왔다.

'저 사람이구나, 내가 찾던 사람이.' 입가에 차가운 웃음을 흘리면서, 그는 말에 올라탔다. 뒤쪽에서 기병들이 따라서 말을 타는 소리가 났다.

"챵으이구운," 문득 오른쪽에서 함성이 올랐다.

이어 병사들이 뒤엉켜 싸우는 소리가 들렸다. 막 길을 올라간 관군 본대의 앞머리와 일홍역에서 밀고 내려온 김항렬의 부대가 부딪친 모양이었다.

그는 말 등에 몸을 붙이고 나무들 사이로 천천히 말을 몰았다. 이제는 익숙해진 말 냄새가 그의 마음을 다독거려주었다. 길에서 30미터 쯤 되는 곳에 이르자, 그는 멈춰 서서 돌아다보았다.

바로 뒤에 근위단대 병사들이 따랐다. 6긔병듕대는 일렬횡대로 늘어서서 조용히 나오고 있었다. 그러나 8공병듕대의 보병들은 어지럽게 움직였다. 참모부는 더 어지러웠다. 그는 보병 부대들이 제대로 배치되기 전에 싸움을 시작해야 한다는 것을 깨달았다.

'할 수 없지. 언제는 작전 계획대로 된 적이 있었던가?'

적장은 빠르게 앞으로 나오고 있었다. 2, 3분 뒤면, 적장은 바로 그의 앞을 지날 터였다.

칼을 빼어 들고서, 그는 셩묵돌을 돌아다보았다. "셩 대쟝."

"녜, 원슈님."

"공격 군호랄 올이쇼셔."

"녜, 원슈님. 알겠압나니이다." 셩이 손을 돌려 배낭에서 날라리를 뽑아 들었다.

익숙한 가락이 솟구치더니 나무들 사이로 퍼져나갔다. 그의 가슴에 어렸던 걱정과 두려움이 문득 가셨다.

쳔영셰가 그의 왼쪽으로 다가셨다. 그의 약한 쪽을 보호하려는 것이었다.

그는 칼을 치켜들었다. "챵의구운."

"챵의구운." 기병들이 외쳤다. 보병들이 어지럽게 복창했다.

"챵의구운." 칼로 앞쪽을 가리키면서, 그는 말을 몰았다. 얼굴이 문득 달아오르면서, 짐승스러운 무엇이 살을 가득 채웠다.

갑자기 길옆 숲에서 나타난 기병들을 보자, 관군의 행렬이 얼어붙었다. 이어 모두 어지럽게 움직였다. 달려드는 기병들을 맞으려 몸을 돌리는 병사들도 있었고, 건너편 숲으로 도망치려는 병사들도 있었다.

그와 천영셰는 거의 동시에 길로 올라섰다. 적장은 그보다 좀 왼쪽에 있었다.

"챵의구운," 목청껏 전투 함성을 외치면서, 그는 말을 왼쪽으로 돌리면서 적장에게 달려들었다.

"챵의구운," 멍멍해진 그의 마음속으로 기병들의 외침이 아득히 들어왔다.

당혹과 공포로 일그러진 적장의 얼굴이 문득 영화 속의 클로즈 업처럼 다가왔다. 그 사람이 칼을 들고 그에 맞섰다. 그러나 그가 그 사람과 부딪치기 전에 천의 죽창이 그 사람의 가슴을 쳤다. 그 사람이 말에서 굴러 떨어지자, 천이 죽창으로 그 사람을 거푸 찍었다. 기병들의 공격을 막아내느라, 적장 둘레의 군관들은 자기 장수를 돌볼 겨를이 없었다. 그나마 곧 모두 말을 돌려 숲 속으로 도망쳤다.

그럴듯한 생각이 떠올라서, 그는 칼을 든 병사를 찾았다. 셩묵돌이 바로 뒤에서 그를 지키고 있었다. "셩 대쟝."

"녜, 원슈님."

"여긔 젹쟝이 이시니, 젹쟝의 목을 자르쇼셔."

뜻밖의 명령에 셩이 한순간 멈칫했다. "녜, 원슈님," 이내 마음을 다잡은 셩이 삐걱거리는 목소리로 대꾸했다. "알겠압나니이다."

셩이 달려들자, 땅에 누운 적장이 꿈틀거렸다. 죽창에 여러 번 찍혔어도, 아직 죽지 않은 모양이었다. 셩이 멈칫거리더니 흘긋 그를 올려다보았다. 이어 입을 굳게 다물고서 칼로 그 사람의 목을 내려쳤다. 피가 뿜어져 나왔다. 그러나 목은 잘리지 않았다. 한 순간 멈칫하더니, 셩은 성난 듯 달려들어서 목을 마구 찍었다.

마음을 다잡으면서, 그는 싸움터를 살폈다. 이제 기병대 오른쪽 보병들이 관군을 치고 있었다. 기병대의 돌격으로 지휘부가 단숨에 무너진 터라, 저항하려는 관군 병사들은 없었다. 모두 건너편 숲 속으로 도망치고 있었다. 그러나 왼쪽에서 올라오던 관군들은 관성에 떠밀려 올라오고 있었다.

"원슈님, 여긔……" 셩이 적장의 목을 내밀었다. 온몸에 피 칠갑을 하고서 얼굴에는 자랑스러운 웃음을 올린 모습이 볼만했다.

"슈고하샸나이다," 뒤집히는 속을 억지로 누르면서, 그는 탁한 목소리를 냈다. "쳔 대쟝."

"녜, 원슈님."

"쳔 대쟝 창알 졈 주쇼셔." 그는 쳔에게서 창을 받고 대신 자신의 칼을 내밀었다.

"여긔 창애다 목알 꿰쇼셔." 그가 창을 내밀자, 셩이 적장의 목을 창끝에 꽂았다. 너덜거리는 목에서 피가 흘렀다. 그는 창을 높이 치켜들었다. "관군 쟝슈이 죽었다."

"관군 쟝슈이 죽었다," 쳔이 따라 외쳤다.

"관군 쟝슈이 죽었다," 둘레에 있던 기병들과 근위병들이 따라서 외쳤다. 곧 보병들도 이어받아 외치기 시작했다.

관군 장수가 죽었다는 외침은 마법사의 주문 같았다. 길 아래쪽에 아직 주력이 그대로 남았는데도, 관군의 저항이 스스로 녹아 없어지는 듯했다.

어느 싸움에서나 지휘관이 죽는 것은 사소한 일이 아니었지만, 중세의 싸움에선 지휘관의 역할이 근대나 현대의 싸움에서보다 훨씬 컸으므로, 지휘관의 죽음은 이번 싸움에 결정적 영향을 미칠 터였다. 관군 병사들이 자기 장수의 죽은 모습을 눈으로 똑똑히 보면, 그런 영향은 당연히 더욱 커질 터였다.

적장의 목을 따서 죽창에 꽂는 것은 현대의 기준으로 보면 끔찍한 일이었고 그의 마음에 떠오르기 어려운 생각이었다. 그가 그런 생각을 하게 된 것은 당(唐) 태종(太宗) 이세민(李世民)의 집권 과정을 기억해낸 덕분이었다.

당 왕조를 창시한 고조(高祖)는 맏아들 건성(建成)을 태자로 삼았다. 그러나 둘째아들 세민의 명성과 위세가 워낙 큰 데다 세민이 야심을 품어서, 둘은 권력을 쥐기 위해서 치열하게 경쟁했다. 태자의 이점을 지닌 건성이 아무래도 우세할 수밖에 없었고, 건성은 그런 우세를 이용해서 세민을 점점 거칠게 압박했다. 형세가 결정적으로 불리해지자, 세민은 무력으로 반전을 꾀했다. 당시 궁정을 지키던 금군(禁軍)의 사령부는 장안(長安) 태극궁성(太極宮城)의 북문인 현무문(玄武門)에 있었다. 세민은 현무문의 장군들을 포섭하는 데 성공했고, 수하들과 함께 현무문 안에 매복했다. 건성이 입궐하자, 세민은 그를 죽이고 현무문의 금군도 건성의 군사들을 막아냈다. 세민이 궁정을 장악하자, 고조는 권력이 자신에게서 떠났음을 인정하고 세민을 태자로 삼았다가 곧 양위했다.

건성이 세민의 군사들에게 죽었을 때, 그의 수하 병력 2천 명이 현무문을 공격했다. 공격이 하도 거세서, 현무문을 지키던 장군 둘이 전사했다. 그러나 세민의 군대가 건성의 목을 걸어놓자, 건성의 군대는 싸울 뜻을 잃고 흩어졌다.

그가 숨을 돌리는데, 일홍역 쪽에서 커다란 함성이 났다. 이어 군사 한 무리가 나타났다. 맨 앞에 칼을 휘두르는 윤삼봉이 보였다.

'이제 이겼구나.' 문득 병사들이 흩어진 적병들을 쫓아 숲 속으로 흩어질까 걱정이 되었다. 도망치는 적병들의 뒤를 쫓는 것은 싸움터의 흥분된 병사들이 물리치기 어려운 유혹이었다. 그러나 적군의 주력이 그대로 남은 상황에서 도망치는 적병들을 쫓아 병사들이 싸움터에서 벗어나는 것은 챵의군으로서는 아주 위험했다. 첫 충돌에서 이긴 군대가 그런 식으로 흩어져서 싸움에 진 경우는 드물지 않았다.

"챵의군은 방하리 다리로," 그는 목청껏 외쳤다. "챵의군은 방하리 다리로."

"챵의군은 방하리 다리로. 챵의군은 방하리 다리로," 둘레의 병사들이 따라 외쳤다.

그 외침이 퍼져나가는 것을 들으면서, 그는 적장의 목이 꽂힌 죽창을 치켜들고서 적군의 주력이 있는 방하리 다리로 말을 몰았다.

9

"이만하면, 다외얐다." 덕산현텽 동헌의 토방 한쪽에 쪼그려 앉아 숫돌에 칼을 벼리던 셩묵돌이 다 벼린 칼을 림형복에게 건넸다.

림이 칼을 받아 시퍼렇게 선 날을 엄지로 조심스럽게 살폈다. 이어 고개를 끄덕이면서 씨익 웃었다.

일흥역 싸움에서 얻은 관군의 무기들 가운데 하나를 셩이 구해서 림에게 준 모양이었다. 언뜻 보기에도, 칼은 쓸 만해 보였다. 튱청우도 병마졀도사가 거느린 군대라, 홍쥬목사가 거느렸던 군대보다 무기들이 훨씬 나았다. 덕분에 이제 챵의군 병사들은 모두 무기다운 무기를 하나씩 갖추었다.

눈길이 피로 얼룩덜룩한 셩의 옷에 머물면서, 언오는 자신도 모르게 이를 악물고 고개를 흔들었다. 적장의 목을 죽창에 꿰 달고서 적진으로 말을 몰았던 자신의 모습이 떠올랐다.

기름진 세월 한 송이
죽창 끝에 달고
옛길 다시 밟는
화무십일홍 블글홍.

시구 하나가 가벼운 걸음으로 그의 마음속을 스쳤다.「말뚝이
천자문」이라는 시로 2050년대 군부 정권 아래서 애송되었던 '저항
시'들 가운데 하나였다.

앉아서 당한 목숨들
벗은 머리에
멋대로 뿌려치던 눈발
텬하무법 하날텬.

그 시를 처음 읽었던 때가 떠오르면서, 시린 그리움의 물살에 몸
이 떴다.
'아, 벌써…… 그때야 꿈에도 생각지 못했지. 내가 실제로 사람
의 목을 잘라 죽창 끝에다 꿰고서……'

수모의 등줄기에
허옇게 나부끼던 소금기
평생 얹고 다녀
심재산동(心在山東) 동녘동.

쥔 것 없는 손목들
낫 들고 일어선 들판
요원지화(燎原之火) 블화에다,
시린 이빨 선지로 달래고
혀끝에 감아올리는
아, 권불십년.

볼수록 아득해지는
이 흐드러진 봄날의 권셰권.

눈앞에 그가 가야 할 길이 또렷이 떠올랐다. 다가올 날들과 달들
에 그 길이 그를 어디로 이끌지는 알 수 없었다. 그러나 그 길이 끝
나는 곳에 권력이 있으리란 것은 분명했다. 그는 그 권력을 잡을 것
이었다. 아니면, 죽을 것이었다. 그를 따른 사람들과 함께. 그리고
그 길을 가면서, 그는 어쩔 수 없이 손에 많은 피를 묻힐 터였다.

그는 손을 내려다보았다. 깨끗이 씻었지만, 적장의 잘린 목에서
흐른 피로 아직 끈적거리는 듯했다. '벌써 얼마나 많은 피를 묻혔
나. 언제야 이 일이 끝날 수 있을까⋯⋯'

마루 한쪽에서 일하는 문셔참모부의 박윤도가 조심스럽게 헛기
침을 했다. 이어 현령 가득한 갖가지 소리들이 그의 마음속으로 들
어와서 자꾸 안으로 파고드는 생각을 밖으로 불러냈다. 모두 바삐
움직이고 있었다. 한 고을을 막 점령한 군대는 할 일이 많았다 ─

병사들과 말들을 먹이고, 주검들을 처리하고, 다친 사람들을 돌보고, 주민들을 안심시키고, 도망친 주민들과 관원들을 달래서 불러오고, 공고들을 써 붙이고, 챵의군에 들어오도록 사람들을 설득하고, 현텽의 창고들에 있는 물품들을 조사하는 일 따위.

그는 박을 돌아다보았다. "엇디 다외가나니잇가?"

덕산현텽의 관노 한 사람을 데리고서 '쌀어음'과 '챵의공채'를 만들던 박이 싱긋 웃었다. "이대 다외가압나니이다, 원슈님. '챵의공채'난 이제 거의 다외얐압나니이다."

문셔참모부쟝 김교듕과 부원 마갑슈가 섬돌을 올라왔다. 현텽 삼문과 쟝터에 챵의군의 포고령들을 써 붙이고 온 것이었다.

"챵의.「챵의문」과 군령을 붙이고 왔압나니이다." 김이 경례하고서 보고했다.

그도 자리에서 일어나 답례했다. "슈고하샸나이다. 쟝터 사람한 엇더하더니잇가?"

김이 가볍게 고개를 저었다. "쟝터에 사람달히…… 시방 밧개 나다니난 사람달히 없압나니이다."

"하아, 그럴 새니이다. 그러하면 이번 싸홈애셔 공알 셰워 훈쟝알 받알 사람달할 밝히난 군령을 작성하사이다."

아까 일홍역 싸움은 오래가지 않았다. 한 줄로 길게 늘어서서 오다가 옆으로부터 기습을 받아 행렬이 토막 났으니, 관군이 저항다운 저항을 하기는 어려웠다. 지휘관인 병마졀도사가 죽었다는 것이 알려지자, 뒤에 있던 관군 병사들은 이내 흩어졌다. 장수들과 군관들도 몸이 성한 사람들은 모두 도망쳤다. 도망친 관군이 재집

결할 여유를 주지 않으려고, 그는 병사들을 다그쳐서 덕산까지 단숨에 달려왔다.

이제 튱청도 서북부 지역에 군대다운 관군은 없었다. 우병사(右兵使)를 따라왔던 장수들은 해미 병영의 우후(虞侯)와 태안군슈, 해미현감, 덕산현감이었는데, 션봉을 맡았던 우후는 김항텰이 이끈 챵의군 주력과 일흥역에서 싸우다 죽었고, 관군 본대의 앞머리를 독려해 싸우던 해미현감은 다쳐서 붙잡혔고, 태안군슈와 덕산현감은 도망쳤다. 관군의 피해는 꽤 커서, 19명이 죽고 28명이 붙잡혔다. 챵의군의 피해는 훨씬 작아서, 둘이 죽었고 셋이 크게 다쳤고 여섯이 가볍게 다쳤다.

김교듕이 서안 앞에 자리 잡자, 그는 확인했다. "이제 군령이 십삼호이니이다?"

"녜, 원슈님. 뎨십삼호이압나니이다."

"그러하면 나이 브르겠나이다. 군령 뎨십삼호." 그는 수첩을 꺼내들고 천천히 부르기 시작했다. "긔묘년 삼월 십이일의 일흥역 싸홈애셔 공이 큰 사람달할 왼녁과 갇히 표챵하노라. 은월무공훈쟝. 슈 륙군 총독 졍사 김항텰. 자셩무공훈쟝. 졍병 손갑셕. 추셔. 부병 류화슉. 추셔."

문득 목이 메었다. 이번 싸움에서 죽은 두 사람은 닷새 전에 그가 대지동에서 데리고 나온 사람들이었다. 손갑셕은 곳뜸 사람이었고 류화슉은 슻골 사람이었다. 류는 저수지 일터에도 자주 나와서 그와 친숙한 사이였다. 늘 사람 좋아 보이는 웃음을 얼굴에 띠고 느릿느릿 움직이던 모습과 말에 실려 오던 주검의 모습이 함께

떠올랐다. 이어 허리 굽어 지팡이를 짚고 다니는 류의 부친의 모습
이 떠올랐다.

'그 얼우신께는 무어라고 말씀드려야 하나? 례산현텅에 박우동
의 석방을 탄원하러 나간다고 데리고 간 아들을 죽여놓고서?'

임금의 백만대군이 강성한 외적을 정벌하여
들판에서 싸우고 성을 쳐서 시체가 산을 이루었구나.
부끄러운 나는 무슨 낯으로 늙으신 부모들을 뵈어야 하는가.
개가를 부르는 오늘 살아서 돌아온 사람 몇이나 되나.

王師百萬征强虜
野戰攻城屍作山
愧我何顔看父老
凱歌今日幾人還

러일 전쟁의 여순(旅順) 싸움에서 일본군을 이끌었던 노기 마레
스케(乃木希典) 장군이 전쟁이 끝나고 귀환하면서 남긴 시였다. 워
낙 견고한 요새를 공격하는 싸움이어서, 승리한 일본군의 피해는
엄청났으니, 13만 명 가운데 무려 5만 9천 명의 사상자가 났다.

"괴아하안간부로," 나직이 뇌면서, 그는 먼 눈길로 무심한 하늘
을 살폈다. '그래도 노기 장군에겐 나라를 위한 싸움이었다는 명분
이 있었지. 지금 내겐…… 대지동 사람들을 대할 때, 나는 무슨 명
분 뒤로 숨어야 하나?'

김의 눈길을 느끼고, 그는 마음을 다잡았다. "뎨륙듕대쟝 딕사 쳔영셰."

"역시 자셩이압나니이다?"

"녜, 자셩. 뎨칠듕대쟝 딕사 윤삼봉."

다른 듕대쟝들은 총참모쟝 리산응과 기병대의 단대쟝들과 함께 황셩무공훈쟝을 받았다. 크게 다친 병사들도 황셩을 받았다. 가볍게 다친 병사들과 단대쟝들, 그리고 싸움에서 앞장섰던 병사들은 쳥셩을 받았다.

그가 군령에 수결을 두는데, 윤긔가 섬돌을 올라왔다. "윤 군사, 어셔 오쇼셔."

"녜, 원슈님." 그의 웃음 띤 얼굴을 보자, 윤은 좀 겸연쩍은 웃음을 지으면서 수염을 쓰다듬었다.

수결을 두고서, 그는 마루로 올라온 윤과 마주앉았다. "슈고하샸나이다."

윤이 가볍게 고개를 저으면서 씁쓸하게 입맛을 다셨다. "쇼쟝이 원슈님 말쌈대로이 하얐압나니이다. 그러하나……"

그는 고개를 끄덕이고 부드럽게 물었다, "해미현감끠셔는 므슴 말쌈알 하시더니잇가?"

윤이 머뭇거리더니 힘겹게 입을 열었다, "챵의군에 들어올 생각이 없다 하얐압나니이다."

그는 고개를 끄덕였다. 해미현감이 그렇게 나오리라고 예상했던 터였다.

해미현감은 리졍란(李廷鸞)이라는 사람이었는데, 공교롭게도,

그가 아는 사람이었다. 생도 시절 임진왜란에 관해 공부할 때, 그는 리의 행적에 관해서 읽었고 아직도 기억했다. 정유재란 때 명군(明軍) 장수 부총병(副總兵) 양원(楊元)의 지휘 아래 전라도 남원성(南原城)을 지키던 명군과 조선군은 훨씬 큰 왜군에게 둘러싸여 참패했다. 양원은 도망쳤지만, 전라병사(全羅兵使) 이복남(李福男)을 비롯한 조선 장수들은 끝까지 성을 지키다 죽었다. 남원성이 왜군에게 점령되자, 전라도의 중심인 전쥬(全州)가 흔들렸다. 전쥬에 머물던 명군은 북쪽으로 물러났고, 전쥬성 안은 민심이 흉흉했다. 그때 리정란이 조정에 청해서 스스로 전쥬 부윤(府尹)이 되어서 사태를 진정시켰다.

따라서 리정란이 용기와 능력이 뛰어난 사람임은 분명했다. 일홍역 싸움에서의 행동이나 붙잡힌 뒤의 태도에서도 그 점이 확인되었다. 그가 챵의군에 들어오라고 하자, 리는 점잖게 그러나 분명하게 거절했었다. 그래서 윤긔에게 설득해보라고 했던 터였다.

"해미현감끠셔 하신 말쌈알 자셔히 들려주쇼셔."

윤의 낯빛이 굳어졌다. 흘긋 그의 낯빛을 살피더니, 윤은 고개를 돌리고 밭은기침을 몇 번 했다.

문득 마음에 짚이는 것이 있었다. 그는 부드러운 목소리로 윤을 달랬다. "해미현감끠셔 므슴 생각알 하시난디 알아야, 나이 그분을 챵의군에 들어오시게 셜복할 수 이실 새니이다. 말쌈해보쇼셔. 해미현감끠셔 므슴 녜아기랄 하샸아도, 나이 관계티 아니 하나이다."

리정란은 훌륭한 사람일 뿐 아니라 그가 역사에서 배워 아는 이 세상 사람들 가운데 처음으로 만난 사람이었다. 그래서 그는 리가 붙잡힌 뒤에도 깍듯이 대접했고 덕산현령 내아에서 어깨의 상처를 치료받도록 주선했다. 그러나 리를 처리하는 것은 까다로운 문제였다. 리를 풀어주는 방안도 잠시 생각해보았으나, 리가 챵의군에 대해서 많이 아는 터라, 너무 위험했다. 그래서 그는 시간이 걸리더라도 리를 설득해서 함께 일하기로 마음을 정한 것이었다. 그로선 인품과 재능이 뛰어나고 행정 경험이 많은 리가 탐날 수밖에 없었다.

"해미현감안 챵의군을 역젹이라 블렀압나니이다," 윤이 내뱉듯이 말했다. "그리하고 쇼쟝알 역젹에 븥은 불튱한 자라 욕하얐압나니이다." 되살아난 수모의 기억에 윤의 얼굴이 검붉어졌다.

얼굴에 웃음을 띠면서, 그는 고개를 끄덕였다. 그는 내아에서 두 사람 사이에 오간 얘기들을 어렵지 않게 상상할 수 있었다.

리가 윤을 경멸한 것은 자연스러웠다. 윤의 얘기에 따르면, 리는 윤보다 네댓 살 위였고 과거에도 훨씬 먼저 합격했다. 리는 열두 해 전 선조가 즉위한 것을 경축하는 별시(別試)에 합격했고, 윤은 세 해 전 병자 식년시(式年試)에 합격했다. 그런 사정에다 윤이 챵의군에 항복했다는 사정이 겹쳤으니, 윤에 대한 리의 태도가 고울 리 없었다.

그렇다고 해서, 윤이 리 앞에서 주눅이 든 것은 아니었다. 비록 늦게 합격했지만, 윤은 갑과(甲科)에 들었다. 윤은 그 사실을 아주 자랑스럽게 얘기했다. 사정을 들어보니, 그럴 만도 했다. 문과(文科)의 복시(覆試)에선 33인을 뽑았다. 복시에서 뽑히면, 일단 과거에 합격하는 것이었다. 이어 임금이 손수 나와서 살피는 견시(殿試)에서 합격자들 사이의 석차가 정해졌다. 갑과가 3인, 을과(乙科)가 7인, 그리고 병과(丙科)가 23인이었다. 흔히 장원(狀元)이라 불리는 갑과 제일인(第一人)에겐 종6품을 주었고, 방안(榜眼)이라 불리는 차석과 탐화랑(探花郎)이라 불리는 삼석에겐 정7품을 주었다. 을과에겐 정8품을 주었고, 병과에겐 정9품을 주었다. 따라서 전시에서의 성적은 아주 중요했다. 그가 리경란을 높이 여기는 것을 보자, 윤은 리가 병과에 들었다는 것을 슬그머니 강조했었다.

"해미현감끠셔 우리 챵의군에 대하야 이대 아시개 다외면, 생각이 달라디실 새니이다. 괘념하디 마쇼셔."

그의 부드러운 얘기에 윤의 낯빛이 좀 풀렸다. "녜, 원슈님. 이대 알겠압나니이다."

제비 한 마리가 훌쩍 날아 들어왔다. 입에 무엇을 물고 있었다.

"쇼쟝과 함끠 한디위 둘어보사이다. 엇디들 하는가……" 동헌의 처마 아래 집을 짓는 제비를 보자, 귀금이를 보고 싶은 생각이 거세게 치밀었다.

"녜, 원슈님."

내아가 가까워지자, 밥 짓는 냄새가 풍겨 왔다. 지금 현령 안의 솥들은 모두 병사들의 밥을 짓고 국을 끓이는 데 동원되었다. 3백이 넘는 사람들의 두 끼 식사를 짓는 것이었다. 저녁밥과 야간 행군을 위해 배낭에 넣어 갈 김밥이었다. 보안 때문에 아직 아무에게도 얘기하지 않았지만, 그는 오늘 밤에 홍쥬성을 점령할 생각이었다. 홍쥬 군대와 해미 군대가 무너진 지금, 수비가 강화되기 전에 홍쥬셩을 점령하는 일은 무엇보다도 중요했다.

　구수한 냄새에 마음이 푸근해졌다. 걸음을 늦추면서, 그는 윤을 돌아다보았다. "앗가 몀심에 드신 김밥안 엇더하더니잇가? 자실 만하더니잇가?"

　"맛이 이셨압나니이다." 윤이 싱긋 웃었다. "배고프던 참이라······"

　문득 마음이 밝아져서, 그는 껄껄 웃었다. 그는 윤의 대꾸에서 느꼈다, 이제 윤이 그에게 마음을 터놓았다는 것을. 포로가 된 처지라, 어쩔 수 없이 그의 뜻을 따르는 것만은 아니라는 것을. 그는 그것이 정말로 고마웠다. 한성에 있는 가족들이 역적의 집안으로 몰려 몰살될 위험이 마음을 짓누르고 있을 윤의 처지를 생각하면, 그것은 정말로 고마운 일이었다.

　"군사끠셔 여러 가지로 힘드실 샌듸, 다행이니이다," 노심초사로 검어진 윤의 얼굴을 살피면서, 그는 고마운 마음을 목소리에 실었다. "실로난 쇼쟝도 김밥이 아조 맛이 이셨나이다. 자아, 그러하면, 다틴 사람달히 엇더한디 살펴보사이다."

　"원슈님, 왕림하압샸나니잇가?" 그들이 내아 한쪽 병원으로 쓰이는 집에 다가가자, 어느 틈에 보았는지, 최월매가 치맛자락을 거머쥐고 달려왔다.

　"녜. 의약단대 군사달히 슈고랄 많이 하시나이다. 최 대쟝, 다틴 사람달한 엇더하나니잇가?"

　"세 사람안 많이 샹해셔······" 최가 어두운 낯빛으로 고개를 저었다. "쟝 의원도 살기 어렵다 하얐압나니이다. 다란 사람달한 겸 치료랄 받으면 나알 닷하압나니이다."

쟝 의원은 이곳 덕산 읍내에 사는 쟝의쥰이라는 노인이었다. 병을 잘 고친다는 평판이 있다는 얘기를 듣고, 챵의군에서 의원으로 모셔 온 터였다.

"그리 많이 샹한 사람달한 모도 관군들히니이다?"

최의 얼굴이 더욱 어두워졌다. "아니압나니이다. 두 사람안 관군이고 한 사람안 우리 챵의군이압나니이다."

"뉘 그리 많이 다텼나니잇가?"

"김승립이라고……"

"김승립? 나이 앗가 보았알 때난 그리 많이 다틴 닷하디……"

"녜. 죠곰 젼에 갑쟉도이 피랄 토하고 긔졀하얐압나니이다."

'겉으론 괜찮다가 그리됐다면, 내출혈이 심했던 모양이구나.' 나오는 한숨을 죽이고서, 그는 씁쓸하게 입맛을 다셨다. 김승립은 례산 읍내 사람의 종으로, 그저께 챵의군에 들어온 터였다.

"엇디할 수 없는 일이니이다. 브죡한 것이 없는디, 이대 살피쇼셔."

"녜, 원슈님."

최와 얘기하는 사이에도, 그의 눈길은 귀금이를 찾아 집 둘레를 살피고 있었다. 의약단대의 여군들은 여럿 보였지만, 귀금이는 보이지 않았다.

그의 마음을 읽은 최가 얼굴에 조용한 웃음을 띠었다. "셩귀금 딕병은 시방 웃방애셔 헝겄으로 붕대랄 맹갈고 이시압나니이다."

"원슈님," 옆에 선 윤긔를 의식하고 그가 우물쭈물하는데, 뒤쪽에서 천영셰의 활기찬 목소리가 났다.

그는 반갑게 돌아섰다. "녜, 쳔 대쟝."

"챵의. 쇼쟝 원슈님 분부대로이 하고셔 이제 돌아왔압나니이
다." 쳔이 바로 셔더니, 손을 들어 맵시 있게 경례했다.

점심을 마치자, 쳔은 이내 기병대를 이끌고서 급쳔역으로 떠났
었다. 급쳔역의 역리들을 잘 설득하면, 단숨에 기병 1개 단대가 생
길 터였다.

"챵의. 쳔 대쟝끠셔 슈고랄 많이 하샸나이다."

"원슈님, 역리 다삿 사람하고 말 닐굽 필을 얻었압나니이다." 심
상한 어조로 말하려고 애썼지만, 쳔의 말과 얼굴엔 맡겨진 일을 잘
해냈다는 자랑스러움이 배어 나왔다.

"아, 그러하샸나니잇가? 참아로 이대 하샸나이다. 참아로 반가
온 일이니이다."

"역쟝안 며츨 젼에 낙마하야 긔동하디 못하고…… 대신 부역쟝
이 사람달할 다리고 왔압나니이다. 황칠셩이라 하난 쟈인듸, 사람
이 담대하야셔……"

"아, 녜. 이대 다외얐나이다. 쳔 대쟝, 류긔병듕대애 뎨삼단대랄
새로이 맹갈아셔 그 황칠셩이라 하난 사람이 잇글게 하면…… 쳔
대쟝 생각애난 엇더하겠나니잇가?"

쳔의 얼굴이 환해졌다. "그리하신다면, 그 사람달히 아조 묘하
할 새압나니이다."

"그러하면 그리하사이다. 그리하고, 이제는 연장알 갖초아야 할
샌듸…… 쳔 대쟝."

"녜, 원슈님."

"쳔 대쟝끠셔 믈자참모부에 녜아기하셔셔, 그 사람달히 묘한 창 달할 갖초개 하쇼셔."

기병들은 우선 창을 갖춰야 했다. 아쉬운 대로 죽창이면 됐지만, 이곳 튱쳥도 북부엔 죽창을 만들 만한 대나무도 흔하지 않았다. 그 래서 새로 들어온 기병들이 갖출 창 다섯 자루를 마련하는 일도 그 가 신경을 써야 했다. 관군에게서 난 무기들은 거둔 병사들이 마음 대로 갖지 말고 일단 믈자참모부에 넘기라 일렀지만, 그런 명령이 제대로 지켜질 리 없었고, 먼저 차지한 사람이 임자인 형편이었다. 그렇다고 그런 명령을 엄하게 세워서 병사들이 차지한 무기들을 빼앗는 것도 어리석었다.

"녜, 원슈님. 이대 알겠압나니이다."

"그리하고……" 그는 잠시 머뭇거렸다. 새로 들어온 사람들을 만나보고 그들을 편입하는 것은 물론 시급했다. 그러나 귀금이를 보고 싶은 생각은 다른 생각들을 다 밀어냈다. "윤 군사."

"녜, 원슈님."

"시방 쳔 대쟝과 함끠 온 급쳔역 역리들히 아즉 마암이 안뎡다 외디 않았알 새니이다. 그러하니, 군사끠셔 그 사람달할 만나셔셔 이대 말쌈하쇼셔, 우리 챵의군이 엇디하야 니러셨으며 므슴 일을 이루려 한단 것을. 군사끠셔 그리 말쌈하시면, 그 사람달히 깃글 새니이다."

"녜. 이대 알겠압나니이다. 원슈님 분부대로이 거행하겠압나니 이다."

"쇼쟝안 다틴 사람달할 몬져 살펴보고져 하나이다."

두 사람을 보내고서, 그는 최월매의 뒤를 따랐다. 자신이 사사로운 일 때문에 책무를 소홀히 한다는 생각이 얹혀서, 마음이 개운치 않았다.

"셩 딕병," 먼저 마루로 올라션 최가 오른쪽 방문을 열고 불렀다. "이리 나와보시게. 원슈님끠셔 왕림하압샸네."

방 안에서 귀금이가 치맛자락을 쥐고 급히 나왔다. 그를 보더니, 고개를 숙여 인사하면서 목까지 붉혔다. 이어 처음 보는 여인이 나왔다. 덕산현텽에 있던 사람인데, 오늘 챵의군에 들어온 듯했다.

"원슈님, 어셔 올아오쇼셔," 그가 마루 앞에서 머뭇거리자, 최가 권했다.

그는 신을 벗고 마루로 올라섰다.

"원슈님, 방 안아로 드쇼셔," 최가 다시 권했다. "셩 딕병, 원슈님 뫼시고 방 안아로 드시게나. 원슈님끠 시방 므슴 일알 하고 이시난디 자셔히 말쌈 올리시게나. 그리하시고 향화난 나랄 딸와오시게. 따로 할 일이 이시니."

흘긋 그를 쳐다보더니, 귀금이가 방 안으로 들어갔다.

그녀를 따라 들어가기가 좀 멋쩍어서, 그는 최를 돌아다보았다.

어느 틈에 다시 신을 신은 그녀가 그에게 얼른 들어가라고 손짓을 했다. "원슈님, 어셔 드쇼셔."

그녀 손짓에 떠밀려, 그는 방 안으로 들어섰다. 환한 밖에서 들어온 참이라, 방 안은 어둑했다. 문득 화장한 여인들의 냄새가 그를 휩쌌다. 그 짙은 냄새에 어찔해서, 그는 문설주를 짚고 잠시 서 있었다.

"스승님, 이리 앉아쇼셔," 아랫목에 놓인 방석을 토닥거리면서, 귀금이가 어렵사리 말을 입 밖에 냈다.

방에 가득한 여인들의 화장 냄새와 귀금이의 수줍은 모습에 문득 욕정의 물살이 거세게 차올라 살을 팽팽하게 채웠다. 며칠 사이에 낯설어진 스승님이란 호칭이 묘하게 욕정을 부추겼다. 그를 남들처럼 원슈님이라는 공식적 호칭으로 부르지 않고 스승님으로 부름으로써, 그녀는 자신과 그가 이미 친밀한 사이였으며 둘만이 아는 비밀들이 있음을 나타낸 것이었다. 그녀와 욕정이 담긴 눈길을 처음 주고받았던 때가 선연히 떠오르면서, 욕정의 물살이 아랫도리로 거세게 몰렸다. 싸움터에서 몸을 떠밀었던 거센 감정들이 여인의 살 속으로 풀려나고 싶어 한다는 생각이 마음 한구석을 스쳤다. 방석에 앉는 대신, 그는 그녀에게 다가가서 마주보고 앉았다. 그리고 조심스럽게 그녀 손을 잡았다.

그녀가 놀라서 입을 벌리고 본능적으로 손을 빼려 했다. 그러나 그가 힘을 주어 당기자, 그녀는 손을 잡힌 채 고개를 숙이고 가만히 있었다.

문득 자신감이 생겨서, 그는 일어나서 그녀를 뒤에서 껴안았다. 그녀의 당황해하는 몸짓이 그의 욕정을 휘저었다.

"귀금 아씨," 탁해진 목청으로 그녀를 부르면서, 그는 그녀를 무릎에 앉혔다. 그녀 머리에 코가 닿으면서, 땀 냄새와 동백기름 냄새가 뒤섞인 냄새가 숨을 막았다. 눈을 감고 그 고혹적 냄새를 가쁘게 마시면서, 그는 그녀 치마 아래로 손을 넣었다.

"어머…… 이러시면……" 그녀가 몸을 비틀었다.

왼손으로 그녀를 당기고 몸으로 누르면서, 그는 그녀 치마를 거칠게 헤쳤다. 그녀 엉덩이의 맨살에 손이 닿으면서, 아랫도리에서 거칠게 일렁이던 욕정의 물살이 둑을 무너뜨렸다.

10

"덕산 술은 만업이 혼자 다 마셨나베," 방 뒤쪽에서 김갑산의 걸쭉한 목소리가 났다.

모여 앉은 사람들이 소리 죽여 낄낄거렸다.

"나이 한 사발밧긔 안 마샸난듸……" 당혹스러운 목소리로 항의하고서, 최만업이 벌건 얼굴을 숙였다.

"그 딘달늬 술이 보기보다난 독하던듸. 나도 한 잔밧긔 안 들었는듸, 아, 머리가 핑이텨로 돌던듸," 다른 듕대쟝들과 함께 방 앞쪽에 앉은 최셩업이 소리 난 쪽을 돌아다보며 동생을 감쌌다.

"잔두 잔 나름이디," 쟝츈달의 말에 웃음판이 되었다. 입맛을 다시는 소리까지 났다.

"딘달늬 술이 원래 독한 것이여," 박셕동이 점잖게 거들었다. "많이 마시고셔 죽은 사람두 있다 하던듸."

아까 언오는 호쟝인 권듕현에게 덕산현의 사정에 대해 물었었다. 그 자리에서 권이 얘기했다. 덕산현령의 디인(知印)이 오늘 아들 혼례를 올리기로 되어 있었는데, 갑자기 벌어진 싸움으로 덕산 읍내가 발칵 뒤집힌 데다가 챵의군이 현텽을 점령하는 바람에, 혼례를 미루게 되었다고. 그는 이내 권을 그 사람 집에 보내서 예정대로 혼례를 치르게 했다. 그리고 쌀 한 말에 쌀어음 4문을 보태서, 쌀 닷 말을 축의금으로 냈다. 그랬더니, 그 집에서 술을 보내왔다. 진달래꽃을 넣고 만들었다는데, 맛이 좋았다.

최월매가 마루로 올라서는 것이 보였다. 김강선과 덕산현령의 항슈 기생 쇼용이 뒤를 따랐다.

"아, 최 대쟝. 어셔 오쇼셔," 그는 쾌활한 목소리를 냈다.

"원슈님, 늦었압나니이다. 갑작도이 일이 삼기야셔⋯⋯" 그녀가 허리 굽혀 인사했다. 이어 사내들이 가득 들어앉은 방 안을 살폈다. 그러나 례산현령의 항슈 기생이었던 그녀는 쭈뼛거리지 않고 방 안으로 들어섰다.

'일? 무슨 일이 갑자기⋯⋯' 귀금이에게 무슨 일이 생겼나 하는 걱정으로 갑자기 가슴이 죄어들었다. 아까 내아의 방에 남겨두고 나온 귀금이의 모습이 떠올랐다. 그녀를 조심스럽게 다루어야 한다고 그는 연신 스스로에게 일렀지만, 거세게 몰아붙이는 욕정에 그의 몸짓은 어쩔 수 없이 거칠었다.

눈으로 묻는 그를 보더니, 최는 눈가에 웃음을 띠고 고개를 살짝 저었다. "다틴 관군 한 사람이 갑작도이 위독해뎌셔⋯⋯"

"아, 그러하얐나니잇가?" 참았던 숨을 내쉬면서, 그는 방 한쪽 보급단대의 여군들이 앉은 곳을 가리켰다. "뎌긔, 세 분끠셔는 뎌긔 김 대쟝 겨신 곳애 앉아쇼셔."

떨떠름한 낯빛으로 최를 바라보던 배고개댁이 묵직해 보이는 엉덩이를 들어 조금 옆으로 옮겨 앉았다. 최가 나서서 그와 귀금이의 혼사를 주선하기 시작하자, 배고개댁은 풀이 죽었다. 그와 마주치면, 애써 밝은 낯빛을 지었지만, 얼굴엔 그늘이 어렸다.

사람들의 눈길이 자리를 찾아가는 여인들에게로 쏠렸다. 여인들에게서 풍기는 향긋한 냄새가 싸움을 막 치른 사내들이 내뿜는 역한 냄새를 한순간 밀어냈다.

"원슈님, 이제 다 모호얏압나니이다," 그가 돌아다보자, 김교듕이 말했다.

"녜. 그러하면, 회의를 시작하사이다. 김 부쟝, 몬져 군령 십삼호랄 거긔 벽에 거쇼셔."

"녜, 원슈님."

김이 눈짓하자, 마갑슈와 임봉근이 두루마리를 펴서 양끝을 잡고 벽에 댔다.

"김 부쟝꺼셔 한디위 닑어보쇼셔."

방 안에 모인 사람들은 단대쟝 이상의 지휘관들이었지만, 대부분은 글을 몰랐다. 글을 아는 사람들도 한문이나 이두만 알고 언문은 모르는 경우가 많았다.

"녜. 원슈님 명을 받달아셔, 쇼쟝이 군령을 닑겠압나니이다." 김이 헛기침으로 목청을 가다듬었다. "군령 뎨십삼호. 챵의군에 새로 들어온 사람달헤게 왼녁과 같이 품계를 주고 직임을 맛디노라."

그는 사람들이 군령의 내용을 어떻게 받아들이는지 살폈다. 새로 들어온 사람들에게 품계와 직책을 주는 일은 미묘한 일이어서, 자칫하면, 불평이 나올 수 있었다. 여러 번 힘든 싸움을 겪은 군대에선 그럴 위험이 특히 컸다. 이번에 챵의군에 들어온, 쉰 가까이 되는 사람들 가운데 직책을 맡은 사람들은 여섯이었다.

윤인형	부령	군수
권듕현	부위	딕군수
쟝의쥰	딕위	딕군수
리승훈	딕위	딕군수
왕도한	부병	뎨삼듕대 뎨오단대쟝
황칠셩	부병	뎨륙긔병듕대 뎨삼단대쟝

"몬져 윤인형 군사랄 여러분들끠 소개하나이다," 김이 읽기를 마치자, 그는 사람들에게 말했다. 그리고 바로 옆에 앉은 윤을 돌아다보았다. "윤 군사, 여러 대쟝달끠 인사하쇼셔."

잠시 머뭇거리더니, 윤이 자리에서 일어나 사람들에게 읍했다. "쇼인안 윤인형이라 하압나니이다."

그가 손뼉을 치자, 사람들이 따랐다.

"윤 군사끠셔는," 윤이 자리에 앉기를 기다려, 그는 사람들에게 설명했다. "태안군슈이샸나이다. 우리 챵의군이 니러션 뜻을 들으시고 옳이 너기샤, 우리 챵의군에 들어오샸나이다. 윤 군사텨로 됴하신 분이 들어오시니, 우리 챵의군의 앒날이 참아로 밝알 새니이다."

　'일흥역 싸홈'에서 윤인형은 제대로 싸우지 않고 도망쳤다. 자기 임지인 태안으로 가려고 덕산 읍내를 돌아가다가, 들판에서 일하던 사람들에게 들켜서 붙잡혀 왔다. 언오가 붙잡힌 장수로 대접하면서 챵의군에 들어오라고 권하자, 윤은 반갑게 승낙했다. 리경란을 설복하지 못한 터라, 그는 윤의 승낙이 흐뭇했다. 그러나 그를 정말로 흐뭇하게 한 것은 덕산현 사람들이 윤을 붙잡아서 챵의군에 데리고 온 것이었다. 그 사실은 민심이 조선 정부로부터 멀어졌다는 것을 또렷이 보여주었다. 하긴 민심이 그렇게 정부로부터 떠난 것은 임진왜란에서 잘 드러났었다. 관리들이 병사들을 모집하면, 응하는 사람들이 드물었다. 대신, 그곳에서 이름이 있는 선비들이 의병을 모집하면, 적잖은 사람들이 따랐다. 그저 관리들의 말을 따르지 않았던 것이 아니라, 곳곳에서 사람들이 관리들을 욕보였다. 왜군이 군정(軍政)을 편 곳에선, 아예 왜군에 붙어버린 사람들이 많았고, 그들은 관리들이나 양반들이 숨은 곳을 왜군에게 밀고했다. 이처럼 민심이 조선 정부로부터 떠난 상황은 그의 반군이 뿌리내릴 수 있는 기름진 흙이었다.

　윤인형에게 줄 품계를 놓고 그는 한참 고심했었다. 군슈는 종4품이었고, 현감은 종6품이었다. 따라서 윤인형은 윤귀보다 품계가 네 등급 높았고, 그 점을 고려하면, 윤인형에게 적어도 윤귀와 같은 정령 품계를 주는 것이 자연스러웠다. 그러나 그는 시험을 여러 번 거친 충성심은 지배 체제에서의 서열보다 훨씬 중요할 수밖에 없다고 결론을 내렸다. 하긴 그 지배 체제를 허물고 세상을 개

혁하는 것이 챵의군의 목표였다. 그래서 윤인형은 윤기가 처음 받은 품계인 부령을 받았다.

"다암안 권 딕군사끠셔 대쟝달끠 인사하쇼셔."

덕산현감만이 아니라 다른 이속들이 거의 다 도망친 터라, 호쟝인 권듕현을 얻은 것은 챵의군으로선 다행이었다.

이어 다른 사람들도 차례로 인사하고 소개되었다. 리승훈은 덕산현령의 호방이었다. 왕도한은 덕산현령에 매인 관노였는데 여러 모로 왕부영과 비슷했다. 그는 면천된 관노들로 이루어진 3등대의 5단대를 이끌 터였다.

"이제 윤인형 군사와 다란 분들끠셔 새로 들어오셔셔, 우리 챵의군은 힘이 많이 늘었나이다." 인사와 소개가 끝나자, 그는 자신의 계획을 밝히기 시작했다. "튱쳥우도 병마졀도사가 잇글었던 관군이 우리에게 패하야 흩어딘 터히라, 여긔 튱쳥도 셔븍녁에는 군대다이 삼긴 군대난 우리 챵의군뿐이니이다. 사졍이 그러하니, 우리 챵의군은 사람달할 많이 모화셔 힘을 더욱 킈울 수 이시나이다. 이곳애셔 사람달히 가장 많고 여러 가지로 죵요로온 곳은 홍쥬이니이다. 당연히 우리 챵의군은 홍쥬셩을 뎜령하여야 하나이다."

여럿이 고개를 끄덕였다.

"홍쥬셩을 뎜령하난 것은 한시가 밧반 일이니이다. 이믜 그젓긔 홍쥬목사이 거느린 군대가 우리 챵의군에 크게 패하야 홍쥬셩은 시방 븨여이시난 혜옴이니이다. 그러나 우리 빨리 뎜령하디 아니하면, 흩어딘 관군들이 다시 모호야셔 내죵애난 뎜령하기 어려울 새니이다. 그러모로 시방 우리 군사달히 시드러울 새디마난, 오날

146

밤애 홍쥬셩을 뎜령하난 것이 됴한 계책아로 보이나이다. 여러분들 생각애난 엇더하나니잇가?"

"원슈님 말쌈이 디당하압시나니이다." 윤긔가 말했다. 다른 사람들이 웅얼웅얼 동의했다.

"여러분들희 뜻이 그러하면, 그리하사이다. 그러나 우리 홍쥬로 떠나기 전에 처티할 일이 이시나이다. 이제 우리 챵의군은 례산현과 덕산현을 얻었나이다. 그러하야셔 우리는 이제 이 두 고을흘 디키기 위하야 군대랄 두어야 하나이다." 그는 김교듕을 돌아다보았다. "김 부쟝, 군령 십오호랄 닑으쇼셔."

"녜, 원슈님." 김이 문서를 건네자, 마갑슈와 임봉근이 그것을 펼쳐서 벽에 댔다.

"군령 뎨십오호," 김이 낭독하기 시작했다.

호셔챵의군 군령 뎨십오호

우리 호셔챵의군은 덕산현을 얻고 다시 홍쥬목올 얻으려 출진하면셔, 왼녁과 갇히 직임을 맛디노라.

딕수 황구용   슈 쳑후참모부쟝 겸 쳑후듕대쟝
졍병 안졍훈   뎨일쳑후단대쟝
부병 마셕규   뎨이쳑후단대쟝

이번 싸움에서 얻은 말들 가운데 세 필을 쳑후참모부로 돌리고

인원을 늘려서, 쳑후듕대로 만든 것이었다. 이제 점령 지역이 크게 늘어났고 앞으로 더욱 늘어날 터라, 적군의 출현을 빨리 아는 것이 그만큼 중요해졌다. 말을 탄 쳑후단대는 안정훈이 이끌게 되었다. 마셕규는 원래 일홍역의 급쥬였는데, 걸음이 빠른 병사들로 이루어진 2단대를 이끌게 되었다.

      정병 김슌례   보급듕대쟝
      부병 남갑슌   뎨일보급단대쟝
      부병 최인슌   뎨이보급단대쟝

  군대가 커져서, 병사들을 제대로 먹이는 일이 큰일이 되었다. 식사를 마련하는 여군들만 서른이 넘었다. 그래서 보급단대를 듕대로 늘린 것이었다. 남갑슌은 고사리댁이었고, 최인슌은 례산 읍내에 사는 과부로 일찍 챵의군에 들어왔는데, 일을 시원시원하게 한다는 평이 돌았다. 고사리댁의 남편인 류갑슐이 2듕대를 이끌고 있었으므로, 춘심이네는 부부가 챵의군에서 활약하고 있었다. 아이들을 보살피는 일이 좀 걱정이 되었는데, 눈치를 보니, 그럭저럭 꾸려나가고 있었다. 하긴 아이들이 배불리 먹으니, 다행으로 생각할 법도 했다.

      정병 최월매   의약듕대쟝
      부병 김강션   뎨일의약단대쟝
      딕병 신쇼용   뎨이의약단대쟝

의약단대의 여군들은 아직 열 남짓했다. 홍쥬로 본대가 출발한 뒤에도, 덕산현텽에 남을 부상자들의 치료를 위해 여군 몇 사람이 남아야 할 터여서, 차제에 두 단대로 나눈 것이었다. 그래도 굳이 의약듕대로 만든 것엔 그와 귀금이 사이의 일을 잘 주선한 최월매에 대한 보답의 뜻도 담겨 있었다.

경병 김상호　데이듕대 데일단대쟝
경병 정호식　데칠듕대 데일단대쟝
부병 백순홍　데칠듕대 데삼단대쟝

가벼운 아픔이 가슴을 스쳤다. 정호식은 이번 싸움에서 죽은 손갑셕의 후임이었다. 졍은 구화실 사람으로 윤삼봉이 단대쟝으로 천거했다.

경병 박우동　데십일듕대쟝
경병 김영츈　데십일듕대 데일단대쟝
부병 림티욱　데십일듕대 데이단대쟝
부병 심항규　데십일듕대 데삼단대쟝

관군으로부터 얻은 무기들은 많았지만, 그를 가장 흐뭇하게 한 것은 서른 개 가까이 되는 활이었다. 도망치는 병사들에게 활은 거추장스러웠으므로, 관군들은 맨 먼저 활을 버렸다. 그래서 이미 활을 갖춘 병사들에다 활을 다루어본 병사들을 골라서, 궁수들로만 이루어진 등대를 편성한 것이었다. 이제는 어쩔 수 없이 규모가 큰 관군과 정규전을 하게 될 터라, 궁슈등대를 생각보다 일찍 갖추게 된 것이 그는 꽤나 든든했다. 아울러 박우동에게 등대쟝 자리를 마련해주게 된 것도 크게 기꺼웠다.

부군수 딕령 신경슈	슈 덕산현감
딕군수 부위 권듕현	덕산현 훈도(리례방 담당)
딕군수 딕위 신졈필	덕산현 훈도(호형공방 담당)
뎨삼등대쟝 부수 최셩업	덕산현 주둔군 슈령

부군수 딕령 리산구	슈 례산현감
딕군수 부위 심연용	례산현 훈도(리례방 담당)
딕군수 딕위 박션동	례산현 훈도(호형공방 담당)
뎨구등대쟝 딕수 왕부영	례산현 주둔군 슈령

"신군사, 권군사, 신군사, 그리고 최 대쟝, 네 분끠셔는 덕산현을 맛다쇼셔. 네 분끠셔 이대 하셔야, 홍쥬로 출진하난 우리 챵의군의 뒤 튼튼하나이다," 김이 낭독을 마치자, 그는 덕산현의 행정과 수비를 맡은 네 사람을 차례로 돌아보면서 간곡히 당부했다.

"녜, 원슈님. 이대 알겠압나니이다. 브쵹한 쇼쟝애게 이리 큰 직임을 맛뎌주셔셔, 쇼쟝안 참아로 황공하압나니이다," 문득 환해진 얼굴로 신경슈가 매끄럽게 대꾸했다. 나머지 세 사람이 따라서 우물쭈물 감사하다는 뜻을 나타냈다.

"신 군사, 우선 「챵의문」과 군령들흘 면마다 븥이쇼셔. 그 글들흘 보면, 우리 챵의군에 들어오려는 사람달히 많이 나올 새니이다."

"녜, 원슈님. 이대 알겠압나니이다."

"챵의공채와 쌀어음을 넉넉이 놓고 갈 새니, 사천들흘 많이 면천시켜서 받아들이쇼셔. 그리하시고, 최 대쟝, 최 대쟝끠셔는 새로 들어오난 사람달할 훈련시키쇼셔. 군사달히 많아디면, 삼듕대랄 대대로 맹갈겠나이다."

"녜, 원슈님. 말쌈하신 대로이 거행하겠압나니이다."

"아, 또 하나. 급한 일이 또 하나 이시나이다. 사이 없어서, 이번에 군령 뎨십륙호에 딸와 면천한 덕산현텽 사람달해게 관둔뎐을 난호아주는 일을 하디 못하얏나이다. 네 분들끠셔 이대 샹의하셔셔, 그 사람달해게 군령 뎨십칠호애 딸와 관군뎐을 난호아주쇼셔."

군령 제16호는 례산현의 노비들을 면천한 군령 제1호를 일반화해서 챵의군이 다스리는 모든 지역의 노비들을 면천한다는 것이었다. 군령 제17호는 례산현텽의 관노들에게 관둔뎐을 나누어준 군령 제11호를 일반화해서 모든 관둔뎐을 현재 경작하는 관노들에게 나누어준다는 것이었다.

"녜, 원슈님. 이대 알겠압나니이다. 쇼쟝달히 샹의하야 분부대로 거행하겠압나니이다." 신경슈가 대꾸했다.

그는 리산구를 돌아다보았다. "례산현을 맛다신 분들끠셔도 군사달할 많이 모도아셔 훈련을 이대 시키쇼셔."

"녜, 원슈님. 말쌈하신 대로이 거행하겠압나니이다."

"그리하시고," 그는 황구용을 찾았다. "황 대쟝."

"녜, 원슈님." 황이 급히 자세를 고쳐 앉았다.

"이제 관군은 동녁에셔 올 새니이다. 그러하니 쳑후를 신챵현 갓가이 두는 것이 맛당한듸…… 황 대쟝 생각애난 어디 두는 것이 됴할 닷하나니잇가?"

황이 한동안 망설였다. "쇼쟝 생각애난…… 챵말애 두는 것이, 챵말 삼거리에 두는 것이 엇더하올디?"

그는 김항렬을 돌아다보았다. "김 춍독 생각애난 황 대쟝 의견이 엇더하나니잇가?"

김이 고개를 끄덕였다. "쇼쟝 생각애도 황 대쟝 의견이 옳안 닷하압나니이다."

"챵말이 신례원(新禮院) 갓가이 이시나이다?"

"아니압나니이다." 김이 고개를 저었다. "신례원은 신챵현에 이시압나니이다."

"아, 그러하나니잇가?" 그는 윤긔를 돌아다보았다.

"녜, 그러하압나니이다. 신례원은 신챵현에 이시압나니이다. 우리 례산현에는 무한셩원과 고사원이 이시압나니이다."

그 둘은 그도 잘 알았다. 무한셩원(無限城院)은 무한산성 아래에 있었고, 고사원(古沙院)은 공쥬로 가는 큰길에서 대지동면으로 가는 길이 갈라지는 슐곡면 대실에 있었다.

'그렇다면, 얘기가 어떻게 되나? 현대에선 신례원이 분명히 예산군에 속했는데. 뒤에 신챵현과 례산현의 경계가 신챵 쪽으로 옮

겨졌거나, 신례원이 례산현 안쪽으로 옮겨 앉았다는 얘기가 되나?'

그는 고개를 끄덕였다. "그러하면, 그리하사이다. 거긔 우리 군사달히 여러 날 묵을 만한 집이 이시나니잇가?"

"량식만 넉넉이 준다면, 묵을 집을 구하기난 그리 어렵디 아니할 새압나니이다." 리산구가 말했다.

"그러하면, 거긔 우리 쳑후를 두사이다. 안정훈 대쟝이 뎨일단 대랄 잇그시고셔 거긔 머믈게 하쇼셔."

"녜, 원슈님. 이대 알겠압나니이다."

"안 대쟝."

"녜, 원슈님."

"안 대쟝끠셔는 잇다가 챵말로 가실 때, 쌀알 말에 싣고 가쇼셔. 으음, 일단 두 셤을 싣고 가쇼셔. 믈자참모부 김 부쟝."

"녜, 원슈님," 김진팔이 대답했다.

"안정훈 대쟝끠 여긔 덕산현텽에 이시난 쌀알 두 셤 드리쇼셔."

"녜, 원슈님. 이대 알겠압나니이다."

문득 걱정스러운 상황이 떠올라서, 그는 잠시 고개를 숙이고 곰곰 따져보았다. 관군이 나타나면, 쳑후병들은 묵던 곳에서 이내 물러날 터였다. 그러나 그 집 사람들은 거기 남을 수밖에 없었고, 자칫하면, 관군으로부터 해를 입을 터였다.

"그러나한듸, 내죵애 우리 쳑후들히 믈러나면……" 그는 자신의 걱정을 사람들에게 얘기했다.

사람들은 고개를 끄덕였지만, 대책을 내놓는 사람은 없었다.

그는 마음을 정했다. "그러하면, 이리하사이다. 김 부쟝."

"녜, 원슈님." 김교듕이 윗몸을 앞으로 숙였다.

"그 챵말의 리졍에게 문셔를 띄우쇼셔. 우리 쳑후들히 묵을 곳 알 쟝만하라고. 그리하면, 내죵애 관군이 알게 다외더라도, 거긔 사람달히 화랄 입디난 아니 할 새니이다. 문셔는 례산현감 명의로 보내쇼셔."

"원슈님, 그러하시면 쇼쟝안 례산아로 돌아가겠압나니이다." 가슴속에서 들끓는 감졍들이 밴 듯, 리산구의 목소리는 여느 때보다 탁했다.

"녜. 례산현은 우리 챵의군이 니러션 고을히니이다. 이대 다살 여주쇼셔."

"녜, 원슈님. 원슈님 말쌈알 명심하겠압나니이다."

"아, 나이 잊을 번하얐나니이다. 여긔 편지……" 그는 주머니에서 봉투들을 꺼내어 리에게 건넸다. "하나난 왕부영 대쟝끠 보내난 편지고, 또 하나난 최연규 군사끠 보내난 편지고, 또 하나난 신우 츈 부병에게 보내난 것이니이다."

왕부영에게 보내는 편지엔 례산현을 잘 지켜달라는 당부가 들어 있었다. 챵의군이 일어선 땅이고 근거였으므로, 례산현은 챵의군에게 더할 나위 없이 중요하다는 사실을 그는 거듭 강조했다. 봉션이 할아버지에게 보내는 편지엔 위로의 말과 함께 대지동면의 저수지 공사를 조금씩이나마 계속해달라는 얘기가 들어 있었다. 일할 만한 사람들이 모두 나온 터라, 공사를 제대로 하기는 어려웠지만, 노인의 아픈 마음을 달래는 데는 그 일보다 나은 것이 없을 터였다. 우춘이에게 보내는 편지엔 내일 개똥이를 데리고 덕산현텽으로 와서 개똥이를 제 아버지에게 맡기라는 얘기가 들어 있었다. 볼모로 데리고 나온 개똥이를 계속 례산현텽에 놓아두는 것은 신경슈에 대한 대접이 아니었다.

"녜. 알겠압나니이다."

"그러하면, 어서 가보쇼셔. 밤길이라, 슈고로우실 새니이다."

"쇼인달히야…… 원슈님, 부대 조심하쇼셔," 리가 간곡히 말했다.

"녜. 현감 말쌈대로이 조심하겠압나니이다."

"챵의." 리가 바로 서더니 손을 들어 경례했다.

"챵의." 그도 정색하고 자세를 바로 해서 답례했다.

"그러하면, 원슈님, 쇼쟝달토 가보겠압나니이다." 심연용과 박선동이 그 앞으로 다가섰다.

"녜. 두 분끠셔는 현감알 이대 보필하셔서, 례산 사람달히 마암 놓고 살 수 있게 하쇼셔."

"녜, 원슈님. 이대 알겠압나니이다," 심이 대꾸했다. "챵의."

"챵의."

두 사람이 급히 리의 뒤를 따랐다. 앞장선 안졍훈의 쳑후듕대 1단대는 벌써 길텽 모퉁이 뒤로 사라져 보이지 않았다.

누가 보퉁이를 들고 부리나케 그들의 뒤를 따랐다. 홍두였다. 그의 얼굴에 가벼운 웃음이 배어 나왔다. 싸움을 여러 번 치르면서, 대지동에서 나온 다른 병사들은 빠르게 시골티를 벗었지만, 홍두는 여전히 한산댁 머슴의 모습을 지니고 있었다. 빠르게 바뀌는 세상에서도 바뀌지 않는 것이 있다는 생각에 그의 웃음이 짙어졌다.

성 주 （城主）

제 10 부

1

꾸준한 속도로 나아가던 행렬이 갑자기 멈췄다. 앞사람의 등만 보고 걷던 병사들이 잇따라 부딪치면서, 행렬이 갑자기 어지러워졌다. 조립식 사다리의 한쪽 다리를 메고 가던 병사들이 이때다 하고 대나무를 땅에 내려놓았다.

행렬 맨 뒤에서 기병대와 함께 따라오던 언오는 병사들을 피해 가면서 앞으로 말을 몰았다. 챵의군은 마을 하나를 막 지난 참이었다. 마을은 교교한 달빛 아래 곤히 잠든 듯했지만, 개 서너 마리는 아직도 시끄럽게 짖고 있었다.

그가 행렬 한가운데에 있는 참모부 가까이 가자, 김항렬이 앞쪽에서 말을 타고 왔다. "원슈님."

"녜, 김 총독."

"홍쥬셩이 보이나이다. 오백 보즈음 다외압나니이다." 김의 목소리에는 억눌린 흥분이 배어 있었다.

"그리 갓가이? 가보사이다."

행렬의 머리에 이르자, 김이 말을 멈추고 앞쪽을 가리켰다. "원슈님, 뎌긔……"

그는 몸을 낮추고서 앞쪽을 살폈다. 바로 앞에 시내가 있었고, 그 위로 나무다리가 놓여 있었다. 그 너머에 성이 있었다.

문득 가슴이 아프게 죄어들었다. 환한 달빛 아래 웅크린, 시커먼 성은 엄청난 힘을 속에 감춘, 거대한 짐승이었다. 그것은 정말로 살아 있는 것처럼 보였다. 하긴 성은 이곳에선 살아 있는 존재였다. 21세기의 성들처럼 오래전에 쓸모가 끝나 생명이 나가버린 몸뚱이가 아니었다. 단단한 껍질을 곧추세우고 반갑지 않은 사람들의 접근을 거부하는 성의 모습에 써늘한 느낌이 그의 몸속으로 흘렀다. 그는 몸을 바로 하고 자신도 모르게 참았던 숨을 길게 내쉬었다.

"그럿긔 봄만 하더라도, 뎌긔셔 번을 셨는듸……" 김이 상념에 잠겨 혼잣소리를 했다.

"뎌긔 셩문이 븍문이니이다?"

"녜, 원슈님. 그러하압나니이다."

그는 뒤를 돌아다보았다. "셩 대쟝."

"녜, 원슈님." 셩은 말 위에 불안한 자세로 앉아 있었다. 근위단 대쟝이 연락장교 노릇을 하는 사정을 생각해서, 아까 셩에게 말을 준 것이었다.

"가셔셔 등대쟝달해게 이리 모호이라 하쇼셔."

챵의군은 12시에 덕산현텽을 떠났다. 병사들에게 저녁을 일찍

160

먹이고, 공성(攻城)에 필요한 사다리를 만드는 공병듕대를 빼놓고는, 모두 잠을 재웠다가 11시 30분에 깨웠다. 그도 잠시 눈을 붙였었다. 1시 20분쯤 창의군은 덕산현과 홍쥬목의 경계에 가까운 대덕산면(大德山面) 목욕리(沐浴里)에 닿았다. 거기서 배낭에 넣어 온 김밥으로 밤참을 들었다. 막 3시가 넘었으니, 덕산현텽에서 홍쥬성까지 30리 길을 예정대로 세 시간에 걸은 셈이었다.

먼저 닿은 듕대쟝들이 성을 가리키면서 목소리 낮춰 애기를 주고받았다. 모두 성의 모습에 몸과 마음이 움츠러드는 듯했다.

그에겐 하늘로 솟은 성루가 사나운 공룡의 머리처럼 보였다. 문득 눈앞에 떠올랐다, 웅크린 성이 공룡처럼 뒷발로 일어서서 포효하는 모습이. 교교한 달빛에 신비스럽게 바뀐 밤 풍경이 그런 생각을 그럴듯하게 했다.

"원슈님, 모도 모호얐압나니이다." 셩묵돌의 목소리에 그는 상념에서 깨어났다.

"아, 네." 그는 말에서 내려 셩에게 고삐를 넘겼다.

개 짖는 소리가 멎지 않았다. 그는 그 소리가 마음에 적잖이 걸렸다. 성을 지키는 사람들이 듣고서 이쪽을 살핀다면, 달빛이 환해서, 이내 군대가 가까이 온 것을 알아차릴 터였다.

"여러분, 이제 홍쥬셩에 다 왔나이다. 뎌긔 보이는 셩문이 홍쥬셩의 북문이니이다."

그의 손길을 따라 사람들이 고개를 빼어 앞쪽을 살폈다.

"우리는 두 패로 난호야셔 셩을 티겠나이다. 김 총독끠셔는 앗가 녜아기한 대로이 앒애 션 부대달할 잇그시고셔 북문과 셔문 사이랄 공격하쇼셔."

"녜, 원슈님."

"나난 참모부와 뒤헤 션 부대달할 잇글고셔 븍문과 동문 사이랄 공격하겠나이다. 그리하난듸, 십일궁슈듕대와 륙긔병듕대난 둘로 난호이나이다. 박우동 대쟝."

"녜, 원슈님." 뒤쪽에 있던 박이 앞으로 나왔다.

"박 대쟝끠션 일단대와 이단대랄 잇그시고셔 김 총독과 함끠 가쇼셔. 셩을 틸 때, 셩 우헤셔 막난 사람달히 이시면, 살알 쏘아셔 막디 못하개 하쇼셔. 심항규 대쟝의 삼단대난 나랄 딸오개 하쇼셔."

"녜, 원슈님. 이대 알겠압나니이다."

"그리 하시고, 쳔영셰 대쟝."

"녜, 원슈님."

"안징 대쟝애게 일단대랄 잇글고셔 김 총독알 딸와가라 하쇼셔. 긔병대난 사졍이 엇더한듸 서로 쇽히 알외야셔 둘로 난호인 우리 부대달할 니어주쇼셔."

"녜, 원슈님. 이대 알겠압나니이다."

"나이 손조 잇그는 부대달한 몬져 칠듕대 앒애 셔고, 그 뒤헤 팔공병듕대 셔고, 그 뒤헤 참모부 셔고, 맨 뒤헤 륙긔병듕대의 이단대와 삼단대 셔나이다. 칠듕대, 팔듕대, 참모부, 긔병대 슌이니이다. 아시겠나니잇가?" 사람들이 얘기를 제대로 알아들은 것을 확인하자, 그는 김항텰에게 말했다. "그러하면, 김 총독, 몬져 츌발하쇼셔."

"녜, 원슈님. 그러하면, 쇼쟝안 출발하겠압나니이다. 챵의."

박초동이 이끄는 1등대를 머리로 해서 김항렬 휘하 부대들이 천천히 나아가기 시작했다. 다리를 건너더니, 냇둑을 따라 오른쪽으로 돌았다.

7등대를 이끌고 앞으로 나온 윤삼봉이 그에게로 다가왔다. "원슈님?"

"윤 대쟝, 다리랄 건너면, 냇둑을 딸와 왼녁으로 가쇼셔. 우리 공격하난 곳안 븍문과 동문 사이니이다."

"녜, 이대 알겠압나니이다. 챵의." 윤이 경례하고 돌아섰다. "칠등대 앏아로."

7등대의 앞머리가 막 다리로 올라섰을 때, 성 쪽에서 갑자기 징 소리가 났다. 모두 멈칫했다. 그의 마음도 오그라들었다. 여느 때도 마음을 흔드는 징 소리는 교교한 달빛 속으로 무척 음산하고 위협적인 모습을 하고 파도처럼 밀려왔다.

'흠. 드디어 우릴 봤구나.' 그는 입가에 야릇한 웃음을 올렸다.

적군에게 들켰다는 것이 그리 걱정스럽진 않았다. 이 정도면 기습에 성공한 셈이었다. 오히려 안도감 비슷한 것을 느꼈다. '이제 준비해 온 것들을 쓰게 됐구나.'

공성에 쓰일 기구를 마련하라고 지시했지만, 그는 마음 한구석으론 은근히 걱정이 되었었다. 홍쥬성을 지키는 사람들이 없을까, 그래서 공성 기구들이 쓸모없게 되지 않을까. 그리되면, 챵의군으로선 다행이었지만, 무거운 사다리들을 메고 30리 길을 걸어온 병사들의 입에서 좋은 얘기가 나올 리 없었다.

'이젠 어떻게 한다?' 그는 마음을 다잡고 계속 울리는 징 소리를 마음에서 밀어냈다. 기습의 기회는 사라졌으므로, 이제 군대의 빠른 배치와 공격은 부차적 중요성을 지니게 되었다. 훨씬 중요한 고려 사항은 적군의 병력을 분산시키는 것이었다.

'동북쪽을 공격하는 대신, 동남쪽을 공격하면, 아무래도 적군이 더 많이 분산되겠지. 어느 쪽이 주공(主攻)이고 어느 쪽이 조공(助攻)인지 분간하기도 더 어려워지고.' 그는 고개를 들어 지형을 찬찬히 살폈다.

김항렬의 애기에 따르면, 홍쥬성은 백월산(白月山)을 진산으로 삼고 거기서 내려온 두 물줄기가 합친 곳의 삼각 지대에 자리 잡았다. 그의 지도도 김의 애기를 확인해주었다. 다만 지도에는 백월산이 일월산(日月山)으로 나와 있었다. 후대에 복사 오류가 나와서 정착된 모양이었다. 두 물줄기들 가운데 하나는 지금 바로 앞에 있는 시내로 대체로 서쪽에서 흘러왔고, 다른 하나는 서남쪽에서 흘러온 듯했다. 그래서 동쪽보다는 서쪽이 훨씬 높았고 북쪽보다는 남쪽이 좀 높을 터였다. 자연히, 가장 좋은 작전은 김이 이끄는 부대를 땅이 가장 높은 서남쪽에서 공격하게 하고 그의 부대는 원래 계획대로 동북쪽에서 공격하는 것이었다. 그리하면, 김의 부대가 성벽을 공격하기가 수월할 뿐 아니라, 성벽을 점령한 뒤에 나올 싸움에서도 산비탈의 아래쪽을 향해 공격하므로, 유리할 터였다.

그는 셩묵돌을 돌아다보았다. "셩 대쟝."

"녜, 원슈님."

"김 총독애게 가셔셔……" 고삐를 꼭 쥐고 말 등에 어색하게 앉은 성을 보고, 그는 성을 김항렬에게로 보내려던 생각을 바꿨다.
어두운 데다가 제대로 난 길도 없는 터라, 성으로서는 낙마하기 십
상이었다. "아니," 그는 손을 저었다. "뎌긔…… 가셔셔 쳔 대쟝보
고 겸 오라 하쇼셔."

성이 서툴게 말을 돌려 뒤쪽으로 떠나자, 그는 새 계획을 비판적
으로 검토해보았다. 이미 움직이기 시작한 군대에게 새 작전 명령
을 내리는 것은 위험했다. 지금과 같은 상황에서는 특히 그랬다.
그러나 뜯어볼수록 그는 새 계획이 마음에 들었다.

'이제 주공과 조공이 뚜렷해졌으니, 주공을 좀 강화하는 것이 좋
은데……'

애초에는 군대를 비슷하게 둘로 나누어 그와 김이 각기 맡았다.
전력이 강한 등대들을 김에게 맡기고 사람 수는 적지 않지만 전력
은 약한 참모부를 그가 맡기는 했지만, 뚜렷이 김의 부대를 주공으
로 삼고 그가 직접 거느린 부대를 조공이라고 생각한 것은 아니었
다. 그러나 이제는 사정이 달라졌다. 문제는 주공 쪽으로 돌릴 부
대가 마땅치 않다는 점이었다. 돌릴 만한 부대는 윤삼봉이 거느린
7등대뿐이었는데, 7등대를 빼면, 그의 부대엔 앞장설 만한 부대가
없었다.

"원슈님, 브르압샸나니잇가?" 그의 말 옆에 말을 대면서, 천영
세가 쾌활한 목소리로 물었다.

"녜, 쳔 대쟝. 내 녜아기랄 들어보쇼셔. 이제 젹군이 우리 여긔
이시난 것을 알았아니, 급히 셩을 공격하난 것은 그리 죵요롭디 아
니 하나이다. 죵요로온 것은 둘로 난호인 우리 군대가 서르 멀리

떨어뎌셔 공격하야 젹군이 난호아디개 하난 것이니이다. 그리하여야 젹군이 서르 돕디 못하나이다."

첟이 고개를 끄덕였다. "녜, 원슈님."

"사졍이 그러하니, 첟 대쟝끠셔 김 춍독끠 가셔셔 니르쇼셔, 븍문과 셔문 사이랄 공격하디 말고 셔문과 남문 사이랄 공격하라고. 셔남녁이 가장 높안 곳이라, 셩을 공격하기 됴코, 셩벽에 올아션 뒤헤도 젹을 밀어븥이기 쉬울 새니이다. 나난 앗가 뎡한 대로이 븍문과 동문 사이랄 공격할 새니이다."

"녜, 원슈님. 셔문과 남문 사이랄 공격하라난 말쌈이시니이다?"

"그러하나이다. 그리하시고, 첟 대쟝, 이단대를 잇글고 가쇼셔. 김 춍독의 부대난 이제 쥬공이라, 거긔 힘을 실어야 하나이다. 여긔는 황 대쟝의 삼단대만 남겨두쇼셔."

첟이 우승호의 2단대와 함께 냇둑을 따라 서쪽으로 떠나자, 그는 군악참모부쟝 한정희에게 군악을 연주하라고 지시했다. 병사들의 사기를 돋구려는 뜻도 있었고, 성안 사람들의 주의를 이쪽으로 끌려는 뜻도 있었다. 곧 「잠수함대가」가 나왔다. 가락이 원래 환한 달빛에 덮인 밤 풍경에 어울리지 않는 데다가, 연주가 너무 서툴러서, 그 군가가 마음에 어설프게 닿았다. 그러나 날개를 급하게 퍼덕이는 날라리 소리를 북소리가 차분하게 떠받쳐주면서, 차츰 군가답게 기분을 돋우었다. 이어 「쌍화뎜(雙花店)」 가락이 나오자, 몇몇 병사들이 따라서 흥얼거렸다.

대견스러움과 고마움이 가득한 가슴으로 그는 냇둑을 따라가는 병사들을 바라보았다. 훌륭한 병사들이었다. 비록 고참들도 군인

166

이 된 지 닷새밖에 되지 않았지만, 벌써 정규군과 네 번 싸워 모두 이긴 병사들이었다. 그래서 몸짓에 자신감이 배어 나왔고 움직임에 질서가 있었다.

이제는 무기도 제대로 갖춘 터였다. 아쉬운 점은 방패를 갖춘 병사들이 많지 않다는 것이었다. 관군들이 버린 무기들 가운데 방패는 몇 개 되지 않았고 그나마 손질을 제대로 하지 않아서 너덜거리는 것들이 많았다.

관군의 무장에서 방패가 그렇게 적은 까닭은 조선군이 대체로 활을 주 무기로 삼은 데서 찾을 수 있었다. 챵의군이 싸운 관군들도 대체로 활을 많이 갖춘 편이었다. 무관들을 뽑는 시험들에서도 가장 중요한 과목은 활 솜씨였다. 활을 주 무기로 삼은 것은 조선에선 오래된 전통이었다. 고구려 무덤들의 벽화들에서 보듯, 다른 동북아시아 유목민들의 군사들과 마찬가지로, 고구려 무사들은 말 탄 궁수들이었다. 게다가 고려 때부터 지금까지 조선을 침략한 군대들은, 홍건적(紅巾賊)을 빼놓으면, 모두 거란, 금, 몽골, 후금처럼, 말 탄 궁수들을 주력으로 삼은 군대들이었다. 미사일 무기엔 일단 미사일 무기로 대응하는 것이 필요하므로, 말 탄 궁수 군대들과 싸우는 데는 활이 기본적 무기일 수밖에 없었다. 양쪽이 활을 주무기로 쓰는 상황에선, 창이나 칼을 쓰는 기사들의 싸움이나 보병들의 백병전에서와는 달리, 갑옷과 방패는 그리 큰 몫을 하지 않았다. 게다가 조선군은 주로 성에 의지해서 그런 군대와 방어적 전투들을 벌였으므로, 방패의 중요성은 더욱 줄어들었다.

어쨌든, 공성에 나선 지금, 그렇게 방패를 갖춘 병사들이 적다는 것은 작지 않은 약점이었다. 등대쟝들에게 방패 노릇을 할 만한 것들을 만들어보라고 지시했지만, 재료도 시간도 많지 않았던 터라, 준비는 소홀할 수밖에 없었다.

'지금 성을 지키는 사람들은 무슨 준비를 해놓았을까?' 화살에서 뜨거운 물까지, 성을 지키는 사람들이 성벽을 올라가는 사람들에게 퍼부을 수 있는 고약한 것들이 마음을 할퀴어서, 그는 이마를 찡그렸다.

병사들이 모두 다리를 건너자, 그는 사다리들을 조립하라는 명령을 내렸다. 궁슈등대와 긔병등대를 빼놓곤, 모든 부대들은 단대마다 사다리를 하나씩 지녔다. 김항렬의 얘기에 따르면, 홍쥬성은 높이가 15자였다. 그래서 그는 사다리를 적어도 17자가 되게 만들라고 쟝츈달에게 지시했다.

마침내 부대들이 제대로 배치되었다. 이제 성벽 위엔 횃불들이 어지럽게 타오르고 있었다. 모인 사람들이 꽤 많아 보였다. 그러나 그들은 밖에 있는 사람들에게 적극적으로 대응하지 않았다. 누구냐고 물어보거나 화살을 쏨직도 한데, 그저 떠들고 손으로 가리키고만 있었다.

'잘 조직된 군대는 아닌 모양이구나. 하긴 홍쥬목사가 이끈 군대가 풍비박산했으니, 남은 군사들이라야…… 그러나저러나, 바람이……' 좀 느긋해진 마음으로 한숨을 내쉬면서, 그는 하늘을 살폈다.

달 둘레엔 옅은 구름이 걸려 있었으나 움직이는 것 같지는 않았다. 둘레를 살펴보니, 버드나무 잎새가 가볍게 흔들리고 있었다.

바람은 분명히 동남쪽에서 불어오고 있었다. 그러고 보니, 성벽 위에서 어지럽게 움직이는 홰들의 불길과 그을음도 오른쪽으로 쏠리고 있었다.

"원슈님." 그가 이내 쏠 수 있게 가스총을 조작하는데, 셩묵돌이 보고했다. "사다리난 모다 준비다외얐압나니이다."

"녜. 그러하면……" 그는 말에서 내렸다. "김 형, 내 방패랄 주쇼셔. 그리고 이 말알 잡아쇼셔."

"녜, 원슈님." 김병달이 그에게 방패를 넘기고 대신 말고삐를 잡았다.

방패는 맷방석 안쪽에 손잡이를 만들어 붙이고 바깥쪽에 대나무 조각들을 댄 것이었다. 그래서 꽤 무거웠지만, 화살을 제대로 막아낼지 의심스러웠다. 그가 방패 걱정을 하자, 공병듕대 사람들이 여러 방안들을 내놓았는데, 그것들 가운데 가장 낫게 여겨진 것이 맷방석을 쓰는 것이었다.

방패를 들고서, 그는 왼쪽에 있는 궁슈단대로 갔다. "심 대쟝."

"녜, 원슈님."

"대원들흘 한 줄로 셰우쇼셔."

"녜, 원슈님." 심항규가 대원들을 향해 돌아섰다. "원슈님끠셔 한 줄로 셔라 하신다."

11듕대 3단대원들이 활을 들고 냇둑에 한 줄로 늘어섰다.

"셔르 졈 떨어디쇼셔. 살알 쏘난 대 걸위디 않개."

궁슈들이 제대로 서자, 그는 옆으로 비켜서서 명령을 내렸다, "셩 위에 션 사람달할 견호쇼셔."

활을 겨눈 자세가 제각각이었는데, 어색한 것만은 공통이었다. 성벽 위의 사람들을 맞히기를 기대하기는 어려웠다. "자아, 준비이. 쏴아."

후두두둑, 시위 소리가 어지럽게 울리고 화살들이 성 쪽으로 날았다. 열 개 화살 가운데 성벽을 넘은 것도 두셋 있는 것처럼 보였지만, 대부분은 성벽 아래쪽을 맞추거나 땅에 떨어졌다. 바라보던 병사들 사이에서 환호와 아쉬워하는 소리가 함께 났다.

"다시 쏘사이다. 쥰비이," 그는 다시 쏠 생각은 하지 못하고 자기 화살이 날아간 곳만을 바라보는 병사들을 채근했다. "쥰비이. 쏴아."

이번엔 좀 나았다. 적어도 땅에 떨어진 화살은 없었다.

"심 대쟝."

"녜, 원슈님."

"다란 군사달히 셩벽 갓가이 갈 때, 그 뒤를 딸와 궁슈달할 잇글고셔 쳔쳔히 나오쇼셔. 살알 쏘아셔 격군들히 우리 군사달할 막디 못하개 하되, 살로 우리 군사달할 맞초난 일이 없개 셩 우흘 견호쇼셔."

"녜, 원슈님. 이대 알겠압나니이다."

"셩 대쟝, 공격 군호랄 올이쇼셔."

셩이 날라리를 꺼냈다. 사람을 몰아세우는 급한 가락이 나왔다.

그는 칼을 빼어 들고 성큼 나섰다. "챵의군 앒아로."

"챵의군 앒아로," 복창하는 소리가 무슨 짐승처럼 무겁게 몸을 일으켰다.

"챵의구운." 방패로 머리와 목을 가리고 앞으로 나아가면서, 그는 목청껏 전투 함성을 외쳤다.

　전진하는 병사들의 전투 함성이 우렁차게 올랐다. 성벽 위에서 누가 다급하게 외쳤다. 조금 있다가, 화살 하나가 그의 옆에 떨어졌다. 그가 움찔하는데, 이번엔 화살이 그의 방패를 뚫었다.

　"어이쿠." 화살의 충격보다는 놀람으로 그는 방패를 내렸다. 그러고는 황급히 다시 올렸다. 어지간한 방탄조끼만큼 충격을 잘 흡수한다는 비행복을 입었으므로, 머리만 잘 가리면, 그가 화살에 크게 다칠 염려는 없었다.

　돌아다보니, 참모부 병사들은 빠른 걸음으로 그를 따라오고 있었다. 다른 부대들도 성벽을 향해 뛰어나가고 있었다. 그가 지시한 대로, 방패를 든 군사들이 앞장서고 사다리를 든 군사들이 뒤를 따랐다. 대열이 제법 질서가 있는 것이 그를 든든하게 했다.

　그도 차츰 걸음을 빨리했다. 화살 몇 대를 방패에 받아가면서 성벽 가까이 가자, 그는 가스총을 꺼냈다. 겨냥이 잘되어서, 가스총 탄은 성벽 위에 선 사람들의 뒤쪽 공중에서 터졌다. 허연 가스가 천천히 사람들을 덮었다.

　곧 뒤따라온 병사들이 성벽에 사다리들을 세웠다. 그는 맨 오른쪽 부대로 다가갔다. 민사참모부였다.

　"나이 몬져 올아가겠나이다." 민사참모부장 김병룡에게 말하고서, 그는 사다리로 다가섰다.

　"아, 아니압나니이다." 방패로 머리를 가린 김이 황급히 다가섰다. "원슈님, 쇼쟝이 몬져……"

"김 부쟝끠션 내 뒤를 딸와 올아오쇼셔." 그는 사다리를 오르기 시작했다. 왼손으로 방패를 잡아 머리를 가리고 오른손만으로 사다리를 잡고 오르는 터라, 몸을 가누기가 쉽지 않았다. 병사들이 사다리를 붙잡았지만, 사다리가 원체 허름해서 그의 몸무게를 받고서 삐걱거렸다.

성벽 위아래서 피아 병사들이 내는 소리들이 사다리를 힘겹게 오르는 그의 마음속으로 한가롭게 들어왔다. 왼쪽에서 비명이 났다. 누가 크게 다친 모양이었다. 이어 사다리가 넘어지는 소리가 나고 사다리를 다시 세우라고 다급하게 외치는 소리가 났다.

기척을 느끼고 흘긋 위를 올려다보니, 관군 하나가 창으로 그를 내려찍으려 하고 있었다. 그는 급히 한 걸음 내려서면서 가스총을 꺼냈다. 문득 겁에 질린 마음을 다잡으면서, 총을 겨누었다. 총탄은 그 사람을 정통으로 맞추었고, 그 충격으로 그 사람은 뒤로 넘어졌다. 허연 가스의 그물이 그 사람을 감쌌다.

'한 놈 잡았다.' 속에 웅크렸던 짐승스러운 무엇이 문득 몸을 펼치고 앞으로 나섰다. 그의 입에서 그도 모르게 외마디 소리가 나왔다, "챵의구운."

"챵의구운," 아래쪽에서 병사들이 복창했다.

그가 가스를 피해 성벽 위로 올라선 순간, 오른쪽에서 누가 달려들었다. 그 사람이 휘두르는 칼이 달빛을 하얗게 부쉈다. 방패를 들어 칼을 막으면서, 그는 성벽 위로 뒹굴었다. 칼날이 돌을 찍는 끔찍한 소리가 났다.

혹시 공기에 섞였을지 모르는 가스를 마시지 않으려고 숨을 죽인 채, 그는 그 사람을 겨냥했다.

그러나 그가 총을 쏘기 전에 그 사람이 넘어졌다.

"원슈님, 다티신 대난 없으시나니잇가?" 피 묻은 칼을 든 채, 윤삼봉이 그를 내려다보며 걱정스럽게 물었다.

그는 놀라서 한순간 대꾸를 못했다. 그는 윤삼봉을 지금 여기서 보리라고는 전혀 생각지 못했었다. 가스를 피해 일어서면서, 그는 씨익 웃었다. "윤 대쟝끠셔 나랄 구하샀나니이다."

윤의 얼굴이 밝아졌다. "원슈님, 다티신 대난……"

"없난 닷하나이다," 윤의 뒤로 보이는 7듕대 병사들을 살피면서, 그는 쾌활한 목소리를 냈다. 눈치를 보니, 윤은 성벽을 점령하자 이내 그를 엄호하려고 이쪽으로 달려온 모양이었다.

"쏘디 마라. 우리다, 우리. 우리 챵의군이다," 누가 급히 외쳤다.

그는 속으로 야릇한 웃음을 지었다. '세상엔 바뀌지 않는 것이 있지. 우군의 화력에 의한 피해는 이십일세기나 여기나……'

둘러보니, 성벽 위에는 챵의군 병사들만 있었다. 성벽을 지키던 사람들은 뿔뿔이 도망치고 있었다. 가스가 덮은 곳에는 정신 잃은 관군들 몇이 뒹굴고 있었고 버려진 횃불이 그을음을 내고 있었다.

'드디어 해냈구나.' 가슴이 뿌듯했다. 방패로 머리를 가리고 사다리를 타고 성벽을 올라서서 싸운 것은 벅찬 경험이었다. 영화에서 볼 때는 심상하게 여겨진 공성이 막상 성을 치는 사람들에겐 두렵고도 신나는 경험이라는 것을 그는 뒤늦게 실감했다. 그러나 아직은 그런 성취감을 즐길 때가 아니었다. 가스총을 넣고서, 그는 칼을 뽑아 치켜들었다. "챵의구운."

그가 목청껏 지른 전투 함성을 성벽 위로 올라선 병사들이 받았다. "챵의구운."

그는 다시 외쳤다. "연장알 버리고 항복하면, 모도 살려준다."

그를 따라 복창하는 챵의군 병사들의 목소리가 성안으로 도망치는 관군들을 쫓아갔다.

2

마지막 쌀어음에 수결을 두고서, 언오는 허리를 폈다. 모두 3백 장이 넘는 터라, 수결을 두는 것도 작은 일이 아니었다.

'도대체 얼마나 발행된 거냐?' 쌀어음 뭉치들을 들여다보면서, 그는 발행된 쌀어음의 총액을 어림해보았다. 1문짜리의 일련번호 가 1,500이고 5문짜리가 1,500에 10문짜리는 900이니, 쌀로 치면, 천 2백 섬이었다.

'천 이백 섬이면, 우리 처지에선 적은 돈은 아닌데. 부상으로 많 이 들어갔지?' 볼펜을 주머니에 넣으면서, 그는 느긋하게 자신에 게 동의를 구했다.

쌀어음은 사흘 전에 지급된 군사들의 봉록으로 많이 나갔지만, 무공훈장의 부상으로 훨씬 많이 나갔다. 청성무공훈장에 쌀 1섬이 따르고, 황성엔 2섬이, 자성엔 3섬이, 은월엔 5섬이 따랐다. 아직 까지 받은 사람이 없었지만, 금월무공훈장엔 10섬이 따랐다. 무공훈장을 받으면, 대개 품계도 하나 오른다는 점도 장기적으론 쌀어음의 발행을 늘릴 터였다. 병이 청성을 받으면, 품계가 하나 오르고, 사는 황성을, 위는 쟈성을, 령은 은월이나 금월을 받으면, 품계가 하나 오르게 되어 있었다. 무엇보다도, 챵의군은 빠르게 커질 터였다.

'혁명을 일으키려는 사람들은 먼저 인쇄기를 마련해야 한다'는 격언을 떠올리고, 그는 야릇한 웃음을 지었다. 근대 이후 혁명을 시작한 사람들이 필요한 인력과 물자를 얻는 길은 거의 언제나 지폐를 찍어내는 길뿐이었다. 지폐는 물론 만들기 쉬웠다. 그러나 지폐의 발행은 이내 가파른 물가 상승을 불러와서, 혁명이 도우려던 사람들의 고통을 오히려 늘렸고 흔히 혁명 자체를 좌절시켰다.

실제로, 지금 병사들의 주머니에 든 쌀어음들은 그가 시작한 혁명에 대한 작지 않은 위협이었다. 살 만한 물건들이 없었으므로, 병사들은 조만간 쌀어음을 쌀로 바꿀 것이었다. 당장은 쌀을 지고 다닐 수 없으니 괜찮았지만, 집에 돌아갈 기회가 나오면, 너나없이 쌀로 바꾸려 들 터였다. 지금 챵의군의 창고들에 쌓인 쌀은 그렇게 쌀어음과 바뀌어 나가도 괜찮을 만큼 넉넉지 못했다. 그래서 병사들이 지닌 쌀어음을 흡수할 길을 곧 마련해야 했다. 그는 틈틈이 그 문제에 대해 생각해보았지만, 그럴듯한 해결책은 좀처럼 떠오르지 않았다.

그러나 인쇄기는 화폐의 발행에만 필요한 것이 아니었다. 그가 지금 절감하듯, 실은 선전전에서 더욱 긴요했다.

입맛을 다시면서, 그는 일하는 사람들을 둘러보았다. 널찍한 홍쥬목 동헌이 사람들로 부산했다. 스물이 넘는 사람들이 매달렸지만, 만들어야 할 문서들이 워낙 많아서, 모두 정신이 없었다. 챵의군이 일어선 뜻과 민중들을 위한 개혁 조치들을 널리 알려 지지 세력을 빨리 늘리는 것이 이번 기병의 성패를 결정할 터였으므로, 당장 급한 것이 그런 사정을 알리는 공고문들을 많이 만들어서 배포하는 것이었다. 그래서 참모부의 여러 부서들 가운데 문셔참모부가 특히 바빴고 덕분에 빠르게 커졌다. 조만간 인쇄기를 써야 될 터였다.

"원슈님, 여긔……" 김교듕이 문서를 그의 앞에 놓았다. "군령 십팔호이압나니이다."

"아, 녜. 슈고랄 많이 하샸나이다." 웃음 띤 얼굴로 김을 치하하고서, 그는 뿌듯한 마음으로 종이에 쓰인 글을 읽기 시작했다.

호셔챵의군 군령 데십팔호

세샹을 바르게 하고져 니러션 우리 호셔챵의군은 례산현과 덕산현에 니어 홍쥬목을 얻어셔 제 뜻을 셰울 바탕을 마련하얏도다. 이에 사룸들희 므거운 짐을 덜어줄 길들흘 왼녁과 곹히 뎡하야 널리 알외노라.

하나. 모든 사룸들흔 벌어들인 것의 십분지 일만을 셰로 내게 하노라. 그 밧긔는 엇던 셰도 내디 아니홀 새니라.

둘. 모든 역을 없이하노라. 챵의군은 신역을 없이하고 스스로

부라는 사롬돌만홀 받아들이노라. 요역을 없이ᄒᆞ고 홀 일 둘혼 모도 사롬돌해게 삯올 주려 ᄒᆞ노라.

세. 모돈 향공올 없이ᄒᆞ노라. 챵의군은 쓸 믈자돌홀 모도 사셔 쓰려 ᄒᆞ노라. 관원들희 침학올 막고져, 챵의군이 믈자돌홀 살 때는 져제에서 살 새니라.

네. 가난혼 사롬돌홀 돕고져 나온 환곡 졔도이 낟븐 관원들희 온갓 롱간ᄋᆞ로 오히려 사롬돌히 살기 더욱 어렵게 ᄒᆞ얏도 다. 그러ᄒᆞ여셔 챵의군은 환곡 졔도롤 없이ᄒᆞ노라. 지금히 관부에서 곡식올 빌운 사람돌혼 갚아야 홀 곡식의 졀반만 올 오는 ᄀᆞ올해 챵의군의 쓸어음으로 낼 새니라.

다ᄉᆞᆺ. 환곡 졔도롤 없이ᄒᆞ는 대신, 챵의군에서는 두리롤 놓고 둑 을 쌓는 일뎌로 모돈 사롬돌해게 됴흔 일돌홀 많이 ᄒᆞ려 ᄒᆞ 노라. 그런 일돌해 삯올 주고 사롬돌홀 써셔 가난혼 사롬돌 홀 도오려 ᄒᆞ노라.

긔묘 삼 월 십삼 일
호셔챵의군 원슈 리언오

천천히 고개를 ꓵ덕이면서, 그는 수염이 꺼끌꺼끌한 턱을 쓰다 듬었다. 챵의군이 일어선 뒤로, 혁명적 조치들이 여럿 나왔지만, 모든 사람들에게 큰 영향을 직접적으로 미치고 조선조의 통치 조 직을 근본적으로 흔든다는 점에서, 군령 18호의 조치들은 가장 혁 명적이었다. 그것을 통해서 그는 조용조(租庸調)라 불리는 전통적

178

조세 제도를 단번에 허문 것이었다.

조용조는 중국의 전통적 토지 제도인 균전법(均田法)과 연계된 조세 제도로 당(唐) 시대에 확립되었다. 조선엔 한반도를 통일한 신라가 당의 문물을 적극적으로 받아들였을 때 도입된 것으로 보이는데, 고려 때 확립되어 조선조로 이어졌다. 그것의 틀은 토지에 매겨지는 조(租)와 사람에게 매겨지는 용(庸)과 호구(戶口)에 매겨지는 조(調)로 이루어졌다. 지금 이곳에서 조(租)는 세(稅)로, 용은 역(役)으로, 그리고 조(調)는 공(貢) 또는 향공(鄕貢)으로 불렸다.

고대와 중세에선 그것은 꽤나 합리적이고 실용적인 세제였다. 흠이라면, 너무 복잡해서, 부패한 관리들이 악용할 소지가 많다는 점이었다. 농경 사회인지라, 이곳에선 셋 가운데 토지에 매겨지는 세가 압도적으로 중요했다. 찬찬히 살펴보면, 그러나 역과 향공도 무척 무거웠다. 과세의 근거와 세율이 비교적 뚜렷한 세보다 그렇지 못한 역과 향공이 부패한 관리들에 의해 악용되기 쉽기 때문이었다.

따라서 역과 향공을 없애는 조치는 인민들의 조세 부담을 많이 덜어줄 터였다. 대지동에서의 경험을 바탕으로 그가 해본 추산에 따르면, 적어도 3분의 1은 줄어들었다. 땅을 갖지 못했거나 아주 조금 가진 사람들에겐 혜택이 훨씬 클 터였고, 혜택이 큰 만큼 창의군에 대한 지지도 클 터였다.

환곡 제도를 없앤 것도 중요한 조치였다. 환곡은 그럴듯했지만 실제론 악용될 수밖에 없었던 조선조의 제도들을 대표했다. 그것의 폐해는 조선조 후기에 걷잡을 수 없이 커졌는데, 그동안 그가 살핀 바로는 이미 작지 않았고, 그것에 대한 사람들의 원성이 높았다. 당연히, 그것을 없애고 갚아야 할 빚을 절반으로 줄인 조치는 적잖은 호응을 얻을 터였다. 그가 환곡 대신 내건 공공사업을 통한 구호는 당장은 사람들에게 실감되지 않겠지만, 일단 실시되면, 사람들의 호감을 살 터였다.

"이대 맹갈아샀나이다." 그는 김의 얼굴을 살폈다. "잠알 못 자셔셔 시드러우실 샌듸……"

피곤한 기색이 역력한 김의 얼굴에 환한 웃음이 피었다. "관계티 아니하압나니이다, 원슈님. 일이 많아셔 졈……"

그의 얼굴에도 밝은 웃음이 배어 나왔다. 김의 얘기는 그의 비위를 맞추려는 것만은 아니었다. 지난 며칠 사이에 문셔참모부 사람들은, 특히 부장인 김은, 그가 이루려는 것들을 차츰 깨닫고 일에 열성을 보이기 시작했다. 그는 그들의 그런 모습이 고맙고 든든했다.

"그러하시면, 김 부장, 몬져 두 부를 맹갈아쇼셔. 잇다가 긔병대랄 례산과 덕산애 보내셔 우리 홍쥬셩을 얻은 일을 알릴 샌듸, 그때 함끠 보내사이다."

"녜, 원슈님. 이대 알겠압나니이다." 김이 문서를 집어 들었다.

그는 일어나서 위병 근무를 서는 김병달과 유화룡에게 다가갔다. 유는 덕산현령의 셔원이었는데 눈치가 바르고 몸놀림이 가벼웠다. 그래서 연락장교로 키울 요량으로 근위단대에 넣은 터였다.

"유 딕병."

"녜, 원슈님." 토방에 똬리를 깔고 편히 앉았던 유가 냉큼 일어섰다. 새끼로 짚신을 삼던 김이 엉거주춤 일어섰다.

"가셔셔 리 참모쟝과 김 총독끠 이리 오시라 하쇼셔."

"녜, 원슈님." 유가 성큼 섬돌을 뛰어내려갔다.

"신을 삼아시나이다?" 얼굴에 웃음을 띠면서, 그는 김에게 부드럽게 말했다. 대지동에서 함께 내려온 사람들을 대하면, 어쩔 수 없이 뒤에 합류한 사람들을 대할 때보다 친근한 마음이 더했다.

"녜, 원슈님." 겸연쩍은 웃음을 지으면서, 김이 다시 땅바닥에 앉아 짚신을 삼기 시작했다.

"잠알 자디 못하야, 많이 시드러우실 샌듸, 엇더하나니잇가?"

손길을 멈추지 않은 채, 김이 가볍게 고개를 저었다. "앗가 졈 잤압나니이다." 그래도 김은 하품을 하더니 뒤늦게 손으로 입을 가렸다.

피곤할 터였다. 챵의군은 하루가 채 못 되는 동안에 백 리가 넘는 길을 걷고 큰 싸움을 두 번 치른 터였다. 그 자신도 무척 피곤했다.

'잠을 제대로 잔 병사들은 좀 낫겠지.'

두 패로 나뉜 챵의군이 성벽을 점령하자, 홍쥬성을 지키던 군대는 이내 흩어져서, 싸움은 생각보다 훨씬 빨리 끝났다. 홍쥬성을 지킨 군대는 전임(前任) 홍쥬판관(判官) 최한조(崔漢助)가 이끌었는데, 이미 '신졈리 싸홈'에서 홍쥬진 군대가 패하고 홍쥬목사는 죽고 현임(現任) 홍쥬판관은 도망한 터라, 질기게 저항하진 못했다. 싸움이 끝나고 챵의군이 관아와 진영(鎭營)을 점령하자, 그는 병사들을 먹이고 이내 잠을 재웠다. 이제 12시가 좀 넘었으니, 네

댓 시간 잔 셈이었다.

그가 당장 해야 할 일들을 수첩에 적고 있는데, 리산웅과 김항렬이 섬돌을 올라왔다.

"어셔 오쇼셔."

"쇼쟝달할 브르압샤나니잇가?" 마루로 올라서면서, 리가 인사했다. 아직 잠기가 덜 가신 듯, 목소리가 탁했다.

"녜." 그는 리의 얼굴을 살폈다. 향반이라서 힘든 일을 하지 않았던 터라, 리는 아무래도 다른 사람들보다 더 지쳤을 터였다. "많이 시드러우실 샌듸…… 겸 자샸나잇가?"

"쇼쟝안 별로…… 눈을 겸 붙였더니……" 수염을 쓰다듬으면서, 리가 부석부석한 얼굴에 어설픈 웃음을 띠었다.

"앉아쇼셔."

"원슈님끠션 자시디 아니 하압샸나니이다?" 자리에 앉자, 웃음기 없는 낯빛으로 김이 그의 얼굴을 찬찬히 살폈다. "겸 쉬셔야 하압나니이다."

"관계티 아니 하나이다. 할 일이 많안듸……"

"그러하디 아니 하압나니이다," 김이 진지하게 말했다. "원슈님, 손조 살펴셔야 할 일달만 살피시고, 급하디 아니 한 일달한 쇼쟝달해게 맛뎌주쇼셔. 원슈님끠션 겸 쉬셔야 하압나니이다."

"김 총독 말쌈이 옳안 말쌈이니이다," 리가 받았다.

"나난 별히 시드럽디 아니 하나이다. 잇다가…… 몬져 급한 일알 쳐티하사이다. 이번 싸홈애셔 공알 셰운 사람달해개 훈쟝알 주는 일인듸," 그는 수첩을 다시 폈다. "김 총독끠셔 쥬공알 잇글었으니, 김 총독의 공이 뎨일 크나이다."

리가 힘주어 고개를 끄덕였다. "녜. 그러하압나니이다."

"다암 차례난, 이번 싸홈애셔 참모부의 공이 큰 것을 생각하면, 리 총참모쟝이시니이다. 그리하고 윤긔 군사끠셔 큰 공알 셰우샸나이다. 손조 앒애 나셔셔 보병 군사달보다도 몬져 셩벽에 올아셔신 것은 모단 군사달해개 됴한 본이 다외얐나이다."

리가 고개를 끄덕였다. "녜, 원슈님. 윤 군사끠셔 이번에 참아로 큰 공알 셰우샸나이다."

"그러하야셔 세 분끠셔는 은월무공훈쟝알 받아실 새니이다. 다암안 쟝츈달 대쟝이신듸, 이번에 공셩 쥰비를 이대 하샸나이다. 쟈셩 훈쟝알 받알 새니이다. 쥬공과 조공애셔 맨 몬져 셩벽에 올아션 부대랄 잇근 박초동 대쟝과 윤삼봉 대쟝도 쟈셩을 받알 새니이다. 이번 싸홈애셔 죽은 이등대 군사애개도 쟈셩을 튜셔할 새니이다. 듕대쟝달콰 참모부쟝달콰 다틴 군사달한 황셩을 받알 새니이다. 단대쟝달한 쳥셩을 받고."

그는 참모부 요원들이 모처럼 훈쟝을 받게 된 것이 반가웠다. 그들은 주로 현텽에서 일한 사람들로 대체로 상민들보다 신분이 높았다. 그러나 챵의군에 늦게 들어온 까닭에 대지동 사람들보다 품계가 낮았고, 싸움에서 앞장설 기회가 없었으므로, 훈쟝을 받을 기회가 적어서 품계의 차이는 더욱 벌어졌다. 그런 사정은 참모부의 사기에 좋을 리 없었을 뿐 아니라 일을 많이 시키는 그로선 적잖이 미안하기도 했다.

"이대 알겠압나니이다."

"그리하고 단대와 참모부마다 세 사람식 훈쟝알 받개 하사이다. 듕대쟝달콰 참모부쟝달히 싸홈애셔 앒애 셨던 군사달할 갈해내라 니르쇼셔. 쳥셩을 주사이다."

"녜. 그리 니르겠압나니이다."

"부대 표챵안 몬져 셩벽에 오란 일듕대와 칠듕대애게 주는 것이 옳알 닷한듸, 두 분끠셔는 엇디 생각하시난디?"

"원슈님 말쌈이 지당하압시나니이다," 리가 말했다.

"녜. 쇼쟝도 그리 생각하압나니이다," 김이 동의했다.

"그러하면 군사달할 깨워셔 몀심 하개 하쇼셔."

두 사람이 마루에서 내려서자, 윤긔를 비롯한 군사(軍師)들이 섬돌을 올라왔다.

"그러하디 아니하야도, 여러분들끠 사람알 보내려 하던 차이앗나이다." 인사가 끝나고 자리를 잡자, 그가 말했다.

"녜, 원슈님. 쇼쟝달한 오난 길애 샹한 사람달히 엇더한디 한번 살피고 왔압나니이다." 윤긔가 밝은 목소리로 대꾸했다.

윤에게션 힘이 느껴졌다. 반면에, 윤인형은 아직 충격에서 덜 벗어난 듯 기운이 없어 보였다.

"아, 그러하샸나니잇가? 이대 하샸나이다."

그는 윤긔가 군사들을 이끌고 부상한 병사들을 살펴본 것이 무척 반가웠다. 윤에게 중요한 일을 맡기려던 참이기도 했다.

"최한조 판관안 아직 자리애셔 니러나디 못하압나니이다."

그가 쏜 가스총의 가스를 마시고 쓰러진 사람들 가운데 지휘관이었던 최한조가 들어 있었다. 다친 사람들은 객사(客舍)에서 치료

받고 있었는데, 아까 그가 들렀을 때, 최는 얼굴이 벌겋게 달아오른 채 심한 기침으로 괴로워하고 있었다.

"아, 그러하나니잇가?"

"쇼쟝이 최 판관과 잘 아난 사이압나니이다. 몸이 됴하디면, 쇼인이 녜아기하야셔 우리 챵의군에 들게 하겠압나니이다."

"고마우신 말쌈이시니이다. 부대 그리하야 주쇼셔. 그리하고," 윤의 얼굴을 살피면서, 그는 얘기를 꺼냈다. "이제 홍쥬목알 다사릴 목사이 이셔야 하난듸, 윤 군사끠셔 홍쥬목알 맛다주쇼셔."

뜻밖이었는지, 윤이 잠시 머뭇거렸다. "원슈님 말쌈안 진실로 고마우신 말쌈이시디마난, 쇼쟝이 감히……"

"이믜 례산현을 이대 다사리샤시니, 윤 군사끠셔는 홍쥬목도 이대 다사리실 새니이다. 백셩을 웃 관원들로 녀기시고셔 다사려주쇼셔. 그리하시면, 사람달히 우리 챵의군을 딸올 새니이다."

"원슈님 은혜 백골난망이압나니이다. 쇼쟝이 쳔학비재이디마난, 원슈님 높아신 뜯을 받들어셔 셩심으로 다사리겠압나니이다."

그는 문셔참모부 쪽을 돌아다보았다. "김 부쟝. 군령을 하나 더 내리려 하난듸……"

"녜, 원슈님," 김교듕이 대꾸하고셔 이내 셔안을 들고 왔다.

"군령 뎨이십호."

"원슈님, 뎌어긔……" 붓을 종이에 대려던 손길을 멈추고, 김이 그를 올려다보았다. "군령은 뎨십팔호까쟝 나왔압나니이다."

"녜, 아나이다. 십구호난 잇다가 훈쟝알 받알 사람달할 밝힐 새니이다. 이번 군령은 그다암애 나오난 혜옴이니이다."

"아, 녜. 이대 알겠압나니이다."

"군령 뎨이십호," 그는 천천히 부르기 시작했다. "군사 딕쟝 윤 그. 명 홍쥬목사."

사람들의 눈길을 느끼고, 그는 조용한 웃음을 지으면서 사람들에게 설명했다. "윤 군사끠셔 이번 싸홈애셔 손조 병사달히 앒애 셔셔 싸호샸나이다. 모단 쟝슈들히 그리 앒애 나셔면, 싸홈마다 이 긜 새니이다. 그러하야셔 윤 군사끠셔는 은월무공훈쟝알 받개 다 외샸나이다. 령관달한 은월무공훈쟝알 받으면, 품계 하나이 올아 나이다. 이제 우리 챵의군에 처엄으로 쟝군이 나왔나이다."

기쁜 놀라움으로 윤의 얼굴이 밝아졌다. "원슈님, 감샤하압나니이다. 쇼쟝알 이리 살피시니……"

모두 윤이 홍쥬목사에 임명되고 딕장으로 승진한 것을 반겼다. 윤에 대한 축하 인사들이 길었다.

모처럼 밝은 얼굴로 활기차게 얘기하는 사람들을 흐뭇한 마음으로 바라보다가, 그는 문득 깨달았다. '쟝군'이란 말을 이곳 사람들은 그와는 달리 해석할지도 모른다는 것을. 그는 물론 '쟝군'을 현대의 관점에서, 즉 장교들을 '중대급 장교company grade officers' '야전급 장교field grade officers' 및 '전반적 장교general officers'의 세 계층으로 분류하는 관점에서, 해석했다. 자연히, 그는 쟝군이란 말에 큰 뜻을 부여했다. 그러나 이곳 사람들에겐 그 말이 그리 큰 뜻을 지니지 않을 수도 있었다. 서반(西班)의 '쟝군'들은 종4품에서 정3품까지 네 품들에서 여덟 위계들이 있었다. 종2품 이상은 위계가 동반(東班)과 같아서 쟝군이란 칭호가 아예 쓰이지 않았다.

단 홍쥬목에 생긴 행정의 공백은 메운 셈이었다.

"이제 홍쥬목의 관원들히 임명다외얐아니, 참모부 요원들은 여긔셔 믈러나 다란 곳아로 가난 것이 올한 일이니이다. 그러하나 여러분들끠셔 보시난 것텨로 문셔참모부 사람달만도 뎌리 많아셔, 뮈기 쉽디 아니하나이다."

"쇼관달한 관계티 아니하압나니이다. 쇼관달한 다란 곳알 찾아셔 공사랄 보겠압나니이다." 윤긔가 이내 말을 받았다.

"그러하시면 윤 군사끠셔 생각해보시고 엇디하난 것이 됴할디 말쌈해주쇼셔. 아, 그리하시고, 내아난 나와 함끠 쓰사이다."

"아, 아니압나니이다." 윤이 황급히 손을 저었다. "쇼관이 다란 곳알 찾아볼 새니, 원슈님끠셔는 심려하디 마쇼셔."

"그리하난 것이 됴할 샌듸……" 내아를 윤과 함께 쓰면, 귀금이와 지내는 데 불편할 수도 있으리라는 생각이 뒤늦게 떠올라서, 그는 말끝을 흐렸다.

"원슈님, 쇼관달히 션책알 찾아보겠압나니이다." 김경문이 조심스럽게 거들었다.

"두 분 뜯이 그러하시면, 그 일은 그리하기로 하고…… 나이 셩을 한 박회 둘어보려 하난듸, 엇더하신디? 시방 군사달히 뎜심 할 새니, 그사이애 함끠 둘어보시겠나니잇가?"

그가 군사(軍師)들과 함께 관아 외삼문을 나왔을 때, 성안은 식사를 찾는 병사들로 시끄러웠다. 여군들이 많은 데다가 참모부와 보병 부대들과 기병대가 함께 묵기 어려워서, 병사들은 진영만이 아니라 향텽과 길텽에 나뉘어 들었다. 게다가 식사도 여러 곳에서 마련되었다. 자연히, 병사들에게 배식하는 일이 꽤나 혼란스러울 수밖에 없었다. 그런 혼란이 활기처럼 느껴져서, 그는 오히려 기분이 좋았다.

외삼문 앞 게시판 둘레에 모여 공고들을 읽던 사람들이 그의 일행을 보고 서둘러 읍했다. 공고들이 많아서 벽에 붙인 공고들도 있었다.

그는 답례하고 그들에게로 다가갔다. "여러 얼우신들, 처엄 뵈압나니이다. 쇼쟝이 리언오이압나니이다."

그의 인사가 뜻밖이었는지, 사람들이 당황한 낯빛으로 우물쭈물했다. 그러더니 차림이 단정한 노인 한 사람이 또렷한 목소리로 대꾸했다, "쇼인안 한샹필이라 하압나니이다."

"아, 녜. 얼우신끠셔는 여긔 사시니이다?" 그는 공손히 물었다.

"녜. 뎌긔 동문 근쳐에 살고 이시압나니이다." 노인이 손을 들어 동쪽을 가리켰다.

성문 밖에 산다면, 향리층에 속하는 사람일 가능성이 높았다. 말씨나 차림도 그렇게 보였다.

"이리 뵈압게 다외야셔 반갑압나니이다. 시방 얼우신끠셔 보신 것텨로," 그는 공고문을 가리켰다. "우리 챵의군은 모단 사람달히 잘 살게 하져 니러셨압나니이다. 얼우신끠셔 보신 것들흘 부대 다란 사람달해개도 알려주쇼셔."

"녜, 이대 알겠압나니이다." 노인이 대꾸하고서 그의 됨됨이를 가늠하는 눈길로 그를 살폈다. 눈매가 어질면서도 날카로웠다.

"그리하시고, 만일 사람달할 괴롭히난 챵의군 군사 이시면, 쇼쟝애게 알려주쇼셔. 여긔 관아로 오셔셔, 쇼쟝알 찾아쇼셔. 쇼쟝이 없을 때난," 그는 뒤를 돌아다보았다. "여긔 겨신 분이 홍쥬목사이시니이다. 이분끠 말쌈알 드리쇼셔."

"녜, 이대 알겠압나니이다," 노인이 그에게 대꾸하고서 윤긔를 향해 읍했다. "나아리끠 쇼인 문안드리압나니이다."

윤이 서둘러 답례했다.

"쇼쟝안 시방 셩을 살피려 가난 길이압나니이다. 얼우신끠셔는 어디로 가시난 길이압샸나니잇가?"

"집아로 가난 길이았압나니이다."

"그러하시면, 함끠 가사이다."

함께 동문 쪽으로 가면서 얘기를 해보니, 그 노인은 이곳의 이속(吏屬)이 아니라 한성에서 낙향한 관리였다. 뎐의감(典醫監)의 쥬부(主簿)를 지내다 세 해 전에 벼슬에서 물러나 낙향했다는 것이었다.

그는 정식으로 의술을 배운 사람을 만나게 된 것이 반가웠다. 그가 이따가 오후에 관아로 찾아달라고 청하자, 노인은 잠시 머뭇거리더니 승낙했다.

자기 집에 잠깐 들렀다 가라는 노인의 제의를 사양하고서, 그는 동문의 성루로 올라갔다. 셩묵돌이 급히 앞장섰다.

"아," 성벽에 올라선 그의 입에서 탄성이 새어 나왔다. 조망이 시원했다. 성 밖엔 봄 들판이 펼쳐져 있었다.

"날씨가 아조 화챵하압나니이다," 윤긔가 말했다.

"녜. 화챵하나이다. 비 졈 오셔야 하난듸……" 윤의 얘기에 동의하고서, 그는 성을 살폈다.

성루는 아담했다. 그가 저 세상에서 본 조양문(朝陽門)보다 훨씬 작았다. 그러나 그것엔 막 지어졌을 때의 어색함이 세월에 씻겨 나가고 아직 퇴락의 기운이 서리지 않은 목조 건물이 지닌 부드러운 아름다움이 있었다. 반면에, 돌로 쌓은 성벽엔 아직 세월의 손길이 그리 뚜렷이 어리지 않았다.

자랑스러움이 그의 가슴속에서 뻐근하게 차올랐다. 산골 사람들 백 명을 이끌고 반란을 시작한 지 겨우 엿새인데, 이제 이 성은 그의 것이었다. '내가 이 홍쥬성의 셩쥬(城主)라.'

어저께 귀금이의 몸속으로 밀고 들어가고 나서 그녀 귀에 거세게 속삭인 말이 떠올랐다. "귀금 아씨, 아씨난 이제 내 것이오. 내 겨집이오."

문득 솟구친 욕정이 아랫도리에 모였다. 그는 자신의 발아래 길게 누운 성을 향해 거세게 속삭였다. '홍쥬성, 이제 그대는 내 것이오. 내가 셩쥬요.'

사내에게 수줍게 속살을 보이는 계집처럼, 욕정으로 부푼 그의 살을 몸속 깊이 받아들이려 애쓰면서 신음하던 귀금이처럼, 성은 부드러운 몸매로 그의 거센 눈길을 다소곳이 받고 있었다.

그의 마음을 짐작했는지, 윤이 헛기침을 하고서 조심스럽게 입을 열었다. "묘한 셩이니이다."

"녜. 그러하나이다." 비탈진 성벽을 따라 남문 쪽으로 걸음을 옮기면서, 그는 말을 이었다. "이제 홍쥬는 우리 챵의군의 근거이 다 외얏나이다. 이 셩은 우리에게 아조 즁요롭나이다. 윤 목사꺼셔는 부대 이 셩을 온전히 디킈쇼셔."

"녜, 원슈님. 원슈님 당부 명심하겠압나니이다."

남문까지는 먼 걸음이 아니었다. 5백 미터 쯤 되어 보였다. 성 둘레가 2킬로미터도 채 안 된다는 얘기였다.

"챵의," 남문에서 번을 서던 초병이 외쳤다.

"챵의," 그도 걸음을 멈추고 답례했다. 제대로 근무하는 초병을 만난 흐뭇함에 그의 얼굴에 웃음이 배어 나왔다. "슈고랄 많이 하시나이다."

낯이 선 것으로 보아 덕산현 사람으로 짐작되는 초병이 수줍게 웃음을 지었다.

"그러나한듸," 성문을 둘러보면서, 그는 혼잣소리 비슷하게 중얼거렸다. "여긔는 옹셩(甕城)이 없고나."

"녜, 옹셩이 없압나니이다," 윤긔가 대꾸했다.

"셔문은 엇더하나니잇가? 븍문에는 옹셩이 이시던듸."

윤긔가 머뭇거리자, 뒤에 있던 윤인형이 나섰다, "셔문에도 옹셩이 이시압나니이다."

"아, 그러하나니잇가?" 그는 살피는 눈길로 지형을 뜯어보았다. "따히 이곳애션 다란 곳보다 높아니, 여긔는 옹셩을 꼭 맹갈았아야 하난듸……"

"쇼관이 여긔 옹셩을 쌓겠압나니이다," 윤긔가 힘주어 말했다.

생각에 잠겨 지세를 살피면서, 그는 무심히 고개를 끄덕였다.

"사람달할 모아 일을 시쟉하면……" 윤의 목소리가 마음속으로 들어오면서, 그는 정신을 차렸다.

아차 싶었다. 그는 지금 윤에게 자신의 뜻을 잘못 전달한 것이었다. 그는 옹성을 쌓을 생각이 없었다. 할 일이 많은 터라, 지금 그런 일을 벌일 때가 아니었다. 보다 근본적으로 그는 성에 의지한 방어적 싸움을 생각해본 적이 없었다. 그는 방어 장벽에 의지한 수비보다 기동력에 바탕을 둔 공격이 훨씬 낫다는 것을 지겹도록 들은 21세기의 군인이었다.

'요새에 매이는 것은, 그 요새가 행성 전체일 경우에도, 적에게 약점을 보이는 것이다.' 시린 그리움이 그의 가슴을 훑었다. '유한필 교관의 얘기였지. 더구나 지금 내 처지에선…… 설령 이 홍쥬성보다 훨씬 크고 견고한 성이라 할지라도, 내겐 성에 의존한 방어적 전투는 자멸로 이르는 길이지.'

그러나 그런 생각을 윤귀에게 밝힐 수는 없었다. 그는 말을 조심스럽게 골랐다, "녜, 그리하쇼셔. 그러나 시방안 다란 일달히 급하니, 당쟝 할 수는 없을 새니이다. 우리 챵의군이 얻어야 할 고을들히 너모 많아셔……" 문득 자신감과 야심이 솟구쳐서, 그는 팔을 휘저어 사방을 가리키면서 모처럼 기름진 웃음을 얼굴에 올렸다.

그의 웃음에 윤이 미소로 답했다. "녜, 원슈님."

다른 사람들이 따라서 웃음을 얼굴에 올렸다. 그들 아래 홍쥬셩이 나른한 몸매로 봄날 햇살을 받고 있었다.

3

초롱을 든 림형복을 앞세우고 그가 내아 가까이 가자, 안에 있던 여인들이 나와서 인사했다. 그는 눈치 채지 못했지만, 어느 사이엔가 기별이 간 모양이었다.

'그것 참,' 그는 야릇한 마음으로 입맛을 다셨다.

그를 가까이 둘러싸고 마음을 써주는 사람들이 끈끈한 점액처럼 느껴져서, 적잖이 거북했고 때로는 겁나기까지 했다. 그러면서도 사람들이 그렇게 떠받들어주는 것이 싫지 않았다. 그리고 그것이 더 겁났다. '인의 장막'이란 말은 결코 바래지 않는 비유였다.

"원슈님, 이제 오시나니잇가?" 웅얼거리는 소리들 위로 최월매의 또렷한 목소리가 솟았다.

"녜, 최 대쟝. 이제야 일이 끝났나이다."

"시드러우실 샌듸, 어셔 올오쇼셔," 최가 매끄럽게 대꾸하고서 그녀 등 뒤에 숨다시피 선 귀금이를 슬쩍 앞으로 밀었다. "귀금 아씨, 원슈님을 뫼시쇼셔."

귀금이가 수줍어하면서 머뭇머뭇 앞으로 나왔다. 그러더니 그를 흘긋 올려다보았다.

적잖이 놀라서, 그는 멈칫했다. 모르는 새 입이 벌어진 것을 깨닫고, 그는 서둘러 입을 다물었다.

귀금이는 언뜻 보면 다른 사람으로 보일 만큼 달라져 있었다. 화사한 치마저고리를 입었고 댕기 땋았던 머리를 어른처럼 올렸다. 긴 옥비녀가 등불 빛을 은은히 머금고 있었다. 얼굴도 짙게 화장해서 어른스러웠다. 그녀 곁에서 최가 자랑과 기대가 가득한 얼굴로 그의 반응을 살피고 있었다.

"최 대쟝도 함끠……" 사람들 앞에 귀금이와 마주선 것이 아무래도 멋쩍어서, 그는 빈말로 최에게 권했다.

"쇼쟝이 이시면, 공연히 원슈님 쉬시는 데 거릿길 샌듸……" 말은 그렇게 했지만, 그녀는 성큼 그의 뒤를 따랐다.

마루에 올라서자, 그는 마당에 남은 사람들을 돌아보았다. "그러하면 이제 나난 안아로 들겠나이다. 여러분들 모도 슈고랄 많이 하샸나이다."

"녜, 원슈님. 편안히 쉬쇼셔," 셩묵돌이 대꾸하고 경례했다. "챵의."

아닌 게 아니라, 피곤했다. 일을 처리하다 보니, 어느 사이엔가 밤이 깊어져서, 벌써 10시 반이었다. 동헌에서 문서들을 다 결재하고, 병사들이 제대로 숙소에 들었나 둘러보고, 객사에 들러 다친 사람들을 살펴보고, 초병들이 제대로 배치되었나 성을 한 바퀴 둘

196

러본 참이었다. 이제 홍쥬 점령에 따른 급한 일들은 대체로 처리되어 한숨 돌린 터였지만, 큰 고을을 다스리는 일은 이제 막 시작된 셈이었다.

'김 총독 말대로, 내가 좀……' 답례하고 돌아서면서, 그는 좀 답답한 마음으로 생각했다. '권한을 더 많이 위임해야 하는데. 그게 어디……'

권한을 아랫사람들에게 위임할 생각이야 컸지만, 막상 닥치면, 마음만 먹어서 되는 일이 아님을 깨닫곤 했다. 새로 생긴 군대라, 권한을 선뜻 위임하기도 어려웠지만, 위임한 일들이 제대로 시행되었나 살피는 것도 힘든 일이었다. 그리고 최고 지휘관인 그가 병사들과 자주 접촉하는 것은 그들의 사기를 높이는 데 도움이 되고, 무엇보다도, 그들의 충성심을 깊게 할 터였다.

돌아서니, 귀금이가 문고리를 잡고 서 있었다. 그녀보고 먼저 들어가라 손짓하려다 말고, 그는 방 안으로 들어섰다. 이제 이곳 풍습들이 그리 낯설지 않게 되었고 기병한 뒤로는 사람들이 떠받드는 것에도 익숙해진 터였지만, 여자가 자기를 위해 문을 열어주거나 그가 손에 든 것을 받으면, 그는 어색하고 미안한 마음이 들곤 했다. 머리에 짐을 이고 손에 보퉁이를 든 부인 앞에서 빈손으로 휘적휘적 걷는 사내를 보면, 뭐라고 한마디해주고 싶은 충동이 일었다. 그렇다고 어떻게 할 도리가 있는 것도 아니었다. 거동이 점잖은 양반들과는 달리, 원슈라는 높은 지위에 어울리지 않게 몸놀림이 가볍고 몸짓이 잦은 자신이 사람들 눈에 어떻게 비칠지 생각하면, 쓴웃음이 나왔다.

그가 권총대를 풀자, 귀금이가 서둘러 받아서 한구석에 놓인 배낭 옆에 두었다. 권총대는 공병둥대의 피장(皮匠)들이 만든 것이었는데, 쓸모가 있을 뿐 아니라, 그의 위엄을 더하는 듯해서, 그는 은근히 기분이 좋았다. 그녀에게서 향긋한 냄새가 풍겼다. 그러고 보니, 그녀는 목욕한 듯했다. 오래 목욕을 하지 않은 데다가 며칠 동안 긴장과 홍분 속에서 지낸 터라, 자신의 냄새가 지독하리라는 생각이 머리를 스쳤다.

아랫목에 놓인 보료에 앉자, 한숨이 절로 나왔다. 어두운 성벽을 걸어다닌 터라, 푹신한 자리가 좋기도 했지만, 따뜻한 아랫목이 반가웠다. 이제 3월이었지만, 밤이면 꽤나 찼다. 산업혁명 뒤에 시작된 온난화 현상 때문에, 지금은 21세기보다 기온이 훨씬 낮았다.

"귀금 아씨. 원슈님끠 마실 것을 졈 올이쇼셔," 최가 귀금이에게 속삭였다.

윗목에 어색하게 쪼그려 앉았던 귀금이가 한쪽에 놓인 상으로 다가가서 상보를 걷었다. 작지 않은 상에 음식이 가득했다.

음식이 푸짐한 것에 그는 좀 놀랐다. 하긴 이곳 홍쥬는 모든 것들이 례산이나 덕산과는 비교가 되지 않게 규모가 컸다. 그는 최에게 그렇게 호사스러운 상을 차리지 말라고 당부하려다가 그만두었다. 그의 지시는 아마도 사람들에게 그의 뜻을 알리기보다는 상을 차린 사람들의 마음을 상하게 할 터였다.

"원슈님, 슈정과랄 졈……?" 상 앞으로 다가간 최가 물었다.
"식혜도 이시압나니이다."

"으음, 식혜를 주쇼셔."

"원슈님, 여긔……" 귀금이가 식혜 사발이 놓인 소반을 그의 앞에 놓았다.

"최 대쟝하고 귀금 아씨도 함끠 드사이다."

"쇼쟝한 내죵애…… 귀금 아씨난 원슈님과 함끠 드쇼셔." 최가 사발에 식혜를 딸아 소반에 놓았다.

목이 마르던 참이라, 그는 단슘에 사발을 비웠다. "아하, 됴타."

"원슈님, 한 사발 더……?" 귀금이가 그의 얼굴을 살폈다. 이제는 그녀 눈길이 대담해져서, 그의 얼굴을 애무하고 있었다.

"다외얐나이다." 그녀 눈길에 문득 욕정의 물살이 일렁였다. 그 물살이 실린 거센 눈길로 그는 그녀 얼굴을 어루만졌다. "잇다가……"

그녀 얼굴에 야릇한 표정이 스치더니, 그녀 낯이 발그스레하게 익었다.

그제야 그도 자신이 무심코 한 말의 뜻을 깨달았다. 귀금이와 사랑을 나누고서 땀 젖은 몸으로 식혜를 들이켜는 자신의 모습이 떠올랐다.

흘긋 살피니, 최의 얼굴에 잔잔한 웃음이 배어 나왔다. 어색해진 장면을 벗어나려고, 그는 최에게 말을 걸었다. "홍쥬 기생달한 엇더하더니잇가?"

최가 낯빛을 가다듬고 잠시 생각했다. "됴한 사람달히압나니이다. 원래 기생이라는 사람달히……" 그녀가 나오는 한숨을 죽였다.

그녀의 말뜻을 헤아리기 어려워서, 그는 짐짓 모른 체 했다. "최 대쟝의 녜아기랄 이대 듣나니잇가?"

"녜."

싱긋 웃으면서, 그는 농담을 던졌다. "홍쥬는 대쳐라, 그 사람달히 우리 례산 사람달할 싀골 사람달로 너길 샌듸."

최가 소리 없는 웃음을 터뜨렸다. "저희 속아로야 엇더할디 모라디마난, 거츠로야……" 이어 그녀가 정색하고 덧붙였다. "원슈님끠 모도 감복하난 터히라, 군령이 엄히 셔고 이시압나니이다."

"아, 그리하고, 앗가 한성에셔 젼의감의 쥬부랄 디냈다난 노인 알 한 분 만났나이다. 한샹필이라 하난 분인듸. 젼의감의 쥬부랄 디냈으면, 의슐에 대하야 이대 알 새니이다. 우리 챵의군에 들어오개 다외면, 그분의 도움알 받알 수 이실 새니이다."

"아, 그러하나니잇가? 이대 알겠압나니이다."

"그러하나 가장 죵요로온 것은 병쟈달할 졍셩으로 보살피난 것이니이다. 병쟈달희 몸알 조히 싯기고. 음식을 제때애 먹이고. 므슥보다 졍셩이 죵요롭나이다."

"녜, 원슈님. 명심하겠압나니이다."

"최 대쟝긔셔 귀금 아씨랄 더리……" 그는 고개로 귀금이를 가리켰다. "잘 보살펴 주시니……"

얼굴을 붉히면서 눈길을 떨구는 귀금이를 바라보면서, 최가 흐뭇한 낯빛을 했다. "원슈님 괴홈알 닙었으니, 이제 귀금 아씨도 귀한 몸애 맞개 닙어야 하기에, 쇼쟝이……"

"참아로 감샤하압나니이다. 앒아로도 귀금 아씨랄 동생텨로 보살펴주쇼셔."

"녜, 원슈님. 쇼쟝이 힘닿난 대까장……" 그녀가 그의 얼굴을

살폈다. "원슈님끠셔 쉬셔야 하시난듸…… 쇼쟝안, 그러하면, 이
제 닐어나보겠압나니이다."

최가 나가자, 귀금이가 겹문을 닫고 문고리를 채웠다. 돌아서더
니, 어떻게 할지 모르는 듯, 그녀가 그대로 서 있었다.

그는 그녀에게 옆으로 오라고 손짓했다. "나이 귀금 아씨끠 드
릴 것이 이시나이다."

그녀가 조심스럽게 다가와서 그의 옆에 다소곳이 앉았다.

그는 배낭에서 빗 꾸러미를 꺼내 들고 왔다. "여긔……"

그녀가 두 손으로 꾸러미를 받아 들고 고마움과 호기심이 어린
눈길로 그를 올려다보았다.

"펴보쇼셔." 문득 걱정스러운 마음이 들었다. 그녀가 꽂은 옥비
녀나 저고리 고름에 단 노리개에 견주면, 나무로 만든 빗들은 초라
할 수밖에 없었다.

그녀가 조심스러운 손길로 종이를 펼쳤다. 이어 놀라움과 기쁨
이 앉은 얼굴로 그를 올려다보았다. 그리고 이내 고개를 숙였다.
"원슈님……"

"녜, 녜아기랄 하야보쇼셔."

"쇼녀는 쳔한 겨집이온듸……" 울먹이는 목소리로 그녀가 어렵
사리 말했다.

"뎌번에 아씨끠 주려 하얐난듸, 이번에 일이 삼기난 바람애……
엇더하나니잇가? 아씨 마암애 드나잇가?"

"녜." 그녀는 열심히 고개를 끄덕이고서 빗들을 다시 찬찬히 살
폈다. 얼레빗 두 개하고 참빗 하나였는데, 대추나무로 만들어서 검

붉은 빛이었다. 손끝으로 참빗의 살을 조심스럽게 어루만지더니, 종이로 다시 쌌다. 이어 일어나서 윗목에 놓인 장롱으로 가서 서랍을 열었다. 그녀가 허리를 굽히자, 짧은 저고리와 속저고리가 위로 올라가면서, 맨살이 드러났다.

그 맨살에 그의 살 가득한 욕정이 거세게 일렁였다. 그는 벌떡 일어나 그녀에게로 성큼 다가섰다.

어제 낮 덕산현텽에서 느닷없이 솟구친 욕정을 이기지 못해, 거칠게 그녀를 껴안은 뒤, 그는 달뜬 마음 한구석으로 아쉬움을 느꼈다. 오랫동안 아껴두었던 음식을 제대로 맛보지 못하고 단숨에 삼켜버린 듯했다. 그래서 다음엔 그녀의 살을 찬찬히 음미하면서 사랑해주리라 마음먹었던 터였다. 그러나 일렁이는 욕정은 그런 다짐을 거칠게 흔들었다. 그녀 허리를 안은 채, 그는 저고리를 위로 올렸다. 놀라 몸을 뒤치는 그녀를 팔과 몸으로 억누르면서, 그는 등의 맨살에 입술을 댔다. 아득한 곳에서 소리를 내면서 이랑 긴 파도가 밀려왔다.

몸을 태아처럼 잔뜩 구부리고서, 그는 귀금이의 고른 숨소리에 귀를 기울였다. 먼 데서 누가 외치는 소리가 아련히 들려왔다.

거친 사랑의 몸짓이 끝나고 그가 그녀를 풀어주자, 귀금이는 그가 방 한쪽에 놓인 대야의 물로 몸을 씻는 것을 서툰 솜씨로 거들었다. 아마도 그리하라고 최월매에게 들은 듯했다. 다시 자리에 눕자, 그녀는 이내 잠들었다.

그렇게 쉽게 잠들 수 있는 그녀에게 가벼운 부러움을 느끼면서,

그는 조용히 한숨을 내쉬었다. 슬픔과 그리움과 두려움의 검푸른 물살이 가슴을 채운 듯했다. 그 차가운 물살이 그의 몸에서 힘을 죄다 앗아간 듯했다.

그는 그 물살 속에 든 감정들을 하나씩 가려내보았다. 사랑을 나누고 나면, 정인(情人)과 나눈 사랑에도 서글픔이 따랐다. 그리고 귀금이와의 사랑은 그의 아내 생각을 불러왔고, 그 생각은 그가 저 세상에서 알았던 사람들의 생각을 끌어냈다. 물론 가장 아픈 생각은 이제 아홉 달이 되었을 딸 생각이었다.

그러나 그런 서글픔과 그리움 아래엔 두려움이 훨씬 무거운 물결로 자리 잡고 있었다. 그는 두려웠다. 정말로 두려웠다, 스스로 떠맡은 일을 제대로 하지 못할까, 그래서 이번 기병이 실패할까. 반어적으로, 처음 모반을 시작했을 때보다 싸움들에서 거듭 이겨 홍쥬성을 차지한 지금이 오히려 두려움은 컸다. 사람들이 그의 능력에 대해 보이는 거의 절대적인 믿음은 이렇게 혼자 있을 때 견디기 어려운 무게로 그의 가슴을 눌렀다. 그는 가슴을 펴고 숨을 깊이 쉬었다.

'이제 시간 줄기를 바꾸는 것에 대한 두려움은 희미해졌구나.' 그의 얼굴에 야릇한 웃음이 어렸다. '당장 살아남는 것에 마음을 쏟다 보니…… 순진한 사람들을 모아 모반한 사람에게 시간 줄기를 걱정하는 것은 사치지.'

마음속으로 실패한 모반들이 빠르게 스쳤다. 모반은 성공할 확률이 그리도 낮았다. 지금 그는 그 거대한 확률과 맞서고 있었다. 단 한 번의 패전으로 그의 모반은 끝나는 것이었다. 싸움마다 이겨야 했다. 게다가 앞으로 싸움은 점점 규모가 커질 터였다.

'만일 내가 실패하면……' 낯익은 목소리가 위협적으로 물었다. '얼마나 많은 사람들이 비참하게……'

관군에게 패해서 흩어지는 그의 군대의 모습이 떠오르고, 이어 붙잡힌 그의 병사들이 차례로 망나니들의 칼에 참수되는 모습이 떠올랐다. 자신도 모르게 두 주먹을 움켜쥐고, 그는 몸을 부르르 떨었다. '그런 운명을 피할 수 있다고 지금 내가 자신하는 근거는 무언가?'

그 물음에 대답하려고 애쓰는 것은 부질없었다. 그는 천천히 숨을 쉬고서 그 물음을 마음에서 억지로 몰아냈다. 그리고 귀금이 쪽으로 돌아누웠다. 팔에 닿는 그녀 살이 따스했다. 그랬다, 따스함은 삶이었다. 목숨이 붙어 있는 한, 따스함이 있었다. 엄마 품을 파고드는 아기처럼, 그는 본능적으로 그녀 가슴에 얼굴을 묻었다.

4

담을 넘어온 바람 한 무더기가 연병장 한끝에 선 묵은 살구나무들을 할퀴고 지나갔다. 하염없이 날리는 꽃잎들이 그의 가슴에서 어떤 세상의 어느 시절로 향하는지 모를 그리움을 불러냈다.

나의 살던 고향은 꽃 피는 산골
복숭아꽃 살구꽃 아기 진달래

꽃이야, 복숭아꽃이든 살구꽃이든, 이곳이 훨씬 흐드러졌지만, 그의 시린 가슴이 그리워하는 것은 아득한 저 세상의 꽃들이었다.

문득 지금 여기서 벌어지는 일들이 모두 환영(幻影)이라는 느낌이 들었다. 그 자신까지도 꿈속의 존재처럼 느껴졌다.

"종용히 하야주쇼셔. 이제 무공훈장 수여식을 거행하겠압나니이다." 한껏 높인 김교둥의 목소리가 어느 먼 곳으로 끌려가던 그의 마음을 불러들였다. "몬져 군긔에 대한 경례 이시겠압나니이다. 모도 군긔를 향하야 셔쇼셔."

그가 오른쪽 게양대 쪽으로 돌아서자, 쟝대(將臺) 위에 선 사람들이 따라서 돌아섰다. 태극이 그려진 깃발이 때맞춰 펄럭였다. 태극기에서 네 귀의 괘들만을 빼서 친숙하게 느껴지는 쟝의군긔가 가슴속 그리움을 더욱 짙게 했다. '아, 그 세상 그 시절로 돌아갈 수만 있다면……'

"군긔에 대하야 경례," 맨 앞에 선 김항텰이 외쳤다.

"쟝으이," 병사들이 일제히 손을 올리고서 외쳤다.

"쟝의," 그도 함께 외치고서 운동모자 챙에 댄 손끝에 힘을 주었다. 속에서 뜨거운 무엇이 차올라, 목이 뻣뻣했다.

쟝대 아래쪽에서 군악대가 음악을 연주했다. 낮게 깔리는 작은 북소리 위로 솟구친 날라리의 목청이 이제는 「쟝의군가」가 된 「잠수함대가」의 한 자락을 맵시 있게 하늘에 펼쳤다.

"어제 '홍쥬셩 싸홈'애셔 공알 셰워셔 무공훈쟝알 받알 사람달할 호명하겠압나니이다," 군긔에 대한 경례와 원슈에 대한 경례가 차례로 끝나자, 김교듕이 말했다. "호명다외얀 사람달한 쟝대 앞아로 나셔쇼셔. 은월무공훈쟝. 군사 졍령 윤긔."

그의 뒤에 섰던 윤이 조용히 나오더니, 그에게 경례하고 쟝대를 내려갔다.

"슈 총참모쟝 졍위 리산응. 슈 륙군 총독 딕위 김항텰. 자셩무공훈쟝. 뎨팔공병듕대쟝 부사 쟝츈달……"

김의 목소리를 한 귀로 들으면서, 그는 연병장을 내려다보았다.

한쪽에 놓인 무기들에서 되비치는 햇살에 눈이 부셨다. 이어 병사들의 모습이 눈에 또렷이 들어왔다. 잘 손질된 무기들과 늠름한 병사들의 모습에 밀려, 그의 마음속에서 어른거리던 다른 실재의 환영이 물러나기 시작했다. 그는 두 발에 힘을 주어 자신을 떠받치는 단단함을 고마운 마음으로 확인했다.

"……행군참모부쟝 부병 손향모……"

챵의군은 이제 군대 꼴이 제법 났다. 제식 훈련을 할 기회가 거의 없었는데도, 질서 있게 대오를 갖췄고, 움직임도 절도가 있었다. 차림도 그런대로 통일되어가고 있었다. 지휘관들은 모두 관군으로부터 얻은 융복이나 텰릭을 입었고, 병사들은 두루마기를 걸쳤다. 종래의 두루마기와 다른 점은 주머니가 세 개 달린 것이었다. 머리에 쓴 것들은 아직 제각각이었지만, 이제 모두 맨머리는 면한 터였다.

그는 병사들 모두에게 두루마기를 해 입힌 것이 흐뭇했다. 홍쥬목 창고에 든 피륙을 인근 마을들에 삯을 주고 맡겨서 밤새워 만들게 한 덕분이었다. 그런 외모 아래엔 여러 번 싸움에서 이긴 군대의 차분한 자신감이 묵직하게 자리 잡고 있었다.

호명이 끝나고 훈장 받을 사람들이 앞으로 나서자, 그는 쟝대에 선 군사(軍師)들을 돌아다보았다. "여러 군사달끠셔도 쇼쟝과 함끠 훈쟝알 달아주쇼셔."

그가 쟝대에서 내려서자, 한쪽에 섰던 문셔참모부 박윤도가 침션듕대에 손짓했다. 왕초선을 머리로 침션듕대 여군들이 반짇고리를 들고 앞으로 나왔다.

그는 박이 내민 함에서 은월무공훈장을 집어 들고 앞줄 오른쪽 끝에 선 윤긔에게로 다가섰다. "윤 군사, 이번에 참아로 공이 크샸나이다."

"원슈님, 참아로 감샤하압나니이다." 속에서 끓는 감정이 밴 듯 탁하게 가라앉은 목소리로 윤이 대꾸했다.

"바날알 주쇼셔," 그는 가까이 선 여군에게 말했다.

그가 말을 건 것이 뜻밖이었는지, 그 여군이 얼굴을 붉히더니 서둘러 바늘을 내밀었다.

"아니, 실알 꿴 바날알 주쇼셔."

발갛게 달아오른 얼굴로 그녀가 실을 꿴 바늘을 실패에서 뽑아 내밀었다. 왕초선이 그녀에게 못마땅한 눈길을 보냈다.

그는 흘긋 그녀의 명찰을 살폈다. '홍매화라……'

그녀의 수줍음이 그의 마음 한구석을 짜릿하게 건드렸다. 침선 등대에 속하고 '매화'라는 이름을 가졌으니, 기생일 터라, 그런 수줍음은 좀 뜻밖이었다. 아랫배에서 느닷없이 뻗은 욕정이 한순간 그를 당황하게 했다. 서둘러 마음을 다잡고, 그는 윤의 융복 왼쪽 가슴에 훈장을 대고 깁기 시작했다.

"원슈님, 여긔…… 이것을 끼고 하쇼셔." 왕초선이 골무를 내밀었다.

골무를 끼니, 훨씬 나았지만, 서툰 바느질이 제대로 될 리 없었다. 가까스로 대여섯 땀을 깁고서, 그는 홍매화를 돌아다보았다. "나이 바나질이 서툴어서, 계요…… 나마지난 홍 훈병이 하쇼셔."

"네, 원슈님." 그녀가 멈칫멈칫 다가서서 바늘을 받아 들었다.

208

그의 손을 스친 그녀 손길이 남긴 뜻밖에도 감미로운 느낌을 즐기면서, 그는 함에서 은월무공훈장을 집어 들고 윤인형을 돌아보았다. "윤 군사, 여긔 은월무공훈장알 리산웅 총참모쟝끠 달아드리쇼셔."

"녜, 원슈님."

그는 나머지 은월무공훈장을 홍인발에게 내밀었다. "이것은 홍 군사끠셔 김항텰 총독애게 달아드리쇼셔."

홍은 홍쥬목의 좌슈였다. 이번에 새로 임명된 군사들은 홍을 포함해서 다섯이었는데, 슈텰뎜(水鐵店) 주인으로 대장간도 하는 오윤효를 빼놓으면, 모두 홍쥬의 토호들이었다.

훈쟝 수여식이 끝나자, 김교듕이 군령 뎨21호를 읽었다. 군대를 새로 편성하는 군령이었다.

이번 재편성에서 가장 중요한 사항은 부대의 단위를 하나씩 높인 것이었다. 단대들은 듕대들이 되고, 듕대들은 대대들로 바뀌었다. 군대가 많이 커진 덕분이었다. 병사들을 모집하는 일은 예상보다 훨씬 성공적이었다. 홍쥬에서만 그런 것이 아니었다. 기병대의 보고에 따르면, 례산과 덕산에서도 응모하는 사람들이 많았다. 이제 챵의군은, 례산과 덕산의 병력까지 합치면, 천 명 가까울 터였다.

그러나 문제들도 따라서 커졌다. 이제 네 사람 가운데 셋은 싸움을 치르지 않은 신병들이었다. 만들어진 지 겨우 이레가 된 터에 고참병과 신병을 따지는 것이 좀 우습긴 했지만. 자연히, 새로운 사람들을 많이 받은 부대들을 잘 짜인 부대들로 만드는 것이 시급했다. 그래서 부대들을 새로 편성하면서, 그는 부대들을 되도록 그대로 유지하려고 애썼다. 대원들이 끊임없이 바뀌는 부대는 전투력이 약할 수밖에 없었다. 어느 세상에서나 군인들의 충성심은 궁극적으로 전우들에게로 향하는 법이었다.

다음으로 중요한 사항은 공병듕대를 주로 나무를 다루는 부대와 주로 돌과 쇠를 다루는 부대로 나눈 것이었다. 군대가 커지면서, 여러 기능들을 지닌 공병대가 분화하는 것은 자연스러웠다. 돌과 쇠를 다루는 부대는 딕군사였던 셕현공이 거느리게 되었다.

셋째, 투석기를 운용할 포병듕대를 새로 만들었다. 투석기를 만들어 쓰면서 개량해야 되었으므로, 당분간은 쟝츈달 휘하의 공병 부대 안에 두기로 했다.

넷째, 기병대 안에 마구듕대(馬具中隊)를 두었다. 기병대는 많은 투자가 필요한 군대였다. 갑옷을 입은 기사(騎士)가 전투 부대의 기본 단위였던 중세 서양에서 기사는 보조 병력을 여럿 거느려야 제대로 싸울 수 있었다. 방패와 갑옷을 들고 다니는 종자(從者)와 잔일들을 처리하는 기사 견습생과 말을 돌보는 마부에다 예비마와 짐 싣는 가축이 있어야 했고, 말편자와 갑옷을 다루는 장인들의 도움을 쉽게 받을 수 있어야 했다. 물론 지금 그가 거느린 기병들은 그런 기사들보다 차림과 임무가 훨씬 가벼웠다. 그래도 그들이 제대로 움직이려면, 상당한 지원이 따라야 했다. 기병대가 그런 지원을 받는 데는 지원 기능을 공병대에 맡기는 것보다 기병대 안에 두는 쪽이 아무래도 나을 터였다. 역참의 시설들을 이용하는 데도 물론 낫고. 마침 홍쥬목에 있는 셰쳔역과 룡곡역(龍谷驛)을 접수해서 기병대가 커진 터라, 마부들과 편자공들을 공병대에서 떼어내서 기병대 안에 두어 마구듕대로 편성한 것이었다.

　다섯째, 운슈대대를 새로 만들었다. 이제 작전 지역이 늘어나서, 홍쥬목 남쪽에서 례산현 동쪽까지는 백 리 거리였다. 작전 지역은 앞으로 빠르게 커질 터였다. 무거운 무기들과 보급품들의 슈송은 이미 작지 않은 문제가 되었다. 따라서 물자의 슈송을 전담할 부대의 편성은 필연적이었다. 그는 비교적 나이 든 사람들로 운슈대대를 편성했다. 그러나 공병대와 마찬가지로, 상황이 급박해지면, 이내 전투에 투입될 수 있게 했다. 문제는 짐을 나를 가축이 너무 부족한 것이었다. 그는 공병대에게 사람들이 끌고 다닐 수 있을 만큼 가벼운, 바퀴가 둘인 수레들을 많이 만들도록 했다. 사소한 일이었지만, 그를 흐뭇하게 한 것은 홍쥬와 덕산에서 활을 만드는 궁장(弓匠)을 한 사람씩 얻은 일이었다.

　이렇게 바뀐 군대의 지휘관들은, 군사(軍師)들 가운데 다른 직책을 맡았거나 곧 맡을 사람들을 빼놓으면, 아래와 같았다.

　원슈부
　　원슈 리언오
　　　　슈 근위대대장　부슈 셩묵돌
　　　　겸 친위듕대쟝　부슈 셩묵돌
　　　　연락듕대쟝　딕슈 림형복

　군스부
　　군스　부령 윤인형

부군수　경위 홍인발

부군수　부위 리우셕

딕군수　부위 강을션

딕군수　부위 김흥구

딕군수　딕위 오윤효

딕군수　딕위 쟝의쥰

딕군수　딕위 리승훈

총참모부

　　슈 총참모쟝　딕령 리산응

　　슈 문셔참모부쟝　딕스 김교듕

　　슈 군법참모부쟝　경병 리홍렬

　　슈 군악참모부쟝　경병 한졍희

　　슈 쳑후참모부쟝　딕스 황구용

　　　　일쳑후듕대쟝　경병 안졍훈

　　　　이쳑후듕대쟝　부병 마셕규

　　　　삼쳑후듕대쟝　부병 라승죠

　　슈 행군참모부쟝　경병 손향모

　　슈 훈련참모부쟝　경병 죠한긔

　　슈 티부참모부쟝　경병 신듕근

212

슈 믈자참모부쟝 정병 김문회

보급대대쟝   딕스 김순례
  일취사듕대쟝   정병 남갑순
  이취사듕대쟝   부병 최인순
  삼침션듕대쟝   부병 리순매
  오침션듕대쟝   부병 왕초션

슈 의약참모부쟝   딕스 최월매

  일의약듕대쟝   정병 김강션
  이의약듕대쟝   부병 신쇼용
  삼위생듕대쟝   딕병 정도화
  오위생듕대쟝   부병 원막생
  육셰탁듕대쟝   부병 진삼례
  칠셰탁듕대쟝   딕병 왕귀영

슈 민사참모부쟝   정병 김병룡

륙군 본부
 슈 륙군 총독   부위 김항렬
  본부듕대쟝   정병 노을환
  본부쳑후듕대쟝   정병 츄인갑

일대대쟝　부수 박초동

　　일듕대쟝　딕스 신종구
　　이듕대쟝　부수 백용만
　　삼듕대쟝　딕스 박희관

이대대쟝　부수 류갑술

　　일듕대쟝　딕스 김샹호
　　이듕대쟝　부수 김인식
　　삼듕대쟝　딕스 최만업

삼대대쟝 겸 덕산현 주둔군 사령　부수 최성업

　　일듕대쟝　딕스 김갑산
　　이듕대쟝　딕스 김셰윤
　　삼듕대쟝　졍병 홍진효
　　오듕대쟝　부병 왕도한

오대대쟝　졍수 류종무

　　일듕대쟝　딕스 임슈동

214

이듕대쟝　졍병 박슌홍

삼듕대쟝　부병 최황

육긔병대대　졍수 쳔영셰

일듕대쟝　부수 안징

이듕대쟝　딕수 우승호

삼듕대쟝　졍병 황칠셩

오듕대쟝　졍병 디양식

육듕대쟝　졍병 경슈동

칠마구듕대쟝　졍병 변용호

칠대대쟝　졍수 윤삼봉

일듕대쟝　딕수 졍호식

이듕대쟝　딕수 심종규

삼듕대쟝　졍병 백슌홍

오듕대쟝　졍병 모경훈

팔공병대대쟝　졍수 쟝츈달

일듕대쟝　졍병 오명한

이듕대쟝　졍병 셔긔쥰

삼듕대쟝 졍병 엄삼달

오듕대쟝 부병 방형재

육포병듕대쟝 졍병 셔진형

구대대쟝 겸 례산현 주둔군 ᄉ령 딕ᄉ 왕부영

일듕대쟝 졍병 왕병듀

이듕대쟝 졍병 왕은복

삼듕대쟝 부병 왕션동

십특공대대쟝 부ᄉ 김을산

일듕대쟝 졍병 졍희영

이듕대쟝 졍병 명쥰일

삼듕대쟝 졍병 김현팔

오듕대쟝 졍병 감찬삼

십일궁슈대대쟝 딕ᄉ 박우동

일듕대쟝 딕ᄉ 김영츈

이듕대쟝 졍병 림치욱

삼듕대쟝 졍병 심항규

십이공병대대쟝　부위 셕현공

　　　일등대쟝　경병 마억보
　　　이등대쟝　딕수 셕심셩

십삼운슈대대쟝　딕수 리쟝근

　　　일등대쟝　경병 한위삼
　　　이등대쟝　경병 송옥신
　　　삼등대쟝　경병 신홍식

　봉선이 할아버지는 부위 품계를 지닌 채 '례산현 도로감찰ㅅ'라
는 직책을 받았다. 례산현의 도로들과 다리들을 정비하고 확장하
는 일을 맡은 것이었다. 배반한 자식의 아버지라는 사정 때문에,
봉선이 할아버지가 그대로 딕군사의 직책을 지니기는 어려웠다.
그래서 일부러 자리를 마련한 것이었다. 그로선 자신을 크게 도와
준 은인에게 그렇게나마 보답하게 된 것이 흐뭇했다. 봉선이 아버
지의 반역 사건은 이제 종결된 것이었다.
　이어 새 품계쟝들을 나누어주는 일이 시작되었다. 연병쟝이 이
내 시끄러워졌다. 언오 자신을 빼놓고, 모두 새 품계쟝을 받았다.
무공훈쟝을 받아 품계가 오른 사람들도 있었고, 품계가 오른 뒤 품
계쟝을 받지 못했던 사람들도 있었고, 새로 입대한 사람들도 있었
다. 소속 대원들의 이름과 품계가 적힌 명단이 대대마다 내려갔지

만, 자신들의 품계를 확인하고 맞는 품계장을 찾는 병사들로 연병장이라기보다 장터에 가까웠다.

"원슈님," 김교듕이 조심스럽게 물었다. "군사님달희 품계쟝안 원슈님끠셔 손조 달아주시난 것이 엇더하올디?"

"녜. 나이 달아드리난 것이……" 그는 고개를 끄덕이면서 싱긋 웃었다.

"녜, 원슈님." 김이 왕초션을 불러왔다. 홍매화가 뒤따랐다.

그는 먼저 윤긔의 오른쪽 가슴에 딕쟝 계표인 붉은 별 하나가 수놓아진 품계쟝을 달아주었다. 쟝군의 품계쟝은 비단에다 졍셩 들여 수를 놓아서 보기도 좋고 감촉도 좋았다.

그가 서너 땀 깁자, 홍매화가 그에게 다가섰다. "원슈님, 이제 쇼녀이……"

"아, 그리하쇼셔." 그녀가 스스로 나선 것이 대견해서, 그는 그녀에게 밝은 웃음을 보였다. 그러고 보니, 얼굴이 앳되고 고왔다. 희고 고운 덜미가 뜻밖으로 육감적이었다.

"군사끠 품계쟝이 아조 이대 어울리나이다," 그녀가 품계쟝을 다 달자, 그는 윤에게 말했다.

"원슈님끠셔 이리……"

"다란 군사달희 품계쟝안 윤 군사끠셔 달아주쇼셔."

"녜, 원슈님."

그는 홍매화를 돌아다보았다. "여긔 일은 끝났아니, 나랄 딸와오쇼셔."

"녜, 원슈님." 그녀가 반갑게 대꾸하고 그에게로 다가섰다.

"우리는 묘한 팀이니이다." 말을 입 밖에 내고서야, 그는 자신의 실수를 깨달았다. 다행히, 그녀나 곁에 선 사람들은 '팀'이란 말에 특별한 관심을 보이지 않았다. 하긴 아직 그의 얘기엔 이곳 사람들에게 이상하게 느껴지거나 아예 뜻을 모를 말들이 많을 터였다.

"녜, 원슈님." 그의 얘기가 무슨 농담이라는 것을 깨달은 듯, 그녀가 환한 웃음을 지으면서 헤아리는 눈길로 그를 올려다보았다. 한순간 두 눈길이 엉켰다.

다시 그의 아랫배에서 묵직한 기운이 솟았다. 이상한 노릇이었다. 간밤에 귀금이와 잔 터여서, 다른 여자에게 욕정을 품을 처지가 아니었다. 그의 마음을 사로잡을 만큼 도드라진 매력이 홍매화에게 있는 것도 아니었다.

그녀와 함께 부대 뒤쪽으로 가면서, 그는 고개를 연신 갸웃거렸다. 어떤 20세기 정치가가 했다는 얘기가 떠올랐다: "권력은 궁극적 미약(媚藥)이다."

'그래서 그런가?' 그는 자신의 마음속을 들여다보았다.

그 얘기를 처음 읽었을 때, 그는 그것을 사람들이 권력을 쥔 이성에게 끌린다는 뜻으로 받아들였다. 아마도 그것이 합리적 해석일 터였다. 진화론이 명쾌하게 설명한 것처럼, 사람은 자신의 몸에 든 유전자들을 되도록 널리 퍼뜨리기 위해 존재했다. 다른 유기체들과 마찬가지로, 사람은 유전자들이 살아남고 널리 퍼지기 위해 만들어낸 '생존 기계'였다. 그래서 모든 사람들은 좋은 자식들을 되도록 많이 낳아서 잘 기르는 데 도움이 되는 배우자를 찾았다. 남자들은 잘생기고 튼튼한 자식들을 낳을 만한 배우자들을 찾왔고, 자연히, 여자에게서 얼굴과 몸매의 아름다움을 찾았다. 여자는 자식들을 키우는 데 도움이 되는 권력과 돈을 많이 가진 배우자들을 찾았다. 모반을 시작한 뒤 그가 겪은 일들도 그런 해석을 확인해주었다. 그가 만난 여인들은 모두 그에게 성적 관심을 보였고 아예 드러내놓고 접근한 여인들도 많았다.

이제 그는 깨달았다, 권력이 그것을 가진 사람에게도 미약으로 작용할 수 있다는 것을. 자신이 바라면, 어떤 여자라도 선뜻 안을 수 있다는 자신감이 모르는 새 마음 밑바닥에 자리 잡고서 그의 욕정을 떠받치는 것 같았다.

그는 그런 단단한 욕정이 고마웠다. 산골짜기 사람들 한 무리를 이끌고 엉겁결에 모반을 시작하고서 '호셔챵의군 원슈'라는 거창한 이름으로 스스로를 일컫는 것이 동화 같았다면, 그가 지금 느끼는 욕정은 그 동화에 단단한 현실감을 불어넣고 있었다. 이 생생한 욕정이 있는 한, 그는 실재하는 존재였다. '욕망한다. 고로 나는 존재한다.'

"품계쟝이 없나이다?"

"녜, 원슈님. 아직 품계쟝알 받디 못하야……"

"훈병이시니이다?"

"녜."

"언제 챵의군에 들어오샀나니잇가?"

"어젓긔……"

고개를 끄덕이면서, 그는 둘레를 살폈다. 7대대의 뒤쪽이었다.

새로 들어온 것처럼 보이는 병사 하나가 자신의 품계쟝을 골똘히 살피다가, 그와 눈길이 마주치자, 열적은 웃음을 지으면서 고개를 숙였다.

그는 그 병사에게 다가가서 손을 내밀었다. "품계쟝알 이리 주쇼셔. 나이 달아드리겠나이다."

곧 병사들이 에워쌌다. 그를 따라온 셩묵돌과 대대쟝 윤삼봉이 병사들이 그에게 너무 가까이 가지 못하게 막느라 애를 먹었다. 그러나 병사들은 모두 그가 하는 일을 열심히 바라보았고, 그가 기대한 대로, 원슈가 훈병에게 품계쟝을 달아주는 광경에 놀란 얼굴들을 했다.

"원슈님, 이제 쇼녀이……" 그가 예닐곱 땀을 집자, 홍매화가 다가섰다.

"녜, 그리하쇼셔." 그는 그녀에게 바늘을 넘기고 골무를 뽑아 그녀 손가락에 씌워주었다. 향긋한 그녀 체취가 얼굴을 감쌌다.

"나이 바나질이 서툴어셔……" 그가 웃음 띤 얼굴로 둘러보자, 에워싼 병사들이 따라서 웃음을 지었다. 분위기가 한결 부드러워졌다.

그가 7대대에 이어 6긔병대대와 5대대에서 각각 훈병 하나씩 골라 품계쟝을 달아주고 나니, 품계쟝을 다는 일도 끝나가고 있었다. 다시 부대 앞쪽으로 가면서, 그는 홍매화를 흘긋 돌아다보았다.

그녀가 그의 눈길을 받았다. 욕정이 담긴 사내들의 눈길을 많이 받아서 그런지, 그녀 눈길은 수줍으면서도 대담했다.

"그러나한디, 홍 훈병은 품계쟝이 없나이다. 홍 훈병 품계쟝안 나이 달아드리리다." 저고리 아래 살짝 드러난 맨살을 보면서, 그는 자신도 모르게 말했다. 말이 입 밖에 나오고 나서야, 아차 싶었다. 그러나 한번 열린 말문은 저절로 이어졌다. "잇다가 품계쟝알 내개 가져오쇼셔. 홍 훈병 품계쟝안 내 손아로 달아드리리다."

발그스레해진 얼굴에 수줍은 웃음이 배었다. "네, 원슈님. 감샤하압나니이다."

풀려난 욕정을 타고, 그의 마음은 상상의 날개를 휘저어 열락의 하늘로 솟구쳤다. 머리 한구석에서 조심하라고 속삭이는 목소리가 들렸지만, 그의 상상은 먹이를 채어 오르는 맹금처럼 그의 눈길이 훔친 맨살을 놓지 않았다.

쟝대 가까이 가서야, 그는 겨우 마음을 다잡을 수 있었다. "홍매화 훈병이 슈고랄 많이 하샸나니이다." 그는 다가온 왕초션에게 말했다.

"아, 네. 그러하얐압나니잇가?" 왕의 웃는 얼굴에 야릇한 표정이 스쳤다.

"다란 사람달희 품계쟝알 달아주노라, 홍 훈병이 아직 쟈갸 품계쟝알 달디 못하얐나니이다. 그러하야셔 나이 달아드리겠노라 하얐난듸, 나이 시방 사이 없어셔…… 대신 왕 대쟝끠셔 달아드리쇼셔."

"네, 원슈님. 이대 알겠압나니이다." 이어 그녀는 홍을 돌아다보았다. "매화야, 너이 큰 광영을 입었고나."

그의 얘기에 실망스러운 낯빛이 되었던 홍이 그에게 고개 숙여 인사했다. "원슈님, 감샤하압나니이다."

그가 쟝대 위로 올라셔쟈, 김교듕이 외쳤다. "이제 품계쟝알 다 난 일이 끝났아니……"

"아직 아니 끝났나이다." 1대대 쪽에서 누가 큰 소리로 받았다. 웃음이 터졌다. 품계쟝을 다는 일은 한참 더 걸렸다.

"이제 다 끝났나니잇가?" 조바심 치던 김이 물었다. 몇 군데서 그렇다는 대꾸가 나왔다.

"그러하면 군령 뎨이십이호할 넑겠나이다."

"김 부쟝."

"녜, 원슈님."

"사이 많이 걸월 새니, 모도 자리애 앉개 하쇼셔."

병사들이 땅바닥에 앉고 떠드는 소리가 좀 가라앉자, 김이 군령을 읽기 시작했다. "챵의군 군령 뎨이십이호. 쌀어음과 쌀알 서로 바꾸려는 사람달히 쉬이 그리하도록 하고 돈알 가쟌 사람달콰 돈알 쓸 사람달할 맺아주어 사람달히 재믈을 늘리도록 하져, 왼녁과 갇히 홍쥬식화셔를 셰우노라."

쌀어음의 보급에 따른 문제들을 생각하다 보니, 은행을 세워서 쌀어음에 관한 일들을 맡기는 것이 좋으리라는 생각이 들었다. 은행을 세우는 것이 어려운 것도 아니었다. 물론 이곳 사람들이 '은행'이라는 말의 뜻을 이내 짐작하기는 어려울 터였다. 한참 생각한 끝에, 그는 '식화셔(殖貨署)'라는 이름을 골랐다. '재물을 늘리는 곳'이라는 말이니, 은행의 기능을 잘 드러낸다 할 수 있었다.

"하나. 식화셔에셔는 쌀어음을 펴내노라. 둘. 식화셔에셔는 쌀어음을 받고 쌀알 내주노라. 세. 식화셔에셔는 돈알 맛디난 사람달해개 년리 륙 푼의 리자랄 주고 돈이 필요한 사람달해개난 년리 팔 푼에 빌려주노라."

금리도 꽤 오래 고심한 뒤에야 정할 수 있었다. 산업혁명 이전엔 경제 성장 속도가 아주 느려서, 연평균 성장률은 1퍼센트보다는 0퍼센트에 훨씬 가까웠다. 그리고 농업이 주요 산업이었는데, 농업은 자본이 많이 필요한 산업이 아니었고 투자 효과도 그리 크지 않았다. 따라서 이곳에서 비싼 이자를 물고서 돈을 빌려갈 사업가들은 드물 터였다. 반면에, 사람들이 은행에 돈을 맡기려면, 은행이라는 낯선 기구에 대해 지닐 자연스러운 의구심을 누를 만큼 큰 요인이 있어야 했다. 6퍼센트의 예금 금리와 8퍼센트의 대출 금리는 그런 사정들을 고려하면서 고심한 끝에 나온 수치들이었다. 일단 시행해보고, 실정에 맞게 바꾸면 될 터였다.

"네. 식화셔의 자본금은 백만 문으로 하노라. 다삿. 식화셔의 직원들흔 왼녁과 갇하도다. 식화셔 총재 부령 최한죠. 부총재 겸 발폐부쟝 딕사 김진팔. 환폐부쟝 부병 류홍규. 축화부쟝 부병 쟝대훈. 티부부쟝 졍병 송길쥰. 문셔부쟝 졍병 박윤도."

식화셔의 기능과 성격 때문에, 식화셔의 책임자는 인품이 훌륭해야 했다. 처음에 그는 리졍란에게 그 자리를 맡아달라고 부탁했었다. 홍쥬셩을 점령했음을 알리러 덕산과 례산에 기병대를 보냈을 때, 그는 돌아올 때 리를 데려오라고 일렀다. 그는 최셩업을 믿었지만, 리는 최에게는 너무 버거운 상대일 터였다. 그래서 리가 무슨 일을 벌이기 전에 홍쥬로 데려온 것이었다. 그동안 리의 태도는 많이 누그러져 있었다. 그래도, 그의 제안을 받자, 리는 무척 미안해하면서도 거절했다. 그는 더 권하지 않았다. 대신 한샹필을 초빙했다. 그의 제안을 듣자, 한은 언오가 자기를 그렇게 높이 평가

해준 것을 고맙게 여긴다고 여러 번 말했다. 그러나 결국에는 그의 제안을 거절했다. 반군이 마련한 자리를 선뜻 맡기에는 뒤에 자신의 목숨만을 잃는 것이 아니라 가족과 친척까지 함께 죽게 될 위험이 너무 크게 보였을 터였다. 피를 흘리는 권력 다툼이 끊임없는 조정에서 여러 해 벼슬을 한, 아마도 끔찍했던 을사사화(乙巳士禍)의 광풍을 실제로 겪었을, 노인에게 그는 더 권할 수 없었다.

그래서 그는 군사(軍師)들 가운데서 한 사람을 고르기로 했다. 그에게는 최한죠가 윤인형보다 됨됨이가 나은 것처럼 보였다. 최는 싸움에 져서 돌아온 병사들을 모아 성을 지켰지만, 윤은 적군이 나타나자마자 도망쳤다. 총재가 이런 일에 밝지 못할 터라, 믈자참모부쟝인 김진팔을 부총재로 삼아서 실무를 맡겼다. 김은 훌륭한 참모였다. 챵의군이 얻은 창고들의 물자들을 접수하고 기록하고 관리하는 어렵고 복잡한 일을 잘 해냈다.

김교듕이 읽기를 끝내자, 그가 나서서 식화셔에 대해 설명했다. 그는 병사들이 알아들을 만한 말들을 골라가면서 열심히 설명했지만, 병사들의 반응은 덤덤했다. 예상하지 못했던 일은 아니었지만, 좀 실망스러웠다.

"지금히 식화셔에 대하야 셜명하얐나이다. 시혹 모라시거나 묻고 식브신 일이 이시면, 엇더한 것도 됴하니, 물어보쇼셔."

나서는 병사는 없었다. 모두 멀뚱거리기만 했다. 그가 좀 멋쩍은 마음으로 설명을 끝내려는데, 1대대에서 병사 하나가 일어섰다. "쇼인이 원슈님끠 한 말쌈 엿잡겠압나니이다."

"녜. 말쌈하쇼셔."

"뎨일대대 뎨삼듕대 뎨이단대 딕병 권영훈이압나니이다. 원슈님끠셔는, 식화셔에 돈알 맛디면, 해마다 류 푼의 리자랄 받난다 하압샸나니이다. 그러나한듸, 쇼인이 한 문을 맛디면, 리자난 므슥으로 받나니잇가? 류 푼은 쌀어음이 없난듸, 엇디……?"

그제야 그 병사가 누군지 생각났다. 딕산현에서 응모한 병사였다.

"권영훈 딕병끠셔 참아로 묘한 것을 믈으샸나이다. 그렇디 아니하야도, 나이 막 그 일알 녜아기하려 하던 참인듸."

그의 웃음 띤 얼굴에 격려되었는지, 몇이 웃음을 터뜨렸다. 좀 지루하던 분위기가 문득 팽팽해졌다.

"리자랄 혜는 대난 문보다 작안 돈이 이셔야 하나이다. 이자랄 혜는 대만 아니라, 실로난 우리 하로하로 살아가난 대도 작안 돈이 이셔야 하나이다. 한 문은 쌀 한 말이니, 쌀 한 되 값이 나가난 쌀어음이 이셔야 하나이다. 그러하야셔 우리 챵의군은 이번에 이러한 것을 맹갈았나이다." 그는 주머니에서 돈다발을 꺼냈다. "이것은 일 편문(片文)짜리 쌀어음이니이다. 쌀 한 되 값알 디녔나이다. 이 편문 열 쟝이면, 한 문이 다외나이다."

병사들이 웅성거렸다. 새로 나온 쌀어음에 흥미를 느낀 듯했다.

그는 김교듕을 돌아다보았다. "김 부쟝, 이 쌀어음들홀 보여주쇼셔. 나려가셔셔 여러 군사달끠셔 손아로 만져보개 하쇼셔."

김이 1편문짜리 쌀어음 다발을 들고 아래로 내려가자, 그는 말을 이었다, "앒아로 식화셔에서 일편문짜리 쌀어음을 많이 펴낼 새니이다. 시방 일문짜리 쌀어음을 편문으로 밧고져 하난 사람이 이시면, 밧고쇼셔."

226

이번엔 반응이 이내 나왔다. 곧 두툼한 편문 다발이 일문짜리 쌀어음 몇 장으로 바뀌었다. 그가 1편문권을 서둘러 발행한 것은 실용적 이유에서만은 아니었다. 1편문권 쌀어음을 쌀로 바꾸려는 사람은 드물 것이었다. 그래서 쌀어음에 대한 태환의 압박이 조금이나마 줄어들 것이었다.

"여러분," 소란이 좀 가라앉자, 그는 소리를 좀 높여 말했다. "오날 밤애난 우리 챵의군이 보령의 슈군졀도사영(水軍節度使營)을 틸 새니이다."

웅성거리던 연병장에 문득 무거운 침묵이 내렸다.

5

　"쟝 대쟝, 쟝 대쟝 생각애난 엇더하나니잇가, 투셕긔들흘 여긔
놓난 것이?" 어느 사이엔가 다시 팽팽해진 분위기를 좀 누그러뜨
리려고, 언오는 밝은 목소리를 냈다. "여긔 놓아면, 셕탄이 쉬이
셩 안아로 날아갈 샌듸."

　"녜, 원슈님," 휴대용 비상식량인 볶은 콩을 우물거리던 쟝이 급
히 삼키고 서둘러 대꾸했다. "쇼쟝 생각애도 여긔 놓난 것이 됴할
닷하압나니이다."

　"리 참모쟝 생각애난 엇더하나니잇가?"

　"쇼쟝 생각애도 그러하압나니이다." 찬찬히 지형을 살피던 리
산응이 차분하게 대꾸했다. "디셰로 보아, 원슈님 말쌈대로 이여긔
투셕긔를 놓난 것이 옳알 닷하압나니이다."

　"다란 대쟝달끠션 엇디 생각하시나니잇가?" 그는 다른 대대쟝
들과 참모부쟝들을 둘러보았다.

"원슈님 말쌈대로이 하난 것이 됴할 새압나니이다." 사람들의 우물거리는 소리를 윤삼봉의 단단한 목소리가 헤쳤다.

"그러하면, 쟝 대쟝, 투셕긔들흘 여긔 놓아쇼셔."

"녜, 원슈님. 이대 알겠압나니이다." 쟝이 대답하고서 이내 몸을 돌려 산줄기 뒤쪽 챵의군 병사들이 대기하는 곳으로 내려갔다.

그의 눈길이 다시 앞쪽 성으로 끌렸다. 보름달 아래 모습을 드러낸 튱쳥도 슈군절도사영(水軍節度使營)의 성은 홍쥬성보다 좀 작았다. 아까 홍쥬를 출발하기 전에 『신증동국여디승람(新增東國輿地勝覽)』을 보았더니, 홍쥬성은 둘레가 4,915자였고, 이곳 보령 슈영(水營)의 성은 둘레가 3,174자였다. 성안은 크고 작은 기와집들로 빽빽했다. 성안 사람들은 성을 치려는 군대가 가까이 다가온 줄 아직 모르는 듯, 고단한 불빛 몇 개가 밤을 밝힐 뿐, 성안은 고요했다. 그래도 밤안개를 얇은 옷처럼 감고서 달빛 아래 웅크린 성은 속은 꽉 차고 겉은 단단하다는 느낌을 주었다. 하긴 이곳은 튱쳥도 슈군절도사가 머물고 직업 군인들이, 그것도 억센 슈군들이, 지키는 성이었다. 군관 한 사람이 이끄는 패잔병들이 지킨 홍쥬성과는 크게 다를 터였다.

'열한 자라고 했지. 성벽이 높진 않으니, 올라가긴 그리 어렵지 않겠다.'

그는 고개를 끄덕였다. 바다에서 오는 적군을 막아내는 데 마음을 두고 쌓은 터라, 성은 뭍에서 오는 공격엔 좀 허술한 면을 보였다. 손으로 수염이 까슬까슬한 턱을 문지르면서, 그는 바로 앞에 있는 동문을 살폈다. 동문이 이번 공성의 중심점이었다.

슈영은 보령현에 속한 조그만 반도의 북쪽 해안에 있었다. 지금은 회이보(回伊浦)라 불리고 뒤에 오천항(鰲川港)으로 불리게 될 조그만 포구의 동쪽에 자리 잡고 있었다. 성은 바다로 뻗어 내린 산줄기가 끝나는 곳에 세워졌는데, 서문과 소서문(小西門)은 슈영의 싸움배들이 매여 있는 부두로 열린다고 했다. 성에 가려서, 이곳에선 부두가 보이지 않았다.

낯설면서도 낯설지 않은 야릇한 느낌으로 그는 둘레를 살폈다. 저 세상에서 그는 이곳을 두 번 찾았었다 ─ 해사 생도 시절 유적 답사 길에, 그리고 아내와 함께. 아내와 함께 목로에서 키조개를 구워 먹은 기억도 아직 생생했다.

고개를 흔들어 저 세상의 기억들을 밀어내고, 그는 윤삼봉을 돌아다보았다. "윤 대쟝."

"녜, 원슈님," 나직하게 박우동과 얘기하던 윤이 냉큼 대꾸하고서 그에게로 다가섰다.

"이제 윤 대쟝끠셔 거느리신 부대랄 앒아로 배티하쇼셔. 윤 대쟝 부대 배티다외면, 류죵무 대쟝 부대랄 배티하사이다. 투셕긔 셕탄알 셩안하로 쏘아셔, 젹이 겁을 먹으면, 셩을 티사이다."

이번 원정에션 김항털이 홍쥬류도대쟝(洪州留都大將)으로 1대대, 12공병대대, 그리고 6긔병대대 1듕대를 거느리고 홍쥬셩을 지켰다. 홍쥬셩이 워낙 듕요한 터라, 셩을 비울 수 없었고, 아직 홍쥬 사람들의 마음을 제대로 얻지 못한 터라, 김처럼 권위가 있고 뜻밖의 일들을 제대로 처리할 수 있는 사람이 있어야 했다.

원정군은 세 부대로 나뉘었다. 2대대, 5대대, 그리고 11궁슈대대 1등대로 이루어진 '븍군'은 5대대쟝 류죵무가 맡았고, 7대대, 참모부, 그리고 11궁슈대대의 나머지 등대들로 이루어진 '남군'은 7대대쟝 윤삼봉이 맡았다. 그 자신은 예비대인 6긔병대대의 주력, 8공병대대, 10특공대대 그리고 13운슈대대를 직접 거느렸다. 류죵무의 부대는 동문에서 북문 사이를 치고, 윤삼봉의 부대는 동문에서 남문 사이를 치도록 했다. 동문의 문루는 윤의 부대가 맡았다.

"녜, 원슈님. 이대 알겠압나니이다." 윤의 말씨엔 차분한 힘이 들어 있었다. 싸움을 여러 차례 치르면서, 윤은 훌륭한 장수로 닦인 것이었다.

"몬져 뎌 아래 산기슭을 딸와셔 군사달할 배티하쇼셔." 그는 아래쪽을 가리켰다. "나이 내죵애 공격 군호랄 올이면, 군사달할 잇글고 나아가쇼셔."

"녜, 원슈님. 이대 알겠압나니이다." 윤이 대꾸하고서 리산응을 쳐다보았다.

리가 고개를 끄덕이고 그를 향해 바로 섰다. "그러하시면 쇼쟝도 윤 대쟝과 함끠 나려가보겠압나니이다."

"녜, 그리하쇼셔."

두 사람이 곁눈질로 나란히 서더니, 경례했다. "챵의."

"챵의."

함께 뒤쪽으로 내려가는 두 사람을 보면서, 그는 웃음 띤 얼굴로 고개를 끄덕였다. 리산응이 윤삼봉의 지휘를 선선히 따르는 것이 무척 고맙고 든든했다. 나이로 보든, 품계로 보든, 사회적 신분으로 따지든, 리는 윤보다 훨씬 위였다. 그래도 리는 공성군(攻城軍)

을 지휘하는 데는 윤이 자신보다 낫다는 사실을 선선히 인정했다.

"힘 좀 쓰거라." 쟝츈달이 투석기의 부품들을 메고서 가파른 비탈을 오르는 병사들을 독려했다. "남겨두었다 어듸 쓰져 그리한다?"

쟝의 짐짓 야멸찬 목소리엔 자랑스러움이 배어 있었다. 그럴 만도 했다. 이번 원정에 맞춰 투석기 두 대를 만들어낸 것은 모두 감탄했을 만큼 대단한 성취였다. 트레뷔셰는 싸움에 쓰이는 기계치곤 단순했지만, 그것을 만들어본 것은 그만두고 본 적도 없는 사람이 갓 생긴 군대로부터 별다른 지원을 받지 못한 채 짧은 동안에 만들어내는 것은 정말로 어려웠다. 가장 어려운 부분은 트레뷔셰의 짧은 팔을 끌어내리는 무거운 추를 만드는 일이었다. 무거운 금속을 구하기가 쉽지 않았고 금속을 적절한 모양으로 주조하는 것도 어려웠다. 다행히, 셕현공이 향쳔사에 깨진 종이 있다는 것을 생각해서 한 대 분은 쉽게 마련했고, 다른 한 대 분은 슈렽뎜을 하는 딕군사 오윤효가 선선히 댔다. 추들을 주조하는 것은 오윤효의 도움을 받아 마억보가 제법 잘해냈다.

"류죵무 대쟝." 윤삼봉이 자기 부대를 찾아 내려가자, 그는 류죵무를 찾았다.

"녜, 원슈님."

"윤 대쟝이 부대랄 다 배티하고 나면, 류 대쟝끠셔 부대랄 배티하쇼셔. 뎌 아래 산기슭을 딸와셔 배티하쇼셔. 나이 내죵애 공격 군호랄 올이면, 그끠 나아가셔 셩을 티쇼셔."

"녜, 원슈님. 이대 알겠압나니이다." 대답은 선선했지만, 류는 갑자기 큰 부대를 지휘하게 된 것이 여간 짐스럽지 않은 듯했다. 원래 신경슈의 마름이었던 터라, 류는 맡겨진 일은 성실하게 해냈지만, 무엇을 독립적으로 판단하는 성품은 아니었다.

"우리 군사달한 이믜 여러 번 싸홈알 하야셔 모도 이긔었나이다. 이번 싸홈애셔도 어렵디 아니 하개 이긜 새니이다. 류 대쟝끠셔는 예비대랄 남겨두는 일에 마암알 쓰쇼셔. 긔 잊기 쉬운 일이니이다." 얼굴에 웃음을 띠고, 그는 부드럽게 일렀다.

"녜, 원슈님. 이대 알겠압나니이다." 류가 2대대쟝 류갑슐과 함께 자기 부대가 자리 잡은 곳으로 떠났다.

투석기 부품들을 메고 올라온 공병대 병사들은, 숨을 돌릴 사이도 없이, 쟝츈달의 지휘 아래 투석기를 조립하기 시작했다. 그들은 먼저 투석기와 포슈(砲手)들을 화살로부터 보호할 멍석 두 개 만한 대나무 방패들을 앞쪽에 둘러쳤다. 그러고는 투석기들이 놓일 곳을 삽으로 평평하게 고르기 시작했다. 땅을 파는 소리가 크게 울렸다.

"쟝 대쟝님," 13운슈대대 1등대쟝 한위삼이 불렀다. 한의 뒤로 운슈병들이 올라오고 있었다.

쟝이 돌아다보았다. "아, 한 대쟝."

"돌알 여긔 놓으면, 다외겠압나니잇가?" 한이 배낭에서 어린애 머리통만 한 돌을 꺼냈다. 홍쥬에서 둥글게 다듬어서 수레에 싣고 온 셕탄(石彈)이었다.

"녜. 거긔 놓아쇼셔," 쟝이 활기차게 대꾸하고 운슈병들을 둘러보았다. "므거운 돌알 디고 오나라, 슈고할 많이 하샸나이다."

그는 조용히 뒤쪽 비탈을 올라와서 배낭에서 돌을 한 개씩 꺼내 놓고 앞쪽 비탈을 내려가는 병사들을 살폈다. 좀 지친 기색들이었다. 홍쥬셩에서 여기까지는 60리 걸음이었으니, 지칠 만도 했다. 다행히, 탈진한 기색을 보이는 병사는 없었다.

성안에서도 마침내 이곳에서 무슨 일이 일어나고 있음을 알아차린 듯, 웅성거리는 소리가 났다. 이어 누가 삐걱거리는 목소리로 물었다. "거긔 뉘요?"

생각 하나가 떠올라서, 그는 셩묵돌에게서 방패를 받아 들고 산등성이를 타고 앞쪽으로 한 서른 걸음 내려갔다. "나난 호셔챵의군 원슈이니이다."

성안에서는 잠시 대꾸가 없었다. 그러더니 같은 목소리가 다시 물었다. "뉘요?"

"나난 호셔챵의군 원슈 리언오라난 사람이니이다," 그는 천천히 또박또박 말했다.

성안 사람은 이번에도 뜸을 들였다. "거긔셔 므슥을 하나니잇가?"

그는 생각을 가다듬었다. 미묘한 대목이었다. "호셔챵의군이 엇더한 군대인디 아시나니잇가?"

"소문은 들었나이다," 한참 뜸을 들인 뒤, 조심스러운 대꾸가 나왔다.

"므슴 소문을 들으셨나니잇가?" 그는 부드럽게 물었다.

"듕 하나이 사람달할 모와셔…… 례산애셔 닐어났난듸, 홍쥬까장 앗았다 하더이다."

'하아, 소문이 빠르구나. 정확하기도 하고.' 그는 입가에 웃음을 머금었다. "그 소문이 그르디 아니하나이다. 나난 며츨 전만 하야도, 불뎨자였나이다. 우리 호셔챵의군은 례산애셔 닐어나 덕산과 홍쥬를 얻었나이다. 우리 호셔챵의군은 모단 사람달히 잘살게 하려 닐어셨나이다. 그러하야셔 우리는 사람달할 해티디 아니하나이다. 우리와 싸혼 군사달토 항복하면 해티디 아니 하나이다. 그리하고 우리 호셔챵의군에 들어오려 하난 사람달한 모도 받아들이나이다."

성안 사람들이 그의 말을 새길 시간을 준 다음, 그는 말을 이었다. "오날 밤 우리 호셔챵의군은 이곳 슈영을 얻으려 왔나이다. 시방 셩안해 이시난 사람달히 항복하면, 우리는 아모도 해티지 아니할 새니이다. 그리하고 우리 호셔챵의군에 들어오려 하난 사람달한 모도 받아들이나이다."

이번엔 한참 기다려도 반응이 없었다. 뒤쪽에서 공병대 병사들이 땅을 파는 소리만 크게 울렸다. 그 소리 사이를 먼 데서 나는 새소리가 헤쳤다.

'흠. 내가 어려운 변화구를 던진 모양이구나.' 야릇한 웃음을 지으면서, 그는 '괭이갈매기들'의 운동모자를 고쳐 썼다. 변화구를 잘 던진 원산 '괭이갈매기들'의 영웅 고영철의 흐느적거리는 투구 폼을 떠올리면서, 그는 뒤를 살폈다.

공병대는 땅을 다 고르고서 1호기의 기판(基板)을 놓고 있었다. 1호기는 청동 추를 달았고, 2호기는 쇠 추를 달았다. 이어 지주(支柱)에 팔을 끼우고서 그것을 기판에 세웠다. 짧은 팔에는 밧줄 둘이 양쪽으로 달려 있었다. 줄 하나를 병사 둘씩 잡고 당겨서, 추의 무게에 사람의 근력을 보태는 것이었다.

운슈등대 병사들은 조용히 움직이고 있었다. 개미 떼처럼 한 줄로 서서 산비탈을 올라와 가져온 돌을 투석기 뒤쪽에 내려놓고 성쪽을 향해 비탈을 내려갔다. 그들의 움직임에선 갓 생긴 군대의 병사들에게서 기대하기 어려운 차분함이 느껴졌다.

이미 여러 차례 해본 터라, 투석기를 설치하는 일은 빠르게 나아갔다. 병사들은 돌이 들어가는 긴 팔을 윈치에 연결하고 짧은 팔엔 추를 달았다.

"므슥하는 놈달히냐?" 성안에서 누가 거칠게 물었다.

그는 몸을 돌려 부드러운 목소리로 대꾸했다, "우리는 호셔챵의군이니이다."

그의 차분하고 공손한 대꾸가 뜻밖이었는지, 그 사람이 잠시 머뭇거렸다. "그러하야셔 엇디 다외얏다난 녜아기냐?"

"우리 호셔챵의군은 이곳 슈영을 얻으려 왔나이다."

"므슥이라고? 허어, 참, 별 고이한 놈달히 다 있고나." 화가 났다기보다 어이없어하는 목소리가 찌렁찌렁 울렸다.

"성안 군사달히 슌슌히 항복하면, 우리는 사람달할 해티디 아니할 새니이다. 그리하고 우리 호셔챵의군에 들어오려 하난 군사달히 이시면, 모도 받아들일 새니이다."

이번엔 대꾸가 없었다. 문득 시위 소리가 나더니, 화살 한 대가 그가 딛고 선 바위를 맞혔다.

그는 본능적으로 방패를 들어 올렸다. '흠. 아주 유창한 대꾸로

구나.'

"원슈니임." 셩묵돌이 달려 내려오면서, 방패를 쳐들고 그의 앞을 막아섰다.

"아모 일 없나이다." 셩에게 웃음을 지어 보이고서, 그는 셩을 향해 목청을 높였다, "나난 호셔챵의군 원슈 리언오라난 사람이니이다. 그듸는 뉘시니잇가?"

"나난 튱쳥도 슈군졀도사영 군관 채후신이다." 단단한 목소리에 자부심이 배어 있었다.

"아, 그러하시니잇가?" 그는 달래는 목소리로 부드럽게 말했다. "채 군관, 이제 싸홈이 시작할 판인듸, 몬져 슈영 군사달해개 니르쇼셔, 우리 호셔챵의군은 항복한 군사달할 해티디 아니 한다고. 물론 군관달토 해티디 아니 하나이다. 그리하고 우리 호셔챵의군에 들어오려 하난 사람달한, 군사달이던 군관달이던, 모도 받아들이나이다. 그러하니 젼셰 불리하개 다외면, 군사달해게 헛도이 피 흘리디 말고 항복하라 니르쇼셔."

이번에도 시위 소리가 대신 대꾸했다. 투셕기들 앞에 쳐진 대나무 방패를 맞힌 화살이 요란한 소리를 냈다.

자신의 살을 찢고 들어간 화살촉의 심상을 애써 밀어내면서, 그는 돌아섰다. "셩 대쟝."

"녜, 원슈님," 셩이 걱정스럽게 대꾸했다.

"이제 올아가사이다."

그들이 올라왔을 때, 공병대는 투셕기 두 대의 조립을 마치고 투셕기 앞쪽 추가 떨어질 곳에 얕은 구덩이를 파고 있었다. 이어 구덩이에 가마니를 넣었다. 무거운 추가 받을 충격을 줄이려는 것이었다.

"다외얏다." 쟝춘달이 땅을 파는 병사들에게 말했다. "물레바회랄 감아라. 저할대로이 하난디 시험해보자."

포슈들이 투석기에 달라붙더니 윈치를 감기 시작했다. 투석기 한 대에 두 사람이 양쪽에서 붙어서 윈치를 감았다.

그의 입가를 가벼운 웃음이 스쳤다. 윈치라는 서양 말을 덥석 쓰기가 무엇해서, 그는 투석기의 구조를 설명할 때 우물쭈물했었는데, 그의 말뜻을 알아듣자, 쟝은 윈치를 선뜻 '물레바회'라 불렀다. 아마도 실을 잣는 물레의 바퀴와 비슷해서 그렇게 부른 모양이었다.

윈치가 삐거덕거리면서 삼으로 꼰 줄을 감자, 추가 흔들거리면서 올라갔다.

"일호긔. 쥰비. 쏴." 쟝이 외쳤다.

"쏴." 1호기 포슈들이 복창하고서 감았던 줄을 놓았다.

윈치의 팔이 요란스럽게 돌더니, 가마니 위에 떨어진 추가 둔중한 소리를 냈다.

"이대 하샷나이다." 2호기까지 시험이 끝나자, 그는 공병대원들을 치하했다. "그러하면, 쟝 대쟝, 셕탄을 놓고서 쏘아보쇼셔."

"녜, 원슈님." 쟝이 씨익 웃고서 병사들을 돌아다보았다. "슈영 사람달해개 돌떡을 하나식 안겨주자. 일호긔. 쥰비."

"쥰비." 1호기 포슈들이 복창하고서 윈치를 감기 시작했다. 밧줄을 잡은 병사들이 긴장해서 쟝을 살폈다.

"석탄 쟝젼," 쟝의 명령에 병사들이 돌 하나를 골라 긴 팔에 파인 홈에 넣었다.

"세. 둘. 하나. 쏴."

병사들이 몸을 웅크리고 추가 가마니를 찧었을 때, 돌은 벌써 검은 새처럼 높이 날고 있었다. 돌은 성벽을 거뜬히 넘었다.

바라보던 사람들이 탄성을 냈다. 이어 기왓장 깨지는 소리가 나고 놀란 사람들의 목소리가 들렸다.

속에서 올라온 뜨거운 기운이 가슴으로 퍼지더니 단단한 덩어리로 뭉쳤다. 조선 땅에서 처음으로 '공격준비사격'이 시작된 것이었다. 화약 무기는 고려 때부터 왜구들과의 싸움에서 쓰였고, 지금 조선 수군도 많이 갖추었다. 그러나 화포들이 뭍에서의 싸움에 쓰인 적은, 그가 아는 한, 없었다. 화포를 병력의 공격에 앞서 쓰는 것은 상상의 도약을 필요로 하는 일이어서, 화포가 많이 쓰인 뒤에야 나온 전술이었다. 따라서 그는 지금 새롭고 중요한 전술 하나를 이 세상에 도입하는 셈이었다.

"이호긔. 쥰비," 쟝츈달은 사람들의 탄성에 마음이 흐트러지지 않고 차분히 명령을 내렸다.

2호기의 추가 땅을 찧고 돌이 높이 날았다. 그의 예상대로 이번에는 탄도가 좀 낮아서 가까스로 성벽을 넘었다. 쇠 추는 청동 추보다 좀 가벼웠다.

돌이 날아간 거리가 아까보다 작아서 좀 실망한 듯, 사람들의 탄성이 아까보다 훨씬 작았다. 그런 기분을 느낀 듯, 특공대대쟝 김을산이 맵시 있게 둘러댔다, "이대 하얐으면, 성문을 마츨 번하얐네. 다암번에는 아예 셩문을 마초면 됴할 샌듸."

사람들이 어떻게 생각하든, 그는 흡족했다. 고대에서 쓰인 원래의 투석기인 '캐터펄트'와는 달리, 트레뷔셰는 탄환의 사거리를 조정할 수 없었다. 그 약점이 지금은 오히려 이점이 되었으니, 두 투석기들의 사거리가 상당히 다른 것은 이번 공격준비사격의 목적에 잘 맞았다. 그는 처음부터 슈영의 군대와 싸우기보다는 그들에게 겁을 주어서 도망치도록 하는 것을 목표로 삼았다. 장수의 지휘 아래 정규군이 지키는 성을 치는 것은 너무 어렵고 위험했다. 그래서 그는 기습적 공성 대신 공격준비사격으로 싸움을 시작했고, 적군들이 배를 타고 도망치기 쉽도록 동북쪽을 공격하면서 서쪽을 틔워놓았다.

"아조 됴하나이다. 쟝 대쟝, 효력샤랄 하쇼셔."

"녜, 원슈님," 쟝이 대꾸하고서 이내 명령을 내렸다, "일호기, 이호기. 다삿 발 효력샤."

무기는 원시적이었지만, 절차와 용어는 현대적이었다.

"다삿 발 효력샤," 1호기 포쟝 민쟝슌과 2호기 포쟝 남샹쥬가 복창했다.

이어 두 포쟝들이 각기 자기 포대에 명령을 내렸다, "하나 발. 셕탄 쟝젼."

"셕탄 쟝젼," 포슈들이 복창하고 윈치를 당겼다.

"쏴," 포쟝들의 명령이 내려지고, 추들이 땅을 찧었다. 돌 두 개가 검은 새처럼 하늘로 솟구쳤다.

"셩 대쟝, 가셔셔 군악대 한 부쟝애게 이리 올아오라 니르쇼셔."

이제 투석기들은 부지런히 움직이고 있었다. 어린애 머리통만 한 석탄들이 하늘 속으로 솟구쳐 성벽을 가뿐이 넘었다. 그는 마음이 흡족했지만, 투석기들이 삐거덕거리는 소리와 추가 무겁게 땅을 찧는 소리가 마음에 얹혔다. '탈 없이 얼마나 버텨주느냔데……'

"원슈님, 브르압샸나니잇가?" 한정희가 급히 다가왔다.

"녜, 한 대쟝. 이제 공격이 시작다외얐아니, 군악알 올이사이다. 군악대랄," 그는 돌아서서 산줄기 위쪽 펑퍼짐한 곳을 가리켰다. "군악대랄 뎌긔에 배티하쇼셔. 뎌긔 올아서면, 살이 미츠디 못하고 군악 소래난 더욱 클 새니이다."

곧 군악대가 위쪽으로 올라가서 자리 잡았다. 이어 모차르트의 「터키 행진곡」 가락이 나왔다. 날라리를 부는 병사들에겐 어려운 곡이었지만, 어차피 이 자리에선 음정이나 속도가 중요한 것은 아니었다.

'그래도 제법 부는 셈인데. 지금 성안에선 무슨 생각을 할까? 슈사(水使) 나아리는 기분이 어떠하실까? 그가 거느린 슈군들은?' 그는 성안의 상황을 상상해보았다.

당연히, 혼란스러울 터였다. 한밤에 기습을 당한 데다가, 큰 돌들이 마구 떨어지고 이 세상 것이 아닌 듯한 곡조가 들린다면, 누구라도 혼란스럽고 겁이 날 터였다.

보령 슈영에 관해 그가 아는 것은 많지 않았다. 슈영을 지휘하는 튱청도 슈군졀도사는 리발이라는 사람이었는데, 이름의 '발' 자가 '구슬 옥(玉) 변'에 필 발(發) 자를 쓴다고 했다. 그러나 챵의군에 들어온 수령들 가운데 그 사람과 안면이 있는 이는 없었다. 동반과 서반 사이의 벽이 높은 데다가 슈영은 병영보다 협력 관계에서 멀어서, 별다른 교류가 없었던 듯했다. 슈군절도사 아래엔 정4품 슈군우후(水軍虞侯)가 있었고 군관 다섯이 있었다.

슈영의 병력에 관해선 정보가 전혀 없었다. 그래서 그는 『경국대면』의 '계도병선(諸道兵船)' 조에 나온 싸움배들의 수를 바탕으로 병력을 추산해보았다. 보령 수영에 배치된 싸움배들은 슈군 80명이 타는 대맹션(大猛船)이 4척, 60명이 타는 듕맹션(中猛船)이 8척, 30명이 타는 쇼맹션(小猛船)이 10척, 그리고 슈군이 배치되지 않은 예비선인 무군쇼맹션(無軍小猛船)이 10척이었다. 따라서 실제로 싸움배들을 부리는 슈군은 천백 명이라는 얘기였다. 예비 병력을 30퍼센트로 잡고 슈영의 지원 병력을 3백 명으로 잡으면, 모두 천7백 명이 넘었다.

그런 추산은 물론 크게 틀릴 가능성이 높았다. 그리고 싸움배들의 규모와 수로부터 슈영의 병력을 추산하는 일에는 또 하나 불확실한 요인이 있었다. 그의 기억으로는 맹션(猛船)은 중종(中宗) 치세에 포기되었다. 원래 맹션은 해전과 조운이라는 두 기능들을 위해 설계된 병조션(兵漕船)이었다. 자연히, 싸움배로서는 큰 결점들이 있었다. 삼포왜란(三浦倭亂)이 일어났을 때, 그런 결점들이 큰 문제들을 일으켰고, 명종(明宗) 치세에 판옥션(板屋船)으로 대치되었다. 물론 판옥션들의 정원은 맹션들의 정원과 상당히 다를 터였다.

어쨌든, 그는 지금 슈영 안에 있는 병력이 천7백 명이나 되리라고 보지는 않았다. 『경국대면』에 나온 싸움배들이 실제로 있느냐

하는 점도 확실치 않았고 그 싸움배들을 제대로 채울 병력이 있느냐 하는 점은 더욱 불확실했다. 『경국대뎐』에 나온 편제가 앞으로 슈군을 늘리려는 계획이나 희망을 바탕으로 삼은 것이 아니라 당시 실제로 존재한 싸움배들을 기록했다 하더라도, 지금 그 병력이 그대로 유지되었다고 보기는 어려웠다. 임진왜란 바로 앞인 지금은 조선조에서 국방력이 가장 약했던 때였다.

또 하나의 변수는 슈군우후의 행방이었다. 우후는 쥬사듕군(舟師中軍)을 겸했으므로, 현대식 편제로는 튱쳥도 슈군의 함대사령관이었다. 우후의 임무는 "바람이 높으면, 주장의 진영에서 막료 노릇을 하고, 바람이 온화하면, 원산도진에 머물며 해적들을 살피고 조세선을 점검한다(風高則 在主將營下 佐幕, 風和則 留住元山鎭 瞭望海寇 點檢漕稅船)"였다. 지금 날씨는 좋았고, 조운은 아직 끝나지 않았다. 따라서 우후가 상당한 병력을 이끌고 원산도에 머물 가능성은 상당히 높았다.

게다가 사람들의 얘기에 따르면, 많은 슈군들은 배를 타는 것이 아니라 고기를 잡거나 소금을 굽는 데 동원되었다. 그런 요소들을 종합해서, 그는 지금 슈영에 실제로 있는 병력이 잘해야 5백 명가량 되리라고 추산했다. 지금 그가 거느린 병력과 비슷하다는 얘기였다. 그 정도 관군은 사기가 높고 기습의 이점까지 지닌 그의 군대가 쉽게 제압할 수 있을 터였다.

이제 성벽 위에 관군 병사들이 많이 보였다. 그러나 느닷없이 나타난 군대가 그저 두려울 뿐 어찌할 바를 모르는지, 웅성거리기만 했다. 더러 화살을 쏘아대는 병사들도 있었지만, 제대로 겨냥하고 쏘는 것은 아니었다. 그동안에도 투석기 두 대는 서두름 없이 돌을 성안으로 쏘아 보내고 있었다.

'투석기가 꼭 적에게 물리적 피해를 입혀서 싸움에 도움이 되는 건 아니구나.' 투석기들이 지칠 줄 모르고 보여주는 기계적 몸짓이 불안한 마음을 쓰다듬어주는 것을 느끼면서, 그는 혼자 고개를 끄덕였다. 성벽을 가볍게 넘은 돌들을 보면서, 챵의군 병사들은 마음이 든든해질 터였고, 관군 병사들은 두렵고 당혹스러울 터였다.

"하아," 옆에 선 천영셰가 탄성을 냈다.

무엇이 잘못되었는지, 돌 하나가 성벽을 맞춘 것이었다. 성벽에 맞고 부서지는 돌이 요란한 소리를 냈다. 여기저기서 탄성들이 나왔지만, 아래쪽에선 쟝츈달이 포슈들을 꾸짖는 소리가 들렸다.

'자칫하면, 우리 병사들 머리 위에…… 투석기를 쓰다가, "우군 포화에 의한 피해"를 기록하겠구나.' 그는 소리 없는 웃음을 터뜨렸다.

6긔병대대 2등대쟝 우승호와 3등대쟝 황칠성이 슬그머니 뒤쪽에서 올라와 천영셰에게 다가갔다. 능선 뒤에서 기다리자니, 전황이 궁금했을 터였다.

문득 무엇이 깨지는 소리가 났다. 돌 하나가 동문의 문루 지붕을 맞힌 것이었다. 산 아래쪽에 배치된 챵의군 병사들 사이에서 환성이 올랐다.

그는 순간적으로 결심했다. "셩 대쟝, 한 대쟝끠 가셔셔 공격 군호랄 올이라 하쇼셔."

애초에 그는 투석기들이 셕탄을 적어도 백 발은 쏜 뒤에 공격할 셈이었다. 지금까지 쏜 것은 그 반도 안 되었다. 그리고 류쭝무가 거느린 부대들은 아직 제대로 배치되지 않았고, 그가 직접 거느린 예비대는 아직 뒤쪽 능선 아래에 있었다. 그러나 우연히 동문의 문루를 맞힌 셕탄은 챵의군 병사들의 사기를 높였고 그런 순간을 그냥 지나치게 하는 것은 너무 아까웠다. 지금이 공격할 때라는 느낌이 그의 배 속에 묵직하게 자리잡았다.

곧 공격 군호가 올랐다. 힘찬 목소리로 사람들을 몰아세우는 날라리 가락이 하늘로 솟구쳤다. 프란츠 폰 주페의 「경기병 서곡」이었다.

그 소리에 옆에 선 세 긔병대쟝들이 문득 긴장하면서 그를 돌아다보았다. 날라리의 가락이 그들의 마음속에서 돌격하는 기병대의 심상을 불러냈는지도 몰랐다. 그러나 그는 물음이 담긴 그들의 눈길을 짐짓 외면했다. 지금 긔병대가 할 일은 없었다.

"챵의구운," 산 아래쪽에서 공격 군호를 받는 병사들의 전투 함성이 꼬리를 물었다. 이어 방패를 앞세운 병사들이 달려 나가기 시작했다. 사다리를 든 병사들이 뒤를 따랐다.

'드디어……' 그의 몸속을 전율이 저릿하게 흘렀다. 공성은 언제 보아도 흥분되는 광경이었다.

윤삼봉의 '남군'이 제대로 배치되었으므로, 싸움은 전선의 왼쪽에서 먼저 시작되었다. 보병들을 엄호하는 궁슈들의 화살들이 빠르게 성 쪽으로 날았다. 성 쪽에서도 응사하고 있었다.

다시 함성이 올랐다. 셕탄 하나가 다시 동문을 맞힌 것이었다. 이번엔 문루 아래쪽을 맞혀서, 적에게 직접 피해를 주었을 듯했다.

그는 투석기 쪽으로 내려갔다. "쟝 대쟝."

"녜, 원슈님." 쟝의 얼굴은 흥분과 득의로 달아올라 있었다.

"이제 우리 군사달히 성벽 갓가이 갔아니, 이호긔를 앒아로 옮기사이다."

"녜, 원슈님. 이대 알겠압나니이다."

"이호긔를 뎌긔 봉오리 우헤 두쇼셔." 그는 '븍군'의 집결지였던 곳을 가리켰다.

쟝이 2호기의 해체를 지휘하는 동안, 그는 다른 대대쟝들을 불렀다. 그는 10특공대대와 13운슈대대를 산 앞쪽에 배치하고 6긔병대대는 산 뒤쪽에서 후위 노릇을 하도록 지시했다.

그사이에 챵의군 병사들은 많이 성벽 위로 올라서고 있었다. 관군은 동문 둘레에 모여 저항하고 있었는데, 싸울 뜻을 많이 잃은 듯했다.

2호기가 다시 사격을 시작했다. 그가 2호기의 탄착점을 살피는데, 갑자기 함성이 올랐다. 그 함성 위로 소리가 실렸다, "셩문이 열렸다."

동문으로 챵의군 병사들이 들어가고 있었다. 그는 한숨을 길게 내쉬었다. 산 위에선 여전히 날라리 소리가 솟구치면서 산 아래 병사들을 몰아세우고 있었다.

6

바람 한 떼가 소란스럽게 정자를 헤집고 지나갔다. 살에 시원스럽게 닿는 바닷바람이었다. 한쪽에서 일하던 문서참모부 요원들이 바람에 날린 서류들을 잡느라 부산하게 움직였다. 새 지역을 막 점령한 뒤엔 으레 그러하듯, 이번에도 포고문들을 만드는 문서참모부가 유난히 바빴다.

말을 많이 해서 깔깔해진 목을 숭늉으로 축이고, 언오는 고개를 돌려 서쪽 하늘을 살폈다. 점심 먹을 때 나타나기 시작한 구름은 이제 하늘을 가득 덮고 있었다. 바다 쪽으로부터 몰려오는 검은 구름장들은 금세라도 비를 뿌릴 듯했다.

'한바탕 쏟아졌으면, 좋겠다. 홍쥬로 돌아가는 길이 좀 어려워지겠지만……' 그는 고개를 바로 하고 앞에 앉은 세 사람에게 밝은 목소리로 말했다, "드듸여 비오실 닷하나이다."

"녜, 원슈님. 이번에는 졈 많이 오셔야 하난듸…… 너모 가믈아

셔, 녀름이……" 조심스러운 웃음을 얼굴에 띠면서, 로금동이 대꾸
했다. 로는 슈영을 둘러싼 보령현 금신면(金神面)의 권농이었다. 쉰
살쯤 되어 보였는데, 사람들 애기에 따르면, 땅을 꽤 많이 가졌다.

"봄 가믈 티고도 너모 가믈어서……" 최완길이 덧붙이고서, 흘
긋 서쪽 하늘을 살폈다. 최는 로보다 서너 살 위로 보였는데, 이 근
처에서 고깃배를 가장 많이 가졌다고 했다. 원래 여기 슈영에서 슈
군으로 근무하다 눌러앉아 남문 밖에서 객줏집을 한다는 강인긔가
짧은 수염을 쓰다듬으면서 고개를 열심히 끄덕였다.

"어, 싀훤하다." 다시 불어온 바람에 자신도 모르게 탄성을 내고
서, 그는 바다를 내려다보았다. 싸움에 이겨 성을 차지하고서 바
다를 굽어보는 너른 정자에 앉아 시원한 갯바람을 쐬며 단비를 기
다리는 처지가 꽤나 흡족했다. 쌀과 무기 같은 전리품이 무척 많은
것도 마음을 뿌듯하게 했다.

"녜, 원슈님. 갯바람이 싀훤하압나니이다. 원래 여긔 영보정이
싀훤하고 바다 구경을 하기 됴한 곳이압나니이다." 로가 말을 받
았다.

"녜, 졍자이 아조 됴한 곳애 셰워뎌셔……" 고개를 끄덕이면서,
그는 한 바퀴 둘러보았다.

한쪽에서 문셔참모부 요원들이 부산하게 일하고 있었지만, 그들
의 움직임으로 오히려 널찍한 느낌이 들 만큼 정자는 넓었다. '영
보졍(永保亭)'이라 불렸는데, 슈영 사람들이 즐겨 찾는 듯, 기둥들
이 손때로 반질반질했다. 현판 옆에 쓰인 '영보졍긔(永保亭記)'에
는 홍치(弘治) 17년 갑자(甲子)에 슈군졀도사 리량(李良)이 셰웠다

고 나와 있었다. 갑자년이면, 75년 전이거나 135년 전이란 얘기였
는데, 영보정은 백 년 넘은 집처럼 보이지 않았다. 75년 전이라면,
연산군 때나 중종 때였을 터였다. 성안의 여러 건물들이 투석기
석탄들로 지붕이 망가졌지만, 북쪽 끝에 자리 잡은 영보정은 무사
했다.

그의 눈앞으로 5백 년 뒤에 저 세상에서 보았던 이 성의 모습이
스쳤다. 당시엔 이 성은 황폐한 유적이었었다. 서투른 복원으로 세
월의 손길이 다듬어낸 모습을 잃은 꺼칠한 모습이었었다.

머리를 가볍게 저어 그 기억을 밀어내고, 그는 지금 이곳의 현실
에 마음을 모았다. 바람은 점차 거세어지고 있었지만, 내해(內海)
인 덕분인지, 바다는 아직 그리 거칠지 않았다. 그래도 고깃배는
보이지 않았다.

'날씨 때문인가? 아니면, 싸움 때문인가? 그러나저러나, 도망친
슈군들은 지금 어디 있을까?' 빈 내해를 훑으면서, 그는 한 번 더
자신에게 물었다.

오늘 새벽 그가 동문을 들어섰을 때, 윤삼봉의 '남군'은 벌써 서
문과 소서문으로 도망치는 관군을 쫓고 있었다. 그가 바란 대로,
관군 병사들은 그의 군대와 맞서 싸우는 대신 배를 타고 도망쳤다.
슈군절도사는 잔치에서 술에 취해 부대를 지휘하지 못했던 것으로
드러났다. 달빛이 환하기는 했지만, 한밤에 배를 타고 도망치는 일
이 쉬울 리 없어서, 일흔이 넘는 군사들이 급히 몰아친 챵의군에게
붙잡혔다. 지휘관들이 먼저 도망친 듯, 포로들 가운데 장교들은 거
의 없었다.

'아직 긔병대로부터 소식이 없는 것을 보면, 슈사의 군대는 이 근처에 없단 얘긴데. 우후가 머문다는 원산도로 갔을 가능성이 높 지.'

병사들이 늦은 잠자리에서 일어나 점심을 먹고 나자, 그는 긔병 대에게 반도 서쪽을 수색하도록 했다. 나간 지 두 시간이 넘었는 데, 천영셰로부터는 아직 소식이 없었다.

"원슈님, 여긔……" 김교듕이 문서를 들고 다가왔다. "군령을 다 맹갈았압나니이다."

"아, 네. 슈고랄 많이 하샀나이다. 보사이다." 그는 김이 앞에 펴 놓은 문서를 들여다보았다. 깨끗한 종이에 정성스럽게 쓴 글자들 과 은은한 묵향이 마음을 즐겁게 했다.

호셔챵의군 군령 데이십수호

개색환납이라 ᄒᆞᄂᆞᆫ 졔도ᄂᆞᆫ 원래 병션에 실리는 군량올 샹해 됴히 디니려 맹곤 것이도다. 그 뜯은 됴티마ᄂᆞᆫ, 안닷갑게도 그 방편은 옳 디 아니ᄒᆞ도다. 됴ᄒᆞᆫ 군량올 마련ᄒᆞᄂᆞᆫ 쟈ᄂᆞᆫ 맛당이 나라히여야 ᄒᆞ 나, 개색환납 졔도ᄂᆞᆫ 그 일올 슈군 군진 갓가이 사ᄂᆞᆫ 사ᄅᆞᆷ돌해게 억 지로 미뤄도다. 사ᄅᆞᆷ돌해게 낟본 곡식올 난호아주고 대신 됴ᄒᆞᆫ 곡식 올 거두니, 사ᄅᆞᆷ돌히 즐거울 리 없도다. 더욱이 군진들마다 개색환 납올 맛돈 쟝슈들콰 군사돌히 그것을 긔화로 너겨 백셩들흘 침학ᄒᆞ ᄂᆞᆫ 일이 많아셔, 살기 어려운 백셩들흘 더욱 어렵게 ᄒᆞ도다.

이러ᄒᆞᆫ 사졍을 술펴셔, 호셔챵의군은 병션에 실리는 군량의 개색

환납을 없이ᄒ노라. 병션에 실리는 군량은 나라희 곡식으로 밧고게
ᄒ노라. 지금히 슈군의 군진들헤 개색혼 곡식을 갚아야 ᄒ는사롬돌
혼 그 곡식의 반만을 오는 구올해 호셔챵의군 물자참모부에 쓸어음
으로 내면 두외도다. 자셔한 일돌혼 호셔챵의군 물자참모부나 민사
참모부에 문의ᄒ기롤 부라노라.

긔묘 삼 월 십류 일
호셔챵의군 원슈 리언오

　개색환납(改色還納)은 싸움배들에 실리는 군량을 좋게 유지하려
는 제도였다. 싸움배들엔 한 달 치 군량이 실리게 되었는데, 그런
군량은 물에 젖어서 상하기 쉬웠다. 그래서 싸움배들에 실린 군량
이 3년을 지나면, 그것을 싸움배들의 모항(母港) 둘레에 사는 사람
들에게 나누어주고 새 곡식으로 거두어들이는 것이었다. 그 제도는
군항 부근에 사는 사람들로선 아주 번거롭고 적잖은 손해를 보는
일이었다. 잘 운용된다 하더라도, 그것은 특정 지역의 주민들에게
서 거두는 부당한 세금이었다. 지금처럼 군대가 부패했을 경우, 그
제도는 군대가 주민들을 수탈하는 길로 악용될 수밖에 없었다.
　점심 뒤 그는 민사참모부장 김병룡에게 밖에 나가서 슈영 근처
주민들을 대표할 만한 사람들을 초청하도록 했다. 김이 세 사람과
함께 돌아오자, 그는 그들에게 무슨 어려움이 있는가 물었다. 그들
은 처음에는 머뭇거렸다. 그가 슈영 때문에 어려운 점은 없느냐고
묻자, 비로소 로금동이 개색환납 제도가 가장 큰 문제라고 대꾸했

다. 한번 말문이 트이자, 세 사람은 격한 어조로 개색환납으로 겪는 괴로움들을 털어놓았다. 듣고 보니, 슈영의 토색질이 생각보다 심했다. 게다가 금신면만이 아니라 이웃 쟝쳑면(長尺面)까지 개색환납의 폐해를 겪고 있다는 얘기였다.

그는 문서에 수결을 두고서 세 사람 쪽으로 돌려놓았다. "이 문셔이 개색환납알 없이하난 우리 챵의군의 군령이니이다. 세 분들 끼셔 한디위 넓어보쇼셔."

"녜, 원슈님. 감샤하압나니이다," 로가 대꾸하고서 문서를 읽기 시작했다. 다른 두 사람도 따라서 문서 쪽으로 몸을 굽혔다.

갑자기 바람이 세차게 불면서, 빗발이 후드득거렸다. 로가 바람에 날리는 서류를 황급히 두 손으로 잡았다.

"아, 드듸여 비 오시는구나," 최완길이 탄성을 냈다. 한동안 모두 시원스럽게 쏟아지는 빗발을 바라보았다. 빗발이 땅을 촉촉하게 적시면서, 싱그러운 냄새가 처음에 밀려왔던 매캐하면서도 비릿한 냄새를 밀어냈다.

문득 대지동 저수지가 생각났다. 곳뜸 사람들에 의해 마구 파헤쳐진 둑이 눈앞에 떠오르면서, 아릿한 느낌이 가슴을 스쳤다.

'비가 오니, 누가 미리 둑을 손질했어야 하는데…… 봉션이 할아버지께서 잘 하시겠지.' 그의 처지에선 한가로운 생각이었지만, 엉뚱한 생각은 아니었다. 따지고 보면, 이번 기병은 물고 싸움에서 시작한 터였다.

빗줄기가 좀 차분해지면서 꾸준히 내리기 시작했다. 그저 지나가는 비는 아닌 듯했다. 로가 먼저 정신을 차리고서 다시 군령을 읽기 시작했다.

　'물이 중요하긴 중요하지. 동학란만 해도 만석보의 수세가 도화선 노릇을 했잖은가. 하긴 이십일 세기에도 그랬지.'

　물이 중요하기론 지금보다 21세기가 훨씬 더했다. 이곳의 물 걱정은 가뭄 때문이었다. 농업이 절대적으로 중요한 산업이었으므로, 가뭄은 굶주림을 뜻했다. 반면에, 21세기의 물 걱정은 상시적이었다.

　맬서스 이래 많은 사람들이 자원의 부족을 경고했었다. 자원의 부족이 인류 사회의 성장을 제약하는 요인이 되리란 얘기였다. 그런 예언들은 너무 비관적이었음이 드러났지만, 자원의 부족은 어느 사회나 늘 맞는 문제이기도 했다. 대부분의 예언들은 식량이나 금속이나 석유와 같은 핵심 자원들이 곧 바닥나리라고 여겼지만, 실제로 맨 먼저 부족해진 것은 물이었다. 생활 수준이 높아지면서, 물의 소비는 가파르게 늘어났다. 그러나 물의 공급은 늘어나기 어려웠다. 실은 더럽혀진 환경 때문에 깨끗한 물은 오히려 줄어들었다. 워낙 많이 쓰이는 터라, 물은 다른 자원들처럼 넉넉한 곳들에서 가문 곳들로 나르기도 어려웠다. 게다가, 다른 자원들과는 달리, 물은 대체할 수 없는 자원이었다. 금속은 세라믹이나 플라스틱으로 많이 대체할 수 있었고, 석유는 다른 에너지 원천들로 보충될 수 있었고, 식량은 발전된 생명 공학 덕분에 더 효율적으로 더 많이 생산될 수 있었지만, 물만은 생물의 삶에서 대체할 수 없는 자원이었다. 물론 물을 아껴 쓰고 정화하는 방법들이 많이 고안되었고 바닷물의 탈염(脫鹽)도 중요한 산업이 되었지만, 그런 대책들이 근본적 도움을 주기는 어려웠다.

자연히, 물을 확보하려는 노력은 여러 사회적 집단들 사이의 분쟁들을 낳았다. 실제로 21세기에서 물은 국제 분쟁의 가장 큰 요인이었다. 물 때문에 큰 분쟁이 일어나지 않은 대륙은 물이 비교적 풍부한 남북 아메리카 대륙뿐이었다. 그가 시낭을 타고 저 세상을 떠날 때만 해도, 세 곳에서 물 때문에 격렬한 국제 분쟁이 한창이었다: 유프라테스 강의 상류를 차지한 터키와 하류에 자리 잡은 시리아 및 이라크 사이의 분쟁; 브라마푸트라 강을 공유한 중국, 방글라데시 및 인도 사이의 분쟁; 그리고 니제르 강을 둘러싼 말리, 니제르, 나이지리아의 어지러운 삼파전.

물이 그렇게도 중요한 자원이 되자, 사회들은 그 사실로부터 여러모로 영향을 받았다. 가장 두드러진 것은 전통적 행정 구역들이 수계(水系)에 맞게 조정된 것이었다. 어떤 강의 유역에 사는 주민들이 모두 참여하는 기구가 나와야, 효율과 형평을 고려해서 물을 배분하고 오염을 효과적으로 줄일 수 있었다.

조선만 하더라도, 전통적 행정 구역에 따른 사회 조직이 점차 뜻을 잃고 수계에 다른 사회 조직에 기능들을 많이 넘겨주었다. 그런 현상은 물 부족이 심각한 남조선에서 특히 두드러졌으니, 삼남과 경기, 강원으로 대별된 지역 구분이 실질적으로는 임진강 수계, 한강 수계, 금강 수계, 영산강 수계, 섬진강 수계, 낙동강 수계로 대치되었다.

그런 변화는 물론 국제 사회에서도 나타났다. 그래서 중요한 국제 하천들은 전통적 국경들을 허무는 데 한몫을 했다. 그런 국제 협력이 성공한 예들로는 유럽의 라인 강 유역과 다뉴브 강 유역 그리고 북아메리카의 미시시피 강 유역이 있었다. 아시아의 메콩 강 유역, 아프리카의 나일 강 유역, 그리고 동북아시아의 아무르 강 유역에서도 그렇게 성공적인 협력을 본받으려는 노력이 나오고 있었다.

"원슈님." 로가 몸을 바로 세웠다. "참아로 감샤하압나니이다. 이제 이곳 백셩들히 마암 놓고 살개 다외얐압나니이다." 로는 그의 얼굴을 살피더니 그의 옆에 앉은 김병룡과 김교둥의 얼굴을 번갈아 살폈다.

"참아로 감샤하압나니이다." 최완길과 강인긔도 열심히 고개를 끄덕였다.

그러나 그는 어쩐지 로나 다른 두 사람이 개색환납을 없앤 그의 조치를 마음속 깊이 고마워하는 것 같지 않다는 느낌이 들었다. 그는 고개를 든 실망감을 지그시 눌렀다. '이 사람들 처지에 놓였다면, 나도 그렇겠지. 이 모든 것들이 현실적으로 느껴지지 않을 테지. 갑자기 이상한 사람이 이끄는 반란군이 나타나 슈영을 차지하고선 백성들을 위하는 일들을 한다고 나선다면…… 이 사람들이 지금 간절히 바라는 것은 그저 자신들이 엉뚱한 해를 입지 않는 것이겠지. 지금 내게 고마움을 표시하지 않으면, 당장 우리에게 해를 입을지 모르고. 드러내놓고 좋아하다간, 뒤에 관군에게 당할 테고……'

그는 김교둥과 김병룡을 돌아다보았다. "두 분 부쟝달끠셔는 이곳 마알마다 우리 챵의군의 「챵의문」과 군령들히 알려디게 하쇼셔. 여긔 세 분들콰 샹의하샤 일을 쳐티하쇼셔."

"녜, 원슈님. 이대 알겠압나니이다."

이어 그는 부드러운 목소리로 마을 사람들에게 말했다. "세 분들끠셔는 금신면 사람달히 우리 챵의군이 엇더한 군대인디 이대 알개 하쇼셔. 우리 챵의군이 가난한 사람달토 사람다히 살개 하려 닐어셨다난 것을 모도 알개 하쇼셔."

"녜, 원슈님. 이대 알겠압나니이다," 로가 두 손으로 마루를 짚고 고개를 수그리면서 대꾸했다. 다른 두 사람이 따랐다.

"그리하시고," 그는 김병룡에게로 고개를 돌렸다. "김 부쟝끠셔는 여긔 금신면 마알달해셔 한쇼 스므 마리랄 사쇼셔. 오날 나죄애 우리 군사달해개 먹이고 남아지난 홍쥬로 끌고 가려 하나이다."

예상보다 훨씬 많았던 전리품들 가운데 가장 큰 것은 역시 쌀이었다. 슈영의 창고들에 든 쌀은 2천 섬이 넘었다. 문제는 그 쌀을 챵의군의 근거지인 홍쥬까지 운반하는 일이었다. 지금 챵의군이 지닌 수송 수단이라곤 운슈대대가 가진 손수레 열 몇 대와 지게들 뿐이었다. 어느 때나 가장 좋은 길은 쌀을 병사들의 배 속에 넣어 운반하는 것이었다. 스스로 움직이는 소들로 바꾸는 것도 무척 좋은 길이었고.

"녜, 원슈님. 분부대로 거행하겠압나니이다."

"한쇼달희 값안 넉넉이 혜아려주쇼셔. 한쇼랄 파난 사람달히 값알 적게 받았다 불평하난 일이 없게 하쇼셔," 황소들을 사들이라는 그의 얘기에 마을 사람들의 얼굴에 경계하는 빛이 어리는 것을 곁눈으로 살피면서, 그는 덧붙였다. "시셰의 갑절을 주쇼셔. 시방

여긔 한쇼 한 마리 쌀 스므 셤 나가면, 마안 셤을 주쇼셔. 아시겠나
니잇가?"

"여긔 겨신 세 분들콰 샹의하셔셔 미리 흥졍을 마차쇼셔. 그리
한 뒤헤 몬져 믈자참모부 하균 부쟝애게 녜아기하야 필요한 쌀알
미리 싣고 나가쇼셔. 한쇼달할 몬져 끌고 오면, 아니 다외나이다."

"녜, 원슈님. 명심하겠압나니이다."

"사람달히 쇼랄 많이 팔겠다 하면, 믈론 모도 사들이쇼셔. 돝알
팔겠다는 사람달히 이시면, 돝도 사들이쇼셔. 창고애 쌀이 많이 이
시니, 돝도 많이 사들이쇼셔. 쟝쳑면 사람달해게도 알리쇼셔. 한쇼
와 돝알 시셰보다 갑졀 혜아려 사들인다고."

"녜, 원슈님. 이대 알겠압나니이다."

"그러하면, 나난 어제 싸홈애셔 다틴 사람달할 살피려 하나이
다." 그는 따라 일어선 마을 사람들에게 당부했다, "세 분끠셔는
우리 챵의군이 한쇼달할 살 수 이시게 도와주쇼셔."

그가 빗속으로 나서자, 근위대 병사들이 황급히 그를 따랐다. 부
상병들은 우후아사(虞候衙舍)에서 치료받고 있었다. 의약듕대 여
군들이 정성스럽게 치료하고 있었지만, 현대의 좋은 약들이 없는
터라, 많이 다친 사람들은 대부분 죽으리라는 사실이 그의 마음에
그늘을 드리웠다.

그가 오는 것을 보자, 아사 토방에 서서 비 구경을 하던 의약듕
대 여군 하나가 급히 신을 벗고 안으로 들어갔다.

그녀 모습이 어쩐지 홍매화를 생각나게 했다. '지금 그녀는 무
엇을 하고 있을까? 아마 부지런히 바느질을 하겠지. 내 생각도 할

까?'

홍매화는 홍쥬에 있었다. 이번 작전에 5침션등대는 참가하지 않았다.

'내가 지금……' 자신이 생각한 것이 귀금이가 아니라 홍매화라는 사실이 뒤늦게 그의 마음을 흔들었다. '내가 지금 무슨 생각을……' 그는 고개를 저었다. 문득 겁이 났다. '내가 이젠 귀금이를 사랑하지 않게 된 것인가?'

"원슈님. 이 빗속애……" 방에서 최월매가 급히 나왔다.

"반가온 비라, 맞아도……" 그는 싱긋 웃으면서 토방으로 올라섰다.

"그러하야도……" 급히 신을 펜 최가 다가서면서 머리에 썼던 수건을 풀어 그의 얼굴과 목을 훔쳐주었다.

그런 사이에도 그는 자신의 마음을 들여다보느라 바빴다. 귀금이에 대한 사랑이 식은 것은 물론 아니었다. 그저 매화에 대해 마음이 끌린 것이었다.

'사내는 원래 그렇다고 하지만……' 속으로 한숨을 쉬고서, 그는 최에게 물었다, "다틴 사람달한 엇더하나니잇가?"

그녀가 손에 든 수건을 내려다보면서 나직이 대꾸했다, "관군한 사람이 또 죽었압나니이다. 등에 샹쳐이 난 사람이었난듸……"

이번 싸움에서 관군은 일곱이 죽고 스물여섯이 다쳤는데, 열이 넘는 사람들이 크게 다쳐서 목숨이 위험했다. 챵의군은 피해가 적어서, 한 사람이 죽고 일곱이 다쳤다. 죽은 사람은 7대대 2등대쟝 심죵규였다. 앞장서서 성벽을 오르다가 죽은 것이었다.

"아, 그러하나니잇가?" 그는 혀를 차고서 마루에 눕거나 벽에 기대앉은 부상병들을 둘러보았다.

그를 곁눈질하는 부상병들의 눈길엔 흐릿하나마 기대가 어려 있었다. 밖에 있는 부상병들은 비교적 가벼운 상처를 입은 사람들이었다.

"원슈님, 우리 군사달한 한 사람알 빠혀놓고난 모도 일어나셔 돌아갔압나니이다." 최가 밝은 목소리를 냈다.

"아, 그러하나니잇가? 한 사람만 빠혀놓고난 모도……?"

"녜, 원슈님."

좀 밝아진 마음으로 그는 다시 부상병들을 살폈다. 팔에 붕대를 감고 벽에 기대앉은 임희쥰이 눈에 띄었다. 7대대 1등대에 속한 병사로 덕산 사람이었다. 동문을 중심으로 싸움이 벌어졌으므로, 사상자들은 대부분 7대대 사람들이었다.

"임 부병, 엇더하시나니잇가?"

"쇼인안 아직……" 다친 팔을 쳐들어 그에게 보이면서, 임이 겸연쩍은 웃음을 지었다.

"몸됴리랄 이대 하쇼셔," 별 뜻 없는 말을 하고서, 그는 마루로 올라섰다.

많이 다친 부상병들이 들어 있는 방은 아까 보았을 때보다 분위기가 무거웠다. 이제 싸움의 흥분은 가시고 싸움의 비참함만 남은 것이었다. 그의 마음도 무거웠다. 그는 지금 많이 다친 사람들에게 해줄 것이 없었다. 지금 처지에서 할 수 있는 조치들은 이미 의약 등대 요원들이 다하고 있었다.

"피를 흘리지 않고 정복하는 장군들을 얘기하지 마라," 클라우
제비츠의 얘기를 그는 속으로 뇌었다. 그랬다, 피를 흘리지 않고
싸움에서 이길 수는 없었다.

무거운 마음으로 그는 신음하는 사람들을 둘러보았다. '이번 싸
움은 아주 작은 싸움이었는데. 이제 정말로 큰 싸움들이 다가오는
데. 시산혈해라는데. 시체가 산을 이루고, 피가 바다를 이룬다는
데……'

그는 마음을 다잡고 싸움터의 참혹한 심상을 마음에서 몰아냈
다. "최 대쟝."

"녜, 원슈님."

"다틴 사람달희 손톱알 깎아주고 손알 믈로 싯어주쇼셔. 더러운
손아로 샹쳐를 만디면, 상쳐이 더 날바디나이다," 부상병들의 눈
에 어린 고통과 절망에 떠밀려, 그는 탁한 목소리를 냈다.

"녜, 원슈님. 분부대로이 거행하겠압나니이다."

'얼마나 도움이 되는 얘긴지는 모르지만……' 그래도 한마디 해
줄 말이 있다는 것을 다행스럽게 여기면서, 그는 방에서 마루로 나
왔다. "채후신 군관안 엇더하나니잇가?"

"더위 졈 오라고 이시압나니이다."

"가보사이다."

그들은 우후아사를 돌아 우후내아(虞侯內衙)로 향했다. 채후신
은 이번 싸움에서 챵의군에 붙잡힌 유일한 군관이었다. 채는 도망
치지 않고 동문을 끝까지 지키다가 붙잡혔다. 여러 군데 다쳤지만,
상처가 깊은 곳은 없어서, 잘 버티면, 회복될 듯했다.

그가 들어서는 것을 보자, 누워 있던 채가 몸을 일으켰다.

"그대로 누워 겨시쇼셔." 그는 다가가서 채를 다시 눕혔다.

채의 다문 입에서 신음이 새어 나왔다.

"더위 이시다 하던듸……" 그는 채의 이마에 손을 대보았다. 열이 꽤 높았다. "더위 졈 이시나이다."

"녜, 졈……" 겸연쩍은 웃음을 홀쭉해진 얼굴에 띠면서, 채가 고개를 끄덕였다. 얼굴이 억세어 보여서, 채는 천영셰와 인상이 비슷했다.

'지금 그 얘기를 또 꺼내기는 좀……' 채에게 챵의군에 들어오라고 다시 권하려던 참이었다. 아까 그가 귀순하라고 권하자, 채는 나직하지만 단호한 어조로 거절했었다. 홀쭉한 얼굴에 죽음의 그림자가 어른거리는 채에게 차마 그 얘기를 다시 꺼낼 수는 없었다.

"우리 챵의군에 잡힌 이곳 슈영 슈군들 가온대 챵의군에 들어오져 하난 사람달한 모두 받아들였나이다. 관노 열한 사람과 관비 스물한 사람과 옥애 갇혔던 사람달 너히도 챵의군에 들어왔나이다. 그러하야셔 이번에 챵의군에 들어온 사람달한 모도 여든아홉 사람이니이다."

흐릿한 웃음을 얼굴에 띠고서, 채가 힘겹게 고개를 끄덕였다. "잡힌 군사달할 거두어주시니, 원슈님, 참아로 감샤하압나니이다."

그는 방 안을 둘러보았다. "브죡한 것은 없나니잇가? 이시면, 쇼쟝애게 니르쇼셔."

채가 고개를 저었다. "너모 됴히 대해주셔셔…… 원슈님, 참아로 감샤하압나니이다."

"그러하시면, 몸됴리 이대 하쇼셔. 쇼쟝안……" 그는 자리에서 일어났다.

채가 반사적으로 몸을 일으키다가 그의 말리는 손짓에 다시 자리에 누웠다. 그의 눈길을 받으면서, 채가 말했다. "쇼인이 원슈님끠 너모 큰 은혜를 닙삽나니이다."

우후내아에서 나와, 그는 다시 빗발 속으로 들어섰다. 꾸준히 내리는 빗발 속으로 바쁘게 움직이는 병사들의 모습이 눈에 들어왔다. 가장 시급한 일은 죽은 사람들을 파묻는 일이었다. 비가 내려서, 매장은 힘들고 어지러울 터였다. 전리품들을 홍쥬로 실어 나를 손수레들을 만드는 일이 다음이었다. 그 일은 물론 쟝츈달이 지휘했는데, 슈영의 조선(造船) 설비를 이용하게 된 터라, 쟝은 신명이 났다. 병사들의 움직임에서 활기가 느껴져서, 그는 마음이 한결 가벼워졌다.

그가 서문을 나서자, 긔병들이 포구 건너편 산자락을 돌고 있었다. 서두르지 않는 품으로 보아, 슈영의 슈군들을 찾지 못한 것이 분명했다.

그는 근위병들을 돌아다보았다. 옷이 많이 젖어 있었다. "셩 대쟝."

"녜, 원슈님."

"비 많이 오시니, 어데 들어가셔셔, 비를 피하쇼셔."

그의 비행복은 물론 비에 젖지 않았다. 그러나 근위병들이 입은 솜옷은 비에 젖으면, 야단이 날 터였다.

"저희는 관계티 아니 하압나니이다."

그는 더 얘기하지 않았다. 이런 일에서 셩묵돌의 고집을 꺾을 수는 없었다.

그를 보더니, 긔병들의 행렬 맨 앞에 섰던 황칠셩이 말을 다그쳐 다가왔다. "챵의."

"챵의. 슈고랄 많이 하샸나니이다."

황이 말에서 내렸다. "원슈님, 이 근쳐에 슈군은 없압나니이다. 쇼쟝달히 긑까장 갓았난듸……"

"아, 그러하나니잇가?"

"뎌긔," 황이 뒤쪽을 가리켰다. "뎌긔 따긑에 가슝곳이라난 마알이 이시압나니이다. 그 마알 사람달 녜아기가 어젯밤애 슈영 배달히 많이 남녁으로 갔다 하얐압나니이다."

"남녁이면…… 원산진으로 갔다난 녜아기인가?" 그는 혼잣소리로 말했다.

"마알 사람달 녜아기도 그러하얐압나니이다. 원산진으로 가난 닷하얐다고. 쳔 대쟝이 이대 알 새압나니이다."

"녜. 슈고랄 많이 하샸나니이다. 많이 젖어는듸, 어셔 안아로 들어가쇼셔. 군사달해게 말달할 이대 보살피라 니르쇼셔."

"녜, 원슈님." 황이 씨익 웃었다. "거의 다 와셔 비를 만났압나니이다."

황이 떠난 뒤, 그는 셩문 앞에서 긔병들이 셩안으로 들어가는 것을 지켜보았다.

비에 젖었어도, 긔병대의 행렬에는 질서가 있었다. 쳔영셰는 행렬의 맨 뒤에 있었다. 천의 보고는 황의 보고보다 좀더 자세했지만, 황이 한 얘기에 보탠 것은 없었다.

긔병대가 모두 성안으로 들어가자, 그는 부두 근처 주막의 추녀 아래로 들어섰다. 그리고 한동안 부두를 바라다보았다. 시원한 갯바람이 그의 몸에 생기를 불어넣어주었다. 바다는 늘 그에게 친근한 존재였다. 문득 수병으로 바다에서 지낸 기억들이 선연하게 떠올랐다. 원산의 부두, 예인선에 끌려 바다로 나가는 잠수함 위에서서 뭍과 거기 선 사람들에게 하던 경례, 비좁으면서도 한없이 넓었던 잠수함에서의 삶, 바다 위로 떠올랐을 때 가슴속을 씻어주던 바닷바람…… 그 그리운 기억들이 다시 저 세상의 다른 기억들을 불러왔다. 아내, 딸아이, 어머니…… 그의 가슴이 아프게 졸아들었다.

그러나 그 기억들은 곧 그의 가슴을 움켜쥔 손을 풀고 한 걸음씩 물러나기 시작했다. 그 기억들이 오래 머물기엔 이 세상이 너무 생생했고 이곳에서 그가 해야 할 일들이 너무 중요했다.

'이 세상……' 그는 새삼스러운 눈길로 비에 젖은 풍경을 둘러보았다.

비에 젖은 부두에 큰 배 세 척과 작은 배 한 척이 매여 있었다. 부두에 매인 배를 풀어서 타고 나가는 일이 쉽지 않았으므로, 도망치는 관군 병사들은 작은 배들을 타고 도망친 것이었다.

그는 밀물에 떠서 가볍게 흔들거리는 배들을 생각에 잠긴 눈길로 바라다보았다. 큰 배들은 판옥션(板屋船)이었고, 작은 배는 방비션(防備船)이었다. 모두 지은 지 얼마 되지 않은 것처럼 보였다.

하긴 발명된 지 얼마 되지 않은 배들이었다. 판옥선은 을묘왜란(乙卯倭亂)이 일어난 해에 처음 나왔으니, 24년 전에 발명된 것이었다. 그리고 판옥선, 방비선, 그리고 협선(挾船)과 같은 새로운 유형의 배들이 종래의 맹선(猛船)들을 대치하는 데는 시간이 적잖이 걸렸을 터였다.

'하여튼 멋진 배들인데……' 감탄하는 눈길로 그는 가장 가까운 판옥선을 살폈다.

판옥선은 조선 전래의 선체 위에 기둥들과 화살을 막아내는 패판(牌板)들을 세우고 그 위에 갑판을 한 층 더 깔아놓은 싸움배였다. 노를 이용해서 기동하는 갤리galley는 대개 갑판이 하나거나 반쪽이었으므로, 2층 갑판선인 판옥선은 주목할 만한 혁신이었다. 패판과 상갑판으로 보호된 격군(格軍)들은 마음놓고 노를 저을 수 있었고, 슈군들은 높고 너른 상갑판에서 적선을 내려다보며 싸울 수 있었다. 반면에, 적군들은 판옥선에 오르기 어려웠다. 그런 이점들 덕분에 판옥선은 다가올 임진왜란에서 일본 수군을 깨뜨리는 데 결정적 공헌을 해서 길이 이름을 남길 터였다. 몇 해 뒤 리슌신(李舜臣)이 전라좌도(全羅左道) 슈군절도사로 부임해서 발명할 귀션(龜船)도 구조적으론 판옥선의 변형이었다.

문득 생각 하나가 꽃망울처럼 부풀었다. '아예 지금 슈군을 창설해? 저 배들로?'

그것은 그의 마음을 세차게 빨아들이는 생각이었다. 좋은 배 네 척을 그냥 놓아두긴 너무 아까웠다.

그 생각을 더욱 매혹적으로 만드는 것은 이번에 얻은 전리품들

속에 총통과 화약이 많았다는 사실이었다. 슈영의 무기고에서 총통과 화약이 나온 것은 뜻밖의 일은 아니었다. 그러나 텬자(天字) 총통 다섯 자루와 디자(地字) 총통 열한 자루에다 서른 자루가 넘는 황자(黃字) 총통이 나온 것은 적잖이 놀랍고 반가운 일이었다. 어떤 이유로, 아마도 관리가 어렵다는 사정 때문에, 총통과 화약은 예하 슈군 기지들에 배치하는 대신 슈영에서 집중적으로 관리하고 있었던 듯했다. 물론 그 총통들 가운데 많은 것들이 녹슬거나 깨져서 그대로 쓰기 어려웠고, 화약은 제대로 폭발할 수 있을지 의심스럽기도 했다. 그러나 반만 건져도, 그는 상당한 화력을 지니게 되는 것이었다. 그 무기들을 실으면, 지금 부두에 매인 판옥션 세 척은 호셔챵의군 슈군의 핵심이 될 수 있었다.

그런 실제적 이유보다 그런 생각을 고혹적으로 만드는 것은 물론 그가 저 세상에서 수병이었다는 사실이었다. 철이 든 뒤로 그는 수병으로 지냈고 그는 자신이 수병이라는 사실에 대해 적잖은 자부심을 지녔었다. 게다가 그는 보통 수병이 아니라 잠수함을 타는 수병이었다. 잠수함에 근무하는 것은 정말로 힘들고 위험한 일이었다. 전사 시간에 배운 통계 지식 한 토막이 아직 그의 기억에 남아 있었다. 제2차 세계대전 때 잠수함 훈련 과정을 마친 4만 명의 독일 수병들 가운데 3만 명 넘게 전사하거나 부상으로 죽었고 5천 명가량이 포로가 되었다. 자신이 잠수함을 탔다는 사실에 대해서 그가 품었던 자부심은 아직 그의 가슴에 그대로 남아 있었다. 그래서 언젠가는 슈군을 창설한다는 계획을 챵의군의 편제에 이미 반영한 터였다. 지금 당장 슈군을 창설해서 지휘한다는 것은 아주 거센 유혹이었다.

그러나 그는 아쉽게 고개를 저었다. '아직은 때가⋯⋯'

지금 슈군은 챵의군의 작전을 도울 수 없었다. 챵의군엔 슈군으로 공략할 목표도 방어할 거점도 없었다. 오히려 챵의군의 슈군이 관군의 공격 목표가 될 터였다. 비록 기지를 버리고 도망쳤지만, 튱쳥도 슈군절도사가 거느린 병력은 아직 작지 않았다. 물론 튱쳥도의 다른 진들에도 상당한 병력이 있었다. 태안군의 소근보진(所斤浦鎭)과 남보현(藍浦縣)의 마량진(馬梁鎭)엔 슈군쳠졀졔사(水軍僉節制使)의 진영이 있었다. 그리고 소근보진 관할인 당진보(唐津浦)와 파지도(波知島), 그리고 마량진 관할인 셔쳔보(舒川浦)엔 슈군만호(水軍萬戶)가 적잖은 병력을 거느리고 있었다. 챵의군에 슈군이 생겼다는 소식을 들으면 이내 달려올 이웃 경긔도(京畿道)와 견라도의 슈군들을 고려하지 않더라도, 튱쳥도에 있는 슈군만도 그로선 버거운 군대였다.

사정이 그러했으므로, 지금 슈군을 창설하면, 그는 슈군을 지킬 자원을 륙군에서 빼돌려야 했다. 슈군이 챵의군의 전력에 보탬이 되는 것이 아니라 짐이 될 터였다. 한순간 활짝 폈던 꽃잎이 다시 접히기 시작했다. 슈군의 꿈은 아직 피어날 때가 아닌 꽃송이였다.

'머지않아 오겠지, 스스로를 지킬 만한 슈군을 만들 때가,' 그는 자신에게 일렀다. 그의 생각에 화답하듯, 시원한 갯바람이 훑고 지나갔다.

7

"채 군관, 이제 우리 챵의군은 홍쥬로 돌아가나이다." 말을 입 밖에 내자, 좀 겸연쩍은 느낌이 들어, 언오는 고개를 돌리고 헛기침을 했다.

"아, 돌아가시나니잇가?" 말과는 달리, 채의 가라앉은 목소리에는 놀란 기색이 없었다. 하긴 챵의군이 떠난다는 얘기는 이미 들었을 터였다.

"녜." 방 안을 둘러보면서, 그는 겸연쩍은 느낌이 든 까닭을 찾아 마음속을 들여다보았다. 피 흘려 성을 차지했으면, 거기 눌러앉아 다스리는 것이 자연스러웠다. 스스로 호셔챵의군 원슈라 일컫는 사람에겐 더욱 그랬다. 그저 전리품들을 챙겨서 물러나는 것은 어쩐지 도둑 떼의 우두머리나 할 짓처럼 느껴졌다.

방 안의 세간들에 여자의 손길이 닿은 것이 마음속으로 비집고 들어왔다. '병영에 여자가 있다면…… 기생인가?'

"그러하시면 슈영에는 아모도……?"

"녜. 슈영에는 아모도 머믈디 아니할 새니이다."

잠시 생각하더니, 채가 다시 조심스럽게 물었다. "웨 돌아가시나니잇가? 여긔 슈영은 종요로온 곳인듸……"

"녜, 이곳안 종요로온 곳이니이다." 그는 고개를 끄덕였다. "그러나 곧 셔울헤셔 큰 군대 우리 챵의군을 티려 나려올 새니이다. 그끠 우리는 홍쥬를 꼭 디킈어야 하나이다. 채 군관끠셔도 아시겠디마난, 홍쥬는 우리 챵의군의 근본이니이다. 큰 싸홈알 앒애 두고, 여긔 슈영에 군대랄 남겨둘 수는 없나이다."

생각에 잠긴 얼굴로 고개를 끄덕이더니, 채가 그의 얼굴을 살폈다. 싸움 얘기가 나오자, 채의 눈길에 무게가 실리고 진땀이 밴 얼굴에도 생기가 도는 듯했다. "원슈님, 외람다왼 말쌈이디마난, 시방 원슈님끠셔 거느리신 군사달 많디 아니한듸…… 원슈님끠셔 걸츌하신 쟝슈이심안 쇼인도 이대 알고 이시압나니이다. 그러하야도 셔울헤셔 나려올 큰 군사랄 격은 군사로 막아실 수 이실디……"

그의 처지를 진정으로 걱정하는 채의 마음이 그의 가슴을 따스하게 적시면서, 그의 얼굴에 잔잔한 웃음이 퍼졌다. "채 군관 말쌈대로이 시방 우리 챵의군은 아조 격은 군사이니이다. 그러하나 나난 우리가 이긔리라 믿나이다. 우리 챵의군은 모단 백셩들히 사람다이 살 수 이시게 하려 니러셨나이다. 그런 군대난 백셩들희 마암알 얻을 수 이시매, 비록 수이 격어도, 약하디 아니 하나이다."

"녜에." 반신반의하는 얼굴로 채가 천천히 고개를 끄덕였다.

"여긔," 그는 주머니에서 접힌 문서를 꺼내 채의 머리맡에 놓았다. "이번 싸홈애셔 죽거나 다틴 슈영 군사달회 일홈이 이 문셔에 뎍혔나이다. 죽은 사람달한 동문 밧긔 산기슭에 묻었나이다. 남가로 비랄 맹갈아셔 셰웠으니, 내죵애 찾기 어렵디 아니 할 새니이다."

"아, 녜. 원슈님, 감샤하압나니이다." 속에서 여러 감정들이 나오려고 다투는 듯, 채의 낯빛이 흔들렸다.

"이제 다틴 사람달할 돌보아줄 사람달히 이셔야 하난듸…… 나이 오날 아참애 여긔 금신면 로금동 권농애게 돌보아줄 사람달할 구해보라 닐렀나이다. 그리하고 쌀알 이백 셤 남겨 놓았나이다. 나마지난 우리 챵의군이 홍쥬로 가쟈가나이다."

"녜, 원슈님. 이대 알겠압나니이다."

그는 잠시 말없이 채의 얼굴을 내려다보았다. 어제보다 많이 야위었고 진땀에 젖었지만, 두드러진 광대뼈와 수북한 검은 수염이 주는 억센 느낌은 여전했다. "우리 셩을 븨우고 홍쥬로 떠났다난 말알 들으면, 튱쳥슈사이 군대랄 잇글고 돌아올 새니이다."

그의 말뜻을 헤아리는 눈길로 채가 그의 얼굴을 살폈다. "녜. 슈사끠셔 그런 말쌈알 들으시면……"

"어제 싸홈애셔 셩을 디키려 우리 챵의군에 마조 셔셔 싸혼 슈영의 쟝교난 채 군관 한 사람뿐이었나이다. 다란 군관달한 모도 도망하얏나이다. 튱쳥슈사까장. 그러하니 채 군관끠는 나라해셔 큰 샹알 나려야 맛당하나이다. 그러하나," 잠시 뜸을 들인 다음, 그는 나직한 목소리로 덧붙였다. "그리하난 것은 다란 사람달히 비겁하

얐다난 것을 널리 알외개 다윌 새니이다. 슈사이 작춰미셩하야 싸
홀 생각도 못 하고 군사달보다 몬져 배랄 타고 도망하얐다난 것도
알외야딜 새니이다. 사정이 그러하모로, 다란 군관달콰 슈사이 채
군관알 됴티 아니하게 볼 수도 이시나이다."

무거운 그늘이 채의 얼굴에 내렸다. 채의 얼굴이 문득 나이 들어
보였다. "녜, 원슈님. 그러할 새압나니이다."

채의 담담한 어조에서 그는 느꼈다, 채도 이미 그런 생각을 하고
있었다는 것을. 채의 성품과 행동으로 보아, 채는 이전에도 동료들
의 시기를 많이 받았음직도 했다. "채 군관끠셔 우리 챵의군에 븥
들린 것도 도움이 다외디 아니할 새니이다."

채가 고개를 끄덕이고 천장을 올려다보았다. 스스로에게 향하는
듯한, 씁쓸한 웃음으로 한쪽이 일그러진 채의 입에서 가느다란 한
숨이 새어 나왔다. "녜. 모도 욕할 새압나니이다."

한동안 무거운 정적이 방을 채웠다. 토방에서 서성거리며 그가
나오기를 기다리는 근위병들이 내는 소리들이 들려왔다.

"채 군관."

"녜, 원슈님." 그의 목소리에서 무엇을 느꼈는지, 채가 살피는
눈길로 그를 올려다보았다.

"튱쳥슈사이 슈영에 돌아온 뒤헤, 시혹 채 군관끠셔 어려운 쳐
디에 놓이시개 다외면……" 몸을 굽혀 채의 눈을 들여다보면서,
그는 나직한 목소리에 힘을 주었다, "채 군관, 여긔셔 홍쥬까장안
먼 길이 아니라난 것을 생각하쇼셔."

채가 움찔하더니 눈을 꽉 감았다. 목에 굵은 핏줄이 돋았다. 한

참 뒤에 눈을 뜨더니, 채는 탁하게 잠긴 목소리로 대꾸했다. "원슈님, 쇼인알 이리 앗겨주시니…… 므슴 말쌈알 올여야 할디……"

"그러하시면, 채 군관, 나난 가보겠나이다." 몸을 일으키려는 채를 말리고서, 그는 일어섰다. "몸됴리 이대 하쇼셔."

"녜, 원슈님. 이 은혜를…… 원슈님끠셔도……"

방에서 나와 신을 신자, 그는 가벼운 한숨을 내쉬었다. '이제 다 끝났구나. 떠나기만 하면, 되지.'

챵의군은 이미 홍쥬로 떠날 채비를 하고 서문 밖에 모여 있었다. 아마도 지금쯤은 전리품들을 배에 싣는 일도 거의 끝났을 터였다. 비가 개어서, 배로 가든 걸어가든, 행군하기도 좋았다.

그러나 성안의 모습에서 그는 황량한 느낌을 받았다. 덜 마른 땅에서 올라오는 흙냄새와 싱그러운 나뭇잎들도 그런 느낌을 덮지 못했다. 이제 성안엔 부상한 슈영 병사들만 남은 것이었다. 건물마다 문들이 열려 있었고 마루에는 발자국들이 어지러웠다. 물건들을 꺼낸 창고들은 특히 어지러웠다.

그래도 그는 마음이 뿌듯했다. 어려운 작전을 성공적으로 끝냈다는 것도 있었지만, 뜻밖에도 많은 전리품들을 얻었다는 것도 있었다. 그가 이곳 슈영을 치기로 한 것은 슈영의 병력이 홍쥬를 근거로 삼은 그의 군대에 대한 위협이었기 때문이었다. 튱쥬나 한성에서 올 큰 군대를 맞아 싸우기 전에, 그는 뒤를 확실히 해두고 싶었다. 전리품에 대해선 별 생각을 하지 않았었다. 이제 와서 돌아다보니, 전리품만으로도 이번 작전은 정당화될 만했다. 큰 군대를 거느리려면, 많은 물자들이 필요했다. 튱쳥도 슈군의 본부라, 이곳 슈영엔 그런 물자들이 많았다.

가장 중요한 전리품들은 물론 곡식과 무기들이었지만, 그가 은근히 반긴 것은 반찬거리들이었다. 동서고금의 병사들이 잘 아는 것처럼, 군대 음식은 으레 맛이 없었다. 그래서 맛있는 반찬은 사기를 높이는 데 아주 효과적이었다. 바다에서 싸우는 군대의 본부라, 슈영의 창고들엔 갖가지 해산물들이 가득했다. 굴비, 박대포, 뱅어포, 오징어포, 문어포, 조갯살, 새우젓, 조개젓, 황석어젓, 굴젓…… 그런 해산물들은 좋은 반찬거리일 뿐 아니라 단백질의 훌륭한 원천이기도 했다. 고기를 많이 먹을 수 없는 챵의군의 처지에서 그 점은 무척 중요했다.

그는 그것들을 모두 싣고 가도록 했다. 김칫독까지 파내서 싣도록 했다. 바닷가라 잘 보관되어서 그런지, 김칫독에서 군내가 날 철이었는데도, 슈영의 김치는 싱싱했다. 죠피라는 향신료를 넣어서 담근 김치는 맛이 좋아서, 병사들마다 입맛을 다셨다. 고춧가루를 듬뿍 넣은, 벌겋고 매운 김치에 비길 수야 없었지만, 그도 그 죠피 맛 도는 김치를 아주 맛있게 먹었다.

그가 서문 가까이 가자, 천영셰가 문 안으로 들어섰다. "챵의. 다녀왔압나니이다."

"챵의. 슈고랄 많이 하샸나이다."

"원슈님, 이 근쳐에 슈군들흔 없압나니이다."

그는 아침 일찍 쳔에게 긔병대를 이끌고 반도 서쪽을 정찰해보라고 했었다. 배를 띄우려면, 밤새 퉁쳥슈사가 슈군을 이끌고 돌아오지 않았다는 것을 확인해야 했다.

그가 서문을 나서자, 리산응이 다가왔다. "원슈님, 믈자들흘 배애 싣는 일은 거의 다 끝났압나니이다. 므거운 것들혼 다 실었고, 이제 가배얍고 몸픠는 큰 것들흘 졈 실으면, 다외압나니이다."

"아, 그러하나니잇가? 슈고랄 많이 하샸나이다."

부두로 다가가면서, 그는 배들을 살폈다. 짐이 실린 배들은 묵직하게 가라앉았지만, 배꾼들이 타더라도, 흘수는 그리 깊을 것 같지 않았다.

슈영 군대가 버리고 간 배 네 척들 가운데 판옥선 한 척과 방비선은 꽤 오래되어서 미덥지 않았다. 채후신의 얘기에 따르면, 지은 지 오래된 배들은 올해 개삭(改槊)하게 되어 있었다. 말뜻은 배에 쓰인 나무못들을 가는 일이었지만, 개삭은 실제로는 배 전체를 수리하는 일이었다. 그렇다고 해서, 오래된 배들을 쓸 수 없다는 얘기는 아니었다. 그 배들을 둘러본 최완길도, 뱃길이 멀지 않으니, 괜찮을 듯하다고 했다. 그래도 그는 지은 지 얼마 되지 않아서 튼튼해 보이는 판옥선 두 척만 쓰기로 했다. 쌀 3백여 섬, 콩 백여 섬, 총통과 화약통들, 그리고 반찬거리를 두 척에 나누어 실었으니, 화물이 그리 무거운 편은 아닐 터였다.

짐 싣는 일을 실제로 지휘하는 최완길이 '가마우지호'의 갑판에서 사람들에게 무엇을 지시하고 있었다. 가마우지호는 가장 늦게 지어진 판옥선이었는데, 뱃머리엔 깃발이 가벼운 바람에 펄럭였다. 물고기를 입에 문 가마우지가 그려진 깃발이었다. 이번에 붙잡힌 슈영 병사들 가운데에 마침 화사(畫師)가 있었다. 그래서 깃발의 가마우지는 아주 멋졌다. 그 배에 자신을 이 세상으로 데려다

준 시낭(時囊)의 이름을 붙인 것은 감상적 몸짓이었지만, 그는 그런 몸짓에서 은은한 즐거움을 맛보았다. 자신의 손으로 폭파한 시낭이 환생했다고 생각할 수야 없었지만, 어쩐지 인공지능을 지녔던 시낭에 대한 죄책감은 조금 씻긴 듯도 했다. 다른 배엔 '괭이갈매기'라는 이름을 붙였다.

돛이 내려진 돛대 꼭대기에 그의 눈길이 잠시 머물렀다. 흰 바탕에 태극이 그려진 호셔챵의군기가 거기 펄럭이고 있었다.

그가 가까이 다가가자, 최가 반가운 낯빛으로 읍했다. "원슈님, 오압샀나니잇가?"

그도 허리를 깊이 굽혀 읍했다. "녜. 얼우신끠셔 도와주신 덕분에 짐알 싣는 일은 이대 다외간다 하던듸, 얼우신 생각애난 엇더하나니잇가? 배달히 이대 나아갈 닷하나니잇가?"

"녜, 원슈님." 최가 옅은 웃음을 얼굴에 올렸다. "됴한 배달히라, 이대 나아갈 닷하압나니이다."

잠시 짐 싣는 것을 살피다가, 그는 괭이갈매기호로 다가갔다. 갑판 위에서 죠현셕이 일을 지휘하고 있었다. "얼우신끠셔 슈고랄 많이 하시나이다."

죠가 대꾸할 말을 찾지 못한 채 우물쭈물하면서 읍했다. 그가 최완길에게 뱃길을 안내할 배꾼을 소개해달라고 하자, 최는 머뭇거리지 않고 죠를 추천했다. 쉰 가까이 된 배꾼으로 최가 부리는 고깃배 한 척의 선장 노릇을 하는데, 이곳에서 물길을 가장 잘 아는 사람이라고 했다. 말수는 적었으나 몸놀림은 믿음직해서, 그는 이내 죠에게 호감이 갔다.

문득 날라리 소리가 솟구쳤다. 북소리가 그 소리를 떠받쳤다. 부두 뒤쪽에 자리 잡은 군악대가 연습을 하고 있었다. 어떤 조직보다도 군대는 화려하고 정교한 의식이 있어야 했다. 그래서 그는 부지런히 의식을 만드는 참이었다. 그런 의식들에는 물론 군악이 따라야 했다. 그래서 그는 군악참모부장 한정회에게 어느 경우에 무슨 음악을 연주할 것인지 자세히 지시해둔 터였다.

악기들이 제각기 내는 서툰 소리들을 모아 하나의 음악으로 만들려고 애쓰는 군악대의 모습에 마음이 한결 밝아지는 것을 느끼면서, 그는 부두 끝으로 갔다. 아까 살폈을 때보다 물이 꽤 많이 들어와 있었다. 이곳 사람들 얘기론, 만조는 신시(申時)였다. 그는 배들이 만조에 맞춰 광천(廣川) 포구에 닿기를 바랐다. 만조엔 판옥선처럼 무거운 배도 포구에서 10리 넘게 광천을 거슬러 올라갈 수 있다고 했다. 여기서 광천 포구까지는 30리가 채 못 되었으므로, 오래 걸려도, 세 시간이면 될 듯했다. 지금 11시 반이니, 생각지 않았던 일이 벌어지지 않는다면, 시간은 넉넉했다.

갈매기 두 마리가 서쪽에서 천천히 날아왔다. 그 아래 건너편 서쪽 부두 끝에 거룻배 두 척이 물결에 가볍게 흔들거리고 있었다. 그가 최완길에게서 빌린 배들로, 좀 작은 배는 판옥선을 앞에서 인도하고 좀 큰 배는 뒤에서 따라오면서 심부름을 할 터였다.

"원슈님." 리산웅이 윤삼봉과 류종무를 데리고 다가왔다. "짐달할 다 실었압나니이다."

"이대 하샸나이다. 그러하면 출발하사이다. 윤 대쟝, 칠대대 몬져 배애 올아쇼셔."

"녜, 원슈님. 챵의." 윤이 경례하고 돌아섰다. "칠대대 승선."

사람들의 눈길이 먼저 배에 오르는 7대대 병사들에게로 쏠렸다. 병사들은 흥분과 두려움을 애써 누르는 낯빛들이었다. 여러 번 싸움을 치른 병사들이었지만, 처음 보는 싸움배에 타는 것은 두렵고도 설레는 일일 터였다. 병사들의 그런 심정을 아는지 모르는지, 판옥션 '가마우지'는 무심한 몸짓으로 서툰 뱃사람들을 받아들이고 있었다. 아득하게 느껴지는 세월 너머, 언젠가 시낭 '가마우지'가 서툰 시간비행사를 받아들였듯이.

'노를 제대로 저어야 하는데…… 슈군들이 하는 걸 보고서, 이내 따라 할 수 있을까?'

그는 슈영에 있던 쌀로 납가를 내서 금신면의 사쳔 17명을 속량시켰다. 그들을 귀순한 슈영의 슈군들과 합쳐 등대 둘을 만들어서, 5대대와 7대대에 나누어 배치했다. 그가 믿는 것은 그들이었다. 그들이 없었다면, 그는 배를 타본 적이 없는 그의 병사들을 배에 태울 생각도 하지 않았을 터였다.

"원슈님." 최완길이 조심스럽게 다가왔다.

"녜, 얼우신."

"여긔 이 사람달히 거룻배랄 브릴 사람달히압나니이다."

"아, 그러하시나잇가? 어셔 오쇼셔." 그가 읍하자, 최의 뒤에 선 사람들이 급히 몸을 깊이 굽혀 읍했다.

"여긔 김왕동이의 배 젹으니, 앞녁에 셰우고, 여긔 송우형이의 배난 뒤헤 셰우려 하압나니이다."

"아, 녜. 그리하쇼셔."

김왕동은 마흔쯤 되어 보이는 사내였는데, 첫눈에도 풍파를 겪은 배꾼임이 드러났다. 송우형은 서른쯤 되어 보였는데, 몸집이 무척 컸다.

그는 반갑게 말을 건넸다, "얼우신들끠서 뱃길을 이대 인도하셔야, 우리 배달히 모도 이대 뤌 새니이다. 이대 잇글어주쇼셔."

"녜, 원슈님," 김이 다부지게 대꾸했다. 송은 허우대와는 달리 말씨가 좀 우물우물했다.

"김 션쟝님, 우리 군사달히 배랄 처엄 타모로, 노랄 젓는 데 서투를 새니이다. 처엄에는 아조 천천히 배랄 몰아주쇼셔."

"녜, 원슈님. 이대 알겠압나니이다."

"그러하시면, 김 션쟝님 몬져 배랄 띄우쇼셔."

"녜, 원슈님." 김이 읍하고 돌아섰다.

김왕동의 거룻배가 포구 밖으로 향하자, 그는 자기 배 앞에 선 윤삼봉에게 다가갔다. "윤 대쟝. 배랄 띄우쇼셔."

윤이 최완길과 함께 가마우지호에 오르자, 죠현셕과 송우형이 배를 묶은 줄을 풀어 갑판 위로 던졌다. 배 안에서 명령을 내리는 소리가 들리더니, 배 옆구리에서 노들이 나타났다. 이어 다시 명령이 나오고 노들이 혼란스럽게 움직이면서 물을 파고들었다. 한순간 배가 내키지 않는 듯한 몸짓을 하더니, 마음을 돌린 것처럼, 천천히 부두를 떠났다. 옆에 선 리산응이 한숨을 내쉬었다.

갑판 위에선 윤삼봉이 굳은 얼굴로 돛을 접은 돛대를 잡고 서 있었다. 그와 눈길이 마주치자, 윤이 경례했다. "쟝의."

"쟝의," 문득 가득해진 가슴으로 그도 여느 때보다 힘차게 외쳤다.

때맞춰 군악대가「잠수함대가」를 연주하기 시작했다. 제대로 훈련되지 않은 군악대가 원시적 악기들로 내는 거친 선율은 그가 저세상에서 듣던 웅장한 소리들과는 거리가 멀었다. 그러나 갯내 풍기는 군항의 부두에서 듣는 그 음악은 그가 지금까지 들어온 것 가운데 가장 감동적인 음악이었다. 문득 눈가가 아려왔다.

마침내 음악이 끝났다. 그가 손을 내리자, 꽤 멀어진 배의 갑판에서 윤삼봉이 손을 내렸다.

그는 류종무를 돌아다보았다. "류 대쟝. 이제 오대대랄 배애 올아개 하쇼셔."

"녜, 원슈님. 챵의." 류가 그에게 경례하고 돌아서더니 부두에 모여 선 자기 부대원들에게 외쳤다. "오대대 승션."

몇 걸음 물러나서, 그는 가마우지 호를 살폈다. 고슴도치 가시처럼 뻗은 노들이 제법 북소리에 맞춰 물을 가르고 있었다. 그는 조용히 한숨을 내쉬었다.

5대대 병사들이 모두 배에 오르자, 그는 리산응에게로 돌아섰다. "리 참모쟝. 이제 나이 배애 올아겠나이다."

"녜, 원슈님."

"배달히 보구 밧가로 나가면, 출발하쇼셔. 긔병대가 앎애셔 길 알 살피난 것을 게을리하디 아니하개 하쇼셔."

"녜, 원슈님. 이대 알겠압나니이다." 리가 대꾸하고서 간곡한 뜻이 담긴 눈길로 그의 눈길을 받았다. 위험한 뱃길에 조심하라는 뜻일 터인데, 그런 얘기를 입 밖에 내는 것이 상서롭지 못하다는 생각에서 그저 눈빛에 담은 듯했다. 리가 바로 서더니, 경례했다.
"챵의."

그가 배에 올라 갑판에 서자, 먼저 오른 죠현셕이 부두를 향해
외쳤다, "송셔방, 줄을 풀게나."

줄들이 갑판 위로 던져지자, 죠가 그를 돌아다보았다. 그가 고개
를 끄덕이자, 죠는 갑판 아래를 향해 외쳤다, "노랄 져으쇼셔."

곧 명령이 내려지고 배 옆구리들에서 노들이 나타났다. 이어 북
이 울리고 노들이 혼란스럽게 물을 갈랐다. 배가 천천히 움직이기
시작했다.

"챵의." 그는 부두에 선 사람들을 향해 경례했다.

"챵의." 부두에 선 사람들이 서둘러 답례했다. 군악대가 다시
「잠수함대가」를 연주하기 시작했다.

그의 마음속으로 저 세상의 기억들이 빠르게 스쳤다. 그 기억들
가운데 하나가 오롯이 남았다. 어이없는 교통사고의 후유증으로
발을 절게 되어 자신의 배를 지휘할 가망이 없어졌다고 판단한 뒤,
오랜 고뇌 끝에 전역하기로 결심한 날의 자신의 모습이었다. 이제
그는 이 낯선 세상의 바다에서 자신의 함대의 알맹이가 될 배 두
척을 거느리고 짧지만 뜻깊은 뱃길에 나선 것이었다. 어젯밤 판옥
션 두 척으로 전리품들을 광쳔 포구까지 나르기로 작정했을 때까
지도, 그는 목적지에 닿은 뒤 그 배들을 처리하는 일에 대해선 별
다른 생각이 없었다. 그러나 두 배를 구별하기 위해 이름을 붙인
순간, 그의 가슴속에서 파란 싹 하나가 고개를 내밀었고, 그는 관
군이 버리고 간 그 배 두 척이 그가 만들 슈군의 알맹이들이란 것

을 깨달았다.

그가 탄 괭이갈매기호가 포구를 나와 슈영을 끼고 오른쪽으로 돌아 동쪽으로 향했다. 송우형이 젊은 뱃사람 하나를 데리고 탄 배가 바로 뒤에서 따라왔다. 바람이 시원치 않아서 돛을 올리지 못하는 것이 아쉽기는 했지만, 배 네 척이 한 줄로 서서 나아가는 모습은 한 폭 그림이었다.

그의 얼굴이 밝아진 것을 알아차린 듯, 죠현셕이 흘긋 그를 살폈다. 웃음이 담긴 그의 눈길을 받자, 죠도 싱긋 웃었다.

고개를 들어 돛대 끝에서 펄럭이는 군기를 올려다보면서, 그는 안도의 한숨을 내쉬었다. 이제 어려운 고비는 다 넘긴 것이었다. 이번 뱃길엔 위험한 곳이 없었다. 3킬로미터쯤 앞에 있는 섬 네댓 개를 빼놓으면, 밋밋하기까지 한 뱃길이었다. 날씨도 좋고 바람도 거세지 않았다.

배들이 슈영을 다 벗어나자, 그는 뭍으로 가는 그의 군대를 살폈다. 행렬은 슈영의 북문을 굽어보는 산자락에 난 고개를 넘고 있었다. 맨 앞에 선 3긔병듕대는 벌써 훨씬 앞쪽 길이 굽이도는 곳을 돌고 있었다. 행렬에 질서가 있었고, 병사들의 걸음걸이는 가벼웠다.

얼굴에 어린 웃음이 짙어졌다. 막 고개를 넘는 부대는 13운슈대대였다. 배를 짓고 개삭하느라, 슈영의 선소(船所)엔 공구들과 나무들이 많았다. 공병들과 운슈병들은 그것들을 이용해서 어제 밤 늦게까지 손수레들을 부지런히 만들었다. 손수레의 규격이 이미 표준화되었으므로, 작업은 생산성이 아주 높았다. 덕분에 이제 운슈대대는 40대가 넘는 손수레들을 갖췄다. 그것만도 대단한 일이었지만, 더욱 흐뭇한 것은 손수레 행렬을 따르는 황소들의 행렬이었다.

'흐음. 쌀 천2백 섬이 저기 걸어가는구나. 저 소들을 보면, 홍쥬 사람들이 모두 반가워하겠지. 이번엔 잔치를 벌여야지. 례산과 덕산에도 두세 마리씩 보내고……'

그가 갑판 아래로 내려가려고 몸을 돌리는데, 동쪽에서 말을 탄 사람들이 나타났다. 그의 가슴이 쿵하고 뛰었다. 아무래도 챵의군 긔병들 같았다. 오그라든 가슴으로 그는 쌍안경을 집어 들었다.

'역시…… 무슨 일이 일어났나?'

말을 탄 사람들은 안징이 이끄는 1긔병듕대 병사들이었다. 모습을 보니, 홍쥬로부터 급한 전갈을 갖고 온 것이 분명했다.

"얼우신." 그는 죠현셕에게 긔병들을 가리켜 보였다. "뎌긔 말 탄 사람달히 보이시니이다?"

"녜, 원슈님."

"뎌 사람달한 홍쥬에셔 온 우리 군사달히니이다. 내개 뎐할 녜아기 이셔셔, 뎌리 왔알 새니이다. 송 션쟝끠 겸 니르쇼셔. 배랄 몰고 강가로 가셔 뎌 긔병들희 대쟝알 태워셔 이리 다려오라 니르쇼셔."

죠가 송우형에게 강가에 배를 대라고 지시하는 사이에, 홍쥬에서 온 긔병들과 쳑후로 나간 긔병들이 만났다. 잠시 얘기가 오가는 듯하더니, 황칠셩이 말 위에서 몸을 돌려 꽹이갈매기호를 가리켰다. 이어 강가로 다가오는 거룻배를 보고, 그들은 강가로 다가왔다.

안징을 태운 거룻배가 가까이 이르자, 죠현셕이 조심스럽게 말했다. "뎌긔, 원슈님, 노랄 거두어들여야……"

"녜, 그리하쇼셔."

괭이갈매기호의 노가 멈추자, 곧 거룻배가 따라잡았다.

"안 대쟝. 여긔까장 오시나라 슈고랄 많이 하샸나이다." 그가 인사하자, 안징이 흔들리는 배에서 엉거주춤 일어나 경례했다. "챵의."

노가 멈췄고 송우형이 거룻배를 큰 배에 바싹 붙였어도, 적병들이 쉽사리 배에 오르지 못하도록 지어진 판옥선에 오르는 것은 힘들었다. 죠현셕과 셩묵돌의 도움을 받아, 안은 가까스로 높은 판옥션 갑판으로 올라왔다.

"어셔 오쇼셔."

"원슈님," 안이 굳은 얼굴로 품에서 봉투를 꺼냈다. "김항렬 총독의 셔찰알 갖고 왔압나니이다."

"아, 그러하샸나니잇가? 보사이다." 거세게 뛰는 가슴으로 그는 봉투를 뜯어서 속에 든 편지를 꺼냈다.

원슈님젼 샹셔

원슈님 그ᄉᆞ이애도 긔톄후 일향 만강ᄒᆞ옵신디 굼굼ᄒᆞ옵ᄂᆞ니이다. 다른 대쟝둘토 모도 무ᄉᆞᄒᆞᆫ디 굼굼ᄒᆞ옵ᄂᆞ니이다. 쇼쟝도 무ᄉᆞ히 홍쥬셩을 디킈고 이시옵ᄂᆞ니이다. 다른 일이 아니오라 오놀 쳑후참모부쟝 황구용이 보고ᄒᆞ기롤 오놀 아춤 늦은 진시애 큰 군사이 온양애셔 례산ᄋᆞ로 나려오고 이시다 ᄒᆞ얏옵ᄂᆞ니이다. 그러ᄒᆞ야셔 쇼쟝이 안징 대쟝 편에 원슈님끠 보고ᄒᆞ옵ᄂᆞ니이다. 원슈님 안녕ᄒᆞ시기를 빌면셔, 글월을 줄이옵ᄂᆞ니이다.

긔묘 삼 월 십륙 일
홍쥬류도대쟝 슈 륙군 총독 부위 김항텰 배상

'오늘 아침이면…… 지금은 례산현텽에 닿아서 막 공격을 시작했겠구나. 난 주력을 이끌고 백 리가 넘는 곳에 있는데……' 눈앞에 작은 병력을 이끌고 례산현텽을 지키는 왕부영의 모습이 떠올랐다.

'그 사람들의 운명은 이미 결정되었지.' 머리 뒤쪽에서 귀에 익은 목소리가 차갑게 속삭였다.

고개를 흔들어 그 목소리를 밀쳐내고서, 그는 얼어붙은 듯한 마음을 꾸짖었다, 생각하라고, 빨리 대책을 마련하라고. 그러나 생각은 떠오르지 않았다. 여기 보령의 내해와 례산현텽 사이 백 리 넘는 거리만 아득하게 다가와서 그의 생각을 삼켜버리는 듯했다.

먼저 떠오른 생각은 김항텰이 거느린 홍쥬 병력을 례산으로 보내는 방안이었다. 관군의 수가 많지 않고 왕부영의 군대가 완강하게 버텨준다면, 홍쥬 병력이 너무 늦지 않게 례산에 닿을 수도 있었다.

그러나 그는 이내 고개를 저었다. 그 방안은 그가 고를 수 있는 길들 가운데 가장 나쁜 길이었다. 홍쥬 병력이 시간에 대더라도, 강행군으로 지친 작은 병력은 별 도움을 주지 못한 채 이내 관군에게 꺾일 터였다. 이번에 내려온 관군은 분명히 준비를 단단히 하고 온 군대일 터였다. 튱청좌도 병마졀도사를 겸하는 튱청도 관찰사(觀察使)가 거느렸다면, 튱쥬와 둘레의 여러 고을들에서 소집한 병력이니, 적어도 천 명은 될 것이었다. 한성에서 내려왔다면, 더 말할 것도 없었다. 따라서 전투 병력이 2백 명도 못 되는 홍쥬 병력을 먼저 싸움터로 보내는 것은 병력을 집중적으로 운용하라는 격언을 거스르는, 아주 어리석은 선택이었다.

사람들의 눈길을 피해, 그는 천천히 길을 가고 있는 병사들을 바라보았다. '강행군을 하면, 한 시간에 이십 리는 갈 수 있으니……홍쥬까지 세 시간 반쯤 걸리고. 홍쥬서 쉬고 점심 먹는 데 한 시간 반쯤 걸린다 치면……'

아무리 따져보아도, 그의 군대가 례산현텽을 지키는 병력을 구원할 길을 없었다. 그의 마음속에서 무엇이 툭 끊어지면서, 쓰디�쓴 검은 물이 그의 마음을 적셨다.

김항텰의 편지를 접으면서, 그는 말없이 그의 얼굴을 살피는 사람들을 돌아다보았다. "홍쥬에 이시난 김항텰 총독이 보낸 글이니이다. 오날 아참애 큰 군대가 온양애셔 례산아로 나려왔다난 녜아기이니이다."

아무도 입을 열지 않았다. 모두 굳어진 얼굴로 그의 눈길을 피했다.

"셩 대쟝. 필기구를 쥰비하쇼셔."

"녜, 원슈님." 셩묵돌이 배낭을 벗더니 붓과 행연과 종이를 꺼냈다.

그는 무거운 손길로 붓을 잡았다. 행연의 먹물에 붓 끝을 고르면서, 그는 마음을 다그쳐 생각을 가다듬었다.

호셔챵의군 군령 데이십오호

슈신: 슈 총참모쟝 딕령 리산웅

ㅎ나. 쳑후참모부쟝의 보고애 똘오면, 오눌 삼월 십륙일 아춤 늦은 진시애 격군이 온양군에셔 례산현 녁으로 나려오고 있음.

둘. 데륙긔병대대쟝 졍사 쳔영셰로 ㅎ야곰 데이, 데오, 데륙의 삼 개 듕대롤 잇글고셔 홍쥬로 가셔 김항텰 총독의 졀졔를 받게 훌 것.

세. 데일긔병듕대는 슈영 원졍군이 홍쥬로 돌아갈 끠꺼장 총참모쟝의 졀졔 아래애 둠.

기묘 삼 월 십륙 일
원슈 리언오

써놓은 글을 한 번 훑어본 다음, 그는 새 군령을 쓰기 시작했다.

호셔챵의군 군령 데이십륙호

슈신: 홍쥬류도대쟝 슈 륙군 총독 부위 김항텰

흐나. 홍쥬류도군은 홍쥬셩을 굳게 디킈고 엇더흔 일이 이셔도 군
　　　사돌홀 뮈디 말 것.
둘.　데류긔병대대쟝 졍사 쳔영셰로 흐야곰 뎨이 및 뎨오 긔병
　　　등대랄 잇글고셔 덕산현텽에 가게 흐야 데삼대대쟝 최셩업
　　　휘하 덕산현 주둔군을 홍쥬로 오게 홀 것.
세.　　쳑후등대돌로 흐야곰 늘 격군의 동경을 술피게 홀 것.

기묘 삼 월 십륙 일

원슈 리언오

군령이 든 봉투들을 품에 넣은 안징이 배에서 거룻배로 내려섰다.
　그는 안이 탄 배가 강가로 다가가는 것을 멀거니 바라보았다. 마
음이 빈 듯, 부어오른 듯, 느낌이 없었다. 그는 이를 악물고 고개를
흔들어 솟는 감정들을 눌러 넣었다. '지금은 아니지. 지금은 아니
지.'
　안이 배에서 내려 둑으로 올라선 뒤에야, 그는 왕부영의 모습을
떠올렸다. 그의 결정에 대해 왕은 아무런 감정도 나타내지 않았다.
문득 부끄러움의 불길이 그의 가슴을 지졌다.
　다시 말에 올라탄 안징이 리산응이 있는 곳을 찾아 말을 몰았다.
례산현에서 일어나는 비극을 모른 채, 행렬은 서두름 없이 움직이
고 있었다. 그 위로 봄 하늘이 맑았다.
　막막했다. 죽음을 바라보는 사람들에겐 어떻게 작별 인사를 해

야 하는가? 자신이 죽음으로 몰아넣은 그 사람들에게 무슨 얘기를
건네야 하는가? 슬픔도 부끄러움도 담기지 않은 눈길로 그는 왕부
영의 눈길을 받았다. 그리고 담담한 목소리로 작별 인사를 했다,
'왕 대쟝……'

예
언
자

제 11 부

1

"원슈님, 쇼쟝달한 배 이시난 대로 떠나려 하압나니이다." 마당에 선 채, 1대대쟝 박초동이 보고했다.

"아, 녜." 리산웅과 새로 들어온 병사들의 숙소 문제를 상의하던 언오는 섬돌을 내려갔다. "그러하시면 출발하쇼셔."

"차렷. 경례. 챵의." 박의 구령에 곁에 선 13운슈대대쟝 리쟝근이 따랐다.

박은 자신의 1대대와 리의 13운슈대대를 이끌고 광천 상류 판옥션들이 정박한 곳으로 가려는 것이었다. 홍쥬셩에서 시오 리쯤 되는 곳에 있는 그 배들은 지금 윤삼봉의 지휘 아래 7대대와 6긔병대대의 일부가 지키고 있었다.

보령 슈영에서 광천 포구까지의 뱃길에선 별다른 일이 없었다. 뭍으로 행군한 군대도 걸음이 예상보다 빨랐다. 광천 포구에 닿자, 그의 군대는 최완길의 지휘 아래 배들을 끌고 광천을 거슬러 올라가기 시작했다. 새끼들을 꼬아 동아줄들을 만들어서, 강둑에 늘어선 병사들이 배를 끌도록 했다.

그렇게 하는 사이, 그는 포구에 있는 주막들 가운데 가장 큰 집 벽에 공고문들을 써붙이고 병사들을 모집했다. 공고문들의 내용이 사람들의 마음을 움직였는지, 아니면, 튱쳥도 슈군졀도사가 이끈 슈영 군대를 이기고서 판옥션 두 척에 전리품들을 가득 싣고 온 덕분인지, 모병은 성공적이었다. '챵의공채'를 발행해서 면쳔시킨 사람들을 포함해서, 거의 백 명이 챵의군에 들어왔다.

원래 강이 깊은 데다가 밀물이어서, 배들은 10리 훨씬 넘게 광쳔을 거슬러 올라올 수 있었다. 다시 한 번 느낀 것이지만, 이 세상의 강들은 현대에서보다 깊었다. 토사로 메워지고 물이 적었던 21세기의 강들과는 크게 달랐다. 그래서 그가 지닌 20만 분의 1 지도에 실처럼 가늘게 표시된 시내까지도 배가 어렵지 않게 다닐 수 있었다. 배들이 강바닥에 다치는 것을 꺼리지 않고 끌었다면, 배들은 훨씬 상류로 올라왔을 터였다.

"그러하시면 새로 들어온 군사달히 잘 대난 원슈님 말쌈대로이 쥰비하겠압나니이다." 두 사람이 떠나자, 리산응이 침중한 목소리로 말했다.

"녜, 그리하쇼셔," 그도 무거운 마음으로 대꾸했다.

리산응은 례산현감인 형 리산구를 걱정하고 있었다. 김항렬의 보고에 따르면, 례산현텽의 상황은 그가 걱정했던 대로 펼쳐졌다. 쳑후참모부쟝 황구용이 례산현텽은 격렬한 싸움 끝에 신시(申時)에 관군에게 함락되었다고 보고했다는 것이었다. 현텽을 지키던 챵의군은 모두 죽거나 붙잡힌 듯, 현텽에서 빠져나와 척후들을 만나거나 홍쥬로 찾아온 사람은 없었다.

리가 떠나자, 그는 후원의 연못으로 향했다. 묵지근한 아픔이 맷돌처럼 가슴을 눌러서, 동헌으로 오를 생각이 나지 않았다. 그의 기분을 아는 근위병들이 조심스럽게 따라왔다.

'모두 내 잘못이지. 왕 대쟝한테 좀더 자세하게 지시했어야지. 맞설 만한 군대가 오면, 현텽을 지키고. 도저히 맞설 수 없을 만큼 큰 군대가 오면, 홍쥬로 물러나라고. 례산현 쥬둔군 사령이란 직책만 덜렁 맡겨놓고, 현텽을 지킬 병력은…… 게다가 례산이 챵의군에게 중요한 곳이란 얘기까지 했으니……'

왕부영을 처음 만났던 때가 생각났다. 례산현텽을 점령한 날 밤, 기둥에 걸린 관솔불이 춤을 추는 동헌 마루에서였다. 이제 그 자리는 아득하게 느껴져서, 겨우 며칠 전 일이란 것이 사실처럼 느껴지지 않았다.

"원슈님," 검은 연못 물을 하염없이 바라보며 상념에 잠긴 그의 마음을 김항렬의 목소리가 조심스럽게 흔들었다.

그는 무거운 고개를 들어 소리가 난 곳을 돌아다보았다. "녜, 김 총독. 어셔 오쇼셔."

"원슈님, 례산현 박션동 훈도가 왔압나니이다."

"박션동 훈도?" 그는 놀라서 어둠 속을 뚫어 보았다.

"녜, 원슈님."

"원슈님, 쇼인 박션동이 이리 혼자 왔압나니이다." 울음 머금은 목소리를 내면서, 박이 앞으로 나와서 땅에 엎드렸다. "원슈님, 쇼인 혼자⋯⋯"

그의 마음에 남았던 마지막 희망의 실이 툭 끊어졌다. '그러면 정말로 모두 죽었단 애기구나⋯⋯'

갑자기 짙어진 어둠을 개구리 울음이 헤쳤다.

까라지는 마음을 다잡으면서, 그는 두 손으로 박을 일으켰다. "일어나쇼셔."

박이 힘들게 일어나서 고개를 수그리고 울먹였다.

"박훈도끠셔 살아오시다니⋯⋯ 시방 례산현텽에셔 오시난 길이시니잇가?"

"녜, 원슈님. 쇼인 혼자⋯⋯" 고개를 들지 못한 채, 박이 소매로 눈물을 닦았다. "원슈님, 뵐 면목이 없압나니이다."

"으음⋯⋯" 그는 어둠 속을 둘러보았다. 례산 소식이 궁금했지만, 아무래도 얘기가 길어질 터였다. "여긔 너모 어두우니, 안아로 드사이다."

동헌방으로 들어와서, 밝은 촛불 아래 살펴보니, 박의 몰골은 말이 아니었다. 더럽고 군데군데 찢긴 옷과 땀에 절고 긁힌 얼굴이 그동안 박이 겪은 일들을 말해주었다.

"셩 대쟝."

"녜, 원슈님." 반쯤 열린 방문 밖에서 셩묵돌이 몸을 드러냈다.

"사람알 보내셔, 리산응 참모쟝끠 이리 오라 뎐하쇼셔."

박션동이 한산댁 마름이었으므로, 리산구의 일이 아니더라도, 리산응을 부르는 것이 도리였다.

"박 훈도끠셔는 나죄 밥알 엇디 하샀나니잇가?"

박이 고개를 저었다. "쇼인안 관계티 아니하압나니이다."

"셩 대쟝."

"녜, 원슈님."

"취사듕대애 사람알 보내셔, 밥상알 하나 여긔로 차려오라 니르쇼셔."

"녜, 원슈님."

가벼운 웃음을 띠면서, 그는 덧붙였다. "복심이 어마님끠 녜아기하라 하쇼셔, 언년이 아바님끠셔 오샸아니, 상알 졈 프딤하게 차리라고."

"녜, 이대 알겠압나니이다."

김항텰이 따라서 얼굴에 가벼운 웃음을 띠었다. 그러나 박션동은 슬픔이 더욱 북받치는지, 소매로 눈을 씻었다.

"목이 마라실 샌듸," 그는 일어나서 윗목으로 갔다. "몬져 여긔 슈졍과랄 졈 드쇼셔."

그가 마실 것이 놓인 소반을 들고 오자, 김이 황급히 일어나서 받아 들었다.

"원슈님, 브르압샸나니잇가?" 박이 슈졍과 사발을 비웠을 때, 리산응이 들어왔다.

"녜, 어셔 오쇼셔. 박션동 훈도끠셔 오샸나이다."

떡 한 쪽을 들던 박이 황급히 일어났다. "맛님. 맛님, 쇼인 혼자 왔압나니이다."

"형님은?"

"쇼인 혼자 왔압나니이다," 고개를 들지 못한 채, 박이 기어들

어가는 목소리를 냈다. "쇼인이 맛님 딸와 죽디 못하고 이리 혼
자······"

"이제 리 총참모쟝끠셔도 오샸아니," 사람들이 다시 자리를 잡
자, 그는 박에게 부드럽게 말했다. "박 훈도끠셔 례산애셔 삼긴 일
달할 자셔히 녜아기하야주쇼셔."

"녜, 원슈님," 박은 이내 대꾸했지만, 말을 잇디 못하고 입만 씰
룩거렸다. 어디서부터 얘기할지 모르는 듯했다.

"젹군이 례산현텽에 닿안 때난 언제였나니잇가?" 그가 물었다.

"젹군은 오시(午時)에 닿았압나니이다." 잠시 생각을 가다듬더
니, 박이 말을 이었다. "아참애 안졍훈이 말알 타고 와셔 젹군이
온양애셔 나려온다 알렸압나니이다. 젹군이 아조 많다 하얐디마
난, 아모도 겁을 내디 아니하얐압나니이다."

그의 묻는 눈길을 느끼고 박이 덧붙였다. "안졍훈이 홍쥬로 알
리러 간다 하얐기, 곧 원슈님끠셔 군사달할 잇그시고셔 오시리라
모도 믿었압나니이다."

억지로 눌러 넣었던 무엇이 그의 가슴속에서 꿈틀거리면서, 그
는 이마에 진땀이 배는 것을 느꼈다. 요새(要塞) 노릇을 하기엔 너
무 허술한 례산현텽 안에서 압도적으로 큰 젹군을 맞을 준비를 하
는 병사들에게 "곧 홍쥬에셔 원슈님끠셔 많안 군사달할 거느리시
고 오실 새늬, 겨명하디 말아라"고 독려하는 왕부영의 모습이 떠
올랐다. 그가 례산현텽과 거기 있는 병력을 버리기로 마음먹은 그
때에.

"젹군은 이내 텨들어 왔압나니이다. 다행이, 젹군은 그리 많디

아니하얐압나니이다. 우리 챵의군보다 많기난 하얐디마난, 그리
많디⋯⋯" 박이 고개를 저었다. 그리고 소매로 코를 훔치더니, 좀
차분해진 목소리로 말을 이었다. "듕군이 이르기 전에 션봉만이
텨들어 온 닷하얐압나니이다. 우리 군사달토 왕부영 대쟝 지휘 아
래 용감히 싸홨압나니이다. 그러하야셔 젹군들히 많이 죽고 다텻
압나니이다. 마참내 젹군은 우리를 이긔디 못할 것을 알고셔 믈러
났압나니이다."

그는 고개를 끄덕이고 한숨을 조용히 내쉬었다. 그의 마음속에
서 물음 하나가 고개를 들었다. '잘못 판단한 것일까? 홍쥬 병력이
빨리 움직이도록 했다면⋯⋯'

"그러하야셔 우리는 뎜심 하고 기다렸나이다." 마음이 좀 가라
앉았는지, 박의 목소리가 차분해졌다. "미시(未時)가 다외얐알 때,
젹군이 다시 몰여왔압나니이다. 이번에는 젹군이 너모 많아셔, 사
방이 젹군들로 뒤덮였압나니이다. 현감 나아리끠셔는 쳔 사람을
훌적 넘어 이천 사람이 다외얄 닷하다고 말쌈하압샀나니이다. 이
백 남직한 우리 군사달로난 아모리 하야도 막아낼 수 없게 보였압
나니이다. 그리하고 우리 군사달희 반안 챵의군에 들어온 디 겨오
하로나 이틀밧긔 다외디 아니하얐압나니이다. 사태 그리 졀박한
듸⋯⋯ 안졍훈이 홍쥬로 간 디 오래다외얐난듸, 홍쥬에셔는 아므
란 쇼식이 없었압나니이다."

꼼짝하지 않고 얘기를 듣던 김항텰이 고개를 무겁게 들어 천장
을 노려보았다. 가면처럼 낯빛이 없는 얼굴이었지만, 목에 돋은 힘
줄이 속을 말해주었다.

"그러하야셔 현감 나아리끠셔 왕 대쟝애개 말쌈하압샸나니이다. '왕 대쟝, 시방 젹군이 너모 많아셔, 아모리 하야도 현텽을 디킈기 어려우니, 홍쥬로 믈러나난 것이 엇더하오?' 그리 말쌈하압샸나니이다." 박이 고개를 들어 흘긋 그의 얼굴을 살폈다.

그가 잠자코 고개를 끄덕이자, 박은 한숨을 내쉬고 말을 이었다, "현감 나아리끠셔 그리 말쌈하시자, 왕 대쟝안 고개를 저었압나니이다. '쇼쟝안 원슈님끠 여긔 례산현을 디킈라난 명을 받았압나니이다. 원슈님의 명이 없이, 쇼쟝이 엇디 현텽에셔 한 발이라도 벗어날 수 이시겠압나니잇가? 현감끠셔 홍쥬로 피하실 뜯이 겨시면, 부대 피하쇼셔. 쇼쟝안 군사달할 다리고셔 현텽을 디킈겠압나니이다.' 왕 대쟝의 녜아기랄 들으시자, 현감 나아리끠셔는 한숨을 길게 쉬시더니 말쌈하압샸나니이다, '나난 우리 챵의군이 대지동애셔 니러셨을 때브터 일에 들었고 시방안 례산현감 자리까쟝 올았소이다. 왕 대쟝이 현텽을 디킈난듸, 내 엇디 혼자 몸알 피하리잇가?' 그리 말쌈하압샸나니이다." 박이 울먹였다.

리산응이 슬쩍 소매를 들어 눈물을 씻었다.

"그리하시고난 쇼인애개 말쌈하압샸나니이다, 언년이 아바, 이제 나난 여긔 현텽을 디킈다……" 박이 다시 울먹이더니 가까스로 마음을 다잡아 말을 이었다, "이제 나난 여긔 현텽을 디킈다 죽을새니, 자내난 아녀자달할 다리고 대지동아로 돌아가게. 젹군이 현텽을 에워싸기 전에 뒷산아로 빠져나가게. 그리하고셔 홍쥬로 가셔 내 아아애게 뎐하게, 후사랄 부탁한다고."

리산응이 흑 하고 흐느끼면서 소매에 얼굴을 묻자, 박이 가까스로 참았던 울음을 터뜨렸다.

"원슈님," 밖에서 셩묵돌의 송구스러운 목소리가 났다. "상알 가져왔압나니이다."

그는 손수건에 코를 풀고서 대꾸했다. "녜, 상알 가져오쇼셔."

밥상을 받고 권에 못 이겨 숟가락을 든 박션동이 마음을 다잡고 얘기를 마쳤다. "그러하야셔 쇼인안 아녀자달할 다리고서 뒷담알 넘어셔 현텽을 빠져나왔압나니이다. 금오산알 넘어셔 대지동아로 들어갔다가 여긔로 왔압나니이다."

"박 훈도끠셔 슈고랄 참아로 많이 하샸나이다. 불행한 일알 당한 가온대셔도 아해달콰 녀자달히 화랄 피할 슈 이셔셔, 다행이니이다. 이제 밥알 드쇼셔," 눈물을 흘리자 문득 풀어진 몸을 억지로 추스르면서, 그는 박에게 권했다.

"녜, 원슈님. 원슈님끠셔는……?" 경황이 없는 가운데서도 박은 몸에 밴 예절을 차렸다.

"녜. 어셔 드쇼셔."

한번 숟가락을 대자, 박은 정신없이 밥을 먹기 시작했다. 대지동을 떠난 뒤 내처 달려왔으니, 무척 시장할 터였다.

가까스로 마음을 추스른 리산응이 밭은기침을 하고서 자세를 가다듬었다.

그제야 그는 리에게 위로의 말을 건네야 한다는 것을 깨달았다. 그러나 건넬 말이 생각나지 않았다. 눈을 감고 생각해봐도, 건넬 말은 생각나지 않았다. 쓰디쓴 무엇이 속에서 치밀어 목줄이 뻣뻣했다. '지금 내가 무슨 말을……? 관군이 몰려온다는 보고를 받고

서, 홍쥬 병력에게 구원하러 가지 말라는 명령을 내린 터에, 무슨 위로의 말을 건넨단 말인가?'

마음을 단단히 다잡고서, 그는 아린 눈을 떴다. 그리고 박에게 물었다, "박 훈도. 박 훈도끠셔는 시혹 아시나니잇가, 젹군이 어듸셔 온디? 튱쥬 감영에셔 왔난디? 아니면, 셔울헤셔 왔난디?"

고봉밥을 순식간에 비우고 그릇에 숭늉을 부어 그릇에 붙은 밥알들을 떼어내던 박이 손길을 멈추고 대답했다, "아, 녜, 원슈님. 그 일알 몬져 말쌈드린다 한 것이 쇼인이 깜박하고…… 튱쥬 감영에셔 온 군사달히압나니이다. 젹군이 처엄 공격해 왔알 때, 다리랄 다틴 군사 하나랄 잡았압나니이다. 그 군사애개 물어보니, 저는 쳥쥬목사 아래 이시난 군사라 하면셔, 이번 군사달한 튱쳥감사끠셔 손조 거느리고 오샀다 하얏압나니이다."

"아, 그러하얏나잇가?" 마음이 적잖이 놓였다. 지금 챵의군의 처지에션 한성에서 내려온 큰 군대에 맞서기 어려웠다. 설령 리산구의 추산대로 튱쳥감사가 거느린 군대가 2천 명이 된다 하더라도, 경군(京軍)과 지방군 사이의 차이는 클 수밖에 없었다.

"원슈님," 마루에서 셩묵돌이 말했다. "최셩업 대쟝하고 쳔영셰 대쟝끠셔 오압샀나니이다."

"아, 그러하시니잇가?" 그는 자리에서 일어나 마루로 나셨다.

"챵의." 마루로 오르려던 최가 바로서더니 경례했다. "뎨삼대대쟝 최셩업, 명을 받잡고 돌아왔압나니이다."

"챵의. 뎨륙긔병대대쟝 쳔영셰, 다녀왔압나니이다." 최의 뒤를 따라 토방으로 올라선 쳔이 경례했다.

"챵의. 어셔 오쇼셔. 두 분 대쟝끠셔 슈고랄 많이 하샸나이다."

방 안에 자리 잡자, 최가 무릎을 끓고 엎드렸다. "원슈님, 쇼쟝이 외람다외안 일알 하얐압나니이다."

"므슴 일이니잇가?" 놀라기보다는 궁금해서, 그는 부드럽게 물었다.

"쇼쟝이 덕산현에 뎨오듕대랄 남겨두고 왔압나니이다." 심한 질책을 각오한 얼굴을 들어 그를 보면서, 최가 또박또박 말했다.

"아, 그리하샸나잇가?" 5듕대를 남겨두었다는 얘기를 듣는 순간, 그는 최가 왜 그리했는지 깨달았다. 3대대 5듕대는 면쳔된 덕산현쳥의 관노들을 중심으로 이루어진 부대였고 역시 관노였던 왕도한이 듕대쟝이었다. "알았나이다. 최 대쟝, 바로 앉으쇼셔."

"쇼쟝이 군사달할 다리고 홍쥬로 간다고 신경슈 현감끠 말쌈드리자, 신현감끠션 사색이 다외압샸나니이다. 덕산현에 아므란 불휘 없는 쳐디에 현령을 디킈는 군사달히 믈러가면, 며츨이나 현감 자리랄 보젼할 수 이실 새냐 하시면셔, 걱뎡이 태산 갇하샸나니이다." 여전히 무릎을 끓은 채, 최가 가라앉은 목소리로 말했다.

그는 고개를 끄덕였다. "신 현감끠션 그리 생각하실 만도…… 최 대쟝, 바로 앉으쇼셔."

"녜, 원슈님." 최가 바로 앉았다. "더고나 덕산현의 량반달히 므슴 일알 꾸미려 한다난 쇼문마자 이셨압나니이다. 챵의공채랄 받고 죵알 면쳔시킨 사람달한 우리 챵의군을 됴히 보디 아니하압나니이다."

"녜." 그는 고개를 끄덕였다. "그런 사람달한 앙앙불락할 새니이다."

"녜, 원슈님. 그리하고," 최가 잠시 머뭇거렸다. "덕산현 군사달히 식솔달할 남겨두고 홍쥬로 오기랄 됴하하디 않난 기색이었압나니이다. 그러하야셔 쇼쟝이 외람다외이……"

"최 대쟝끠셔 이대 판단하샸나이다. 나이 격군이 례산아로 나려온다 하난 보고랄 들은 것은 배를 타고 슈영을 막 떠났알 때였나이다. 배 위에서 급히 명을 나리다 보니, 우리 군사달할 한대 모아야 한다난 생각만 앒애 셔셔…… 잘못다외얀 일이 이시다면, 내 생각이 브죡하얐던 것이니이다."

"원슈님, 황공하압나니이다."

"이제 덕산현은 왕도한 대쟝애개 맛딘 혜옴인듸, 최 대쟝끠셔 보시기애 왕 대쟝안 엇더하더니잇가?"

"왕도한 듕대쟝안 믿을 만한 사람이압나니이다. 생각이 깊고 마암이 굳어셔, 큰일알 맛딜 만하압나니이다. 그리하고…… 사람 속이야 모라난 것이디마난, 어려운 쳐디에 놓이더라도, 우리 챵의군을 스스로 배반할 사람안 아닌 닷하압나니이다."

"녜. 알겠나이다. 참, 군사달한 몇이나 다려오샸나잇가?"

"백스무 사람즈음 다외압나니이다. 덕산에 남안 군사달한 마안한 사람이압나니이다. 왕도한 듕대쟝애게는, 긔별이 가면, 이내 홍쥬로 올 쥰비를 하고 이시라 닐렀압나니이다."

"이대 하샸나이다." 고개를 끄덕이고서, 그는 무겁게 말을 이었다, "최 대쟝, 쳔 대쟝, 오날 미시에 례산현텽이 격군 손에 들어갔나이다."

"녜." 두 사람이 무겁게 대꾸했다.

"사람달한테 그리다외얐다난 녜아기랄 들었압나니이다." 최가 덧붙이고서 흘긋 리산웅에게로 눈길을 돌렸다.

그는 마음을 다잡고 나오지 않는 말을 입 밖으로 밀어냈다. "현 텽을 디킈던 사람달한 죽거나 뎍에게 잡히인 닷하나이다."

"녜." 최가 방바닥을 짚은 두 손에 힘을 주면서, 삐걱거리는 목소리로 대꾸했다.

"이제 우리는 례산애 이시난 뎍군과 싸홀 쥰비를 하여야 하나이다." 그는 좀 사무적인 어조로 말했다. "시방 우리 군사달히 시드러우니, 례산아로 가난 것은 어려울 새니이다."

사람들이 열심히 고개를 끄덕였다. 화제가 례산현텽의 비극에서 벗어나 실무적인 일로 옮겨진 것이 반가운 듯했다. 박션동이 조용히 일어나 상을 들고 밖으로 나갔다.

"사졍이 그러하모로, 묘한 계책안 뎍군이 올 길목애 매복하얏다 긔습하난 것이니이다. 모도 긔습에 대비하디마난, 막상 긔습을 당하면, 손알 쓰기 어렵나이다. 그러한데 뎍군이 어느 길로 올디 알 수 없는 것이 졈⋯⋯" 그는 배낭에서 20만 분의 1 지도를 꺼내 들고 왔다.

지도를 보자, 사람들이 이내 흥미로운 낯빛을 했다. 방 안에 모인 사람들은 모두 그 지도를 본 적이 있었지만, 그들에게 지도는 늘 신기로운 물건으로 보일 터였다. 아주 작고 정교한 글씨들, 영어 글자들과 아라비아 숫자들, 이상한 부호들, 여러 가지 미묘한 색들, 이곳의 행정구역과는 전혀 다르면서도 비슷한 점들도 많은 행정구역……

"여긔 례산현텽에셔 여긔 홍쥬셩까장 오려면, 가장 갓가온 길안 이 길알 따라 대홍현 외븍면(外北面)으로 오난 것인듸……" 대홍 현 외븍면은 지도엔 예산군 응봉면(鷹峰面)으로 나와 있었다.

"젹군은 다란 길로 올 수도 이시나이다. 젹군은 우리 챵의군이 덕산현텽을 차지하얐다난 녜아기랄 들었을 새니이다. 그러모로 여 긔 덕산현텽을 거쳐셔 올 수도 이시나이다. 그리하면, 젹군은 뒤를 걱뎡하디 아니하야도 다외나이다."

그의 손길을 따라가면서, 사람들이 고개를 끄덕였다.

"젹군은 대홍현텽을 거쳐셔 올 수도 이시나이다. 먼 대셔 온 군 대인지라, 믈자가 넉넉지 못할 새니이다. 대홍현텽에 이시난 믈자 로 브죡한 것들을 채우고셔 홍쥬로 오난 것도 낟바디 아니한 계책 이니이다. 만일 젹군이 대홍현텽을 거쳐 오면, 여긔로 오난 길은 둘히니이다. 하나난 븍녁으로 날재랄 넘어오난 길이고, 둘흔 남녁 으로 여긔 봉슈산알 돌아오난 길이니이다. 젹군이 올 만한 길이 모 도 네히나 다외니, 매복하얐다 긔습하기 쉽디 아니하나이다." 그 는 고개를 저었다.

"녜, 원슈님. 그러하압나니이다," 김항텯이 동의했다.

"사졍이 그러하모로, 나난 젹군을 여긔 홍쥬셩에셔 맞아 싸홀 생각이니이다. 높고 굳은 셩이 이시니, 젹군이 크다 하더라도, 쉬 이 믈리틸 수 이시나이다. 먼 대셔 온 젹군이 시드러워디면, 우리 나가셔 젹군을 티사이다."

"녜, 원슈님. 원슈님 말쌈이 지당하압시나니이다," 아직 물기가 어렸지만 차분히 가라앉은 목소리로 리산웅이 받았다.

리가 그렇게 나서자, 방 안의 분위기가 좀 가벼워졌다. 사람들이 굳었던 자세를 좀 풀고서 의견들을 내놓기 시작했다.

홍쥬성을 지키는 일에 관한 의논은 자정이 지나서야 끝났다. 대쟝들을 배웅하고서, 그는 동문으로 향했다. 가슴이 무겁고 답답해서, 내아로 들어갈 마음이 나지 않았다.

그는 동문으로 성에 올라 북문 쪽으로 천천히 걸었다. 가까이 따르는 근위병들은 어쩔 수 없다 하더라도, 초병들의 눈길로부터 멀어지고 싶었다. 동문과 북문 가운데쯤 되는 곳에 이르자, 그는 걸음을 멈추고 북동쪽을 바라보았다. 보름을 막 넘긴 달 아래 야트막한 산들이 그의 눈길을 표정 없이 받았다. 이곳에서 례산까진 높은 산줄기가 없었다.

한숨을 길게 쉬고서, 그는 감정들을 억눌렀던 마음의 힘줄들을 조심스럽게 풀었다. 속에서 갖가지 감정들이 한 덩이가 되어 올라왔다. 먼저 리산구의 모습이 아프게 떠올랐다. 후사를 부탁한다는 말을 아우에게 전해달라고 자기 마름에게 유언하는 리의 모습이 그의 눈을 가득 채웠다. 이어 한산댁 사람들의 얼굴이 차례로 떠올랐다.

'대지동을 찾게 되면, 난 무슨 낯으로 한산댁 마님을 뵈어야 하나? 무슨 낯으로 괴훈이, 괴례를 보아야 하나?'

그는 자신이 오늘 례산현에서 일어난 일을 평생 짐으로 지고 살아야 하리라는 것을 깨달았다. 그것은 어떤 성공으로도 어떤 세월로도 잊히거나 씻길 일이 아니었다. 잊히거나 씻기기엔 그의 가슴에 회한의 칼로 너무 깊게 새겨진 것이었다.

문득 메리 튜더가 했다는 말이 떠올랐다. "내가 죽은 뒤 내 몸을 열어보면, 내 가슴속에서 '칼레'를 볼 것이다."

도버 해협 너머로 영국과 마주 보는 프랑스 해안 도시 칼레는 중세에 영국이 마지막으로 소유했던 프랑스 땅이었다. 16세기 중엽에 영국을 다스렸던 메리 튜더는 어설프게 프랑스에 싸움을 걸었다가 칼레를 잃었다. 그녀는 부조들이 남긴 유산을 지키지 못했다는 죄책감과 칼레를 지키다 죽은 영국군 병사들에 대한 추모의 마음을 그렇게 표현한 것이었다.

그때와 지금은 사정이 다르지만, 지휘관이 서투른 판단으로 지키기 어려운 요새를 지키라는 명령을 내려서 용감한 병사들을 죽음으로 몰아넣은 것은 같았다. '내가 죽은 뒤 내 몸을 열어보면……'

그의 생각에 화답하듯, 시내 건너편 야트막한 산에서 소쩍새가 애잔한 목소리를 냈다.

2

"이번엔 격진을 뚫고 디나간다." 김항텰이 빼어든 칼로 연병장 저쪽에 선 허수아비들을 가리켰다. "연장 들어."

"연장 들어." 방진(方陣)을 이룬 병사들이 복창하고서 방패를 들고 창을 바로 잡았다.

"뎨일방진 앒아로."

"챵의구운." 병사들이 기운차게 전투 함성을 지르고서 발맞추어 나아가기 시작했다. 뒤따르는 군악대로부터 날라리 가락이 하늘로 솟구쳤다.

1방진은 1대대와 2대대로 이루어졌다. 현재의 방진은 항구적 조직이 아니고 이번 훈련을 위해 만든 임시 조직이었다. 어쨌든, 이제 병사들은 제법 잘하고 있었다. 대대 둘이 모여 다섯 줄로 방진을 짰으므로, 정면은 쉰 명 가까이 되었는데도, 방진의 맨 앞줄은 거의 직선을 이루었다. 앞쪽 두 줄은 방패 사이로 창을 내밀고 뒤쪽 석 줄은 창을 하늘로 향했으므로, 방진은 커다란 고슴도치였다.

'저렇게 단단히 뭉쳐서 나아가면, 어떤 군대라도 막기 어렵겠지.' 장대(將臺) 위에서 살피던 언오는 고개를 끄덕였다. '막상 싸움터에서 저렇게 몰려오는 것을 보면, 누군들 겁이 안 나겠나.'

방진을 이룬 병사들 위에서 대대 깃발들이 펄럭거렸다. 대대장들은 맨 앞줄에서 병사들과 함께 나아가고 있었다. 지휘관이 방진의 맨 앞줄에 서는 것은 고대부터 내려온 전통이었다.

그저께 비에 꽃잎들이 다 떨어져 좀 추레해진 살구나무들을 바라보면서, 그는 뜻 모를 한숨을 내쉬었다. 례산현령의 함락으로 받은 충격과 아픔으로 아직 가슴이 얼얼했지만, 튱청도 관찰사가 거느린 군대와 한바탕 싸우고 싶은 검붉은 욕망이 그런 충격과 아픔을 뒷전으로 밀어내고 있었다. 방진으로 중앙을 돌파하고 기병대로 측면을 공격하면, 수가 훨씬 많은 관군도 어렵지 않게 깨뜨릴수 있으리라는 생각이 어느 사이엔가 확신으로 바뀌어 가슴 밑바닥에 묵직하게 고여 있었다.

밀집 대형의 전형인 방진은 본질적으로 고대 그리스의 전술이었다. 그것은 기원전 7세기 초엽 그리스에서 갑옷과 투구로 몸을 보호하고 창과 칼을 갖춘 '호플리테스'라고 불린 중보병(重步兵)과함께 나와서 진화해온 전술이었다. 그래서 2천 년 넘게 지난 지금엔 낡은 전술로 보일 만도 했다. 찬찬히 살펴보면, 사정은 달랐다.

방진은 아주 호전적인 문명의 산물로 많은 실전 경험들을 통해다듬어진 전술이었다. 작은 도시국가들로 나뉘었던 터라, 그리스사람들은 끊임없이 서로 싸웠고, 자연히, 그들의 전쟁 기술은 아주 높은 수준에 이르렀다. 기원전 479년 페르시아와 그리스 사이에 벌어졌던 '플라티아 싸움'과 관련해서, 존 풀러는 말했다, "기원전 5세기에 전쟁 기술은 그것의 모든 본질적 요소들에서 거의 오늘날만큼 발전했었다." 그 유명한 싸움에서 스파르타 군대는 훨씬 많은 페르시아 군대를 공격해서 이겼는데, 그때 스파르타 군대는 늘 하던 대로 방진을 이루어 공격했었다.

방진은 큰 장점들을 여럿 지녔다. 무엇보다도, 방진은 단순해서 짜기 쉬웠다. 쓰이는 무기들이 창과 방패뿐이라, 무기를 갖추기도 비교적 수월했다. 한번 방진을 이루면, 무기를 쓰는 기술이 결정적으로 중요하지도 않았다. 흩어지지 않고 힘껏 밀어붙이면, 되었다. 따라서 방진은 막 들어온 풋내기 병사들로 이루어지고 무기들이 변변찮고 재정이 빈약한 창의군에 딱 맞았다.

방진의 단점들 가운데 가장 큰 것은 야간 전투에 맞지 않는다는 점이었다. 캄캄한 데서 밀집 대형의 가운데에 갇힌 병사들은 방향 감각을 잃고 혼란에 빠지기 쉬웠다. 그래서 늘 방진을 이루어 싸웠던 그리스 군대들 사이에선 야간 전투가 없었다.

당장 큰 걱정거리는 방진이 본질적으로 화기가 나오기 전의 전술이라는 점이었다. 대포나 소총을 갖춘 군대를 방진으로 공격하는 것은 물론 자멸하는 길이었다. 조선에서 화기가 쓰인 지는 이미 오래였다. 게다가 소총에 가까운 승자총통(勝字銃筒)이 막 발명된 참이었고 그 새로운 무기는 네 해 뒤 함경도 북변에서 나올 '니탕개(尼蕩介)의 난'에서 위력을 발휘할 터였다. 만일 지금 통청감사가 거느린 군대가 총통들을 갖추었다면, 방진에 대한 심대한 위협이 될 터였다. 그러나 막 발명된 총통이 널리 주조되어 내륙인 튱쳥도에까지 보급되었을 가능성은 아주 작았다. 해미의 튱쳥우도 병마절도사가 거느린 군대도 총통을 제대로 쓰지 못했었다.

그래서 그는 방진이 이곳에서 큰 성공을 거둘 수 있으리라고 판단했다. 지금 조선의 전쟁 기술로써 잘 짜인 방진의 공격을 막기는 쉽지 않을 터였다. 이곳에 잘 알려지지 않은 전술이라, 느닷없이 나타난 밀집 대형에 조선의 장수들은 당황해서 제대로 대처하지 못할 가능성이 컸다.

맨 앞줄의 병사들은 몸집도 제법 컸다. 그는 대대장들에게 힘이 좋고 용감한 병사들을 맨 앞줄과 맨 뒷줄에 세우라고 지시했다. 맨 앞줄이 중요한 것은 당연했지만, 맨 뒷줄도 중요했으니, 싸움이 벌어지면, 방진의 뒤쪽에 선 병사들이 쉽게 대열에서 빠져나갈 수 있었다.

'투구를 썼으면, 정말로 멋졌을 텐데. 갑옷까지 바랄 수야 없지만, 투구 정도는 해주어야 하는데. 방패도 제대로 갖추지 못한 처지니……'

방진을 이루어 싸우는 병사들은 갑옷과 투구를 갖춰야 제 구실을 할 수 있었다. 그러나 챵의군의 형편에서 그것은 바랄 수 없는 일이었다. 다행히, 방진을 이룬 상대와 맞부딪치는 것은 아니었으므로, 보호 장구가 없다는 약점은 그리 큰 문제가 되지 않을 터였다.

정작 문제가 된 것은 무기의 부족이었다. 공병대가 부지런히 무기들을 만들었지만, 새로 들어온 병사들이 워낙 많아서, 그들에게 무기를 제때에 마련해주지 못하는 실정이었다. 특히 방패가 부족했다. 그래서 뒤쪽에는 방패를 갖추지 못한 병사들이 많았다. 원래 방패는 중요한 무기였지만, 방진에선 좋은 방패를 갖추는 것이 무엇보다도 중요했다. 방패가 없는 것은 당해 병사만이 아니라 대열의 모든 병사들에게 직접적으로 큰 영향을 미쳤다. 그래서 고대 그리스 사람들은 "중보병들은 자신들을 위해서 투구와 갑옷을 갖추고 대열의 모든 사람들을 위해서 방패를 갖춘다"고 말했다. '호플레티스'라는 이름도 원래 중보병들이 지닌 '호프론'이라는 방패에서 나왔다.

표적에 가까워지자, 날라리 가락에 맞춰 걸음을 옮기는 병사들은 위세가 더욱 거세졌다. 앞에 있는 어떤 군대도 부수고 짓밟을 것 같았다. 그들의 살의를 품은 거센 걸음에 비기니, 날라리 소리에 실린 「경기병 서곡」 가락은 아기자기하다는 느낌마저 들었다.

'스파르타 병사들은 무슨 가락에 맞춰 나아갔을까?' 좀 한가로운 호기심이 그의 마음 한구석에서 꼼지락거렸다.

역사상 가장 위대한 보병이었던 스파르타 군대는 피리 소리에 걸음을 맞춰 나아갔다고 했다. 그 피리 소리는 반대편에서 맞선 병사들에게 결코 물러서지 않는 스파르타 군대가 확고한 발걸음으로 다가오기 시작했다는 것을 알렸고 그들의 가슴속에 두려움을 불어넣었다.

고대 그리스의 싸움터가 떠오르면서, 그리움 비슷한 감정이 그의 가슴속에서 물결쳤다. '방진의 맨 앞줄에 서서, 병사들을 이끌고서 확실한 죽음을 향해 뚜벅뚜벅 걸어나가는 마음은 어떠했을까?'

고대 그리스의 싸움터는 군인이라면 누구나 한 번쯤은 서보기를 꿈꾸는 자리였다. 기병대들의 돌격으로 싸움이 결판나는 중세 서양의 싸움터가 가장 화사한 싸움터였다면, 방진을 이룬 보병들이 맞부딪치는 고대 그리스의 싸움터는 가장 영웅적인 싸움터였다. 그곳에선 싸움에 참가한 모든 병사들이 영웅이었다.

고대 그리스 군대들은 역사상 가장 무섭고 살기에 찬 군대들이었다. 그들이 서로 싸울 때면, 단 한 번의 싸움에 모든 것을 걸었다. 모든 병력들이 동원되어 한꺼번에 부딪쳐서 한쪽이 꺾일 때까지 싸웠다. 그들은 예비대를 남겨두지 않았고 측면 공격도 하지 않았고 후위 작전도 고려하지 않았다. 얼굴을 맞대고 서로 죽고 죽이는 것을 가장 영웅적인 전투 방식으로 여겨, 활로 싸우는 것을 비겁하게 여기기까지 했다. 그래서 모든 고대 그리스 사람들은 방진의 일원으로 조국을 위한 싸움에 참가한 것을 가장 큰 영예로 여겼다.

문득 뻐근해진 가슴으로 그는 조용히 뇌었다.

"이 비석 아래 겔라의 밀밭에서 죽은 에우포리온의 아들 아테네 사람 아이스킬로스가 누워 있다.

영광 어린 마라톤의 들판은 싸움에서 그가 보인 용기를 말할 수 있으리라.

긴 머리 페르시아 사람들도 그것을 기억하고 말할 수 있으리라."

아이스킬로스가 스스로 지었다고 전해지는 비명이었다. '비극의 창시자'가 자신의 삶을 요약하는 자리에서 작품들을 얘기하지 않고, 「테베를 치는 일곱 사람들」도 「묶인 프로메테우스」도 얘기하지 않고, 마라톤 싸움에서 병사로 싸웠다는 것만을 적었다는 사실은 그를 늘 감동시켰다.

자연히, 다른 민족들은 그리스 사람들을 광기 어린 사람들로 여겼고 무척 두려워했다. 실제로, 그리스 군대는 대단한 힘을 가진 군대였다. 방진이 제대로 발전한 기원전 7세기 중엽부터 마케도니아의 필리포스 2세가 파괴력에다 기동성까지 갖춘 군대를 만들어낸 4세기 중엽까지 3백 년 동안, 방진을 이룬 그리스 군대의 공격을 다른 군대들은 막아낼 수 없었다. 병력의 많고 적음은 거의 문제가 되지 않았다.

이 사실은 크세노폰의 『페르시아 원정』에 자세히 기술되어 널리 알려진 '1만 인의 퇴각'에서 쉽게 읽어낼 수 있다. 기원전 5세기 후반 거의 30년에 걸쳐 그리스의 모든 도시국가들이 두 패로 나뉘어 싸운 '펠로폰네소스 전쟁'을 치르면서, 그리스의 도시국가들은 고래의 민병대를 차츰 상비군으로 바꾸게 되었다. 자연히, 직업 군인들이 많이 생겼다. 기원전 403년 아테네의 몰락과 스파르타의 득세로 전쟁이 끝나자, 많은 직업 군인들이 일자리를 잃었다. 그들 가운데 적잖은 이들이 용병들이 되었는데, 그들은 주로 분쟁이 많았던 페르시아 제국에서 일자리를 찾았다.

기원전 401년 페르시아의 소아시아 태수였던 키루스는 그의 형 아르타크세르크세스 2세를 몰아내고 스스로 왕이 되려고 반란을 일으켰다. 부왕(父王) 다리우스 2세가 죽고 형이 왕이 되자, 그는 모반 혐의로 형에게 잡혀서 죽을 뻔했다가 어머니의 도움으로 간

신히 살아났었다. 그 뒤로 그는 은밀히 군대를 모으면서 반란을 준비해왔었다. 마침내 그는 자신의 군대 3만 명과 그리스 용병 만 3천 명을 이끌고 본거지인 소아시아 서쪽 사르디스를 떠나 동쪽으로 진격했다. 2천 킬로미터가 훨씬 넘는 행군 끝에, 그의 군대는 바빌론에 가까운 도시 쿠낙사에 이르렀다. 거기서 키루스 군대와 아르타크세르크세스 군대 사이에 싸움이 벌어졌다. 그리스 용병들의 공격에 아르타크세르크세스 군대의 좌익이 무너지면서, 전세는 빠르게 키루스 군대 쪽으로 기울었다. 그때 키루스가 제 형을 제 손으로 죽이려고 성급하게 작은 기병대만을 이끌고 적진으로 돌격했다가 거꾸로 죽고 말았다. 그러자 키루스의 직속 부대들은 두려움에 질려서 도망쳤고, 싸움은 아르타크세르크세스 군대의 승리로 끝났다.

그리스 용병들은 이내 아르타크세르크세스 군대에 둘러싸였다. 그러나 그들은 항복하라는 권유를 거부했다. 그들을 겁낸 아르타크세르크세스는 그들을 공격하는 대신 그들이 그리스로 돌아갈 수 있도록 안내인들과 호송 병력을 제공하기로 했다. 돌아가는 길에 호송 병력의 지휘관은 계책을 써서 그리스 장군들을 병사들과 떼어놓는 데 성공했다. 그는 그리스 장군들을 붙잡아서 페르시아 왕에게 보냈고, 왕은 그들을 죽였다. 페르시아 왕의 기대와는 달리, 장군들이 모두 죽었어도, 그리스 용병들은 흩어지거나 항복하지 않고 장군들을 새로 뽑았다. 이어 그들은 티그리스 강을 따라 북쪽으로 올라갔다. 페르시아 기병대에 쫓기고 산지의 부족들과 싸우면서, 그들은 어려운 길을 뚫고서 다섯 달만에 흑해 연안의 그리스

식민 도시 트라페주스에 닿았다. 점고(點考)해보니, 사르디즈를 떠났던 만 3천 명 가운데 8천6백 명이 살아서 돌아왔다.

'이 학년 때였지, 아마?' 『페르시아 원정』을 처음 읽었던 때를 떠올리면서, 그는 잠시 가슴에 인 향수의 시린 맛을 즐겼다. 당시 그는 약탈을 생존 방식으로 삼고서 살인과 방화를 서슴지 않는 그리스 용병들에게서 큰 충격을 받았었다.

따지고 보면, '1만 인의 퇴각'은 무척 흥미롭지만 당시 국제 정세에 별다른 영향을 미치지 않은 일화에 지나지 않았다. 그러나 그것은 후대 역사에 뜻밖으로 큰 영향을 미쳤다. 적지 한가운데서 지휘관들을 다 잃고 엄청난 적군에 둘러싸인 만 명 남짓한 군대가 싸움에서 싸움으로 이어진 다섯 달의 행군 끝에 부대 형태를 그대로 유지하면서 수천 리 길을 돌아왔다는 사실은 그리스 군대의 용맹과 전투력을 잘 드러냈다. 그래서 그 일화는 페르시아의 침입에 시달렸고 아직도 페르시아의 군사적 위협과 정치적 영향을 받는 그리스 사람들에게 큰 자신감을 불어넣었다. 그들은 잘 훈련된 그리스 군대 앞에선 강력한 페르시아 군대도 힘을 못 쓴다고 믿게 되었다. 이런 믿음은 60여 년 뒤 마케도니아의 알렉산드로스 대왕이 페르시아 정복에 선뜻 나서게 만든 요인들 가운데 하나였다. 20세기 영국 역사가 존 베리의 말대로, '1만 인의 퇴각'은 페르시아 전쟁을 일으킨 크세르크세스의 그리스 침입의 후일담(後日譚)이고 알렉산드로스 대왕의 정복의 서장(序章)이었다.

이제 병사들은 막대기에 짚단을 둘러 만든 허수아비 표적들에 다가서고 있었다. 군악대의 가락이 그들을 몰아세웠다.

"챵의구운." 앞줄 한가운데에 선 류갑슐이 외쳤다. 1방진은 2대 대쟝인 류가 지휘했다. 보령 슈영을 공격한 작전에 참가했던 류는 아침에 있었던 표창식에서 황셩무공훈쟝을 받아 품계가 하나 올라 졍사가 되었다. 그래서 홍쥬에 남았던 까닭에 아직 부사에 머문 1대대쟝 박초동을 제치고 방진의 우두머리가 된 것이었다.

"챵의구운." 병사들이 복창했다. 이어 그들은 밀물처럼 표적들을 부수고 지나갔다.

그는 쟝대에서 내려와 병사들에게로 다가갔다. 방진이 지나간 자리를 살피는 그의 얼굴에 웃음이 배어 나왔다. 세 줄로 세운 표적들 가운데 성한 것은 하나도 없었다.

'다섯 줄만으로도 이러니, 여덟 줄이라면…… 그것도 훈련으로 그냥 지나친 참인데.' 그는 만족스럽게 고개를 끄덕였다.

그리스 군대들의 방진은 대개 여덟 줄이었다. 그리고 방진들이 서로 부딪치면, 뒷줄들의 병사들은 바로 앞에 선 병사를 힘껏 밀었다. 그래서 그리스 방진의 운동량은 엄청났다. 기원전 371년의 '레욱트라 싸움'에서 에파미논다스가 이끈 테베 군대가 클레옴브로투스 1세가 이끈 스파르타 군대를 유명한 '비스듬한 대형'으로 깨뜨렸을 때, 에파미논다스는 앞으로 나간 자신의 좌익을 무려 50줄로 강화했었다. 덕분에 테베 군대는 스파르타 군대의 충격을 더 큰 충격으로 밀어내고 적군의 우익을 돌아 적군을 포위할 수 있었다. 그로선 50줄로 이루어진 방진이 주는 충격이 얼마나 클지 상상할 수 없었다.

이제 방진은 돌아서고 있었다. 방진이 원래 움직임이 굼뜬 대형인 데다 훈련이 덜 된 병사들인지라, 돌아서는 방진은 대형이 많이 흐트러졌다. 대장들이 연신 소리쳤지만, 별로 나아지는 것 같지 않았다. 마침내 그들이 돌아서서 걸음을 멈췄다. 날라리 소리도 따라서 그쳤다. 연병장에 문득 정적이 내렸다.

"이대 하샸나이다."

그의 칭찬에 김항털이 웃음으로 대꾸했다. "이제 점 나아딘 닷 하압나니이다."

그는 방패를 내려놓고 숨을 돌리는 병사들에게로 다가가서 맨 앞줄의 병사들이 든 창들을 살폈다.

2대대의 한 병사가 든 창이 목이 부러져 있었다. 그의 눈길을 받자, 그 병사는 당황해서 고개를 떨구었다.

그는 그 병사의 명찰을 살폈다. "하아, 김한돌 정병, 창의 목이 것거뎠나이다."

김한돌이 겸연쩍은 웃음을 지었다. 몸집이 크고 다부졌다. 덕산에서 들어온 병사였으니, 벌써 두 차례의 큰 싸움을 치른 노병이었다.

"네, 원슈님." 원슈의 말에 대꾸하는 것이 도리라는 것을 뒤늦게 떠올린 듯, 김이 황급히 말했다.

"훈련을 열심히 하샸나이다. 창알 이리 주쇼셔." 그는 창을 받아서 김항털에게 보였다. "김 총독."

"네, 원슈님."

"우리 군대가 젹군과 브디티면, 우리 군사달회 창달한 이리 목이 것거딜 새니이다. 그러하모로 여긔 창 자라 긑에 쇠랄 씌우는

것이 됴할 새니이다. 그리하면, 창의 목이 것거뎌도, 자라로 싸홀
수 이시나이다."

"녜, 원슈님." 김이 생각에 잠긴 얼굴로 고개를 끄덕였다.

"자라 긑에 쇠랄 씌우면, 앒뒤히 므긔 셔로 비슷하야, 창알 쓰기
쉽고 창긑이 갈라디난 것도 막알 수 이시나이다. 그리하고 군사달
히 엉켜 싸홀 때난 창알 돌여서 띠르기 어려운듸, 자라애 쇠랄 씌
우면, 곁이나 뒤헤 이시난 젹군을 자라로 이리 띠를 수 이셔서,"
그는 창 자루로 뒤에 있는 적을 찌르는 흉내를 내보였다. "아조 편
리할 새니이다."

"녜, 원슈님." 김항렬이 싱긋 웃었다. "이대 알겠압나니이다."

부대장들과 병사들을 가리지 않고, 사람들은 모두 감심한 낯빛
으로 그의 설명을 들었다. 얼굴마다 '우리 원슈님꺄셔는 참아로 모
라시난 일이 없으시다'는 표정이 어렸다.

창 자루 끝에 쇠를 씌우는 것은 실은 고대 그리스 군대의 관행이
었다. 방진끼리 부딪치면, 맨 앞줄 병사들이 지닌 창들은 모두 목
이 부러지거나 자루가 갈라졌다. 자루 끝에 쇠를 씌운 창은 그런
때 쓸모가 있었다.

"나이 쟝츈달 대쟝끠 니르겠나이다, 창 자라 긑에 쇠랄 씌우라.
시방 우리 갖안 쇠 젹어서, 모단 창달해 쇠랄 씌우기는 어려울 새
니, 김 총독끠셔는 맨 앒줄에 션 군사달만이라도 쇠랄 씌운 창알
갖게 하쇼셔."

"녜, 원슈님. 이대 알겠압나니이다. 쟝 대쟝과 샹의하야 일을 쳐
티하겠압나니이다."

"자아, 그러하면, 니어 하쇼셔." 그는 몇 걸음 뒤로 물러났다.

"녜, 원슈님." 김이 방진을 돌아다보았다. "류 대쟝."

"녜, 총독님."

"뎨일방진안 이제 쉬쇼셔."

1방진은 그늘로 물러갔다. 대신 3대대와 5대대로 이루어진 2방진이 훈련 차비를 하고 나섰다.

그가 다시 쟝대로 향하는데, 최월매가 급한 걸음으로 다가왔다. "원슈님."

"녜, 최 대쟝." 그녀 뒤쪽 창고 모퉁이에 보퉁이를 손에 든 귀금이가 보였다.

그녀 모습에 뜨거운 기운이 몸을 흘렀다. 사랑과 욕정은 우물과 같았다. 퍼낼수록 맑게 고였다. 간밤의 잠자리에서 그의 숨결은 거칠었었다. 례산현텽에서 죽은 사람들 생각을 밀어내려는 것처럼. 마음 한구석에 앙금처럼 남아 있는, 홍매화에게 품었던 욕정의 기억을 씻어내려는 것처럼. 귀금이는 조급하고 거친 그의 몸짓을 너그럽게 받아들였다. 어느 사이엔가 그녀는 정인이 바라는 것이 무엇인지 본능적으로 아는 성숙한 여인이 되어 있었다. 그는 그녀 품에 고개를 묻고 잠이 들었다가 개운한 마음과 가뿐한 몸으로 일어났다.

"쇼쟝안 시방 귀금 아씨랄 뫼시고 떠나려 하압나니이다." 그의 눈길을 따라 귀금이를 돌아다보면서, 최가 말했다. 그녀는 부모를 뵈러 가는 귀금이의 후견인 노릇을 할 참이었다.

아침을 들 때, 귀금이가 어렵사리 말을 꺼냈다. 고향 가까이 왔

으니, 부모를 찾아 뵙고 싶다고. 그녀 고향은 홍쥬성에서 20리가
량 되는 금동면(金洞面) 범바회골(虎岩里)이라고 했다. 그녀 부모
는 거기 있는 리산옹의 부인 홍쥬댁의 친정에서 주인과 함께 살았
는데, 그녀가 어렸을 때, 밖으로 나왔다고 했다. 외거노비(外居奴
婢)란 얘기였다.

"녜. 최 대쟝끠셔 슈고랄 졈 하야주쇼셔," 귀금이가 들고 있는
보퉁이에 눈길을 주면서, 그는 최에게 부탁했다.

"녜, 원슈님."

그는 속으로 입맛을 다셨다. 보퉁이 하나를 달랑 든 귀금이의 모
습이 마음에 걸렸다. 그는 그녀의 귀향을 금의환향(錦衣還鄕)으로
만들어주고 싶었다. 꼭 비단옷을 입지는 않더라도. 호셔챵의군 원
슈의 정인에 걸맞게 화려한 모습으로 선물을 듬뿍 안고서 부모를
뵙게 하고 싶었다. 그러나 막상 선물을 주려 하니, 사정이 뜻과 같
지 않았다. 쌀을 한 열 섬 보내거나 암소라도 한 마리 끌고 가도록
하면 좋을 터였지만, 지금 군량이 부족한 상황에서 그렇게 하기는
어려웠다. 쌀을 보내자면, 나르는 것도 문제였다. 생각 끝에 쌀어
음 백 문을 그녀에게 건넸지만, 시골 사람들에게 쌀어음이 대수롭
게 보이지 않을 것은 뻔했다.

"아, 최 대쟝. 나이 근위병 세 사람알 함끠 가게 하겠나이다."

지금 여자 둘이, 그것도 반군에 속한 여자들이, 호위 없이 밖에
나다니는 것은 아주 위험했다. 자신이 이제는 천한 신분에서 벗어
났고 호위병들이 따를 만큼 중요한 사람이 되었음을 고향 사람들
에게 알리는 것이 귀금이에게도 싫지는 않을 터였다. 그래도 사사

로운 일에 의약참모부쟝과 병사들 셋을 쓴다는 것이 마음에 걸려서, 그는 마음을 정하지 못하고 한참 머뭇거렸었다.

"녜, 원슈님." 마음이 한결 놓이는지, 최는 얼굴에 밝은 웃음을 올렸다. "근위병들히 함끠 가면, 여러모로 됴할 새압나니이다."

그가 손짓하자, 셩묵돌이 급히 다가왔다.

"셩 대쟝, 시방 최 대쟝끠셔 귀금 아씨와 함끠 귀금 아씨 부모님 알 뵈오려 가나이다. 여긔셔 이십 리 즈음 다외난 금동면 범바회골이란 곳이니이다. 녀자달만 보낼 수 없으니, 근위병 세 사람알 함끠 보내고 싶은듸……"

"녜, 원슈님. 이대 알겠압나니이다. 쥰비하겠압나니이다."

그가 다가오는 것을 보자, 귀금이는 얼굴을 붉히더니 고개를 숙였다. 그녀는 새 옷을 차려입고 가죽신을 신고 있었다.

"귀금 아씨, 신이 곱나이다. 그 신은 어듸셔 구하샸나잇가?"

그녀가 고개를 들고 최를 흘긋 살폈다. "최 대쟝님끠셔……"

그는 최를 돌아다보았다. "최 대쟝, 감샤하압나니이다."

그의 치하에 최가 뜻밖으로 수줍은 웃음을 지었다. "쇼쟝이야 므어……"

"최 대쟝, 이제브터 귀금 아씨가 찾난 것들흔 최 대쟝끠셔 구해 주쇼셔. 그리하시고 얼머나 들었는듸, 나애게 알려주쇼셔."

"녜, 원슈님. 그리하겠압나니이다."

"원슈님, 뎌어긔……" 귀금이가 어렵사리 입을 열었다.

"녜?"

"앗가 맛님끠 말쌈알 드렸압나니이다. 쇼녀이 범바회골애 다녀

온다고……" 귀금이가 쭈뼛거렸다.

"아, 그리하샀나잇가?" 짜증과 안도감이 뒤섞여서, 목소리가 탁하게 나왔다.

귀금이가 리산웅 부인의 몸종이었다는 사실 때문에 어색한 경우들이 종종 나왔다. 그로선 그 사실을 떠올리게 되는 것이 유쾌할 리 없었다. 그래도 귀금이가 제집에 간다면, 그가 그 얘기를 리에게 하는 것이 도리였다. 어쩔 수 없이 어색한 자리일 터인데, 이미 귀금이가 스스로 알렸다니, 잘된 셈이었다.

"맛님끠셔 쇼녀에게 쌀어음을 십 문 나려주압샀나니이다."

그는 한순간 버럭 짜증이 났다. 리산웅이나 귀금이나 예전의 상전과 노비 관계를 아주 끊지 않은 것이 한 번 더 드러났다. 리산웅이 이제는 면천된 데다가 원슈의 어엿한 정인이 된 귀금이이게 쌀어음을 준 것도 마음에 거슬렸지만, '맛님' 얘기를 할 때마다, 귀금이가 특별히 공경하는 태도를 보이는 것도 달갑지 않았다. 자신이 비합리적으로 반응한다는 생각은 그런 짜증을 오히려 더 크게 만들었다.

잠시 대꾸가 없자, 귀금이가 흘긋 그의 얼굴을 살폈다.

"아, 그리하샀나잇가? 총참모쟝끠셔……" 그는 급히 얼버무렸지만, 그의 귀에도 자신의 목소리가 매끄럽게 들리지 않았다.

"맛님끠셔 쳐가댁애 뎐하라 하시면셔, 편지 한 통알 주압샀나니이다."

마침 성묵돌이 근위병 둘과 함께 돌아왔다. 말을 끌고 있었다.

그가 고개를 끄덕여 보이자, 성이 조심스럽게 말했다. "원슈님,

쇼쟝 생각애난 쇼쟝이 두 분을 뫼시고 가난 것이 옳알 닷하압나니이다. 쇼쟝이 말알 끌고 가면, 시혹 므슴 일이 삼겨도, 이내……"

"셩 대쟝 녜아기 옳아니, 그리하쇼셔."

그사이에 창고 모퉁이를 돌아갔던 최가 꽤 큰 보퉁이 하나를 들고 나타났다.

"므슥이니잇가?" 그는 웃음 띤 얼굴로 물었다.

"브억에셔 음식을 졈 얻었압나니이다. 친졍으로 부모님 뵈오려 가시난듸, 빈손아로 가실 수야…… 마참 쇼랄 잡아셔, 고기 있길래, 쇼쟝이 졈 얻었압나니이다." 그런 일이 당연하다는 듯, 그녀는 아무런 거리낌없이 말했다.

그는 잠자코 고개를 끄덕였다.

"짐알 이리 주쇼셔. 말애 실으면……" 셩이 최에게 다가가서 짐을 받아 들었다.

"그러하시면 쇼쟝안 다녀오겠압나니이다. 챵의." 최가 바로 서더니 맵시 있게 경례했다.

"챵의." 그도 자세를 바로 하고 답례했다.

"쇼녀도……" 귀금이가 얼굴을 붉히면서 우물거리더니 허리 굽혀 인사했다.

"그러하면, 귀금 아씨, 잘 다녀오쇼셔. 최 대쟝, 어둡기 전에 돌아오쇼셔."

"녜, 원슈님. 이대 알겠압나니이다."

남문 쪽으로 향하는 다섯 사람을 따라, 그도 몇 걸음 걸었다. 눈길이 말에 실린 음식 보퉁이에 끌렸다.

'다른 사람이 개인 일에 쓰려고 저렇게 음식을 얻었다면, 나는 분명히 잘못이라고 했겠지. 그러나 지금은 최 대쟝이 이렇게 주선해준 것이 고맙기만 하지. 나도 모르는 새 내가 이곳 사람들의 생각과 행동을 너무 엄격한 기준에 따라 판단하는 경향이 있나 늘 살펴야 하겠지.' 그는 스스로에게 일렀다. '옛말씀에도, 사람이 너무 살피면 따르는 이들이 없다고 했지.'

2방진이 움직이기 시작했는지, 날라리 가락이 들려왔다.

3

'흠.' 동문의 성벽 위에서 관군의 움직임을 살피던 언오는 고개를 끄덕였다. '먼저 에워싸고 보겠단 얘긴가.'

다리를 건넌 관군은 곧장 성으로 몰려오지 않았다. 대신 성의 남쪽에서 동북쪽으로 흐르는 시내를 따라 남북 양쪽으로 갈라지고 있었다. 당연히 혼란스러웠지만, 관군 병사들의 움직임에선 뚜렷한 목표를 따르는 집단의 질서를 느낄 수 있었다. 그들이 입은 제복도 그런 느낌을 더해주었다. 실상이야 어쩌하든, 아직 제복을 갖추지 못한 챵의군보다는 제복을 차려입은 관군이 훨씬 군대다웠다.

'아무래도 쉽지가 않겠구나, 이번 싸움은……' 입맛을 다시면서, 그는 걱정스러운 눈길을 남쪽으로 던졌다. '이제 성안으로 들어오긴 늦었지? 올 때가 됐는데. 어디쯤 왔을까?'

례산을 점령한 관군이 대흥현 외북면을 거치는 길로 오고 있다고 척후들이 알린 것은 귀금이 일행이 성문을 나선 지 한 시간쯤 되었을 때였다. 처음엔 긔병들을 보내서 그들을 불러올까 하는 생각도 들었었다. 그러나 그렇게 하는 것은 사람들의 눈길을 끌 터였고 성을 지키는 데도 도움이 되지 않았다. 귀금이를 보호하는 사람들에 대한 믿음도 있었다. 최월매의 경험에다 근위병들의 용기가 합쳐지면, 어지간한 어려움은 헤쳐낼 터였다. 그래도 막상 엄청난 적군이 성을 에워싸기 시작하니, 걱정이 안 될 수 없었다.

그는 시내 건너편 관군 진영을 바라보았다. 속으로 눌러 넣었던 두려움이 다시 고개를 들면서, 써늘한 그늘이 가슴을 덮었다.

대단한 군대였다. 깃발들이 몰려 있는 품으로 보아 본부임이 분명한 곳을 중심으로 병사들이 들판을 메우다시피 했고 그 뒤로 길을 따라 병사들의 행렬이 길게 뻗쳐 있었다. 추산하기는 물론 어려웠지만, 아직 도착하지 않은 부대가 없다 하더라도, 3천 명은 될 듯했다. 례산현령을 에워싼 관군이 2천 가까이 되리라고 리산구가 추산했단 얘기를 박션동이 전했으므로, 그는 관군이 많아도 2천을 넘지 않으리라고 생각했었다. 몰려오는 적군을 보면, 사람들은 아무래도 그 세력을 실제보다 크게 볼 터였다. 그래서 예상보다 훨씬 큰 관군이 모습을 드러냈을 때, 그는 작지 않은 충격을 받았다.

'도대체 저 많은 병력이 어디서 왔단 얘긴가.' 그는 고개를 저었다. 튱쳥도 관찰사가 동원한 군대치곤 병력이 너무 많았다. 그동안 튱쳥우도 남부의 고을들에도 연락을 해서 병력을 동원한 듯했다. 그렇다면, 공쥬(公州) 진관의 병력은 자연스럽게 례산에서 합세했을 터였다.

'우리보다 세 배가 넘으니…… 성이 떨어지면, 귀금인 차라리 밖에 있는 것이 낫겠지.' 자신의 생각이 원슈의 자리에 있는 사람에게 어울리지 않는다는 것을 깨닫고, 그는 그 생각을 서둘러 밀어냈다. '이제 귀금이 걱정은 그만하고, 성을 지키는 일에 마음을 쏟아야지. 내가 왜 갑자기 마음이 이리……'

그는 성벽 위에 늘어선 병사들을 둘러보았다. 모두 긴장된 낯빛에 굳은 자세로 적군이 몰려오기를 기다리고 있었다.

'모두 속으론 두렵겠지. 나도 속이 이렇게 울렁거리는데……' 그는 가슴을 펴고 숨을 깊이 들이쉬었다. 성 위에서 적병들이 움직이는 것을 바라보면서 그들이 공격해 오기를 기다리는 것은 생각보다 힘들었다. 지금까지 그는 늘 공격하는 편이었으므로, 이렇게 적의 공격을 기다린 적은 없었다.

성루 옆에 놓인 화덕에서 불꽃 튀는 소리가 났다. 불을 보살피던 병사가 왼쪽 아궁이의 장작들을 새로 고이더니 송진이 번질번질한 소나무 장작 한 개를 집어 그 위에 얹었다. 화덕에 걸린 가마솥 두 개엔 모래가 가득 들어 있었다.

어정쩡한 웃음에 얼굴이 땅겼다. 겨울을 나는 동안 로션이 떨어져서, 살결이 거칠어졌어도, 얼굴에 바를 만한 것이 없었다. 혀로 마른 입술을 축이면서, 그는 화덕에 뜻이 담긴 눈길을 주었다. '이제 곧 알겠지, 얼마나 효과가 있는지.'

아침에 연병장으로 나오는 길에 그는 취사듕대의 여군들이 일하는 곳에 들렀었다. 보령에서 몰고 온 황소들을 잡아 갈무리하는 일이 제대로 되어가는지 살피려는 것이었다. 거기서 부뚜막에 걸터

앉아 가마솥에 참깨를 볶는 여군을 보자, 그는 문득 생각 하나가 떠올랐다. 알렉산드로스 대왕이 페니키아 연안의 티루스를 칠 때, 티루스 사람들이 달궈진 모래를 위에서 뿌리는 바람에 마케도니아 군대가 공성에 큰 어려움을 겪었다. 모래가 옷 속으로 들어가자, 살을 덴 마케도니아 병사들이 비명을 지르면서 배 위에 실린 공성 기구들에서 바다로 뛰어내렸다고 했다. 그 광경이 하도 처참해서, 알렉산드로스 대왕은 달궈진 모래를 뿌리는 티루스 사람들을 악독 하다고 여겼다. 티루스를 점령한 뒤, 그가 티루스 사람들을 그로서 는 예외적으로 가혹하게 다룬 데엔 모래 공격에 대한 응징의 뜻이 적잖이 담겼었다. 그렇게 달궈진 모래를 뿌리는 것이 지금 큰 효과 를 볼 수 있으리라고 그가 꼭 믿는 것은 아니었다. 그러나 적병들 에게 뿌릴 모래를 달구는 것은 성벽 위에서 적군의 공격을 기다리 는 병사들에게 일거리를 주고 그들의 마음을 적잖이 밝게 만들 터 였다. 그래서 그는 성문마다 가마솥을 두 개씩 걸게 했다.

좁은 돌다리를 건너는 것이 더뎌서, 다리 앞엔 관군 병사들이 몰 려서 북적거렸다. 조급해하던 병사들이 마침내 순서를 어기고 물 이 졸아든 시내를 그냥 건너기 시작했다. 장교들이 소리를 지르면 서 막으려 했지만, 될 일이 아니었다. 그러자 들판의 분위기가 문 득 바뀌었다. 한꺼번에 여러 부대들이 시내를 건너게 되면서, 관군 은 둑이 터진 못물처럼 되었다. 대오들이 흐트러지고 부대들이 뒤 섞였다. 힘든 싸움이 아니라 무슨 잔치를 앞둔 것처럼, 병사들은 소리 지르고 깃발을 흔들면서 흥겨워했다.

'하긴 례산현텽을 손쉽게 점령했으니, 이번에도 저렇게 덤비는

거겠지.'

례산현령을 짓밟는 관군과 죽임을 당하는 챵의군의 모습이 떠올랐다. 가슴에서 분노와 증오가 뒤섞인 검붉은 감정의 기둥이 불끈 솟구쳤다. 그는 눈을 감고 핏줄을 타고 거세게 흐르는 분노와 증오의 외침을 들었다.

귀를 울리던 소리들이 좀 잦아들었다. 숨을 길게 내쉬고서, 그는 눈을 떴다. 두 손에 힘을 주어 성벽을 짚고 관군 진영을 노려보았다. '오냐. 오늘 갚아주마. 이번엔 다르다. 피를 보마. 여기 홍쥬성 밖 들판을 피로 물들이마.'

2대대쟝 류갑슐이 다가왔다. 걸음에 탄력이 있고 낯빛도 밝았다. 동문의 수비를 맡은 류는 자신의 2대대말고도 11궁슈대대의 1듕대와 8공병대대의 6포병듕대를 지휘하고 있었다. 홍쥬성 싸움은 어차피 동문을 중심으로 벌어질 터여서, 투셕긔 부대가 동문에 배치된 것이었다. 그가 중요한 동문의 수비를 류에게 맡긴 뜻을 류 자신도 잘 알고 있었다. 보령 슈영을 칠 때부터, 류는 문득 장수의 자질을 드러내서 그를 흐뭇하게 했다. 광시댁 소작인에서 챵의군 대대쟝으로의 변신은 배추벌레에서 화사한 나비로의 변태만큼 놀라웠다. 실은 류만이 아니었다. 그를 따라 모반에 참가해서 챵의군의 요직들에 오른 대지동 산골 사람들이 모두 훌륭한 지휘관들이 된 것이었다.

관군이 동쪽에서 오고 있다는 보고를 받자, 그는 이내 부대들을 배치했다. 서문은 5대대와 11궁슈대대의 5듕대가 맡았다. 11궁슈대대 5듕대는 최근에 들어온 병사들 가운데 활을 쏠 줄 아는 병사들을 뽑아서 새로 만들었는데, 등대쟝은 귀순한 슈영 슈군인 량호근이었다. 남문은 1대대와 11궁슈대대의 2등대가 맡았고, 북문은 3대대와 11궁슈등대의 3등대가 맡았다. 나머지 부대들은 예비대로 두었다. 6긔병대대, 7대대, 6포병등대를 뺀 8공병대대의 나머지 등대들, 10특공대대, 12공병대대, 13운슈대대, 그리고 참모부의 일부 병력이었다. 본래의 일들에서 전투 임무로 징집된 참모부 병력은 백 명 남짓했는데, 그는 그 병력을 둘로 나누어, 김을산이 거느린 특공대대와 합류한 조를 뎨1젼투단으로 하고 황구용이 거느린 쳑후등대들과 합류한 조는 뎨2젼투단으로 해서 임시 편성을 마쳤다.

"원슈님, 취사등대애서 수울을 가져왔압나니이다." 류가 보고했다.

"아, 그러하니잇가?" 그는 밝게 웃으면서 안쪽을 돌아보았다.

아직 똬리를 머리에 얹은 취사등대 여군들 대여섯이 서 있었다. 옆에 동이들과 바구니들이 놓여 있었다.

'때맞춰 왔구나.' 아까 병사들에게 술과 국을 나눠주라고 리산응에게 이르고 올라온 터였다.

옛적엔 동양에서나 서양에서나 싸움에 나가는 병사들에게 술을 먹였다. 격렬한 싸움을 자주 벌였던 그리스에선 아예 병사들의 식량에 포도주가 들어 있었다. 그래서 에우리피데스의 작품엔 "〔술의 신〕 디오니소스도 〔전쟁의 신〕 아레스의 영역에 상당한 지분을 가졌다"는 구절이 있다. 실은 그런 전통은 쭉 이어져서 근대에서도 술은 싸움터의 병사들에게 필수품이었다. 싸움을 앞두고 점점 커지는 두려움을 견디려면, 병사들은 마음을 가라앉힐 수단이 필요했고, 그런 데엔 술보다 나은 것이 없었다. 술은 부상의 아픔을 무디게 하는 진통제 노릇도 하므로, 병사들은 더욱 술을 반겼다. 게다가 알코올은 자기 보호 조건반사를 무디게 해서, 병사들이 용감하게 보이는 행동을 하도록 했고 스스로 그렇게 느끼도록 만들었다. 다른 마약들도 그런 효능을 지녔으니, 대마초는 옛날부터 그런 데 쓰였다. 자객을 뜻하는 '어새신assassin'은 원래 '하시시hashish'를 드는 사람을 뜻하는 '하시신hashishin'에서 나왔는데, 그 말은 11세기부터 거의 3백 년 동안 중동에서 자객들을 통한 반대 종파의 암살을 벌인 이슬람 종파가 대마초의 환각 작용을 이용해서 자객들을 부린 데서 나왔다. 20세기의 베트남 전쟁에서 미군 병사들이 많이 대마초에 중독된 것도 싸움터의 병사들이 맞은 불안에 대한 전통적 반응이었다.

지금 성 위에서 적군이 공격 준비를 하는 것을 바라보아야 하는 병사들은 마음이 무척 떨릴 터였다. 그래서 병사들에게 술을 한잔씩 먹이는 것은 좋은 방책이라고 생각한 것이었다.

"잘다외얐나이다. 군사달해게 수울을 난호아주쇼셔."

"녜, 원슈님." 류가 따라서 웃음을 띠었다.

'벌써 세 시가 넘었으니, 배도 출출하고 목도 마르겠지.' 술이 나왔다는 것을 알자, 굳었던 몸을 풀고 문득 활기를 보이는 병사들을 그는 대견스러운 마음으로 바라보았다.

"스승님, 여긔……" 배고개댁이 소반을 들고 다가왔다.

그녀는 아직도 고집스럽게 그를 '스승님'이라 불렀다. 그를 그렇게 부르는 그녀 마음을 짐작하고서, 그도 그녀를 '보급대대쟝 딕사 김순례' 대신 '복심이 어마님'으로 불렀다. 저수지 사업을 시작할 때부터 그를 보살핀 그녀에게 그 정도의 배려는 최소한의 예의라 고 그는 생각했다.

"아, 녜. 복심이 어마님꾀셔 슈고랄 많이 하시나이다." 그는 소 반에 놓인 술 대접을 들어 옆에 원슈기를 들고 선 림형복에게 내밀 었다. "자아, 림 대쟝, 수울을 겸 드쇼셔."

림이 황급히 고개를 저었다. "아니압나니이다. 원슈님꾀셔 드실 수울을…… 쇼인달한 잇다가……"

"나난 아직 목이 마라디 아니하니, 몬져 드쇼셔. 긔를 드는 일이 힘들고 위험하니, 이 수울을 드시고셔……" 그는 웃으면서 권했다.

"스승님, 그 수울은…… 스승님, 몬져 드쇼셔. 근위병들히 들 수 울은 쇼인네 다시 가져오겠압나니이다." 배고개댁이 부리나케 술 동이들이 놓인 곳으로 돌아갔다.

"몬져 드쇼셔. 김순례 대쟝이 오기 전에 어셔……"

그가 웃음 띤 얼굴로 다시 권하자, 림이 황공한 얼굴로 머뭇거리 더니 긔를 유화룡에게 넘기고 대접을 받아들었다. "원슈님, 그러 하시면 쇼인이……"

그가 림에게 안주로 나온 삶은 쇠고기와 김치를 들라고 손짓하 는데, 배고개댁이 큰 술 바가지를 들고 돌아왔다. "여긔……"

급히 쇠고기 한 점을 입에 넣은 림이 그에게 대접을 내밀었다.

속이 타던 참이라, 그는 단숨에 대접을 비웠다. "어허, 싀훤하 다. 복심이 어마님, 수울 맛이 아조 됴하나이다."

그녀 얼굴이 환해졌다. "스승님, 국도 좀……"

"녜." 그는 근위병들에게 술을 들라고 손짓으로 권했다. 묵은 김치에 돼지고기를 썰어 넣고 끓인 국이 속을 시원하게 훑었다. "어허, 됴타. 국맛이 참아로 됴타. 복심이 어마님, 다란 대도 수울과 국을 보내샸나이다?"

"녜, 스승님. 다란 대도 다 수울과 국을 보냈압나니이다." 정이 담긴 눈길로 그의 얼굴을 더듬으면서, 그녀가 자랑스럽게 대꾸했다.

"잘하샸나이다." 그녀의 눈길을 받기가 어려워서, 그는 성루 쪽을 살폈다.

병사들이 윗사람들의 눈치를 살피면서 다가와서 술과 국을 먹고서 제자리로 돌아가고 있었다. 술을 마신 병사들은 몸과 낯빛이 한결 풀린 모습이었다.

멀리 관군 본진 위에 걸린 아지랑이가 묘한 감정을 불러냈다. '이 좋은 봄날에……'

이제 관군의 병력 배치는 상당히 이루어져서, 본진 둘레엔 병사들이 그리 많이 몰려 있지 않았다. 성을 양쪽으로 돌아가는 관군의 두 줄기들의 앞머리는 이미 보이지 않았다. 두 줄기의 크기가 비슷해서, 어느 쪽이 주공인지 분간하기 어려웠다. 아마도 슈셩군(守城軍)의 병력이 크지 않다고 판단하고서, 한꺼번에 덮치려는 듯했다.

군데군데 사다리를 든 병사들이 보였다. 그는 쌍안경을 들어 사다리들을 살폈다. 쓰던 것들도 있었고 생나무로 만든 것들도 있었다. 작전도 미리 세우고 준비도 상당히 했다는 얘기였다.

다행히, 충거(衝車)는 보이지 않았다. 총통을 든 병사들도 없는

듯했다. 그는 고개를 끄덕였다. '성문을 부수고 들어올 수는 없으니, 한숨을 놓은 셈인데……'

"그러하시면 쇼인네는 나려가보겠압나니이다." 그가 국그릇을 비우자, 배고개댁이 아쉬운 낯빛으로 소반을 집어 들었다.

"슈고랄 많이 하샸나이다. 취사둥대의 군사달해개 나이 치하라더라고 녜아기하야주쇼셔."

"녜, 스승님. 이대 알겠압나니이다. 스승님." 그녀 목소리가 문득 잠기면서, 젖은 눈길이 그의 얼굴을 어루만졌다. "부대 조심하쇼셔."

"녜." 가벼운 웃음을 지어 보이면서, 그는 고개를 끄덕였다. 편치 않았던 마음이 문득 가라앉았다. 힘든 싸움을 앞에 두면, 의례적인 인사도 새롭게 들리게 마련이었다. 싸움에 진다면, 말할 것도 없었지만, 이긴다 해도, 꼭 살아남으리라고 확신할 수 없었다. 게다가 함께 대지동 산골에서 나와 여기 홍쥬까지 온 처지였다. 가슴 한구석이 보드랍게 젖어드는 것을 느끼면서, 그는 목소리에 고마운 마음을 실었다. "우리 군사달할 위하야 취사둥대 요원들히 또 슈고랄 많이…… 배고판 군사달한 힘까장 싸우디 못하나이다."

갑자기 관군 진영이 소란해졌다. 바로 앞쪽에서 누가 깃발을 흔들면서 무어라고 외치고 있었다. 둘레의 관군 병사들이 따라 소리를 질렀다. 그러자 깃발을 든 병사가 성 쪽으로 나오기 시작했다. 둘레의 병사들이 소리를 지르면서 따라 나오기 시작했다. 가까운 데 있던 병사들이 합세했다. 마침내 그들은 큰 무리가 되어 동문과 북문 사이의 성벽을 향해 몰려왔다. 북문과 남문을 돌아가던 관군들도 걸음을 멈추고 바라보더니 차츰 걸음을 돌려 성을 향했다.

'어떤 전투 계획도 적군과의 첫 만남에서 살아남지 못한다.' 몰트케의 얘기가 떠올랐다. '더구나 여러 고을의 군사들이 급히 모여 만들어진 군대니, 통제가 제대로 되지 않는 것이 당연하겠지.'

관군을 지휘하는 튱청도 관찰사나 병마우후는 먼저 성을 에워싼 다음 한꺼번에 달려들도록 전투 계획을 세웠을 터였다. 그렇게 해서 챵의군의 병력을 분산시켜야, 병력이 압도적으로 많다는 관군의 이점을 제대로 살릴 수 있었다. 그러나 례산현텽의 싸움에서 어렵지 않게 이긴 데다 싸움터의 분위기에 젖어 흥분되자, 성을 치는 일을 가볍게 여긴 병사들이 명령을 무시하고 성을 향해 달려든 것이었다. 멀리 돌아가기보다는 바로 성을 공격하는 것이 편하게 보일 터였고, 어쩌면 그 편이 용감한 행동으로 여겨졌을지도 몰랐다. 제대로 훈련되고 통제된 군대라면 보일 수 없는 행동이었다. 어쨌든, 이제 관군의 주공은 그가 예상했던 대로 동문 쪽이 될 터였다.

'흠. 이제 한 가지는 내 예상대로 되었구나.' 그는 야릇한 웃음을 입가에 흘렸다.

부대를 배치할 때, 그가 내려야 했던 어려운 결정들 가운데 하나는 투셕긔들을 운용하는 6포병듕대를 어디에 배속시키느냐 하는 것이었다. 투셕긔들을 날라서 조립하는 데 시간이 적잖이 걸리기도 했지만, 셕탄들이 무거웠으므로, 적의 주공을 확인한 뒤에 포병듕대를 배치할 수는 없었다. 관군이 동쪽에서 오니, 관군의 주공이 어디가 되든, 동문 둘레에 관군 병사들이 많이 몰리리라 생각했었는데, 그 예상이 맞은 것이었다.

그는 성루로 다가갔다. "류 대쟝, 젹군이 몰려오니, 몬져 투셕긔들로 셕탄알 쏘쇼셔."

"녜, 원슈님," 술을 마시는 휘하 병사들과 몰려오는 관군들을 번갈아 살피던 류가 차분한 어조로 대꾸하고서 옆에 선 셔진형에게로 돌아섰다. "셔 대쟝, 투셕긔를 쏘쇼셔."

곧 셕탄 두 발이 힘차게 숫구쳐 성벽을 넘었다. 관군이 뭉쳐서 몰려오는 터라, 셕탄들은 표적을 제대로 찾았다. 성벽 위에서 바라보던 챵의군 병사들 사이에서 함성이 일었다. 그래도 셕탄들의 효과는 밀물처럼 거칠게 밀려오는 관군들의 기세에 자취를 남기지 못하고 파묻혔다. 그렇거나 말거나 투셕긔들은 꾸준히 움직였고 셕탄들은 힘차게 성벽을 넘었다.

그는 밀려오는 관군 앞머리까지의 거리를 가늠해보았다. 50미터가량 되었다. "류 대쟝, 이제 살알 쏘쇼셔."

"녜, 원슈님," 류가 대꾸하고서 김영츈을 돌아다보았다. "김 대쟝, 살알 쏘쇼셔."

"녜," 김이 대꾸하고서 자기 병사들에게 외쳤다, "뎨일궁슈듕대, 싸홈 자리로."

"싸홈 자리로," 복창이 나오고 제자리를 떠났던 궁슈들이 부리나케 돌아갔다. 뒤늦게 술을 마신 궁슈 하나가 겸연쩍은 웃음을 흘리면서 그의 곁을 지나갔다.

"궁슈 쥰비," 김이 외쳤다.

"쥰비," 성가퀴에 몸을 숨긴 궁슈들이 복창하더니 시위에 화살을 먹이고 몰려오는 관군 병사들을 겨누었다.

그는 궁슈들에게 일제사의 중요성을 거듭 강조했었다. 일제사는 위력이 클 뿐 아니라 화살을 아끼는 길이기도 했다. 화살이 충분치 못하다는 것은 이번 싸움에서 그가 걱정하는 약점들 가운데 하나였다. 그래서 부대들의 수비 위치를 밝힌 작전 명령에서도 그는 11대대의 지휘관들에게 되도록 일제사를 하라고 당부했었다.

"쏴," 김이 외치고 치켜들었던 붉은 깃발을 내렸다.

그의 기대와는 달리, 화살들은 일제히 날아가지 않았다. 명령을 내리는 듕대댱을 보랴, 표적을 겨냥하랴, 궁슈들은 바빴다. 후드득, 후드득, 서른 개 넘는 화살들이 제각기 포물선을 그렸다. 그래도, 관군이 뭉쳐서 밀려오는 터라, 화살들은 대부분 표적을 찾은 듯했다. 앞쪽의 관군들이 적잖이 쓰러졌다. 그러나 몰려오는 관군의 관성이 워낙 커서, 궁슈들의 일제사도 꾸준히 날아가는 셕탄들도 관군의 움직임을 늦추지 못했다.

"쏴," 김이 다시 외치고 화살들이 다시 날았다.

이제 관군이 성벽에 가까워졌다. 기세가 대단했다. 모두 미친 듯이 소리를 지르고 있었다. 성벽 위의 챵의군 병사들은 그런 관군 병사들의 움직임에 넋을 빼앗긴 듯 그저 바라보고 있었다.

"류 대댱, 군악대애개 붊을 티라 하쇼셔."

그는 군악대를 넷으로 나누어 성문마다 하나씩 배치했다. 방진을 이룬 군대는 발을 맞춰나가야 전열을 유지할 수 있으므로, 군악대가 꼭 있어야 했다.

곧 북소리가 울리기 시작했다. 북소리를 듣자, 성벽 위의 병사들이 정신을 차리고 적군을 맞을 채비를 했다.

마침내 관군의 무리가 거센 파도처럼 성벽에 이르렀다. 절벽에 부딪쳐 거품을 내는 것처럼, 더 나아갈 곳을 잃은 관군 병사들이 혼란스럽게 뒤엉켰다. 그 거품들 위로 사다리 몇 개가 솟더니 성벽에 기대섰다.

막 부딪친 두 군대가 내는 갖가지 소리들 사이로 뒤쪽 포병듕대에서 나는 심상찮은 소리들이 그의 바쁜 마음속으로 비집고 들어왔다. 돌아다보니, 투셕긔는 한 대만 움직이고 있었다. 움직임을 멈춘 다른 한 대 둘레에는 듕대쟝 셔진형과 병사들이 몰려 있었다.

"셔 대쟝, 므슴 일이니잇가?" 그는 마침 눈길이 마주친 셔진형에게 물었다.

"이호긔가 바사뎠압나니이다." 셔가 송구스러운 어조로 설명했다.

"고티난 대 오래 걸위겠나니잇가?"

"아모리 하야도……" 셔가 고개를 저었다. "공병대애셔 와야 고틸 수 이실 새압나니이다."

"그러하면, 셔 대쟝, 이호긔 요원들헤게 셕탄알 들고 여긔로 올아와셔 젹군들헤게 더디라 하쇼셔."

"녜, 원슈님." 셔가 씨익 웃고서 병사들을 돌아다보았다. 저희 듕대쟝의 명령이 떨어지기도 전에, 이호긔 포병들은 돌을 두어 개씩 집어 들고 성벽 위로 향했다.

어느 사이엔가 싸움은 치열해져 있었다. 사다리를 타고 오르는 관군들과 성 위에서 막아내는 챵의군들이 뒤엉켰다. 누가 명령을 내린 것도 아닌데, 병사 둘이 열심히 가마솥의 모래를 큰 나무 주

격으로 퍼다가 사다리를 타고 오르는 관군 병사들에게 붓고 있었
다. 이제 제법 때를 맞춰 나가는 화살들이 차츰 효과를 내기 시작
했지만, 관군들의 기세는 아직도 대단했다. 공격하는 관군 병사들
의 수가 워낙 많아서, 챵의군의 힘이 곧 부치게 될 듯했다.

'이제 예비 병력을 투입할 때가 된 것 같은데……' 그는 예비 병
력이 있는 연병장 쪽을 돌아다보았다.

그의 마음을 읽기라도 한 듯, 말을 타고서 성안을 돌면서 전투
준비를 점검하던 김항렬이 저만큼 오고 있었다.

"김 총독."

"챵의." 말을 몰아 다가온 김이 말 위에서 경례했다. "원슈님,
군사달한 모도 작젼 명령대로이 배티다외얐압나니이다. 우리 군사
달히 이대 싸호고 이시압나니이다."

"이대 하샀나이다. 셔문 녁은 엇더하나니잇가? 관군이 그녁에도
왔나잇가?"

"앗가 돌아다볼 때까장안 셔문 녁에는 아직 관군이 보이디 아니
하얐압나니이다."

"김 총독, 샹알 보아하니, 젹군은 동문과 북문 사이로 많이 몰여
올 닷하나이다. 내 생각애난 이제 예비대랄 동문과 북문에 배티하
난 것이 됴할 닷한듸, 김 총독 생각애난 엇더하나니잇가?"

김이 잠시 생각을 가다듬었다. "녜, 원슈님. 쇼쟝 생각애도 그리
하난 것이 됴할 닷하압나니이다."

"그러하시면 김 총독끠션 김을산 대쟝의 뎨일젼투단을 잇그시
고셔 북문으로 가셔셔 최셩업 대쟝알 도와쥬쇼셔. 그리하시고 황

구용 대쟝꾀는 뎨이젼투단알 잇글고셔 이리로 오라 하쇼셔."

"녜, 원슈님. 이대 알겠압나니이다. 챵의." 김의 눈빛과 목소리가 문득 깊어졌다.

"챵의." 가슴속에서 울컥 솟은 무엇에 목이 뻣뻣해지는 것을 느끼면서, 그는 자세를 바로 하고 답례했다.

김항렬과는 이미 여러 번 함께 싸움을 치른 터였지만, 어려운 싸움을 앞두고 살아서 다시 보지 못할 수도 있다는 것을 생각하면서, 이렇게 자세를 바로 하고 경례하는 것은 늘 새롭게 다가오는 경험이었다. 말머리를 돌린 김이 연병장 쪽으로 가볍게 달려가는 것을 침침한 눈으로 바라보던 그는 마음을 다잡고 돌아섰다.

그사이에도 관군 병사들은 몰려와서, 성 바로 아래에 있는 병사들은 움직이기도 어렵게 되었다. 성루 바로 아래에 관군 병사들이 많이 몰린 것이 눈에 들어왔다.

그의 마음속에서 문득 두려움의 검은 물살이 솟구쳤다. '성문을 부수려고 하는구나.'

마음을 가다듬고서 찬찬히 살펴보니, 그러나 그들은 성문을 부수려는 기색이 없었다. 성문을 부술 만한 기구도 보이지 않았다. 성루 바로 아래에 있으면, 화살과 셕탄을 피하기가 오히려 수월해서, 그리 몰린 모양이었다.

"여긔 바로 아래애 격군들히 몰였다. 이놈달해개 뜨거운 모래랄 퍼브어라," 그의 눈길을 따라 아래를 살피던 류가 화덕을 지키던 병사들에게 외쳤다.

불을 보살피던 병사들이 바삐 움직이기 시작했다. 한 병사가 가마솥 뚜껑을 열자, 다른 병사가 거름을 푸는, 자루가 긴 바가지로 모래를 펐다. 이어 조심스럽게 성벽 끝으로 가서 모래를 부었다.

이내 아래쪽에서 비명이 났다. 목소리로 보아, 적어도 서넛은 모래에 덴 모양이었다.

거름 바가지를 든 병사가 놀란 낯빛을 지었다. 그러고는 번들거리는 눈빛을 하고 달려와서 다시 모래를 펐다. 모래가 뿌려지고 다시 비명이 올랐다.

'흠. 모래가 생각했던 것보다 효과적이구나.' 고개를 끄덕이면서, 그는 전황을 살폈다.

관군은 처음의 흉흉하던 기세가 좀 꺾인 듯했다. 병사들의 자발적 돌격으로 시작된 터라, 공성은 조직적이지 못했다. 무엇보다도, 궁슈들이 공격하는 병사들을 제대로 지원하지 못했다. 산발적으로 화살들이 날아와서, 성벽의 챵의군 병사들에게 큰 위협이 되지 못했다. 반면에, 챵의군의 궁슈들은 차분히 일제사로 관군 병사들을 공격했고, 투석긔도 꾸준히 셕탄을 날리고 있었다. 그래서 수가 많은 관군과 수는 적지만 유리한 위치에 선 챵의군 사이에 균형이 이루어진 듯했다. 북문 쪽에도 상황은 비슷했다. 남문 쪽엔 싸움이 아직 그리 치열하지 않았다.

그때 관군 뒤쪽에서 말 탄 장수 둘이 나타났다. 한 무리 관군이 그들을 따랐다. 앞선 장수가 칼을 빼어 들더니 무어라고 외치면서 관군을 독려했다. 관군 진영의 북소리가 갑자기 높아졌다. 그러자 장수들을 따라 시내를 건너온 관군 병사들이 앞으로 달려 나왔다. 이제 뒤쪽에 선 궁슈들이 훨씬 조직적으로 화살을 쏘기 시작했다.

용기를 얻었는지, 앞쪽의 관군 병사들이 다시 거세게 밀어붙이기 시작했다.

화살 몇 대가 그의 머리 위로 날아갔다. 병사들보다 키가 크고 빨간 운동모자를 쓴 데다가 높은 깃대 위에서 펄럭이는 원슈긔(元帥旗) 바로 아래에 선 까닭에, 그는 관군 궁슈들의 좋은 표적일 터 였다.

"오량슈," 그의 명령을 박우동에게 전하고 돌아오던 연락듕대쟝 림형복이 황급히 외쳤다. "그리 멀뚱거리디 말고 방패로 원슈님을 가리개나."

겸연쩍은 웃음을 지으면서, 오가 어설픈 자세로 방패를 들고서 그를 가리고 섰다.

"어라," 관군 진영의 움직임에 문득 질서가 나타난 것을 가볍게 감탄하면서 한 바퀴 둘러보던 그는 외마디 소리를 냈다.

동문과 북문 중간의 성벽으로 관군들이 올라오고 있었다. 성벽 위에서 막아내던 챵의군 병사들이 차츰 뒤로 밀리고 있었다. 동문을 맡은 2대대와 북문을 맡은 3대대가 만나는 곳이라, 거기가 원래 가장 약한 곳이었다.

"근위대대난 나랄 딸와라," 그는 급히 외치고서 그곳으로 달려가기 시작했다.

2대대 2듕대 병사들이 겁에 질려 도망쳐 왔다. 그 뒤로 관군 병사들이 쫓아오고 있었다. 그사이에 30미터는 됨직한 성벽을 관군들이 차지했다.

"챵의구운. 챵의구운," 원슈가 가까이 있다는 것을 알려서 물러나는 병사들을 돌려세우려고, 그는 거듭 구호를 외쳤다.

"챵의구운. 챵의구운." 뒤따르는 근위병들이 복창했다. 그러나 겁에 질린 병사들을 좀처럼 돌아서지 않았다.

"도망가디 말아라. 원슈님끠셔 여긔 겨시다." 2대대 2등대의 단대쟝인 송종현이 도망치는 병사들을 막아서면서 외쳤다.

저만큼 몸집이 큰 관군 병사 하나가 등을 보인 챵의군 병사 하나를 칼로 내려쳤다. 등에 칼을 맞은 병사가 입만 벌린 채 소리도 제대로 내지 못하고 거꾸러졌다.

그 끔찍한 광경에 그의 속이 뒤집혔다. 피가 머리로 솟구치면서, 귀가 먹먹했다.

그 관군은 피 묻은 칼을 휘두르면서 미친 소리를 질렀다.

문득 그의 가슴이 오그라들었다. 그 관군 병사는 바로 그를 붙잡았던 칼 잘 쓰는 아산현령의 관원이었다.

'여기서 다시 만났구나. 질긴 인연이기도 하다. 이번엔 그 인연을 끊어주마.' 이를 악물고 마음을 다잡으면서, 그는 달리는 걸음을 늦추지 않은 채 가스총을 뽑아 들었다.

도망치는 챵의군 병사들을 다시 뒤쫓기 시작한 그 관원이 한순간 멈칫했다. 그를 알아본 것이었다.

그는 이내 그 관원을 겨냥하고 방아쇠를 당겼다. 그 관원이 의식적으로 반응할 시간을 주지 않으려는 것이었다. 이미 가스총을 맞아보았으므로, 그 관원은 가스총에 어떻게 대처해야 하는지 생각해두었을 터였다. 그래서 상대에게 그런 생각을 떠올려 의식적으로 반응할 시간을 주지 않는 것이 긴요했다.

흰 연기의 그물이 그 관원과 뒤에서 나오던 관군 병사 하나를 한 꺼번에 끌어안았다. 오른 무릎을 꿇고 선택침을 표준거리에서 원격거리로 바꾼 다음, 그는 사다리를 오르는 관군 병사들을 겨냥하고 쏘았다.

연기가 가시었을 때, 성벽 위에는 챵의군 병사들의 시체들과 가스에 기절한 관군 병사들만 누워 있었다. 성벽 아래 사다리들 둘레마다 기절한 관군들이 포개져 있었다. 가까스로 연기를 피한 관군 병사들은 멀찍이 물러나서 겁에 질린 낯빛으로 성벽을 바라보고 있었다.

관군에게 뚫렸던 곳의 건너편에는 성벽 위로 올라왔던 관군 병사들을 막 처치하고 난 최성업이 칼을 짚고서 숨을 돌리고 있었다. 그를 보자, 최가 반사적으로 앞으로 나왔다. "원슈님."

"최 대쟝, 오디 마쇼셔," 급히 외치면서, 그는 두 손을 뻗어 막는 시늉을 했다. "연긔 아직 독하니, 거긔 그대로 겨쇼셔."

"녜, 원슈님." 그가 전에 '도슐'을 쓰는 것을 본 터라, 최는 이내 말뜻을 알아들었다.

바람의 방향을 살피면서, 그는 조심스럽게 관군에게 뚫렸던 곳을 살폈다. 그제야 그는 2대대 2등대쟝 김인식이 쓰러진 것을 보았다. 여러 번 칼을 맞은 듯, 그의 시체는 유난히 처참했다.

'여기서 이리 죽었구나……' 갖가지 감정들이 들끓는 가슴에도 대지동에서 같이 나온 사람이 죽었다는 사실이 비집고 들어갈 틈은 있는지, 한순간 그는 시려서 아픔에 가까운 아쉬움을 맛보았다. 김은 구화실 사람으로 그의 부인과 아이를 그가 치료해준 적이 있었다.

그러나 그는 그 감정을 이내 눌러 넣었다. 회상이나 애도가 모두 사치스러울 수밖에 없는 상황이었다. 다시 날아오기 시작한 화살들이 그 사실을 확인해주었다.

그는 아산현령의 관원에게로 다가갔다. 가스를 마셔서 괴로웠을 터인데도, 기절한 그 관원의 얼굴에는 광기에 가까운 증오와 분노만 어렸다. 그는 망설임 없이 칼을 뽑아 그 관원의 목을 쳤다. '너와의 악연은 이렇게 끝났다. 너의 정체가 무엇이든.'

목에서 뿜어 나온 핏줄기를 내려다보면서, 그는 마음 한구석에 늘 엎혀서 어둑한 그림자를 던진 두려움이 말끔히 가시는 것을 느꼈다. 시간비행사든 아니든, 토정 선생이 부렸던 자객은 이제 죽은 것이었다. 다른 관원 둘은 스스로 무엇을 할 만한 인물들은 못 되었다. 그는 가슴을 펴고 숨을 깊이 쉬었다.

"원슈님."

돌아다보니, 황구용이 병사들 몇을 이끌고 달려오고 있었다. "녜, 황 대쟝."

"숑구하압나니이다. 쇼쟝이 늦게 와셔, 원슈님끽셔⋯⋯" 숨을 몰아쉬면서, 황이 숑구스러운 얼굴로 말했다.

"하마터면, 큰일이 날 번하얐나이다." 싱긋 웃으면서, 그는 고개를 저었다. "이제 다외얐나이다. 황 대쟝."

"녜, 원슈님."

"군사달회 반알 여긔 배티하쇼셔. 남아지 반안 예비대로 두었다가, 성문 갓가이 두었다가, 어려운 일이 삼기면, 쓰쇼셔."

"녜, 원슈님. 이대 알겠압나니이다."

챵의군 시체들과 관군 포로들의 처리를 황구용에게 지시하고서, 그는 동문으로 향했다. 이제 관군은 제대로 배치되어서 시내 건너편엔 관군 본진만 남은 듯했다. 본진도 아까보다는 꽤 앞쪽으로 나와 있었다. 아무래도 관군은 남문의 공격을 위해서 병력을 모으는 듯했다.

'흠. 이제 작전 계획을 제대로 짠 모양이구나.' 남문 쪽은 지세가 높아서 공성하기 좋았으므로, 관군으로선 처음부터 그쪽을 주공으로 하는 것이 옳았다. '아니면, 원래 짠 작전 계획대로 병력들이 움직이고 있거나. 어쨌든, 관군의 예기가 한풀 꺾인 셈이니, 우리로선 다행인데……'

송종현이 흩어진 2듕대 병사들을 다시 모으고 있었다.

"송 대쟝."

"녜, 원슈님."

대답하는 송의 눈에 핏발이 선 것이 눈에 들어왔다. "이번에 송 대쟝끠셔 이대 하샀나이다. 김인식 듕대쟝끠셔 전사하샀아니, 송 대쟝끠셔 뎨이듕대랄 맛다쇼셔."

송이 머뭇거리더니 둘레에 모인 병사들을 흘긋 둘러보았다.

"류갑슐 대대쟝끠는 나이 녜아기하리라. 송 대쟝끠 뎨이듕대쟝 직임을 맛다얐노라고. 그러하니 송 대쟝끠셔는 이듕대랄 잇그시고셔 앗가 맛닸던 자리로 가셔셔 디킈쇼셔. 시방 황구용 대쟝이 그 자리랄 맛다셔 디킈고 이시니, 황 대쟝과 샹의하야 일을 쳐티하쇼셔."

346

"녜, 원슈님. 이대 알겠압나니이다."

그가 동문 가까이 갔을 때, 쳔영셰가 말을 타고 달려왔다. "원슈님."

"녜, 쳔 대쟝. 므슴 일이니잇가?"

"챵의. 남문으로 몰려온 젹의 군사달히 아조 많아셔, 디킈기 어렵나이다. 그러하야셔 박초동 대쟝이 원슈님끠 말쌈드리라고……구원하난 군사달할 보내주십사 하고……"

"그러하면, 쳔 대쟝, 연병쟝아로 가셔셔, 윤삼봉 대쟝끠 칠대대랄 잇글고셔 남문으로 가셔 일대대랄 도오라 니르쇼셔. 륙긔병대대도 남문 녁으로 가셔, 사졍이 급하면, 이대대랄 도와주쇼셔. 나도 시방 남문 녁으로 가난 길이니이다."

"녜, 원슈님. 챵의." 쳔이 말을 돌려 연병쟝으로 달려갔다.

그는 유화룡을 돌아다보았다. "나이 시방 남문으로 가난 길이니, 유 부병끠셔는 졈백이를 끌고셔 남문으로 오쇼셔."

원슈긔가 다가오는 것을 보자, 동문 남쪽 셩벽에서 싸우던 병사들이 환호했다. 졍신없이 싸우는 사이에도, 틈을 내셔, 그에게 경례하는 병사들도 있었다.

"어이쿠," 뒤에서 누가 비명을 질렀다.

돌아다보니, 권졍슈가 일그러진 얼굴로 다리에 박힌 화살을 내려다보고 있었다. 보령에셔 응모한 병사였다. 살에 박힌 화살은 징그러웠다.

"어셔 권 딕병을 셩루로 옮기쇼셔." 그는 림형복에게 일렀다. "거긔 의원이 이시니, 살알 뽑고 상쳐를 치료하개 하쇼셔."

림의 지휘 아래 근위병들이 권을 들어 메었다.

'신경이나 핏줄을 건드리지 않고 화살을 뽑을 수 있을까? 경험이 많은 의원들이 있으니, 그런 일은…… 우춘이가 있으니, 소독도 제대로 하겠지.' 살에 박힌 징그러운 화살의 모습을 마음에서 밀어내면서, 그는 걸음을 이었다.

남문 가까이 가자, 챵의군이 힘든 싸움을 한다는 것이 점점 뚜렷해졌다. 챵의군 병사들은 잘 싸웠지만, 남문에 몰린 관군의 병력이 워낙 많았고 공셩 준비도 상당히 잘된 듯했다.

'사태가 심상찮은데……' 그는 걱정스러운 마음으로 성 안쪽을 살폈다. 다행스럽게도, 저만큼 7대대의 깃발이 다가오고 있었다. 보병들 뒤로 기병들 몇이 보였다.

갑자기 남문 쪽에서 무엇이 부서지는 소리가 나면서, 고함 소리가 솟았다. 챵의군 병사들이 다급히 외쳤다. 그의 가슴이 얼어붙었다. 관군 병사들이 남문으로 밀려들어 오고 있었다. 둑을 무너뜨리고 몰려오는 물길처럼 기세가 너무 거세어서, 가까이 있던 챵의군 병사들은 싸울 엄두도 내지 못한 채 뒤로 밀려났다.

그는 남문의 성문이 부서지는 상황은 생각지 않았었다. 그가 걱정했던 것은 남문의 성루가 아니라 남문과 서문 사이에 있는 슈문(水門)이었다. 그래서 박초동에게 슈문을 잘 지키라고 당부했던 터였다.

"챵의구운. 챵의구운," 거듭 전투 함성을 지르면서, 그는 가스총을 빼어 들고 성루로 치달았다.

어쩔 줄을 몰라 당황하는 얼굴로 박초동이 그에게로 다가왔다.

성루 둘레에 있는 병사들이 모두 겁에 질린 얼굴로 밀려들어 오는 관군을 내려다보고 있었다. 성벽 위에서 활을 쏘던 궁슈들도 놀라서 손을 놓고 있었다. 그래도 북소리가 계속 울리는 것이 고마웠다.

"젼터로 밧긔 젹군들헤게 살알 쏘쇼셔. 돌알 더디쇼셔. 성문으로 들어온 젹군들흔 우리 칠대대 군사달히 맛할 새니이다. 셩안아로 들어온 젹군들흔 이제 독 안애 든 쥐들히니이다. 밧긔 젹군들헤게 살알 쏘쇼셔. 돌알 더디쇼셔."

그가 외치는 소리를 듣자, 박이 마음을 가다듬어 병사들을 독려하기 시작했다. 병사들이 차츰 정신을 차려 다시 밖으로 화살을 쏘고 돌을 던지기 시작했다.

그는 성문 바로 앞에 몰린 관군 병사들을 향해 가스총을 거듭 쏘았다. 상황이 워낙 위급했으므로, 그는 아쉬운 마음으로 탄창을 다 비웠다. '이제 가스총도 끝났구나. 저 세상에서 가져온 유일한 무긴데……'

자욱한 가스 연기 속에서 관군들이 기침을 하고 소리를 지르더니 곧 고꾸라졌다. 연기를 본 관군 병사들은 피하려 애썼지만, 뒤에서 밀어붙이는 힘이 워낙 커서, 발버둥을 치다가 연기를 마시고 고꾸라졌다. 연기는 남쪽에서 불어오는 가벼운 바람을 타고 성문 안으로 들어와서 이미 안으로 들어온 관군들을 뒤에서 감쌌다.

"원슈님끠셔 도슐을 쓰셨다." 누가 외쳤다. 환호성이 그 외침을 받았다.

"챵의구운," 누가 외치자, 모든 병사들이 받았다, "챵의구우운."

한숨을 쉬고서, 그는 성문 안쪽을 돌아다보았다. 성문으로 들어온 관군은 백 명쯤 될 듯했다. 뒤따라 들어오는 동료들이 없자, 그들은 차츰 멈췄다. 그러고는 성문 둘레에 쓰러진 동료들을 보고 놀라서 당황스럽게 움직였다.

그때 천영세가 이끈 6긔병대대가 닿았다. 창을 꼬나들고 기세 좋게 달려오는 긔병들을 보자, 관군은 이내 돌아서서 성문 쪽으로 달아났다. 그러나 성문이 좁은 데다가 쓰러진 관군들이 널려 있어서, 도망치는 관군들은 성문 앞에 몰렸다. 등을 보인 그들에게 긔병들이 달려들었다.

죽는 것이 적병들이었지만, 그것은 끔찍한 광경이었다. 싸움터에서 가장 위험한 것은 도망치느라 적에게 등을 보이는 것이었다. 그래서 발이 빠른 긔병들에게 추격을 당하면, 보병들은 살아남기 어려웠다.

용케 빠져나간 관군들이 땅에 널린 관군 병사들을 넘어서 허겁지겁 도망쳤다. 성벽에서 날아간 화살들이 몇을 맞혔다. 그들을 쫓아, 성문 밖으로 나간 긔병들을 천영세가 급히 불러들였다.

이상한 연기에 동료들이 무더기로 쓰러진 데다가 성안으로 몰려들어갔던 동료들이 쫓기어 나오고 긔병들까지 나타나자, 뒤로 물러나 바라보던 관군들이 흔들리기 시작했다.

'드디어……' 그는 싸움의 흐름이 문득 바뀌는 것을 느꼈다. 싸움이 시작된 뒤 처음으로 싸움터의 분위기가 챵의군 쪽에 유리하게 바뀌고 있었다. 숨을 깊이 쉬고서, 그는 마음을 정했다. '치자.'

그는 처음부터 이런 기회를 기다린 것이었다. 곧 중앙 정부의 군대가 한성에서 내려올 터였으므로, 튱쳥도 관찰사가 거느린 이곳의 지방군을 빨리 깨뜨려서, 두 군대가 합치는 것을 막아야 했다. 성을 나가서 반격할 준비는 제대로 되지 않았지만, 지금 머뭇거리면, 언제 다시 반격할 기회가 올지 몰랐다.

"챵의. 원슈님, 뎨칠대대 도탹하얐압나니이다." 성루로 올라온 윤삼봉이 숨찬 목소리로 보고했다.

"챵의. 윤 대쟝, 이제 반격할 때 다외얐나이다. 칠대대랄 성문 앒애 셰우쇼셔. 다삿 줄 방진아로 셰우쇼셔."

"녜, 원슈님. 챵의." 말을 아끼는 윤은 경례만 하고 이내 내려갔다.

"박 대쟝," 그는 윤이 온 것을 보고 쭈뼛쭈뼛 다가온 박초동에게 말했다. "이제 우리 반격할 때 다외얐나이다. 일대대 군사달할 모도 성문 앒애 셰우쇼셔. 다삿 줄 방진아로 셰우쇼셔."

"녜, 원슈님. 이대 알겠압나니이다."

"일대대난 칠대대 왼녁에 셰우쇼셔. 그리하시고 이궁슈듕대의 궁슈들흔 일대대의 왼녁에 셰우쇼셔. 궁슈들히 일대대의 넢구리를 감싸개 하쇼셔."

"녜, 원슈님. 이대 알겠압나니이다. 그러나한디⋯⋯" 박이 머뭇거리면서 뒤쪽을 흘긋 돌아다보았다. "궁슈들흔 이제 살이 얼머 남디 아니하얐압나니이다. 살이 다 떨어딘 궁슈들도 이시압나니이다."

"아, 그러하나니잇가?" 그는 잠시 생각했다. 좋은 생각이 떠오르지 않았다. 방진의 측면을 궁슈들로 보호하려는 원래의 계획을 지금 바꿀 수도 없었다. "사정이 그러하야도, 그대로 궁슈들흘 맨 왼녁에 셰우쇼셔. 림치욱 대쟝끠 방패랄 가잔 궁슈들흘 맨 왼녁에 셰우라 니르쇼셔. 시방 종요로온 것은 빨리 격군을 티난 것이니이다."

"녜, 원슈님. 이대 알겠압나니이다." 적군을 제대로 막지 못해서 굳었던 박의 낯빛이 좀 풀렸다.

"원슈님," 뒤쪽에서 유화룡이 외쳤다. "졈백이랄 다려왔압나니이다."

"녜. 슈고하샸나이다. 나이 곧 나려가겠나이다." 출격할 생각에 마음이 달뜨는 것을 느끼며, 그는 성벽 앞쪽으로 나가서 굽어보았다.

도망치는 적병들을 쫓고 싶은 마음을 가까스로 억누르는 듯, 긔병들이 서성거리고 있었다. 말들도 긔병들의 그런 마음에 흥분된 듯 내닫고 싶어 하는 몸짓을 했다.

"쳔 대쟝."

앞쪽의 상황을 살피던 쳔이 말 위에서 윗몸을 돌리고 올려다보았다. "녜, 원슈님."

"이제 우리 반격할 새니이다. 류긔병대대난 맨 올한녁에 셔쇼셔. 긔병대대 왼녁에 칠대대 셔고, 그 왼녁에 일대대 셔고, 이궁슈 듕대난 맨 왼녁에 셔나이다."

"녜, 원슈님," 쳔이 싱긋 웃으면서 힘차게 대꾸했다.

관군의 사기가 떨어지고 혼란에 빠진 틈을 빨리 이용하고 싶은 생각으로 조급해진 마음을 달래면서, 그는 연락듕대의 리쟝선에게 손짓했다. "리 부병, 작전 명령을 받아 쓰쇼셔."

"네, 원슈님." 리가 이내 배낭에서 종이와 붓과 행연을 꺼냈다. 근위듕대를 근위대대로 확대 개편할 때, 그는 친위 임무와 연락 임무를 나누었다. 그리고 문셔참모부 소속 요원들 몇을 연락듕대에 배치해서 이내 작전 명령을 내릴 수 있게 했었다.

마음을 가다듬고서, 그는 천천히 부르기 시작했다.

호셔챵의군 작전 명령 데오호

발신: 원슈
슈신: 총참모쟝, 륙군 총독, 모든 대대쟝, 모든 전투단쟝

격군의 공격이 실패하얏으므로, 이제 우리 챵의군이 홍쥬셩을 나가셔 격군을 틸 때 두외얏도다. 각 부대쟝들흔 왼녁과 같이 격군을 공격훌 새도다.

ᄒ나. 셩문을 디킈는 대대쟝들흔 휘하 부대들훌 잇글고셔 셩문을 나가 격군을 틸 것. 부대는 다삿 줄 방진을 맹갈으셔 나아갈 것. 궁슈듕대룰 맨 왼녁에 셰워셔 방진의 녚구리를 보호훌 것.

둘. 각 부대는 바로 앞의 격군을 텨부수고 이어 동문 밧긔 격군 본진으로 향훌 것.

세. 셔문을 맛든 데오대대는 셔문으로 나가디 말고 동문으로

나와셔 격군을 틸 것. 셔문을 디키는 일을 대신 맛돌 공병
부대 이르면, 비르소 임무를 넘기고 믈러나서 동문 밧가로
나갈 것.

네.   뎨일견투단은 븍문에셔 뎨삼대대와 홈끠 나아갈 것. 문에
셔 츌격ᄒᆞᄂᆞᆫ 부대둘흔 뎨삼대대쟝이 지휘할 것.

다ᄉᆞᆺ. 뎨이견투단은 동문에셔 뎨이대대와 홈끠 나아갈 것. 동문에
셔 츌격ᄒᆞᄂᆞᆫ 부대둘흔 뎨이대대쟝이 지휘홀 것.

여ᄉᆞᆺ. 뎨륙긔병대대ᄂᆞᆫ 남문에셔 뎨이대대와 홈끠 츌격홀 것. 연락
임무를 받디 아니ᄒᆞᆫ 근위대대 요원들흔 뎨이대대애 합류ᄒᆞ
야 방진을 이룰 것.

닐굽. 전투 부대둘히 셩 밧가로 츌격ᄒᆞ면, 셩을 디킈는 일은 총참
모쟝이 맛둘 것. 총참모쟝은 뎨팔공병대대, 뎨십이공병대
대 및 뎨십삼운슈대대룰 거ᄂᆞ릴 것. 격군이 아직 그대로 남
은 셔문과 사ᄅᆞᆸ은 격병들히 많은 남문에 병력을 많이 배
티홀 것. 셩을 디킈는 군사둘흔 사ᄅᆞᆸ은 격병들흘 엄히 감
시홀 것.

여듧. 원슈는 뎨륙긔병대대와 홈끠 격을 틸 새니, 보고홀 일이 이
시면, 뎨륙긔병대대룰 찾을 것.

긔묘 삼 월 십칠 일

원슈 리언오

마음이 조급해서 그런지, 명령이 매끄럽게 나오지 않았다. 그가

부르기를 마치자, 리쟝션이 거듭 고쳐서 시꺼먼 초안을 보면서 필사하는 요원들에게 부르기 시작했다.

"리 부병."

"녜, 원슈님."

"나난 시방 군사달할 잇글고셔 젹군을 티러 셩 밧가로 나가나이다. 나마지 일달한 리 부병이 림형복 대쟝과 샹의하샤 쳐티하야주쇼셔. 대쟝달히 작젼 명령을 빨리 받아볼 수 이시다록 하쇼셔."

그가 셩루에서 내려와 졈백이를 올라타자, 박초동이 다가왔다. "원슈님, 방진알 다 맹갈았압나니이다."

"그러하면 나가서 티사이다."

그가 졈백이를 타고 셩문을 나셨을 때, 부대들은 그의 지시대로 셩문 앞에 서 있었다. 2대대 방진의 한가운데에 선 림형복이 자랑스럽게 원슈긔를 들고 있었다. 그는 앞으로 나서면서 칼을 뽑아 들었다. "챵의구운. 앞아로."

"챵의구운," 이내 함성이 오르면서, 방진들이 무겁게 움직이기 시작했다. 군악 소리가 힘차게 울리기 시작했다.

그는 긔병대의 왼쪽에 서서 긔병들과 함께 걸어나가기 시작했다. 그가 거기 있으면, 긔병들과 보병들의 연결이 끊어지는 일은 없을 터였다. 그가 걱정한 것은 군대의 전면에 틈이 생기는 것만이 아니었다. 도망치는 적병들을 쫓는 일에 정신이 팔린 긔병대가 싸움의 승패가 결정되는 주전장을 벗어날 위험도 있었다.

실제로 그런 일은 드물지 않았다. 대표적인 경우는 17세기 영국에서 찰스 1세와 의회가 싸운 내전의 '네이즈비 싸움'이었다. 왕당파 군대와 의회파 군대가 맞선 그 싸움에서 독일의 루퍼트 왕자가 이끈 왕당파 우익의 기병대는 의회파 좌익의 기병대를 일찌감치 압도했다. 그러나 루퍼트 왕자는 흥분한 그의 기병들을 제대로 통제할 수 없었고 왕당파 기병들은 도망치는 적병들을 쫓아 주전장을 벗어났다. 그래서 그는 가운데에 있는 의회파 보병 부대를 뒤에서 공격하지 못했다. 반면에, 의회파 우익의 기병대를 거느린 올리버 크롬웰은 왕당파 좌익의 기병대를 이기자 자기 부대의 일부만 적병들을 쫓게 하고 주력은 가운데에 있는 왕당파 보병 부대의 옆구리를 공격하도록 했다. 그래서 보병 부대들끼리의 싸움에선 우세를 보였던 왕당파 보병 부대는 크롬웰이 이끈 기병대의 공격을 받고 흩어졌다. 결국 그 중요한 싸움은 기병대를 제대로 통제할 수 있었던 의회파 군대의 승리로 끝났다.

뒤에서 몰아대는 날라리 소리와 북소리에 맞춰, 챵의군은 천천히 관군을 향해 나아갔다. 관군 병사들이 허겁지겁 물러났다. 남문 둘레엔 챵의군의 방진들에 맞설 만한 관군 부대가 없다는 것이 드러났다.

"왼녁으로," 군대가 2백 미터쯤 나아간 뒤, 그는 명령을 내렸다. 성벽과의 거리가 2백 미터면, 궁슈들이 성을 공격하는 관군 병사들에게 마음 놓고 활을 쏠 수 있을 터였다.

굼뜨게 움직이는 방진이 전열을 유지한 채 방향을 바꾼다는 것은 힘든 일이었다. 다행히, 긔병대가 오른쪽에 서서 왼쪽의 보병보다 좀 앞서 나갔으므로, 방향 전환은 큰 혼란 없이 이루어졌다.

방향을 바꾼 그의 군대는 성벽을 멀찌감치 왼쪽에 끼고 동북쪽으로 나아갔다. 동문과 남문 사이의 성벽을 공격하던 관군 부대들은 갑자기 들이닥친 군대를 맞아 혼란스러워졌다. 마침내 관군 병사들이 황급히 뒤로 물러나기 시작했다. 성벽 위에서 싸우던 챵의군 병사들이 환호성을 올렸다.

'조금만 더 몰아치면, 관군의 후퇴는 패주가 될 것도 같은데……' 그는 마음을 정하고 말을 앞으로 몰았다. 양 날개의 병사들도 그를 볼 수 있을 만큼 앞으로 나아가자, 그는 말 위에서 몸을 돌리고 외쳤다, "챵의구운."

"챵의구운." 병사들의 복창은 거대한 짐승이 몸을 일으키면서 내는 외침이었다.

"돌겨억," 그는 칼로 앞을 가리키면서 외쳤다.

"돌겨어억," 병사들의 복창이 그를 뒤에서 밀었다.

병사들이 달려 나가기 시작했다. 속력을 내기 시작한 긔병대가 곧 내빼는 관군 병사들을 덮쳤다.

앞선 긔병들과 따라오는 보병들 사이에서 천천히 말을 몰면서, 그는 싸움터를 살폈다. 싸움은 잘 풀리고 있었다. 관군이 패주하고 챵의군이 쫓는 것만이 아니었다. 관군 병사들이 도망치는 방향이 관군 본진 쪽이었으므로, 추격하는 챵의군 병력은 자연스럽게 관군 본진을 향하고 있었다. 도망치는 병사들이 몰려든 관군 본진은 이미 혼란스러웠다.

문득 왼쪽에서 군악이 올랐다. 이어 우렁찬 전투 함성이 났다, "챵의구운."

동문 앞에서 방진을 이룬 챵의군 병력이 앞으로 나오고 있었다.

'류 대장이 정말 잘한다. 이제 싸움이 확실히 우리 쪽으로 기울었지.' 고개를 끄덕이면서, 그는 관군에게 예비대가 있는가 살폈다. 쌍안경으로 살펴보니, 새로 투입될 만한 병력이 관군 본진 뒤쪽에 있는 것 같지는 않았다.

멀리서 군악과 전투 함성이 올랐다. 그는 다시 쌍안경을 들어 살폈다. 예상대로, 북문을 나온 3대대였다. 그쪽에서도 관군 병사들이 본진을 바라고 도망쳐 오고 있었다.

'이제 이긴 모양이구나.' 관군의 본진을 향하여 좁혀드는 세 부대를 번갈아 살피면서, 그는 입가에 느긋한 웃음을 올렸다. 문득 우러른 봄 하늘이 평화스러웠다.

4

하도 세게 어금니를 악물어서, 이가 바숴질 것만 같았다. 그래도 잔상(殘像)이 망막을 지졌다. 어찔한 마음을 다잡으면서, 언오는 눈을 떴다. 끔찍한 모습이 다시 눈으로 밀려들어 왔다. 다시 눈을 감았다. 밑동이 끊긴 나무처럼 흔들리는 마음을 진정시키려 애쓰면서, 숨을 깊이 쉬었다. 시체들에서 나는 냄새가 마음속까지 밀려 들어 왔다. 가슴은 막히는데, 속은 먹은 것이 넘어올 것처럼 울렁거렸다. 다시 눈을 떴다. 저절로 옆으로 돌아가는 고개에 힘을 주고서, 눈을 부릅떴다.

끔찍하리라 예상했지만, 그를 맞은 광경은 훨씬 끔찍했다. 단번에 마음속으로 받아들이기엔 너무 끔찍했다. 효수된 것만도 끔찍한 일이었지만, 한둘이 아니라, 백 몇십 사람이 한꺼번에 목이 잘린 것이었다. 막대기에 꽂혀 내걸린 머리들은 제각기 그에게 인사하는 듯했다. 그러나 흔들리는 횃불 아래 드러난, 피가 엉겨 붙어서 말라버린 머리들은 누군지 알아보기 어려웠다.

　　謀反大逆不道罪人
　　山九等一百二拾七名
　　依軍律當日禮山縣
　　不待時陵遲處斬

　맨 앞줄 홀로 걸린 리산구의 머리 위에 드리운 종이에 거칠게 쓰인 글이 그에게 다른 뜻이 담긴 인사를 건넸다.

　'모반대역부도죄인 산구 등 일백이십칠 명 의군률 당일 례산현 부대시 능지처참,' 글 뜻을 제대로 새기는 것이 중요한 것처럼, 그는 찬찬히 글자를 확인하면서 속으로 읽었다.

　'일백이십칠 명.' 비틀거리던 마음이 숫자를 붙잡고 맴돌았다. '일백이십칠 명. 그리도 많은 사람들이 능지처참을…… 몸은 찢기고 머리는 잘리고…… 그럼 몸은 어디 있나?'

　둘러보는 눈길에 저만큼 무엇이 둥그렇게 쌓인 것이 잡혔다. 처음엔 볏단 같은 것을 쌓아놓았거니 하고 여겼었는데, 이제 보니 머리 없는 시신들이 쌓인 모양이었다. 속이 다시 울컥 뒤집혔다. 아무리 오래 맡아도, 시체 냄새는 익숙해지지 않는 듯했다.

　그의 눈길을 따라 거기를 살피던 박우동이 병사에게서 횃불을 받아 들고서 다가갔다. 맨 위의 거적을 걷고 들여다보더니, 박이 흠칫 뒤로 물러섰다. 그러고는 그를 돌아다보았다. 박의 얼굴을 일그러진 가면 같았다.

그는 모인 사람들을 둘러보았다. 어느 사이엔가 사람들이 많이 모여 있었다. 지위가 높은 사람들은 다 모인 듯했다. 하긴 모두 이곳이 보고 싶을 터였다. 그러나 병사들이 처참하게 찢기고 효수된 시신들을 보아서 좋을 일은 없을 터였다. 그는 지금 상황에선 모두 바쁘게 움직이도록 만드는 것이 좋다고 판단했다.

"여긔 시신들흘 돌보난 일안 참모부와 십삼운슈대대애셔 맛달새니이다. 다란 대대달한 현텽으로 돌아가쇼셔."

"녜, 원슈님," 바로 곁에 선 류갑슐이 대꾸했다. 다른 대대쟝들이 따라서 대꾸했다.

"박초동 대쟝. 박 대쟝끠셔는 보급대대 김 대쟝과 샹의하야 군사달히 나쥐밥알 빨리 먹게 살피쇼셔."

"녜, 원슈님. 이대 알겠압나니이다."

이어 그는 다른 대대쟝들에게도 할 일들을 맡겼다. 지금 이곳엔 총참모장 리산웅도 륙군 총독 김항텼도 없었으므로, 대대쟝들에게 일을 나누어주는 일을 할 사람이 없었다.

리산웅은 홍쥬류도대장이 되어 8공병대대와 12공병대대가 주력인 잔류 부대를 거느리고 홍쥬에 남았다. 리가 류도대장이 되는 것이 합리적이기도 했지만, 참혹하게 죽은 형의 시신을 보는 것을 피하게 하려는 그의 배려도 있었다. 리도 그의 뜻을 짐작한 듯 별말이 없었다.

김항텼은 북쪽으로 도망친 관군을 쫓아 3대대, 5대대, 6긔병대대의 2개 듕대, 11궁슈대대의 1개 듕대, 그리고 13운슈대대의 1개 듕대를 이끌고 덕산으로 향했다. 덕산현텽을 지키던 사람들이 아직 무사한지 알 길이 없었지만, 관군의 주력이 대흥을 거쳐 홍쥬로 왔으므로, 그 사람들이 례산현령을 지키던 사람들처럼 비참한 운명을 맞지 않았을 수도 있었고 아직 흉보(兇報)도 오지 않았다. 따라서 패주하는 관군이 그들에 대한 위협이 되지 않도록 급히 추격하는 것이 긴요했다.

그 자신은 챵의군의 주력을 이끌고 동북쪽으로 도망친 관군 주력을 뒤쫓았다. 흩어진 관군이 재편성할 틈을 주지 않으려고 그는 강행군을 해서 단숨에 대흥현령을 점령했고 내처 례산현령을 회복한 것이었다.

임무들을 나누어 맡은 대대쟝들이 현령 안으로 들어가자, 13운슈대대쟝 리쟝근이 시체들의 수습에 나섰다. 나이가 지긋한 리는 원래 대지동에서 염을 잘하기로 이름이 있었다. 운슈대대쟝이란 직책까지 지녀서, 이런 일엔 적임자였다. 곧 병사들이 시체들을 감쌀 것들을 들고 나왔다.

"여긔 깔아놓아쇼셔."

맨 앞에 선 병사가 멍석을 땅에 깔아놓았다. 이어 다른 병사가 그 위에 이불보를 폈다.

마음을 가다듬고서, 그는 잘린 머리들이 걸린 곳으로 다가섰다. 눈에 들어오는 광경은 여전히 끔찍했지만, 코가 좀 무디어진 때문인지, 냄새를 역하게 여기는 것조차 죽은 사람들에 대한 불경과 배신이라는 생각 때문인지, 냄새는 좀 덜한 듯도 했다.

그는 리산구의 머리를 내려다보았다. 이상하게도, 아무런 생각도 감정도 일지 않았다. 얼어붙은 듯한 마음속으로 메마른 바람만 불고 있었다. 그의 몸 밖에 있는 무슨 목소리를 들은 듯, 그의 손이 문득 앞으로 나가서 머리를 막대기에 묶은 줄을 풀기 시작했다.

"원슈님, 쇼쟝이……" 그의 서투른 손길이 꼭 매어진 줄을 풀지 못하는 것을 보자, 곁에 다가와서 횃불을 비추던 리쟝근이 조심스럽게 말했다.

"녜." 한숨을 쉬고서, 그는 뒤로 물러섰다.

"이것 받아라." 곁에 선 병사에게 홰를 건네고서, 리가 막대기 앞으로 다가섰다.

보지 않는 눈을 들어, 그는 하늘을 우러렀다. 옅은 구름이 낀 하늘을 달이 밝히고 있었다. 현텽 안에서 나는 갖가지 소리들이 그와는 아무런 상관이 없는 어느 먼 세상의 소리들처럼 들렸다.

"원슈님, 여긔……" 리산구의 머리를 들고 리쟝근이 돌아섰다.

"녜." 그는 다가가서 두 손을 내밀어 잘린 머리를 받아 들었다. 손바닥에 차갑고 단단한 살이 닿자, 차가운 기운이 몸속을 흘렀다. 문득 무엇이 깨어지면서, 속에 갇혔던 검붉은 무엇이 뜨겁게 솟구쳤다. 흐느끼면서, 그는 머리를 가슴에 안았다.

"긔훈이 아바님." 막혔던 무엇이 터지면서, 비로소 이름이 나왔다.

그러고는 막혔다. 마른침을 삼키고서, 그는 리에게 할 말을 찾았다. 아무런 말도 생각나지 않았다. 이 자리에서 무슨 말을 한단 말인가? 무슨 낯으로?

그는 돌아서서 깔린 이불보에 무릎을 꿇었다. 그리고 잘린 곳의 상처가 아프지 않게 하려는 것처럼, 머리를 옆으로 뉘어놓고서 이

불보 한 자락을 들어 머리를 감쌌다.

　그가 일어서는데, 마을 쪽에서 사람들이 다가왔다.

　"거기 뉘다?" 림형복이 앞으로 나서면서 사람들을 막아섰다.

　"뎌긔…… 읍내 마알애셔 찾아온 사람달히니이다. 원슈님끠 드릴 말쌈이 이시다 하야……" 초병인 듯한 병사가 급히 앞으로 나서면서 더듬거렸다.

　"아, 그러하나니잇가? 이리 오쇼셔." 그가 손짓했다.

　그러자 부인 셋이 조심스럽게 다가왔다. 한 사람은 노인이었고 다른 둘은 중년이었다.

　"어셔 오쇼셔. 쇼쟝애개 하실 말쌈이 므슥이시니잇가?" 그는 부드럽게 물었다. "말쌈해보쇼셔."

　"쇼인네는……" 노인이 한 걸음 앞으로 나서면서, 가래가 끓는 목소리로 말했다. "쇼인네는 부영이의, 왕부영이의 쟈근어미압나니이다."

　"아, 그러하시나니잇가?" 날카로운 아픔이 가슴을 후비고 지나갔다. 잘린 머리들이 걸린 곳에 흘긋 눈길을 주고서, 그는 그녀를 찬찬히 살폈다. 쉰 살쯤 되어 보였다.

　"부영이 목이 잘리고 사지 찢길 때, 부영이 둘러셔셔 보던 사람달해개 말하얐압나니이다." 부인의 가래 끓는 목소리에 물기가 어렸다. 부인이 잠시 숨을 돌리고 말을 이었다, "부영이 말하얐압나니이다. 우리 시방 이리 죽디마난, 원슈님끠셔는 꼭 돌아오실 샌듸, 원슈님끠셔 오시거든, 시방 여긔 모호인 사람달한 원슈님끠 이 말쌈알 뎐하여주쇼셔. 우리 챵의군 뎨구대대 군사달한 원슈님끠셔

명하신 대로이 례산현텽을 디킈다 죽었노라고."

5

　"나이 이제 작전 계획을 녜아기하겠나이다. 앗가 떠나기 젼에 녜아기한 대로이, 이번 작전이 뜯을 둔 것은 공셰곶창(貢稅串倉)애 이시난 쌀이니이다. 시방안 아직 조운(漕運)이 다하디 아니하얏알 새니, 공셰곶창애 쌀이 젹디 아니 이실 새니이다. 쌀알 나라난 일이 어렵디마난, 조운하난 배달해 싣고셔 범근내보(犯斤乃浦)랄 디나셔 덕산 고잔다리내(揷橋川)로 올아가면, 일이 졈 쉬울 새니이다." 잠시 말을 멈추고, 언오는 둘러앉은 대쟝들을 둘러보았다.

　"녜, 원슈님," 쳔영셰가 대꾸하고 기대에 찬 낯빛으로 두 손을 마주 비볐다. 다른 대쟝들이 고개를 끄덕였다.

　"사졍이 그러하모로, 죵요로온 것은 공셰곶창의 배달할 손애 넣는 일이니이다. 배 없으면, 쌀알 홍쥬로 가자갈 길이 없으니, 창애 쌀이 아모리 많아도, 그림 속의 떡이니이다. 우리 이텨로 급히 달여온 것도 공셰곶창 사람달히 배랄 타고 도망하디 못하개 하려는

뜯이었나이다. 여러 대장들끠셔는 군사달할 잇그실 때 이 뜯을 닞
디 마쇼셔."

"녜, 원슈님," 대쟝들이 일제히 대꾸했다.

"이제 긔병대난 곧장 선창아로 가셔 배달할 손애 넣을 새니이
다. 공셰곳창애난 선창이 둘히 이시나이다. 동녘에 이시난 동강과
셔녘에 이시난 셔강. 쳔 대쟝끠셔는 일듕대, 이듕대, 삼듕대애다
칠마구듕대랄 잇그시고셔 동강아로 가쇼셔. 나난 오듕대, 륙듕대,
팔듕대애다 구마구듕대랄 잇글고셔 셔강아로 가겠나이다."

긔병대는 원래 5개 긔병듕대와 1개 마구듕대로 이루어졌었는데,
어저께 '뎨이차 홍쥬셩 싸홈'에서 얻은 말들과 오늘 신챵현의 챵덕
역(昌德驛)에서 모집한 역리들로 8긔병듕대를 편성하고 챵덕역의
쟝비들을 징발해서 9마구듕대를 만든 터였다. 신챵현이 례산현과
이웃했으므로 역리들은 챵의군의 소식을 소상하게 알고 있었다.
쳔영셰와 황칠셩의 설득을 받자, 역리들은 오래 머뭇거리지 않았
다. 8긔병듕대쟝은 챵덕역의 역쟝인 전셩무였고, 9마구듕대쟝은
7마구듕대의 선임단대쟝이었던 최갑셕이었다.

"녜, 원슈님. 이대 알겠압나니이다," 쳔이 기운찬 목소리로 대꾸
하고셔 수염을 쓰다듬었다. 어른거리는 횃불에 드러난 쳔의 얼굴
이 여느 때보다 더 억세어 보였다.

"변용호 대쟝하고 최갑셕 대쟝끠셔는 말달할 잘 보살피쇼셔. 오
날 먼 길을 와셔, 말달히 모도 시드러울 새니이다. 말달히 다티거
나 앓디 아니한디 잘 살피쇼셔."

"녜, 원슈님," 두 사람이 대꾸하고셔 헛기침으로 목을 가다듬

었다.

낯빛을 바꾸지 않으려고 애썼지만, 두 사람은 원슈가 마구등대들의 일에 관심을 보인 것이 꽤나 기쁜 듯했다. 마규등대는 긔병등대들로부터 좀 업심을 받은 눈치였다. 현장에서 직접 가치를 만들어내는 사람들은 자신들을 도와주는 사람들을 좀 낮추보게 마련이었다. 운동선수든, 전투기 조종사든, 중세의 기사든. 문제는 등대쟝인 변용호를 비롯해서 마구등대의 병사들 대부분이 긔병들과 마찬가지로 역리 출신이라는 데 있었다. 그들이 불만을 품을 것은 당연했다. 그런 사정을 잘 아는 그는 기회가 나올 때마다 마구등대를 추어올리곤 했다.

"일대대와 칠대대난 언덕 우헤 이시난 창알 졈령하쇼셔. 두 대대의 지휘는 윤삼봉 대쟝끠셔 하쇼셔."

"녜, 원슈님. 이대 알겠압나니이다." 박초동이 먼저 대꾸했다.

"녜, 원슈님. 이대 알겠압나니이다." 흘긋 박에게 눈길을 주고서, 윤삼봉이 대꾸했다.

박의 낯빛이 흔들리지 않고 목소리가 맑아서, 그는 마음이 밝아졌다. 윤이 박보다 품계가 높았으므로, 윤이 두 부대들을 지휘하는 것은 당연했다. 그래도 박이 서운하게 여길 여지는 있었다. 박은 윤보다 나이가 훨씬 많았고 뒤에 챵의군에 합류한 윤과는 달리 처음부터 모반에 참여했었다. 그리고 박은 돌무들기 사람이었고, 윤은 곳뜸 사람이었다. 그 앞에서야 내색을 못했지만, 그가 벌인 저수지 일에 처음부터 참여했던 골짜기 위쪽 마을 사람들과 뒤늦게 이번 모반에 참여한 아래쪽 마을 사람들 사이에 경쟁의식이 남아 있다는 것도 그는 알고 있었다.

"자아, 그러하면, 가보사이다." 그는 자리에서 일어났다.

아침 일찍 그가 이끈 군대는 례산현텽을 나와 신챵으로 향했다. 덕산으로 향했던 김항렬의 부대는 밤늦게 례산에 도착했다. 다행히, 덕산현텽은 무사했다. 그래서 최성업이 3대대를 이끌고 덕산현 주둔군 사령으로 복귀했다.

례산현텽엔 례산현 주둔군 사령으로 임명된 류죵무의 5대대만 남았다. 관군에게 례산현텽이 떨어져 왕부영이 이끈 9대대가 전멸한 것이 마음을 무겁게 했고 근처에 관군 패잔병들이 많았으므로, 1개 대대만을 주둔군으로 삼는 것이 마음에 걸렸다. 그래도 그는 흩어진 관군 병사들이 뭉쳐서 반격을 시도할 가능성은 그리 크지 않다고 보았다. 이번 '데이차 홍쥬셩 싸홈'에서 관군을 지휘한 퉁쳥도 관찰사가 도망치다가 례산 읍내에서 사람들에게 붙잡혀 홍쥬로 압송되었으므로, 관군은 지휘자가 없는 상태였다.

그의 군대는 10시쯤 신챵현텽에 닿았다. 그는 상당한 저항을 예상하고 싸움에 대비했지만, 신챵현텽엔 맞서는 관군이 없었다. 맞서려는 관군이 있었다 하더라도, 신챵현텽은 지키기 어려운 곳이었다. 근처 셩산(城山)에 조그만 산성이 있었지만, 오래전에 버려진 성이라고 했다. 그래서 그는 긔병대를 이끌고서 바로 서남쪽으로 5리가량 되는 챵덕역으로 향했다. 거기서 역리들을 받아들여 긔병대를 확충했다.

다음 목표를 놓고, 그는 한참 망설였다. 가까운 곳에 그의 마음을 끄는 목표들이 둘이 있었다. 온양군(溫陽郡)의 시흥역(時興驛)

은 시흥도(時興道)를 관장하는 역승(驛丞)이 있는 큰 역이었다. 당연히 말들과 역리들이 많을 터여서, 단숨에 긔병대를 상당히 늘릴 수 있었다. 또 하나 매력적인 목표는 아산현의 공셰곳창이었다. 튱청도 지역의 세미를 모아서 조운하는 곳이니, 쌀을 적잖이 얻을 터였다.

점심에 병사들과 함께 줄을 서서 밥을 탈 때에야, 그는 역시 쌀을 얻는 것이 말을 얻는 것보다 중요하다고 결론을 내렸다. 군량이 중요하단 사실만을 고려한 판단은 아니었다. 지금 챵의군은 쌀어음을 많이 발행하고 있었다. 사람들이, 특히 챵의군 병사들이, 쌀어음을 공신력을 지닌 화폐로 받아들이려면, 그것을 이내 쌀로 바꿀 수 있어야 했다. 지폐의 생명은 태환이었다. 그러나 지금 챵의군의 본거지인 홍쥬엔 점점 많이 발행되는 쌀어음을 선뜻 쌀로 바꿔줄 만큼 많은 쌀이 없었다. 지금 쌀을 많이 확보하는 것은 그래서 챵의군의 성공에 결정적 중요성을 지닌 것이었다.

그러나 고분다리내(曲橋川)을 건너는 데 시간이 걸려서, 아산현텽을 점령했을 때는 이미 날이 저물었다. 저녁을 먹고 나자, 그는 공셰곳창 사람들이 반군이 가까이 왔다는 것을 알고서 배를 띄울까 걱정이 되었다. 그래서 긔병대와 보병 2개 대대만을 이끌고 급히 이곳 공셰리로 향한 것이었다. 하루에 백 리 길을 행군하고 다시 십리 넘는 밤길을 급히 왔지만, 이제는 정병들이 된 병사들은 불평이 없었다.

그의 명령이 나오자, 챵의군은 곧 행군 대형을 갖췄다. 아직 달이 뜨지 않았고, 공셰곳창 사람들이 알아차릴까 저어해서, 횃불도

들지 않았으므로, 길은 깜깜했다. 그러나 길을 잃을 염려는 없었다. 이곳에 살았던 병사들이 있었고 공세곶창으로 세미를 나른 병사들도 있었다.

맨 앞에 선 5긔병듕대를 따라, 그는 점백이를 천천히 몰았다. 바로 뒤에 성묵돌이 있어서, 마음이 한결 놓였다. 귀금이를 홍쥬셩까지 무사히 호송하고 나자, 셩은 혼자 례산현텽으로 달려왔다. 말을 타지 못한 다른 근위병들은 7대대와 함께 행군하고 있었다.

기계적으로 움직이면서 마음이 좀 한가로워지자, 작년 7월에 여기 들렀을 때 겪은 일들이 떠올랐다. 조운이 끝난 공세곶창의 한가롭던 풍경과 '호올어미집'이라 불린 주막의 모습이 떠올랐다. 이어 토졍 선생이 보낸 관원들에게 붙잡혀 아산현텽으로 끌려가다가 가스총 덕분에 가까스로 도망쳤던 일로 이어졌다. 이제 와서 돌아보면, 그 조그만 사건이 그의 운명은 말할 것도 없고 이곳의 역사까지 바꾼 변곡점이었다. 그 사건이 아니었다면, 아마도 지금 그는 아메리카 대륙을 향해 시베리아의 삼림을 혼자 걷고 있을 터였다.

'흠.' 그는 느긋한 마음으로 한숨을 내쉬었다. '난 엉겁결에 반군의 우두머리가 되어 이렇게 밤길을 가고 있고. 토졍 선생께선 보령 땅에 묻히셨고. 그 관원들은…… 그 우두머리 관원은 홍쥬셩에서 만나 내 손으로 처치했고. 이제 토졍 선생과 얽혔던 사건은 깔끔하게 마무리되었지. 토졍 선생의 정체가 무엇이었든.'

시간 여행이 발명된 뒤로는 깔끔하게 마무리되는 사건은 물론 있을 수 없었다. 그래도 그의 가슴엔 토졍 선생이 더 이상 그의 앞에 나타나지 않으리란 확신이 든든하게 자리 잡고 있었다.

'이제 저 세상과의 인연에서 올 하나가 더 끊어진 셈이지. 가스
총 탄환도 다 떨어졌고……' 야릇한 웃음이 땀으로 쓰라린 얼굴을
땅겼다. 가스총 탄환이 다 떨어진 것은 크게 아쉬운 일이었지만,
다른 편으론, 마음을 홀가분하게 했다.

저만큼 별들이 뿌려진 하늘을 배경으로 곳집들이 자리 잡은 언
덕이 문득 모습을 드러냈다. 언덕은 어두운 낯빛으로 소리 내지 않
고 다가오는 군대를 굽어보고 있었다. 이어 마을의 불빛이 나타났
다. 조운 철이라 그런지, 작년보다 불빛이 훨씬 많아진 듯했고 사
람들이 내는 소리들도 활기찼다. 느닷없이 나타난 군대를 보자, 마
을 사람들이 놀라서 숨었다. 거나한 노랫가락이 뚝 끊겼다. 아랑곳
하지 않고, 긔병대는 마을 어귀에서 둘로 나뉘어 동강과 셔강의 선
창으로 향했다.

셔강 선창 가까이 가자, 갯내가 짙어졌다. 머리가 맑아지는 것
같아, 그는 가슴을 펴고 숨을 깊이 쉬었다. 그의 얼굴에 느린 웃음
이 퍼졌다. '난 역시 이런……'

둘레가 환해지는 느낌이 들었다. 돌아다보니, 달이 산줄기 위로
머리를 내밀고 있었다. 선창엔 화톳불이 서너 군데 타고 있었고 많
은 사람들이 둘레에서 술을 들고 있었다. 아직 군대가 다가오는 것
을 모르는 듯했다. 선창을 따라 배들이 가지런히 매여 있었다.

'됐다. 허탕은 아닌 모양이다.' 급히 선창을 점령했는데, 배가 없
으면, 자원을 잘못 썼다는 얘기가 될 뿐 아니라 그의 체면도 깎일
터였다. 그래서 은근히 마음이 켕겼던 터였다.

어둠 속에서 불쑥 나타난 긔병들을 보자, 사람들이 놀라서 흩어

졌다. 그러나 5등대가 미리 선창의 먼 끝을 막고 6등대가 창고 쪽을 막았으므로, 그들이 도망칠 곳은 없었다.

"하아, 많다," 놀란 뱃사람들을 달래서 한곳에 모아놓고 숨을 돌리던 그의 입에서 탄성이 새어 나왔다.

달빛에 드러난 배들은 열 척이 넘었다. 선대를 이루어 경강(京江)으로 가려는 것 같았다. 모두 화물을 많이 실은 듯 묵직하게 물속으로 가라앉았다. 배들은 판옥선보다 그리 작지 않았으므로, 배들에 실린 것이 모두 쌀이라면, 그는 뜻밖의 횡재를 한 것이었다.

말에서 내려 고삐를 성묵돌에게 넘기고, 그는 화톳불 가까이 뱃사람들이 모인 곳으로 다가갔다. 뱃사람들은 적어도 2백 명은 되어 보였다.

"여러분들 가온대 뉘 위뒤시니잇가?" 그는 부드럽게 물었다.

쪼그려 앉은 뱃사람들이 겁에 질린 낯빛으로 잠시 서로 쳐다보더니, 늙수그레한 사람 하나가 무릎걸음으로 앞으로 나왔다. 이어 땅에 엎드려 절하더니, 고개만 조금 들고 말했다. "시방 항슈는 다란 대 이시압고…… 여긔션 쇼인이 긔듕 셜이 많사압나니이다."

"닐어나쇼셔. 닐어나셔셔 편히 앉아쇼셔," 그는 목소리를 더욱 부드럽게 냈다. "나난 호셔챵의군 원슈로 리언오라 하난 사람이니이다."

"녜에." 그 사람이 다시 땅에 엎드려 절했다. "쇼인안 신경환이라 하압나니이다. 조선(漕船)의 도사공이압나니이다."

"신 도사공, 부대 닐어나쇼셔."

"녜에, 감샤하압나니이다." 무릎을 꿇은 채, 신이 윗몸만 일으켰다.

"우리 호셔챵의군은 사람달할 해하디 아니 하나이다," 뱃사람들을 돌아다보며, 그는 진지하게 말했다. "모도 편히 앉아쇼셔."

그의 얘기에 마음이 놓였는지, 뱃사람들이 굳었던 낯빛을 좀 풀고서 편히 앉았다. 한 사람이 조심스럽게 헛기침을 하자, 네댓이 따라서 헛기침으로 목을 가다듬었다.

"모도 이곳애 사시나니잇가?"

"아니압나니이다. 쇼인달한 젼라도 령광(靈光) 따희 법셩보(法聖浦)에 살고 이시압나니이다. 쇼인달한," 신이 흘긋 뒤쪽의 동료들을 돌아다보았다. "모다 법셩챵의 조션들흘 부리는 조졸(漕卒)달히압나니이다."

"젼라도 법셩보? 그러하시면, 엇디하야 이곳까장……?"

"쇼인달히 법셩챵의 셰미를 싣고셔 경강아로 가다 큰 바람알 만나 여긔로 피하얐압나니이다."

'셰미'라는 말에 그의 가슴이 부풀어올랐다. "배달한 모도 몇 짝이나 다외나니잇가?"

"모도 열여닯 짝이압나니이다. 처엄에난 스므 짝이었는듸," 심이 마른침을 삼켰다. "긋그젓긔 립파도 앞바다애셔 갑작도이 큰 바람알 만나셔, 배 두 짝이 가라앉았압나니이다. 다란 배달도 많이 샹하얐압나니이다. 그러하야셔 만호끠셔 쇼인달할 잇글고셔 여긔 공셰곳챵아로 오압샸나니이다."

"만호? 만호가 조션들흘……?"

"녜. 법셩보진 만호끠셔 이번 행션을 호송하압샸나니이다."

"아, 그러하나니잇가? 시방 법셩보진 만호난 어듸 겨시니잇가?"

"만호끠션 뎌긔," 신이 홀긋 뒤를 돌아다보더니 한순간 머뭇거렸다. "만호끠션 공셰곶창의 객사애 묵고 겨시압나니이다."

그는 곁에 션 5등대쟝 디양슌을 돌아다보았다. "디대쟝."

"녜, 원슈님."

"군사 둘흘 다리고셔 창아로 가쇼셔. 거긔 가셔셔 윤삼봉 대쟝애개 녜아기하쇼셔, 전라도 법셩창의 조션들흘 호송한 법셩보진 만호이 창의 객사애 묵고 이시다고."

디양슌이 떠나자, 그는 다시 신경환에게로 몸을 돌렸다. "신 도사공, 가라앉안 배 두 짝애 탔던 사공달한 엇디 다외얏나니잇가? 모도 무사하얏나니잇가?"

신이 문득 굳어진 얼굴로 무겁게 고개를 저었다. "다삿만 다란 배달히 구하얏고…… 나마지 닐흔 한 사람안 믈에 빠뎌…… 모도 죽었압나니이다."

"아, 그러하얏나니잇가? 참아로 마암이 알판 일이니이다. 그분들희 명복을 비나이다. 나무아미타불. 나무관셰음보살." 그는 합장하고서 눈을 감았다. 이 사람들이 만난 큰 바람은 그가 보령 수영에 있을 때 들이닥쳤던 비바람이었을 것이었다. 인연과 윤회의 아득한 길이 문득 눈에 들어오는 듯했다. 그는 간절한 마음으로 기원했다, "원왕생. 원왕생. 나무아미타불. 나무관셰음보살."

"그러나한듸, 신 도사공," 그는 눈을 뜨고 다시 신에게 물었다. "배애난 쌀이 얼머나 실렸나니잇가?"

"쌀안 배 하나애 류백 섬식 실렸압나니이다."

"류백 섬? 열여덟 짝 모도에 쌀이 류백 섬식 실렸다난 말쌈이시니잇가?" 그도 모르게 목소리가 높아졌다.

"녜, 원슈님. 그러하압나니이다."

"류백 섬이라……" 문득 환해진 마음으로 그는 선창에 가지런히 매어진 배들을 둘러보았다.

이제 달은 산줄기 위로 몸을 다 드러내서, 잔물결에 한가롭게 흔들거리는 배들의 모습이 또렷했다. 언덕 위 창 쪽에서 분간하기 어려운 소리들이 들려왔다.

"류백 섬이면…… 신 도사공, 그러하면, 시방 뎌 배달해 실린 쌀이 모도 만 섬이 넘난다난 녜아긴듸……"

"녜, 원슈님. 쇼인달히 법셩보랄 떠날 때, 만 이쳔 섬을 싣고 떠났압나니이다."

달뜨는 마음을 가라앉히면서, 그는 생각을 가다듬었다. 횡재 치고도 큰 횡재였다. 신창현텽을 얻고 나서 다음 목표로 온양의 시흥역 대신 아산의 공셰곳창을 고르면서, 그는 거기서 쌀 3천 섬을 얻으면 대성공이라고 여겼었다. 만 섬 넘는 쌀이라면, 챵의군의 전략까지 바뀔 터였다. 이제 문제는 열여덟 척에 실린 쌀을 홍쥬까지 나르는 일이었다.

잠시 신의 얼굴을 응시하다가, 그는 나직이 물었다, "배달히 모도 열 여덟 짝이면, 사공달토 많아야 할 샌듸, 시방 사공달한 모도 몇이나 다외나니잇가?"

"사공달한 모도……" 신이 잠시 속으로 헤아렸다. "모도 칠백이 졈 넘는 닷하압나니이다."

"칠백?"

"녜, 원슈님. 원래 조션 하나애 사공이 쉰식 타개 다외얐아나, 사람이 브죡하야, 마안이 채 못 다외압나니이다."

태연한 낯빛을 지으려 애쓰면서, 그는 고개를 끄덕였다. 그는 상황이 지금까지 생각했던 것보다 훨씬 위험하다는 것을 깨달았다. 7백 명이 넘는 조졸들은 결코 가볍게 볼 상대가 아니었다. 말이 조졸들이었지, 그들은 험한 바다에서 사는 경험 많은 슈군들이었다. 만일 지금 그가 거느린 병력이 보병 2백 명에 기병 40명뿐인 것을 그들이 알게 되면, 쌀과 배를 순순히 내놓지 않을지도 몰랐다.

"아, 녜. 다란 사공달한 어듸 이시나니잇가?" 그는 지나가는 말처럼 물었다.

"항슈와 도사공달한 창의 객사애 묵고 이시압나니이다. 다란 사공달한 여긔 공셰리 쥬막달콰 여염집들헤 묵고 이시압나니이다."

말발굽 소리가 차츰 커졌다. 긔병 둘이 모습을 드러냈다.

"챵의," 황칠셩의 기운찬 목소리가 야기를 헤쳤다.

"챵의. 어셔 오쇼셔, 황 대쟝."

황이 말에서 내렸다. "원슈님, 동강의 션창애난 배 모도 세 짝이 이시압나니이다. 그러하오나 배달히 셩하디 못하압나니이다. 나마지 배달한 모도 오날 아참애 쌀알 싣고셔 셔울로 떠났다 하압나니이다."

"아, 그러하나니잇가?" 실망스러운 소식이었지만, 워낙 큰 횡재를 한 터라, 그다지 서운하지 않았다. "사경이 그러하면, 황 대쟝,

돌아가셔 쳔 대쟝애개 니르쇼셔. 군사달할 잇글고셔 이리로 오라
고."

황이 떠나자, 그는 바로 옆에 있는 화톳불을 가리켰다. "블이 사
그라디니, 남갈 졈 넣으쇼셔."

그의 눈길을 받은 화톳불 바로 옆의 뱃사람이 겸연쩍은 웃음을
짓고서 천천히 일어나더니 옆에 놓인 장작을 집어 들었다. 다른 화
톳불 둘레의 사람들이 따라서 일어나 불을 보살피기 시작했다.

"신 도사공, 법셩보애셔 경강까장 셰미를 조운하난 일이 아조
어렵디요?"

그가 갑자기 화제를 바꾸자, 신은 어설픈 웃음을 띠고서 그의 뜻
을 헤아리는 눈길로 그의 얼굴을 흘끔거렸다. "녜, 원슈님. 쉬온
일은 아니압나니이다. 그러하오나 쇼인달한 조졸달히니…… 어려
워도, 엇디할 도리 없압나니이다."

화톳불이 다시 환하게 타오르자, 분위기가 좀 밝아졌다. 뱃사람
들의 낯빛도 처음보다는 많이 풀려 있었다.

"여러분, 지금히 가난하고 약한 사람달한 사람다이 살 길이 없
었나이다. 이 셰상애셔는 량반달만이 사람다이 살 수 이셨나이다.
그러하얐아나, 이제는 가난하고 약한 사람달토 사람다히 살 길이
열렸나이다. 우리 호셔챵의군은 가난하고 약한 사람달히, 바로 여
러분들콰 갇한 사람달히, 사람다히 살 수 이시게 하려 니러셨나이
다." 그는 챵의군이 일어선 까닭과 지금까지 이룬 것들을 열심히
설명하기 시작했다.

배들에 실린 쌀을 무사히 홍쥬로 가져가려면, 물론 뱃사람들이

기꺼이 도와주어야 했다. 아울러 그는 챵의군의 병력을 단숨에 몇백 명 늘릴 기회가 찾아왔다는 것을 깨달았다. 강인한 뱃사람들이 들어온다면, 그의 군대는 전력이 크게 늘어날 터였다.

그가 뱃사람들에게 챵의군의 조직을 설명하는데, 디양슌이 돌아와서 보고했다. 1대대와 7대대는 창고들을 무난히 점령했으며, 디의 얘기를 듣고서, 이내 법셩보진의 만호를 찾아냈다는 것이었다.

그는 뱃사람들이 그의 얘기에 얼마나 설복되었는가 가늠해보았다. 아직 챵의군에 들어오겠다는 의사는 드러나지 않았지만, 적어도 그나 챵의군에 반감을 드러내는 사람은 없었다. "디 대쟝."

"녜, 원슈님."

"디 대쟝끠셔는 오듕대랄 잇그시고셔 아산현텽으로 가쇼셔. 거긔 가셔셔, 김항텰 총독끠 군사달할 잇글고셔 이리로 오라 니르쇼셔. 시방 여긔 션창애난 쌀알 실은 배 열 여듧 쫙이 이시나이다. 이 배달할 내일 새벽 밀믈에 마초아 띄워셔 홍쥬로 가져갈 새니이다. 사졍이 그러하니, 우리 군사달히 밀믈 젼에 배랄 타야 하나이다. 밀믈이 묘시(卯時)라 하니, 배달한 인시(寅時)까쟝안 떠야 하나이다. 김 총독끠 군사랄 빨리 움직이라 하쇼셔. 내 녜아기 아시겠나니잇가?"

"녜, 원슈님."

"나이 앗가 녜아기한 대로이, 우리는 범근내보랄 디나 곳안다리 내랄 따라 홍쥬로 올아갈 새니이다. 사졍이 그러하니, 이내 군사달할 잇글고셔 이리로 오라 김 총독끠 니르쇼셔."

이처럼 중대한 명령은 문서로 하는 것이 옳았다. 그러나 그가 긔병대와 함께 움직이고 근위병들은 보병대대들과 함께 있는 터라, 문서를 만들 길이 없었다.

"녜, 원슈님. 이대 알겠압나니이다. 그러하시면 쇼쟝안 아산현 텽으로 떠나겠압나니이다. 챵의."

"여러분," 디양슌이 자기 부대원들을 이끌고 떠나자, 그는 뱃사람들에게 하던 얘기를 이었다. "나이 긔병듕대쟝애개 한 녜아기랄 들으셔셔 여러분들끠셔도 아시겠디마난, 우리 챵의군은 시방 여긔 배달해 실린 쌀알 군량아로 쓰기 위하야 홍쥬로 끌고 가야 하나이다. 그리하려면, 배랄 이대 브리시는 여러분들끠셔 우리를 도와주셔야 하나이다."

뱃사람들은 말없이 서로 쳐다보았다. 신경환이 난처한 낯빛으로 그의 얼굴을 살피더니 뒤에 앉은 동료들을 돌아보았다.

"여러분, 가난하고 약한 사람달토 사람다이 살 수 이시게 하려 니러션 우리 챵의군을 도와주쇼셔," 그는 간절하게 부탁했다.

"원슈님 말쌈알 듣고 나니, 쇼인달한 황공할 뿐이압나니이다. 쇼인달한 원슈님끠셔 하시난 일알 미력이나마 돕삽고 식브압나니이다. 다만…… 다만 격뎡이 다외난 것은…… 내죵애 쇼인달히 쌀과 배 없이 돌아가면, 쇼인달한 살아남디 못하나이다. 쇼인달한……" 신이 울먹였다. 다른 뱃사람들이 더욱 걱정스러운 낯빛으로 고개를 끄덕였다.

"녜." 무겁게 고개를 끄덕이고서, 그는 뱃사람들을 둘러보았다. "여러분, 나도 그러한 사정은 이대 아나이다. 쌀알 셔울헤 가져가디 못하면, 여러분들끠셔는 큰 벌을 받게 다외얄 새니이다. 사정이 그러하니, 여러분들끠셔는 아조 우리 챵의군에 들어오시는 것이 엇더하나니잇가?"

뜻밖의 제안에 뱃사람들은 그의 얼굴을 멀거니 쳐다보기만 했다. 우두머리인 신이 그래도 먼저 정신을 차렸다. "쇼인달할 챵의군에 받아들이시겠다난 원슈님 말쌈안 참아로…… 쇼인달한 그져 황숑할 뿐이압나니이다. 그러하오나, 쇼인달히 원슈님을 딸온다난 것을 사람달히 알게 다외면, 쇼인달희 피브티들흔 모도……"

"여러분들끠셔 우리 챵의군에 들어오신 것을 관가애셔 알게 다외면, 물론 그런 가삼이 금즉할 일이 삼길 새니이다. 여러분들끠셔 저허하시난 견차난 나이 이대 아나이다. 그러나 우리 챵의군이 싸홈마다 이긔면, 여러분들끠셔 챵의군이 다외샸다난 것이 엇디 알외야디겠나니잇가? 우리 싸홈애 뎌셔 여러분들끠셔 젹군에게 잡히여야 비르소 알외야딜 것 아니겠나니잇가?"

잠시 뜸을 들인 다음, 그는 말을 이었다. "우리 챵의군은 지금히 여숫 번 큰 싸홈알 하야 여숫 번 모도 이긔었나이다. 어젓긔 홍쥬 싸홈애션 튱쳥감사이 잇근 큰 군대와 싸화셔 이긔었나이다. 그러하야셔 튱쳥감사 졍언디(鄭彦智)는 우리 챵의군에 붙잡혀서 시방 홍쥬에 갇히었나이다. 젼의현감 졍응쇼(鄭應召)와 직산현감 원슌보(元純輔)도 함끠 갇히었나이다."

뱃사람들이 굳었던 자세를 풀면서, 놀란 얼굴들로 서로 쳐다보았다. 튱쳥감사가 챵의군과의 싸움에 패해서 붙잡혔단 얘기에 모두 충격을 받은 듯했다.

"나이 앗가 녜아기한 대로이, 우리 챵의군은 가난하고 약한 사

람달할 위하야 니러셨나이다. 그러하야셔 우리 군사달한 거의 모
도 가난하고 약한 사람달히니이다. 신분도 믈론 미쳔하얐나이다.
여긔 셔 이시난 우리 긔병들도 모도 며츨 젼까장만 하야도 역졸달
히었나이다. 냥반달히 아니었나이다. 원슈인 나도 디난달까장만
하야도 불뎨자였나이다. 냥반이 아니었나이다. 우리 챵의군이 냥
반달할 미워하고 겁박하난 것이 아니라, 모단 사람달할 똑같이 너
긴다난 말쌈이니이다."

달빛과 화톳불이 비춘 얼굴들은 가면들 같았다. 그 가면들 뒤에
서 들끓을 감정들과 생각들을 읽어내려는 것은 가망 없는 일처럼
느껴졌다.

"우리 챵의군이 새로이 맹갈고져 하난 셰샹안 냥반과 쳔민을 가
리디 아니하고 모단 사람달히 사람다이 살 수 이시난 셰샹이니이
다. 냥반달콰 관원들헤게 상례 업시움을 당하면서 살아오신 여러
분들끠셔 우리 챵의군에 들어오시난 것은, 사졍이 그러하모로, 백
번 디당한 일이니이다. 여러분들끠셔는 여러분들의 자식달히 상례
냥반달콰 관원들헤게 사람대졉을 받디 못하고 사난 것이 옳다고
생각하시나니잇가? 대대손손 그러하기랄 바라시나니잇가?"

사람들의 낯빛과 자세에 미묘한 변화가 나오고 있었다. 가면과
같았던 얼굴들이 차츰 풀리고 있었다.

"엇던 사람이 처엄 우리 챵의군에 들어오면, 그 사람안 훈병의
품계를 받나이다. 두 달 사이 훈련을 받거나 싸홈알 한 디위 치른
뒤헤야, 비로소 딕병의 품계랄 받나이다. 시방 뎌긔 배애 실린 쌀
알 홍쥬로 가자가난 일이 아조 종요로오모로, 싸홈알 하난 일과 갇

하나이다. 그러하야셔, 시방 여러분들끠셔 챵의군에 들어오셔셔 쌀알 홍쥬로 가져가도록 도오시면, 여러분들끠셔는 이내 딕병의 품계를 받아실 새니이다. 그리하고 도사공달끠셔는 이 자리애셔 세 품계 높안 졍병의 품계를 받아시고 군사 셜흔 사람알 거느리는 듕대쟝의 직임을 맛다실 새니이다. 여러분들끠셔 낯설디 아니하고 외롭디 아니하게, 여러분들끠셔 시방 함끠 배랄 타시난 대로이, 부대랄 편성하겠나니이다. 여러분들끠셔 굼굼하신 일이 이시면, 서슴디 마시고 쇼쟝애게 물으쇼셔."

"원슈님, 황숑하압나니이다." 동료들을 한 바퀴 둘러보더니, 신이 한결 밝아진 목소리로 대꾸하고 절했다.

뱃사람 몇이 따라서 절했다. 차츰 다른 뱃사람들도 따라서 땅에 엎드렸다.

저절로 한숨이 나왔다. 멀리서 말발굽 소리가 들려왔다.

"여러분, 참아로 감샤하압나니이다. 부대 닐어나쇼셔."

말발굽 소리가 점점 커졌다. 횃불을 치켜든 긔병들이 어둠을 헤치고 나타났다.

6

　"원슈님, 여긔……" 문셔참모부쟝 하균이 언오 앞에 큼지막한 종이를 내려놓았다. "말쏨하신 대로이, 도표랄 맹갈았압나니이다."

　"아, 네." 내일 열린 개선식에서 자신이 할 연설을 생각하던 그는 기계적으로 고개를 끄덕이면서, 종이를 내려다보았다. "슈고랄 많이 하샸나이다."

　"쟝승회 똠알 졈 흘렸압나니이다. 션을 곧개 긋난 일이 보기보다 까다로와셔……" 얼굴에 조심스러운 웃음을 띠고서, 하는 방 저쪽에서 이쪽을 흘끔거리는 쟝을 돌아다보았다. 쟝은 보령 슈영에서 일하던 화원이었다.

　"그러할 만도 하나이다." 따라 웃음을 지으면서, 그는 종이를 당겨놓았다.

　오래간만에 보는 도표가 눈에 들어오면서, 그의 마음 한쪽에서 반가움과 그리움이 부옇게 번졌다. 챵의군의 편제를 나타낸 도표였는데, 그저 부대들과 지휘관들의 이름만을 적었던 이전 문서들과는 달리, 네모들과 선들이 부대들 사이의 관계를 또렷이 보여주었다.

'역시 도표로 나타내야……' 그는 만족스럽게 고개를 끄덕였다. '한눈에 들어오는구나. 그러나 이곳 사람들에겐 어떨지.'

21세기 사람들에게 도표는 아주 자연스럽게 다가왔다. 일상생활에서나 지적 활동에서나 세상에 대한 지식들을 거의 모두 도표들을 통해서 받아들였다. 21세기 사람들에게야 도표는 심상한 것이었지만, 그것은 실은 아주 복잡한 관계들을 간단하고 또렷이 보여주는 멋진 기술이었다. 실제로 16세기 조선 사람들에겐 그것은 알려지지 않는 기술이었다. 자연히, 이곳에서 도표라는 개념은 상당한 지적 노력을 거쳐야 형성될 수 있었다. 그가 길게 설명했는데도, 그림의 전문가인 화원이 제대로 알아듣지 못했음을 발견하고서야, 그는 도표가 이곳 사람들에게 아주 낯선 개념임을 새삼 깨달았다. 그래서 그가 손수 도표의 초안을 만들었다.

'처음엔 좀 어렵겠지만, 차츰 익숙해지겠지.' 그에겐 너무 익숙해서 대단한 것으로 여겨지지 않지만, 이곳 사람들에겐 눈이 번쩍 뜨이는 혁신적 기술을 또 하나 도입했다는 사실이 그는 꽤나 흐뭇했다. 잇단 싸움들로 목숨들이 끊기고 재산들이 부서지는 광경에 껍질이 벗겨진 듯한 그의 마음을 사람들의 삶을 낫게 만드는 기술을 도입했다는 생각이 연고처럼 부드럽게 덮었다.

'어디 보자.' 헛기침으로 목을 가다듬고서, 그는 도표에 마음을 모았다.

원슈부

원슈 리언오

    슈 근위대쟝　경수 셩묵돌

    친위듕대쟝　경병 유화룡

    련락듕대쟝　부수 림형복

군수부

  군수　경령 정언디

  군수　부령 윤인형

  군수　딕령 졍응쇼

  군수　딕령 원슌보

  군수　딕령 리형손

  딕군수　부위 김흥구

  딕군수　딕위 오윤효

  딕군수　딕위 쟝의쥰

  딕군수　딕위 강슈돌

그가 귀순을 권하자, 튱청감사 졍언디는 정말로 놀랐다. 례산현
령을 얻고서 챵의군을 127명이나 능지처참한 터라, 졍은 례산 읍
내 사람들에게 붙잡혔을 때 이미 죽음을 각오하고 있었을 터였다.
그는 졍을 잘 대접하면서 자신의 생각을 밝혔다. 졍이 한 일은 끔

찍하지만, 군대를 이끈 지휘관인 정이 달리 할 길은 없었다는 점을 이해한다고. 정언디가 귀순하자, 전의현감 경응쇼와 직산현감 원순보도 선뜻 귀순했다. 법성보진 만호 리형손과 조운선단의 항슈 강슈돌도 쌀과 배를 다 잃자 체념하고 귀순했다. 그들이 돌아가면, 기다리는 것은 죽음뿐이었다.

부군사 딕령 홍인발은 부령으로 승진해서 리산구가 전사한 뒤 비었던 례산현감으로 부임했다. 역시 부군사였던 부위 강을션은 경위로 승진해서 례산현텽 싸움에서 도망친 심연용의 후임으로 례산현의 리례방 담당 훈도가 되었다.

총참모부
　슈 총참모쟝　정령 리산응

　슈 문셔참모부쟝　정병 하균
　슈 군법참모부쟝　딕스 리홍렬
　슈 군악참모부쟝　부스 한경희
　슈 쳑후참모부쟝　부위 황구용

　　일쳑후대쟝　부스 안정훈
　　이쳑후대쟝　딕스 마셕규
　　삼쳑후대쟝　딕스 라승죠

슈 행군참모부쟝　딕수 손향모

슈 훈련참모부쟝　경병 로션희

슈 티부참모부쟝　경병 구삼모

슈 믈자참모부쟝　딕수 김문회

　　보급정대쟝　경수 김순례

　　일취사대대쟝　딕수 남갑순

　　이취사대대쟝　경병 최인순

　　삼침션대대쟝　경병 리순매

　　오침션대대쟝　경병 왕초션

슈 의약참모부쟝　경수 최월매

　　일의약대대쟝　딕수 김강션

　　이의약대대쟝　경병 신쇼용

　　삼위생대대쟝　부병 정도화

　　오위생대대쟝　경병 원막생

　　육셰탁대대쟝　경병 진삼례

　　칠셰탁대대쟝　부병 왕귀영

　　슈 민사참모부쟝　딕수 김병룡

　그의 눈길이 최월매의 이름에 좀 오래 머물렀다. 최는 이번에 폼계가 둘 올랐다. 그녀가 보령 슈영 공격 작전에 참가하여 부상병들을 잘 치료해서 청성무공훈장을 받았고 홍쥬성 싸움에서도 부상병들을 잘 돌보아서 다시 황성무공훈장을 받았으므로, 그녀의 빠른 승진에 대해 뭐라 말할 사람은 없을 터였다. 그래도 그녀가 그렇게 훈장을 받고 품계가 오른 데엔 그가 그녀에게 품은 고마움이 작용했다. 저번 귀금이와의 혼사를 잘 처리했을 뿐 아니라 친정 나들이에 나선 귀금이를 잘 보살펴준 것에 대한 고마움이었다. 어젯밤 잠자리에서 귀금이의 얘기를 들어보니, 최는 귀금이의 신분이 아주 높아졌다는 것을 마을 사람들이 깨닫도록 마음을 쓴 듯했다. 귀금이가 남의 종이었다는 사실에 어쩔 수 없이 마음이 쓰이는 그로선 최의 그런 배려가 은근히 고마웠다.

'어쨌든, 누구나 적어도 한 품계는 올랐으니, 크게 실망할 사람은 없겠지. 두 품계나 오른 동료들을 보고, 좀 섭섭할 사람들이야 있겠지만.'

챵의군이 단 며칠 사이에 두 차례 중요한 싸움들에서 크게 이기고 공셰곳창에서 많은 세미를 얻어 홍쥬로 가져오는 작전까지 성공적으로 해낸 터라, 지휘관들이나 병사들이나 능력을 제대로 펴면서 무공을 세울 기회들이 많았다. 그래서 훈장들을 받고 품계가 한꺼번에 둘이나 오른 사람들이 꽤 많았다. 그는 지금까지 훈장을 받지 못한 병사들도 이번엔 품계가 오르도록 배려했다. 그리고 그가 공셰곳창에서 약속한 대로, 법셩보창의 조졸들도 모두 딕병의 품계를 받았고 도사공들은 졍병의 품계에다 청성무공훈쟝까지 받았다.

륙군 본부

　　슈 륙군 총독　딕령 김항텰

　　　　본부대대쟝　딕스 노을환

　　　　본부쳑후대대쟝　딕스 츄인갑

　　일보병정대쟝　딕위 박초동

　　　　일대대쟝　부스 신죵구

　　　　이대대쟝　졍스 백용만

　　　　삼대대쟝　부스 박희관

　　이보병정대쟝 겸 대홍현 주둔군 스령　딕위 류갑슐

　　　　대홍현 주둔군 참모쟝　부스 김교듕

　　　　일대대쟝　부스 김샹호

　　　　이대대쟝　딕스 송죵현

　　　　삼대대쟝　졍스 최만업

　이번에 그는 부대들을 한 단계씩 올려 편성했다. 그렇게 하는 것
은 부대들의 규모가 단숨에 세 곱절 커진다는 것을 뜻했다. 그동안
병력이 꾸준히 늘어난 데다가 9백 명이 넘는 법셩보창과 공셰곳창

사람들이 한꺼번에 들어온 덕분에, 부대들은 그냥 이름만 커진 것이 아니었다. 그리고 챵의군이 큰 싸움들에서 거듭 이겼다는 것이 널리 알려지면서, 응모하는 사람들이 부쩍 늘었다. 어저께 홍쥬에서 응모한 사람들만 130명이었다. 례산, 덕산, 대흥에서 응모한 사람들도 상당할 터였다.

　대흥현은 홍쥬셩에서 나와 관군을 깨뜨리고 례산으로 향할 때 이미 점령했었다. 홍쥬와 례산 사이에 있었으므로, 챵의군으로선 당연히 대흥을 확보해야 했다. 부군사 부위 리우셕을 졍위로 승진시켜 대흥현감으로 삼고 그곳의 아전들로 현텽의 행정부를 구성한 터였는데, 이제 2경대가 주둔해서 현텽을 지키도록 할 참이었다. 주둔군 사령은 행정을 맡은 현감과 상의할 일도 많고 자체로도 여러 가지 문서들을 다루어야 할 터였으므로, 참모쟝을 두기로 했다. 대흥현은 챵의군이 아직 확실히 장악하지 못한 지역이었으므로, 참모쟝으로 그가 믿는 김교듕을 임명한 터였다.

　　　　삼보병졍대쟝 겸 덕산현 주둔군 수령　딕위 최셩업

　　　　　　덕산현 주둔군 참모쟝　딕수 죠한긔

　　　　　　일대대쟝　졍수 김갑산
　　　　　　이대대쟝　졍수 김셰윤
　　　　　　삼대대쟝　딕수 홍진효
　　　　　　오대대쟝　딕수 왕도한

오보병졍대쟝　부수 임슈동

　　일대대쟝　딕수 한용국

　　이대대쟝　딕수 현긔병

　　삼대대쟝　졍병 안샹률

육긔병졍대쟝　부위 쳔영셰

　　일대대쟝　딕수 손광쥰

　　이대대쟝　졍병 류홍식

　　삼대대쟝　부수 황칠셩

　　오대대쟝　딕수 디양슌

　　육대대쟝　딕수 졍슈동

　　칠마구대대쟝　딕수 변용호

　　팔대대쟝　딕수 젼셩무

칠보병졍대쟝　부위 윤삼봉

　　일대대쟝　부수 김챵삼

　　이대대쟝　부수 국승규

　　삼대대쟝　부수 백슌홍

　　오대대쟝　딕수 모경훈

팔공병정대장   딕위 쟝춘달

일대대쟝   딕수 오명한
이대대쟝   딕수 셔긔쥰
삼대대쟝   딕수 엄삼달
오대대쟝   졍병 방형재
칠대대쟝   부병 공현삼

구보병정대쟝 겸 례산현 주둔군 수령   부위 류죵무

례산현 주둔군 참모쟝   딕수 신듕근

일대대쟝   딕수 박슌홍
이대대쟝   졍병 최황

가슴이 저릿해져서, 그는 잠시 보지 않는 눈길로 밖을 내다보았다. 살구꽃은 이미 다 지고 복사꽃이 고왔다. 세월은 쉬지 않고 흐르고 있었다.

'그러나, 왕 대쟝, 왕 대쟝의 이름은 천추만세에…… 먼 뒷날에도 례산현텽에서 믿음을 위해 목숨을 바친 분들의 행적을 사람들이 기리도록 하겠소.'

9대대 전원이 전사했으므로, 새로 충원하는 일은 쉽지 않았다.

그는 5대대의 지휘관들에게 그 일을 맡겼다. 앞으로 9정대는 례산 현 주둔군으로 례산현텽에 머물면서 주로 례산 사람들로 채워질 터였다.

'그나마 전사자들의 가족들이 무사한 것이 불행 중 다행이지. 쌀 을 많이 풀었으니, 흔들렸던 민심도 좀 가라앉겠지.'

공셰곳창에서 나포한 법셩보 조운선들은 무사히 삽교쳔을 거슬 러 올라왔다. 열여덟 척들 가운데 다섯 척은 무한쳔을 따라서 례산 읍내로 들어왔고, 나머지 열세 척은 삽교쳔 본류를 따라 홍쥬 읍 내로 들어왔다. 전사자들의 가족들은 규정에 따라 전사자의 1년치 봉록을 쌀어음으로 받았다. 그 일로 종일 례산 읍내가 시끄러웠다. 천 셤 가까운 쌀어음이 한꺼번에 풀렸으니, 그럴 만도 했다. 그 자 리에서 쌀어음을 쌀로 바꾼 사람들도 많았지만, 다섯 척 배에 실린 쌀로 창고가 가득했다. 덕분에 쌀어음이 종이쪽지가 아니라 실제 로 쌀을 뜻한다는 점을 사람들이 깨닫게 된 것은 큰 수확이었다.

십특공경대쟝   딕위 김을산

일대대쟝   딕수 졍희영

이대대쟝   부수 명쥰일

삼대대쟝   딕수 김현팔

오대대쟝   딕수 감찬삼

십일궁슈졍대쟝   경수 박우동

일대대쟝　부ㅅ 김영츈
이대대쟝　딕ㅅ 림치욱
삼대대쟝　딕ㅅ 심항규

십이공병경대쟝　졍위 셕현공

일대대쟝　딕ㅅ 마억보
이대대쟝　부ㅅ 셕심셩
삼대대쟝　부병 맹효감

십삼운슈경대쟝　졍ㅅ 리쟝근

일대대쟝　졍병 오승현
이대대쟝　딕ㅅ 송옥신
삼대대쟝　딕ㅅ 신홍식

십오보병경대쟝　부ㅅ 신형근

일대대쟝　딕ㅅ 왕셩만
이대대쟝　졍병 맹쥬영

십륙보병경대쟝　부ㅅ 경호식

일대대쟝　경병 우호열
이대대쟝　경병 김웅진

십칠긔병경대쟝　딕위 안징

일대대쟝　경수 우승호
이대대쟝　경병 김만동
삼마구대대쟝　경병 최갑셕

십팔포병경대쟝　부수 셔진형

일대대쟝　딕수 민쟝순
이대대쟝　경병 남샹쥬

십구운슈경대쟝　딕수 한위삼

일대대쟝　경병 박갑돌
이대대쟝　경병 최홍규
삼대대쟝　경병 신경환

법셩보 조졸들이 워낙 많았으므로, 그들을 배치하는 일이 아주
중요했다. 그는 특기를 지닌 사람들을 골라내서 8공병경대와 12공

병정대에 배속했다. 그리고 나이 지긋한 사람들로 1개 대대를 만들어 13운슈정대에 배속했다. 나머지는 도사공을 등대장으로 삼아 원래 배에 탔던 대로 등대를 이루도록 해서 여러 대대들에 배속했다. 남은 사람들로는 슈군을 만들었다.

슈군 본부
슈 슈군 총독   딕수 채후신
        슈군본부등대장   정병 민준하

        일슈군등대장   부병 진목하
        이슈군등대장   부병 김한식
        삼슈군등대장   부병 박동셕
        오슈군궁슈등대장   정병 량호근
        륙슈군화포등대장   부병 강리셕
        칠슈군운슈등대장   정병 최칠규

그의 눈과 입가에 잔잔한 웃음이 어렸다. 마침내 슈군을 만든 것이었다.

'모든 게 멋지게 들어맞았지.' 고개를 끄덕이면서, 그는 만족스러운 마음으로 모처럼 면도를 해서 맨질맨질한 턱을 문질렀다.

광천 포구에 있던 판옥션 두 척에 어제 얻은 조운션 열여덟 척은 큰 재산이었다. 그 배들을 관리할 슈군이 필요한데, 슈군을 만들 병사들과 그들을 지휘할 만한 사람이 찾아온 것이었다. 오늘 아침 일찍 채후신이 홍쥬셩으로 그를 찾아왔다. 그가 예상한 대로, 싸우지도 않고 슈영에서 도망쳤던 튱쳥도 슈군졀도사 이발은 뒤늦게 슈영에 돌아와서 채를 모함하려 했다. 위험을 느낀 채는 어젯밤에 피신해서 그를 찾은 것이었다. 부상을 당한 몸에 마음이 고달팠던 채는 거의 탈진 상태였는데, 한동안 쉬면 기운을 차릴 것 같았다.

당장 슈군이 배를 타고 해전에 나설 일은 없었으므로, 그는 슈군을 륙군 전투단으로 운용할 생각이었다. 그로선 채후신의 능력을 활용하고 싶었다. 그래서 궁슈들과 화포쟝들을 슈군에 배속해 전력을 강화한 것이었다.

"이대 맹갈아샸나이다." 그는 종이를 집어 들었다. "이대로이 여럿 맹갈아쇼셔. 듕대쟝달해개도 한 쟝식 돌아가개 맹갈아쇼셔."

"녜, 원슈님." 하가 종이를 받아 들었다. "말쌈하신 대로이 거행하겠압나니이다."

편제표가 듕대쟝들에게까지 돌아가도록 하는 것은 물론 좋은 생각일 터였다. 자기 군대가 어떻게 조직되었는지 아는 것은 지휘관들에겐 필수적 지식이었고 일반 병사들에게도 쓸모가 큰 지식이었다. 편제표를 나누어주는 것은 지휘관들을 흐뭇하게 하고 그들의 위신을 높일 터였다. 신임 듕대쟝들은 일반 병사들과 나이도 비슷했고 품계도 그리 높지 않았으므로, 단숨에 휘하 병력이 곱절 늘어난 그들의 위신을 높여주는 것은 중요했다.

쟝승회에게 치하하는 말을 건네고서, 그는 동헌 마루로 나섰다. 제비 한 마리가 날아들어서 처마 아래 둥지에 날렵하게 앉았다. 포근한 봄날 풍경이 그의 마음속으로 부드럽게 밀려 들어왔다. 노래

한 마디를 뽑고 싶은 충동이 일었다.

"봄……" 자신도 모르게 목에서 나온 소리를 급히 되삼키고서, 그는 주먹을 입에 대고 헛기침을 했다. 원슈의 체모를 지키는 일이 쉽지 않았다. 그래도 보얀 봄 하늘로 솟구치는 그 소리 없는 노래는 그의 마음을 가득 채웠다.

봄 처녀 제 오시네.
새 풀옷을 입으셨네……

마루 끝에 서서 처마 아래 하늘을 바라보며, 그는 먼 세상으로 향하는 그리움이 향신료처럼 어린 만족감에 한숨을 길게 내쉬었다. 이 세상과 화해했다는 느낌과 자신의 운명에 대한 차분한 자신감이 파릇한 수액처럼 몸을 팽팽하게 채웠다. 대지동 저수지 터에서 백 명 남짓한 산골 사람들을 이끌고 내려와서 어설프게 일을 벌인 뒤 처음으로, 자신의 반란이 성공하리라는 믿음이 가슴에 묵직하게 자리 잡았다.

그런 자신감은 여러 요인들로부터 나왔지만, 가장 큰 요인은 역시 공셰곳창에서 얻은 법성보창의 세미였다. 아무런 준비 없이 엉겁결에 기병한 반란군 지도자에게 만 섬이 넘는 쌀은 마음 든든해지는 밑천이었다. 피륙이 화폐 노릇을 하는 원시적 경제를 가진 16세기 조선 사회에선 큰 부가 한곳에 모이기 어려웠다. 무역으로 먼 땅의 신기한 재화들이 들어오지도 않았고, 금이나 은과 같은 귀금속이 많이 유통되지도 않았다. 그런 상황에서 전국의 조세가 일시에 걸린 세미는 이곳에서 부가 한데 모일 수 있는 거의 유일한 형태였다. 운이 따라서, 그는 그렇게 한데 모인 부의 일부를 손에 넣었고 당분간은 전비(戰費) 걱정에서 벗어난 것이었다.

전쟁은 언제나 큰 비용이 드는 사업이었다. 그래서 어떤 장수가 거느릴 수 있는 군대의 크기를 제약하는 요인들 가운데 가장 중요한 것은 그가 쓸 수 있는 전비였다. 총력전의 개념이 없었던 고대나 중세에서도 경제력은 군사력의 궁극적 바탕이었고, 유능한 장수가 우연히 얻은 전비가 역사의 흐름을 바꾼 경우들이 드물지 않았다.

기원전 4세기 중엽 마케도니아의 필리포스 2세가 그리스 쪽으로 세력을 펴기 시작했을 때, 그는 금과 은이 많이 나는 팡가이온 산을 손에 넣었다. 그 뒤로 그곳의 광산들에서 나온 엄청난 자금으로 그는 큰 군대를 유지하고 뇌물에 바탕을 둔 외교를 펼칠 수 있었다. 덕분에 그는 아주 짧은 기간에 그리스의 맹주가 되었다. 필리포스 2세의 경우보단 덜했지만, 그의 아들 알렉산드로스 대왕에게도 비슷한 일이 있었다. 페르시아 원정 초기의 '이수스 싸움'에서 그의 군대가 페르시아 왕 다리우스 3세의 군대를 격파하자, 다마스쿠스에 있던 다리우스의 전비 금고가 그의 손에 들어왔다. 그 뒤로 그는 그의 정복 사업을 떠받쳐줄 전비를 걱정하지 않아도 되었다. 만일 그렇게 큰돈이 없었다면, 인도 서북부까지 이르렀던 그의 원정은 범위가 상당히 줄어들었을 수도 있었다.

그런 경우들과는 물론 규모가 크게 달랐지만, 그는 자신에게 쌀 만 섬이 들어온 일이 이 세상의 역사에 비슷한 영향을 미치리라고 느꼈다. 챵의군이 무척 빠르게 커지더라도, 그는 병사들에게 봉록을 제때에 줄 수 있었다. 이번에 튱청감사가 이끈 관군이 가져온 군량도 상당했다. 그가 쌀어음을 화폐로 유통시켜 전비를 조달하고 아울러 발전된 경제 체제를 이루려고 애쓰는 터였으므로, 그렇게 얻어진 쌀은 간접적으로도 좋은 영향들을 미칠 터였다.

챵의군이 빠르고 순조롭게 자라났다는 사실도 마음을 든든하게 했다. 법성보창 조졸들은 생각보다 빠르게 챵의군에 흡수되어 동화되고 있었다. 이번에 아산현 쟝시역(長時驛)과 온양군 시홍역의 역리들을 받아들여 긔병대를 늘린 것도 무척 기꺼웠다. 챵의군의 작전 반경이 늘어나면서, 기동력을 가진 긔병대의 중요성은 빠르게 늘어났다.

'이만하면, 내가 좀 느긋해져도, 누가 뭐라 않겠지.' 그는 마루에서 내려서서 신을 신었다.

토방 한쪽에 섰던 근위병들이 그를 수행하려고 조용히 다가섰다.

"하 부쟝," 그는 따라서 마루에서 내려선 하균을 돌아다보았다. "나난 시방 공병대로 가나이다."

"네, 원슈님."

어느 사이엔가 문셔참모부는 그의 비서실 노릇을 하고 있었다. 만들어지는 문서들이 많았고 대부분 그가 구술해야 했으므로, 그것은 자연스러웠다. 그러나 문셔참모부의 기능과 비서실의 기능은 달랐으므로, 챵의군이 좀더 커지면, 그렇게 두 기능을 뒤섞는 것은 혼란을 부를 터였다. 목현(牧縣)의 관원들과 '홍쥬식화셔'로 이루어진 행정 조직이 그에게 직접 보고한다는 사정까지 겹쳐서, 그는 비서실의 필요성을 점점 크게 느끼고 있었다.

"투셕긔를 맹가난 일이 엇디 다외얏난디 살피려 하나이다." 하가 비서실장 노릇을 제대로 하려면, 그가 공병대에 간 뜻도 알아야 하리라는 데에 생각이 미쳐서, 그는 덧붙였다.

"녜, 원슈님. 이대 알겠압나니이다."

두 차례 싸움에서 투셕긔의 효용이 증명된 터라, 공병대는 투셕긔들을 만드는 데 힘을 쏟고 있었다. 쟝츈달은 이번엔 비틀림에서 추진력을 얻는 투셕긔인 캐터펄트를 만들어보겠다면서 부인들의 긴 머리채를 구하고 있었다. 그래서 트레뷔셰 두 기와 캐터펄트 한 기가 새로 만들어지는 참이었다. 투셕긔를 만드는 일은 두 공병경 대들이 함께 매달린 일이었지만, 트레뷔셰를 만드는 일에서 가장 중요한 부분인 추를 주조하는 일은 경험이 많은 부군사 오윤효가 직접 지휘했다.

추의 주조가 중요했으므로, 그가 주조 현장을 둘러다보는 것은 당연했지만, 그가 지금 그리로 가는 속뜻은 가스총을 처분하려는 것이었다. 이번 홍쥬성 싸움에서 총탄을 다 썼으므로, 이제 가스총은 별다른 쓸모가 없는 착시물(錯時物)이었다. 자칫해서 후세에 전해지면, 역사에 큰 짐이 될 수도 있었다. 그런 착시물을 깔끔하게 처분하는 길은 그것을 녹여 없애는 것이었고, 추를 주조하는 도가니는 그 일에 이상적이었다. 도가니가 과연 특수강으로 된 총열을 녹일 만큼 높은 온도를 낼지는 알 수 없었지만, 주조된 추 속에 들어가면, 녹지 않은 총열도 일단 눈에 뜨이지 않게 될 터였다.

근위병들을 거느리고서, 그는 삼문을 나와 공병대로 향했다. 큰 병영에서 나는 갖가지 소리들이 들려왔다. 그의 귀엔 그 소리들이 어떤 아름다운 선율보다 훨씬 즐겁게 닿았다. 그 소리들 위로 한껏 내지르는 지휘관들의 구령들이 들려왔다. 지금 대부분의 부대들은 내일 열릴 개선식에서 할 분열(分列) 행진을 익히고 있었다.

그는 지휘관들에게 개선식의 중요성을 거듭 강조했다. 특히, 분열 행진을 잘 준비해달라고 일렀다. 며칠 전까지도 농사만 짓던 시골 사람들을 모아놓은 군대에 분열 연습은 단합과 사기에 좋은 훈련이었다. 방진을 이루어 싸우는 군대인지라, 분열 연습을 통해서 얻게 될, 발 맞춰 나아가는 기술은 싸움터에서 결정적 중요성을 지닌 기술이기도 했다. 게다가 내일 개선식엔 챵의군이 다스리는 네 고을 사람들이 많이 올 터였으므로, 멋진 분열 행진을 한다면, 챵의군의 명성은 한결 높아질 것이었다.

공병대가 자리 잡은 곳에 이르자, 그는 대대쟝 이상 지휘관들을 불렀다. 일을 하느라, 모두 얼굴이 달아올라 있었다.

"쟝 대쟝, 포랄 맹가난 일안 이대 나아가나니잇가?" 인사가 끝나자, 그는 웃음 띤 얼굴로 쟝츈달에게 물었다.

이제는 트레뷔셰와 캐터펄트를 구분할 필요가 있었으므로, 그는 트레뷔셰를 전처럼 '투셕긔'로 부르고, 캐터펄트는 '텩셕긔(擲石機)'로 부르기로 했다. 조선조 초기에 팔매를 잘 치는 군사들을 모아 '텩셕군'이라는 부대를 만든 적이 있었으므로, 텩셕긔라는 이름은 이곳 사람들에게 그리 생경하게 들리지 않을 터였다. 그리고 투셕긔와 텩셕긔을 아우르는 개념으로는 이미 '포(砲)'를 도입한 터였다. 투셕긔를 쓰는 부대도 '포병'으로 부르고 있었다.

"녜, 원슈님. 이대 나아가압나니이다. 삼호 투셕긔와 오호 투셕긔의 나모틀은 다 맹갈았압나니이다. 튜(錘)를 쇠디우는 일안," 손등으로 이마의 땀을 문지르면서, 쟝은 곁에 선 오윤효를 돌아다보았다. "오 군사, 이제 도관의 쇳믈은 바로 소해……"

"녜. 도관의 쇳믈은 바로 소해 브을 새압나니이다," 오가 차분하게 대꾸했다. '도관'은 도가니를, '소'는 거푸집을 뜻했다.

"그리하고 일호 텩셕긔는 시방 군사달히 나모틀을 맹갈고 이시압나니이다. 머리도 래일까장안…… 앗가 믈자참모부 김부쟝애개 물었더니, 머리채랄 구하려 믈자참모부 군사달히 셩 밧긔 나갔다 하얐압나니이다. 오래디 아니하야, 므슴 소식이 이실 새압나니이다."

"아, 그러하나니잇가?" 고개를 끄덕이면서, 그는 뒤쪽에 서서 말없이 지켜보는 셕현공에게로 눈길을 돌렸다. "셕 대쟝, 군사달한 엇더하나니잇가? 일이 많아셔, 모도 시드러울 샌듸……"

셕의 얼굴에 느릿한 웃음이 배어 나왔다. 큰 싸움을 여러 번 치른 뒤에도, 셕에겐 불제자다운 풍모가 어렸다. "졈 시드러운 군사달토 이시디마난, 모도 일알 이대 하압나니이다. 이제 튜를 맹가난 일을 할 군사달만 남기고, 다란 군사달한 분렬 행진 연습을 할 새압나니이다."

"녜, 그리하쇼셔."

그는 둘러선 대쟝들에게 차례로 상황을 묻고 어려운 사정을 들었다.

"모도 슈고랄 많이 하시나이다. 우리 쟝의군이 삼긴 디 얼머 다외디 아니하야, 어려운 졈들히 만하나이다. 여러 대쟝달끼셔 잘 살피셔셔 군사달히 고달프디 아니하개 하야 주쇼셔. 앒아로 큰 싸홈이 이실 샌듸, 우리 군사달히 연장알 잘 갖초아야 하나이다. 우리 공병대 군사달히 시방 흘리는 땀이 내죵애 싸홈터에셔 우리 군사달히 피랄 흘리디 아니하게 하나이다."

대쟝들이 힘주어 고개를 끄덕였다.

"녜, 원슈님. 이대 알겠압나니이다." 쟝이 대꾸했다.

"돌아가셔셔 군사달해개 내 녜아기랄 뎐해주쇼셔. 시방 우리 공병대 하난 일이 죵요롭다고. 나난 한디위 둘어보겠나이다."

대쟝들이 돌아서자, 그는 도가니들이 있는 곳의 반대쪽으로 향했다. 먼저 엄삼달이 거느리는 8공병정대 3대대가 나왔다. 먼지에 누레진 천막 아래 피장들이 가죽을 만지고 있었다. 싸움에서 죽거나 다친 말들과 그동안 잡아먹은 소들과 돼지들의 가죽으로 신을 만드는 것이었다. 편하고 질긴 가죽신을 만들어서 군사들에게 신기는 일은 여전히 중요하고 벅찬 일이었다. 천막 옆에 수북이 쌓인 볏단들 사이에선 짚신 삼는 군사들이 바쁘게 손을 놀리고 있었다. 군사들이 짚신을 삼는 데 시간을 너무 많이 앗기는 것을 보고서, 그는 나이 든 군사들 가운데 짚신 삼는 솜씨가 좋은 사람들을 골라서 엄삼달 휘하에 넣었다.

'공병대 조직을 어떻게 바꾼다?' 신을 만드는 군사들을 치하하고 돌을 만지는 11공병정대 2대대로 향하면서, 그는 자신에게 물었다. 공병대 부대쟝들과 얘기를 하면서도 느낀 터였지만, 이렇게 부대를 둘러보니, 공병대를 보다 잘 조직해야 할 필요가 절감되었다.

공병대가 하는 일들이 워낙 다양한 데다가 부대가 갑자기 커져서, 공병대가 기대했던 것보다 매끄럽게 움직이지 못하고 있었다.

게다가 공병대를 기능적으로 둘로 나눈 것도 도움이 되지 않았다. 공병대가 커져서, 둘로 나눌 필요가 생겼을 때, 그는 지휘관들의 장기를 주로 고려했다. 그래서 소목인 쟝츈달에겐 나무를 다루는 부대들을 맡겼고, 불제자여서 토목 공사에 능한 셕현공에겐 돌이나 쇠를 다루는 부대들을 맡겼다.

당시엔 그렇게 나눈 것이 합리적이었다. 그러나 공병대가 빠르게 커지면서, 그렇게 기능들을 갈라놓은 것이 점점 큰 문제들을 일으키고 있었다. 성격으로 보나 크기로 보나, 공병졍대는 어떤 상황에서도 독립적으로 움직일 수 있어야 했다. 그러나 지금처럼 기능이 분산된 상황에선 그럴 수가 없었다. 투셕긔나 텩셕긔를 만드는 일처럼 간단한 사업에서도 두 부대가 합쳐야 일을 할 수 있었다.

그런 상태에선 일이 매끄럽게 나아가기 어려웠다. 포들을 만드는 일을 책임진 쟝츈달에겐 셕현공 휘하의 대장장이들을 지휘하는 일이 아무래도 어려울 터였고, 자신이 거느린 부대의 지휘권을 실질적으로 쟝에게 넘긴 셕으로선 처신하기가 어려울 터였다. 일이 매끄럽게 나아가는 것은 그만두고, 서로 주도권을 쥐려고 지휘관들이 다투지 않는 것만도 다행이었다.

'이제 홍쥬목을 얻었으니, 쟝인(匠人)들을 적극적으로 모집하자. 기능들을 보강해서, 공병졍대가 독립적으로 작전할 수 있도록……'

"원슈님, 이제 밥 한 끼 먹을 사이면, 뎌 도관의 쉿믈을 소해 브을 새압나니이다." 그가 주조 현장에 이르자, 오윤효가 맞으면서 설명했다.

"아, 그러하나니잇가? 이대 하시나이다." 고개를 끄덕이면서, 그는 오가 가리킨 왼쪽 도가니를 바라보았다.

도가니는 둘이었는데, 생각보다 훨씬 작았다. 하긴 모든 공정들이 원시적이었다. 그래도 지금 챵의군의 처지에선 쇳물을 다룬다는 일 자체가 대견했다. 웃통을 벗은 채 도가니에 불을 때던 병사들이 어정쩡한 자세로 서서 그를 흘끔거렸다.

"날이 더운듸, 모도 슈고랄 많이 하시나이다."

그의 치하에 수줍게 머리만 긁적거리는 병사들을 바라보면서, 그는 속으로 입맛을 다셨다. 막상 도가니 앞에 서니, 가스총을 처분하는 일은 생각처럼 쉽지 않았다. 주조 현장의 분위기가 진지하고 실무적이어서, 가스총을 슬쩍 도가니 속에 넣는 것은 생각하기 어려웠다. 도가니 속에 가스총을 넣는 것도 플라스틱이 폭발해서 쇳물이 튀지 않도록 조심해야 할 터였다. 무슨 그럴듯한 구실을 만들어서, 원슈가 지닌 진기한 물건을 처분하는 것이 지휘관들과 병사들 모두에게 자연스럽게 보이도록 해야 할 터였다.

"오 군사."

"녜, 원슈님."

"경상도 따해 에밀레 쇠붚이라난 것이 이시다 하난듸…… 오 군사끠션 시혹 에밀레 쇠붚 녜아기랄 들어보샸나니잇가?"

오가 그의 얼굴을 살폈다. "원슈님끠션, 으음, 녯날애 쇠붚을 맹갈던 사람이 이셨난듸, 쇠붚이 온전히 맹갈아디디 아니하자, 쇠붚을 이대 쇠디우려고 제 딸알 인신공양하얐다난 그 쇠붚을 말쌈하시나니잇가?"

"녜, 그러하나이다." 그는 반갑게 고개를 끄덕였다. "오 군사끠셔도 그 쇠붚 녜아기랄 자셔히 아시나이다?"

"자셔히는 모라고…… 쇼인이, 쇼쟝히 년전에 구리를 구하려 셔울헤 간 적이 이셨압나니이다. 그적의 경쥬에서 온 사람애개셔 에밀레 붚이라난 쇠붚이 이시다난 녜아기랄 들었압나니이다."

"맞나이다. 그 쇠붚이 경쥬 따해 이시다 하더이다."

"아조 오랜 녯날애," 그의 격려를 받자, 오가 말을 이었다. "경쥬 따해 쇠붚을 이대 맹가난 공쟝(工匠)이 살았난듸, 한번은 님굼님의 명을 받잡고 쇠붚을 맹갈기 시작햐얐난듸, 엇디 다외얀 일인듸, 맹가난 쇠붚마다 탈이 나셔, 마참내 텬디신명끠 인신공양알 하기로 하고셔, 제 어린 딸알 공양하얐더니, 쇠붚이 이대 맹갈아뎠는듸, 그 쇠붚을 티면, 소래가 그 딸이 제 어미를 브르는 것텨로, 에밀레, 에밀레, 한다 햐야, 에밀레 붚이라 한다난 녜아기였압나니이다."

"녜, 바로 그 녜아기니이다." 둘레에 모인 병사들이 에밀레 쇠붚 이야기에 넋이 팔린 듯 귀를 기울이고 있는 모습을 살피면서, 그는 지나가는 말처럼 물었다. "오 군사끠셔는 그 녜아기랄 엇디 생각하시나니잇가? 그 녯사람이 쇠붚을 이대 맹갈개 다외얀 것이 인신공양알 한 덕분이라 생각하시나니잇가?"

잠시 생각하더니, 오가 조심스럽게 말을 골랐다. "인신알 공양한 공쟝의 졍셩이 텬디신명끠 닿아서, 쇠붚이 이대 맹갈아뎠는듸

뉘 알겠압나니잇가? 큰일알 앒애 두고셔, 그리 졍셩을 바티면, 됴
하면 됴하디, 낫바디난 아니할 새압나니이다. 그러하나 쇼쟝 생각
애난," 오가 다시 뜸을 들였다. "쇼쟝 생각애난 사람 몸애난 쇠붙
을 맹가난 쇳믈에 들어가면 됴한 므슥이 이셔셔, 쇠붙이 이대 맹갈
아딘 것이 아닌가…… 쇼쟝 생각애난 그러하압나니이다."

오의 대답이 좀 뜻밖이어서, 그는 잠자코 고개만 끄덕였다. 그는
오가 당연히 에밀레 쇠붙 설화를 초자연적 관점에서 살피리라고
여겼었다. 이곳에선 천지신명의 뜻으로 현상들을 설명하는 것이
상례였다. 도가니에 불을 때기 전에, 공병대의 부대쟝들이 고사를
지내기도 한 터였다. 그러나 오는 그 설화를 자연적 관점에서 살핀
것이었다.

다시 생각해보니, 오의 반응은 아주 뜻밖의 일도 아니었다. 장사
꾼에 기술자인 오는 실제적이고 합리적인 사람일 터였다. 그래서
에밀레 쇠붙 설화 속의 일과 같은 현상들에 대해서 자연적 설명을
찾을 것이었다.

"내 생각애도 오 군사 말쌈이 맛난 닷하나이다." 그는 새삼 존경
이 어린 눈길로 오를 바라보았다. 그는 처음부터 오의 단단하면서
도 서글서글한 성격에 끌렸었다. 이제 보니, 오는 과학적 태도까지
지니고 있었다. 과학 지식을 이 세상에 도입하려는 그로선 좋은 조
력자를 만난 셈이었다.

옆에서 그들의 얘기에 기울이던 12공병정대 1대대쟝 마억보가
고개를 연신 끄덕였다.

"그러나한듸, 나도 이번에 쇠디우는 일이 이대 다외개 턴디신명

끠 공양알 하져 하나이다."

"아, 녜, 원슈님." 이번에는 오가 입을 벌리고 그의 얼굴을 살폈다. 그의 얘기를 인신공양으로 알아들은 모양이었다.

"셩 대쟝." 그는 셩묵돌을 돌아다보았다. "취사대대애 가셔셔 조고만 상알 하나 차려달라 니르쇼셔. 시방 우리 챵의군이 쇠믈을 브어셔 튜랄 맹가난듸, 나이 텬디신명끠 고하고 공양할 새니이다."

"녜, 원슈님." 셩이 달려갔다.

"오 군사, 우리 챵의군이 커디면, 쇠 더 많이 이셔야 할 샌듸, 엇디하면, 쇠랄 얻을 수 이시겠나니잇가?"

희끗한 수염을 천천히 쓰다듬어 내리면서, 오가 잠시 생각했다. "쇼쟝의 어린 생각애난 쇠 나난 곧애셔 쇠를 많이 얻어내난 수밧긔 없난 닷하압나니이다."

"쇠 나난 곧이 어디이니잇가?"

"여긔셔 갓가온 곧안 용쳔면 쇠굴이압나니이다. 해미애 한 곧이 이시압고, 겸 멀기는 하디마난, 셔산과 태안애도 이시압나니이다. 태안 쇠굴애셔 쇠 긔듕 많이 나압나니이다."

"아, 그러하나니잇가? 용쳔면이라······"

용쳔면은 보령 슈영이 자리 잡은 반도와 북쪽에서 마주보는 반도에 있었다. 그가 지닌 현대 지도엔 대체로 보령군 천북면(川北面)과 일치했다. 바로 북쪽에 결성현이 있었다.

'용쳔면에서 철광을 본격적으로 개발하려면, 결성현을 확보해야 되는데. 잘됐다. 어차피 평정할 곳인데, 좀 일찍 점령하지.'

튱청감사가 거느린 군대를 깨뜨렸으므로, 한성에서 경군(京軍)

이 내려오기 전까지 시간적 여유가 좀 있을 터였다. 그는 그 틈에 홍쥬목 둘레의 고을들을 평정할 생각이었다. 큰 싸움을 앞에 두고 배후를 안전하게 한다는 뜻도 있었고, 인적, 물적 자원을 더 많이 얻어서 군대를 키운다는 뜻도 있었다.

"쇠굴에선 쇠 얼머나 나오나니잇가?"

"아조 젹사압나니이다. 사람달히 관가 모라개 쇠랄 파내셔 야쟝애 팔고 이시압나니이다."

"웨 쇠랄 많이 캐디 아니하나니잇가?"

"관가애셔 야쟝알 셜하고 많안 쇠랄 징구하야셔, 쇠굴 갓가이 사난 백셩들이 살기 어렵나이다. 그러하야셔 사람달히 쇠굴 갓가이 살려 하디 아니하압나니이다."

'야쟝'은 '야장(冶場)'을 뜻하는 듯했다. 대장간에 쓰이는 쇠붙이를 거래하는 곳인 모양이었다. 어쨌든, 관리들이 횡포를 부려서 사람들이 쇠를 캐는 것을 꺼린다는 것은 분명했다.

"하아, 그것 참." 그는 혀를 찼다. "오 군사, 이리하면 엇더하겠나니잇가? 우리 챵의군이 쇠랄 높안 금에 텨셔 사들이면? 우리 그리하면, 사람달히 쇠굴에셔 쇠랄 캘 새 아니겠나이잇가?"

"녜, 원슈님," 오가 신중한 어조로 대꾸했다. "그리하시면 사람달히 쇠랄 캘 새압나니이다."

"나이 쇠랄 높안 금에 사들인다난 포고문을 내겠나이다. 그리하고 우리 결셩현을 졈령하면, 오 군사끠셔는 사람달할 모호야셔 용쳔현으로 가쇼셔. 거긔셔 쇠굴을 크게 열고 쇠랄 구해 오쇼셔. 쇠굴에셔 일하난 사람달해게 삯알 많이 주면, 모도 깃거히 쇠굴에셔 일할 새 아니겠나니잇가?"

"녜, 원슈님. 실로난 용쳔면 쇠굴의 쥬인이 여긔 읍내애 살고 이
시압나니이다. 리자형이라 하난 사람인듸……"

"아, 그러하나니잇가? 이대 다외얏나이다. 그 사람애게 사람알
보내셔 나이 한번 만나져 한다 니르쇼셔."

그가 오에게서 쇠와 구리 같은 금속의 유통 과정에 대한 얘기를
듣고 있는데, 셩묵돌이 취사대대의 여군들과 함께 돌아왔다.

"챵의," 큰 술 주전자를 든 배고개댁이 제법 군인답게 경례했다.

"챵의. 어셔 오쇼셔."

"스승님, 샹알 어듸……"

그는 오윤효를 바라보았다. "오 군사, 샹알 어듸 놓난 것이 됴하
겠나니잇가?"

"뎌긔 도관 앒애 놓난 것이 됴할 새압나니이다."

그가 고개를 끄덕이자, 배고개댁이 물건들을 이고 온 여군들을
돌아다보았다. "뎌긔 샹알 차리게나."

여군들이 도가니 앞에 상을 놓고 차리기 시작했다. 음식들과 마
른 과일들이 제법 푸짐했다.

그는 싱긋 웃었다. "하아, 많이 차리샸나이다. 복심이 어마님 덕
분에 나이……"

급히 오느라 달아오른 그녀 얼굴이 환해지면서, 한순간 그녀가
젊고 예뻐 보였다. "셩 대쟝이 하도 급하다 채근하는 바람애……"
그녀가 셩묵돌에게 짐짓 따지는 얼굴을 해 보였다.

셩은 대꾸하지 않고 상이 놓인 돗자리를 판판하게 골랐다. 셩은

배고개댁이 원슈인 그에게 허물없게 대하는 것을 못마땅하게 여기는 눈치였다.

"상 앒녁에는 자리랄 졈 비워두쇼셔. 나이 공양할 믈건을 놓알새니이다." 그는 차분한 손길로 제기들을 받아 상에 진열하는 나이 지긋한 여군에게 말했다.

상이 차려지자, 그는 신을 벗고 돗자리 위로 올라섰다. 이어 요대를 풀어 가스총에 감아서 상 위에 놓았다. 좀 놀란 사람들의 눈길을 느끼면서, 그는 상에 대고 절했다. 문득 간절한 마음이 속에서 솟구쳐 가슴이 뻐근했다. 누구에게 기원하는지도 모르는 채, 그는 간절히 기원했다. '부대 저희 호셔챵의군을 보살펴주쇼셔.'

절이 끝나자, 그는 돗자리 위에 선 채 오윤효를 돌아다보았다. "오 군사, 여긔 공양하난 믈건을 도관에 넣으쇼셔. 인신공양애 견홀 바난 아니디만, 내 아끼난 믈건을 공양하니, 텬디신명끠셔 튜들히 이대 맹갈아디게 보살펴실 새니이다."

"녜, 원슈님." 오가 대꾸하고서 도가니를 보살피는 병사들을 돌아다보았다. "도관 둡게를 열어라."

병사가 도가니를 열자, 열기가 거세게 솟구쳤다. 오는 긴 쇠막대기 끝에 요대를 걸치더니, 조심스럽게 도가니 앞으로 다가섰다. 요대 양끝이 도가니 속의 쇳물에 닿자, 독해 보이는, 노르끄레한 연기가 솟았다. 곧 매캐한 냄새가 퍼졌다.

요대가 풀린 자리가 허전해서, 그는 허리에 두 손을 얹었다. 그러리라고 생각했지만, 가스총을 처분하려니, 허전하고 아쉬웠다. 불시착한 세상에서 힘들게 헤쳐오면서, 그가 가장 큰 도움을 받은 물건이 바로 가스총이었다. 가스총이 없었다면, 그는 오래전에 죽었을 터였다. 이제 그것이 없어지는 것이었다. 위험한 착시물을 깔끔하게 처분했다는 개운함은 없었다. 저 세상으로 이어진 인연에서 다시 한 올이 끊겼다는 허전함에 가슴이 막막했다.

　마침내 가스총이 쇳물 속으로 사라졌다. 한숨을 죽이고, 그는 눈을 감았다. 망막에 남은 벌건 쇳물 위에 내파한 시낭 '가마우지'의 마지막 모습이 겹쳤다.

7

"원슈니임," 언오가 병원으로 쓰이는 객사에 다가가자, 우츈이
가 먼저 알아보고 달려왔다. 녀석이 그 앞에 멈추더니, 손을 들어
맵시 있게 경례했다, "챵의."

"챵의. 신 부병, 슈고 많소."

그의 치하에 녀석이 수줍은 웃음을 지었다. 녀석은 이제 어른스
러웠다. 원래 어른스러운 녀석이었지만, 여러 차례 싸움을 겪으면
서 죽은 사람들과 다친 사람들을 많이 보았다는 사정도 있을 터였
다. 부병 품계장도 제법 어울렸다.

"최 대쟝안 시방 여긔 없압나니이다," 객사 마당으로 들어서자,
우츈이가 알렸다.

그는 고개를 끄덕였다. 최월매는 지금 내아에 귀금이와 함께 있
었다.

마당 한쪽 큰 무쇠솥이 걸린 화덕에서 장작불이 끄느름하게 타

고 있었다. 그 옆에 큰 물통들과 대야들이 여러 개 놓여 있었다. 그를 보더니, 대야에서 손을 씻고 일어서던 홍매화가 수건에 손을 씻으면서 급히 고개 숙여 인사했다. "원슈님, 어셔 오쇼셔."

"홍 부병, 슈고 많소." 그는 쾌활하게 대꾸했다. "병자랄 돌보샤 나니이다?"

"녜, 원슈님." 그녀는 그의 눈길을 대담하게 받았다.

속에서 욕정의 물살이 이는 것을 느끼면서, 그는 서둘러 말했다, "이대 하샸나이다. 병자랄 돌본 다암애난 꼭 손알 씻어야 하나이다."

"이제는 모도 병자랄 돌본 다암애난 손알 씻사압나니이다," 우츈이가 보고했다. 비록 어리고 품계도 낮았지만, 그를 오래 따라다니면서 의술을 배운 덕분에, 녀석은 병원에 현대 의학 지식을 도입하는 일에서 한몫 단단히 하고 있었다.

사람 사는 곳이면 어느 곳이든 세균들로 덮였으므로, 실은 사람의 몸 자체도 세균들이 번식하는 터전이었으므로, 손을 자주 씻는 것은 위생의 첫걸음이었다. 현대에서도 감염을 줄이는 가장 중요한 길은 손을 자주 씻는 것이었다. 그러나 그것이 귀찮은 일이었으므로, 현대의 의사들도 규칙대로 손을 씻지 않는 경우들이 흔했다. 수도가 없고 우물에서 물을 길어다 쓰는 이곳 형편에서, 손을 자주 씻는 것은 무척 성가신 일이었다. 그래도 그가 신신당부한 덕분에 병자들을 돌보는 의약대대 여군들은 손을 제대로 씻는 모양이었다.

그가 대청으로 올라서자, 마루에 나와 앉았던 병자들이 엉거주춤 일어섰다. 앉으라고 손짓하면서, 그는 그들을 살폈다.

병자 하나가 무엇을 우물거리고 있었다. 옆에 놓인 종지에 거무스레한 것이 들어 있었다. 그가 슬쩍 살피자, 그 병자가 겸연쩍게 웃었다. '보령 슈영 싸홈'에서 부상한 7대대 병사였다.

"민훈식 정병, 류피(柳皮)이니이다?"

"녜, 원슈님."

"먹을 만하나니잇가?"

"녜, 원슈님."

그 병자가 먹던 것은 버드나무 껍질 튀각이었다. 엿을 넣고 튀긴 터라, 맛이 쓰거나 밋밋하진 않을 터였다. 마침 버드나무 껍질이 부드러운 철이어서, 많이 만들어서, 병자들에게 복용시키고 있었다. 아스피린에 비길 수야 없겠지만, 효과는 있는 듯했다.

작년 여름에 마련한 삼 잎도 요긴하게 쓰이고 있었다. 현대에 '대마초'로 불린 삼 잎은 여러 가지 의약 기능을 가졌는데, 특히 진통제와 진정제로 널리 쓰였다. 진통제와 진정제가 마땅치 않은 지금 처지에서, 삼 잎은 무척 고마운 약이었다. 구토를 억제하고 식욕을 돋우는 효능까지 있었다. 대마초의 유효 성분들이 워낙 많아서, 21세기 초엽까지도 대마초의 주성분을 합성한 약품보다 삼 잎을 그냥 쓰는 것이 효과가 오히려 낳았다고 했다. 제약 회사들은 유효 성분들을 적절하게 지닌 삼들을 개발해서 특허를 얻었다. 비록 마약으로 분류되었지만, 중독도 심하지 않아서, 비교적 안전했다.

'올여름엔 삼 잎을 많이 모아야지. 튀각도 만들고, 수지(樹脂)도 만들고……'

그는 마루에 나와 앉은 병자들을 하나씩 살폈다. 지금 그는 원슈로서 그냥 의례적으로 찾아온 것이 아니라, 의사로서 찾은 것이었다. 다행히, 병자들은 경과가 좋은 듯했다.

마루의 병자들을 살핀 다음, 그는 마당으로 내려가서 손을 씻었다. 그리고 다시 마루로 올라서서 방으로 들어갔다.

방문은 모두 활짝 열어놓았는데도, 방 안에선 썩은 냄새가 짙게 풍겼다. 그는 병자들을 하나하나 꼼꼼히 살폈다. 의약대대 여군들이 정성스럽게 보살핀 덕분에, 그가 따로 할 일은 없었다. 그래도 마음이 무거울 수밖에 없었다. 자신이 일으킨 전쟁 때문에 몸을 다친 사람들이었다.

방 저쪽에서 여군 하나가 병자를 살피는 것이 눈에 띄었다. 젓가락으로 병자의 상처에서 무엇을 떼어내고 있었다. 눈여겨보니, 구더기였다. 상처에 쉬 슨 모양이었다.

그는 그리로 다가섰다. "왕소홍 딕병."

"녜, 원슈님." 그녀가 급히 구더기를 사발에 버리고 그를 올려다보았다.

"병자의 샹쳐에 쉬 슬었나이다?"

"녜, 원슈님."

"샹쳐에 쉬 스는 것은 보기애난 흉하디만 실로난 병에 됴한 일이니이다. 구더기는 썩은 살만알 먹나이다. 그러하야셔 구더기 이시면, 샹쳐이 빨리 아므나이다." 그는 우츈이를 돌아다보았다. "최대쟝끠 녜아기하쇼셔. 샹쳐에 쉬 스는 것은 됴한 일이니, 구더기를 잡디 말라 하쇼셔."

"녜, 원슈님. 이대 알겠압나니이다."

21세기처럼 의학과 치료 기술이 발달된 시대에서도, 구더기는 쓸모가 있었다. 그래서 유전공학을 이용하여 아주 작은 파리들을 만들어낸 다음, 그 파리들이 상처에 쉬 슬도록 했다. 썩은 살에서 나는 냄새들을 잘 맡는 구더기들은 어떤 치료 로봇보다도 더 섬세하게 썩은 살을 골라내서 파먹을 수 있었고, 상처를 아주 깨끗이 유지해서 새살이 돋는 것을 도왔다.

병원에서 나오자, 그는 동헌으로 향했다. 마음이 개운해서인지, 걸음이 가벼웠다. 일들이 모두 잘 나아가고 있었다. 공적인 일도, 사적인 일도. 가스총을 처리한 것도 처음엔 적잖이 서운했지만, 마음이 개운해지는 일이었다. 병원이 잘 운영되는 것도 마음을 가볍게 했다.

'이젠 정부 조직에 대해서 생각해야지.'

점령한 고을이 넷으로 늘어난 터라, 행정 조직을 빨리 갖추어야 했다. 수령들을 서둘러 임명했지만, 조선조 정부의 조직을 그대로 본뜬 조직으론 한계가 있었다. 그리고 행정 조직을 갖추려면, 정부의 성격이 먼저 결정되어야 했다.

'내보인민정부(內浦人民政府),' 그는 속으로 뇌어보았다.

그동안 구상한 정부의 명칭이었다. '인민정부'란 말에 마음이 끌렸다. 현대에 전체주의 실험들에 너무 자주 동원되어서 때가 묻기는 했지만, 그 말엔 묘한 매력이 있었다.

문제는 지금 이곳에 실제로 인민정부를 세우는 것이 어렵다는 사실이었다. 주권이 시민들에게 있고 시민들이 적극적으로 정치적 과정들에 참여하는 정체(政體)는 유럽에서 오랫동안 이념적 투쟁들과 시행착오들을 겪은 뒤에 비로소 자리 잡았다. 지금 이곳 사람들이 이해할 수 있는 정체는 왕정(王政)뿐이었다. 아마도 그가 한껏 바랄 수 있는 것은 입헌군주제일 터였다.

'어쨌든, 내보인민정부의 수립을 선포해야 되겠지. 그렇게 하려면, 먼저 정부 깃발을 만들어야 하겠지.'

깃발 생각에 그의 가슴이 부풀었다. 그동안 깃발들을 여럿 만들었지만, 깃발을 새로 도안하는 것은 늘 즐거웠다. 게다가 이번엔 살벌한 군기가 아니라 평화로운 삶을 지향하는 정부의 깃발이었다.

'역시 먹고사는 게 제일 중요하니까, 곡식 이삭을 깃발에 넣는 것도 괜찮은 생각인데. 곡식 이삭을 보면, 사람들이 무슨 애긴지 이내 알겠지?' 누런 곡식 이삭들이 그려진 깃발을 떠올리면서, 그는 혼자 싱긋 웃었다.

8

 점백이가 걸음을 떼어놓자, 한껏 달리고 싶은 충동이 문득 그의 살을 채웠다. 그 충동을 지그시 누르고, 말을 타지 않은 근위병들이 따라올 수 있도록, 언오는 천천히 말을 몰았다. 그의 기분이 전달되었는지, 점백이의 걸음에는 여느 때보다 탄력이 있었다. 그들이 만난 것은, 따지고 보면, 얼마 되지 않았지만, 이제 점백이는 그의 기분을 잘 알아차렸다.

 일행은 곧 길청을 지났다. 총참모부가 들어선 길청은 늘 북적댔는데, 오늘은 한산했다. 개선식을 위해 거의 모든 사람들이 연병장에 모인 터였다. 오늘 제대로 일하는 것은 투석기와 턱석기를 만드는 공병대 요원들뿐이었다.

 저만큼 연병장이 나타났다. 원래 진영 서쪽에 조그만 연병장이 있었는데, 그가 이번에 북쪽 성벽까지 넓혀서 부대들이 제대로 훈련하고 행진할 수 있도록 한 것이었다.

그가 연병장으로 들어서자, 쟝대 오른쪽에 자리 잡은 군악대가 「원수에 대한 경례」를 연주하기 시작했다. 그의 얼굴에 옅은 웃음이 어렸다. 그 곡은 실은 존 수자의 「언제나 충성스럽게」였다.

군악참모부장 한경희는 음악적 재능이 있는 데다가 한때 쟝악원(掌樂院)의 악공(樂工) 노릇을 했었다. 그래서 그가 흥얼거리는 선율들을 듣고서, 어렵지 않게 악보들을 만들어냈고, 그것들을 군악대에게 열심히 가르쳐서, 원래의 곡들을 제법 재현했다. 훈련받지 못한 병사들을 데리고 원시적 악기들로 할 수 있는 것에는 한도가 있었지만, 그렇게 서투른 솜씨로 재현된 낯익은 선율은 그의 마음에서 오히려 짙은 그리움을 불러냈다.

"셈퍼 파이딜리스," 자신도 모르게 뇐 라틴어 어구가 귀에 익숙하면서도 설게 닿자, 그의 얼굴에 어린 웃음이 짙어졌다.

화사한 제복을 차려입고 번쩍거리는 관 악기들을 연주하는 군악대의 모습이 눈앞에 선연하게 떠올랐다. 둔중하게 깔리는 트롬본 소리와 맑게 솟구치는 트럼펫 소리가 어우러져 그의 귀를 가득 채웠다, 바파 바파 바파……

쟝대 옆 군악대가 올리는 현실의 음악이 그 환영을 밀어냈다. 그는 고마움과 자랑이 담긴 눈길로 열심히 연주하는 군악대를 살폈다. 원시적이든 아니든, 이곳에선 보기 드문 군악대였다. 군악대의 대부분은 허리춤에 찬 뒤웅박을 가는 채로 두드리는 병사들이었다. 갑자기 커진 군대에 걸맞게 군악대의 규모를 늘리기 위해, 아쉬운 대로 뒤웅박을 작은북 대신 쓴 것이었다. 아프리카에선가 라틴 아메리카에선가 예전에 뒤웅박을 타악기로 썼다는 얘기를 읽은 것이 생각나서, 한번 시도해보았는데, 괜찮은 듯했다.

'이제 화사한 제복을 해 입히면, 뭐……'

"부대 차려엇," 맨 앞에 나와 부대를 지휘하는 김항텰이 호기롭게 외쳤다. 느슨한 자세로 서서 그를 흘끔거리던 병사들이 문득 굳은 자세로 섰다.

그들 앞을 지나 쟝대 쪽으로 가는 동안, 갑자기 마음에 번진 어색함이 좀 당혹스러웠다. 이제 원슈 노릇을 하는 데 익숙해졌지만, 그리고 저 세상에선 많은 사람들의 눈길을 받는 데 익숙했었지만, 이렇게 의식을 위한 자리에서 사람들 앞에 서니, 어쩐지 몸에 비겨 너무 크고 화사한 옷을 입은 듯했다.

쟝대와 군악대 사이엔 정언디를 비롯한 군사(軍師)들이 서 있었다. 뒤쪽엔 오늘 행사를 주관하는 문셔참모부 병사들이 모여 있었고, 쟝대 건너편엔 유족들을 위한 천막 셋이 있었다.

"이제브터 호셔챵의군 개션식을 거행하겠압나니이다." 그가 쟝대 위에 서자, 그를 따라 쟝대에 올라와서 한쪽에 선 최복만이 외쳤다. 최는 홍쥬성 남쪽에 있는 셰천역의 역리였는데, 멀리까지 들리도록 외치는 재주가 있었다. 전에 원산도의 목장에서 말을 키우면서 그런 재주를 얻었다고 했다.

"몬져 원슈님끠 대한 경례 이시겠압나니이다." 최가 외쳤다.

김항텰이 돌아서서 명령을 내렸다, "원슈님끠 대하야 경례."

"챵으이," 병사들이 구호를 외치고 손을 들어 경례했다. 병사들의 구호는 일제히 나오지 않았고 손들도 일제히 올라가지 않았다. 어저께 들어온 병사들까지 모인 터라, 그들이 오래 훈련받은 병사들처럼 움직이기를 기대할 수는 없었다. 그래도 이틀 동안 열심히 연습한 보람이 있어서, 그들의 움직임엔 질서가 있었다.

"챵의." 되돌아선 김이 경례했다.

그도 손을 들어 운동모자 챙 끝에 댔다. "챵의."

바파 바파 바파…… 군악대가 다시 「원슈에 대한 경례」를 연주하기 시작했다.

손을 올린 채, 그는 성벽을 따라 늘어선 구경꾼들을 곁눈질했다. 모두 깊은 인상을 받은 듯했다. '한 천 명? 천 명까지는 안 될라나? 저만하면, 많이 모인 셈이지..'

"이제 군긔에 대한 경례 이시겠압나니이다." 원슈에 대한 경례가 끝나자, 최가 다시 외쳤다. "이 자리에 참예하신 래빈 여러분들끠셔도 호셔챵의군긔에 대하야 경례하야주시기 바라압나니이다. 래빈달끠셔는 모도 쟝대 뒤헤 이시난 군긔를 바라고 셔쇼셔. '군긔에 대하야 경례' 하난 구령이 나리면, 래빈달끠셔는 모도 올한손알 가삼 왼녁에 다히쇼셔. 이리하시면, 다외압나니이다."

최의 말에 구경꾼들이 문득 스스로를 의식한 듯 머뭇거렸다. 몇이 최를 따라 가슴에 손을 얹자, 바라보던 사람들 사이에서 키득거리는 소리가 났다. 이어 그들을 나직이 꾸짖는 소리가 들렸다. 안내병 노릇을 하는 여군들을 따라, 유족들도 서둘러 천막들에서 나와 깃발을 바라고 섰다.

그도 뒤로 돌아서서 깃발을 향했다. 높다란 깃대 위에 걸려 봄바람에 가볍게 펄럭이는 호셔챵의군 깃발을 우러르자, 가슴에서 물결이 일렁이면서 눈가가 아려왔다. 바로 옆에서 펄럭이는 '내보인

민경부긔'가 높아진 감정의 물결을 든든하게 떠받쳤다.

"군긔에 대하야 경례," 김항텰이 외쳤다.

"챵의," 그도 구호를 외치고 깃발에 대해 경례했다. 이제는 「호셔챵의군가」가 된 「잠수함대가」의 가락을 마디마디 새겨들으면서, 그는 흐릿해진 눈으로 깃발을 응시했다.

자신을 우러른 눈길들을 의식한 것처럼, 깃발이 수줍게 펄럭였다. 그 너머로 보얀 하늘이 그윽한 품을 열어놓고 있었다.

군기에 대한 경례가 끝나자, 분열 행진이 시작되었다. 군악대가 맨 먼저 움직였다. 타악기만을 치면서, 군악대는 앞으로 나와 오른쪽으로 방향을 바꾸었다. 방향 전환을 제대로 하는 품이 연습을 열심히 한 모양이었다. 이어 한정희가 빨간 술이 달린 지휘봉을 한번 크게 흔들자, 뒤쪽에서 젓대들과 날라리들이 합세했다.

"우로 봣," 군악대를 뒤따르는 김항텰이 외치고 칼을 빼어 오른쪽 땅바닥을 가리켰다.

앞에 선 륙군긔가 고개를 숙였다. 호랑이가 그려진 깃발이었다. 화원이 그린 터라, 민화(民畵)에서 본 매너리즘이 이내 눈에 띄었지만, 군기에는 오히려 그런 매너리즘이 어울렸다. 5열 종대를 이룬 륙군 본부 대대의 행렬에서 맨 오른쪽 열만 그대로 앞을 보고, 나머지 열들을 모두 고개를 오른쪽으로 돌렸다. 맨 오른쪽 열에 선 병사들 몇이 엉겁결에 고개를 돌려서, 쟝대 위에서 내려다보는 그에겐 이가 빠진 것처럼 보였다.

유족들을 지나 구경꾼들이 모인 곳 가까이 가자, 군악대는 행진하는 길에서 벗어나 자리 잡았다. 군악대는 구경꾼들 근처에서 연주하다 행렬 맨 뒤에 서서 돌아오도록 되어 있었다.

　부대들은 건제(建制) 순서대로 쟝대 앞을 지나갔다. 박초동이 이끄는 1보병졍대, 류갑슐이 이끄는 2보병졍대, 최셩업이 이끄는 3보병졍대, 임슈동이 이끄는 5보병졍대…… 졍대는 원래 3백 명 가까이 되었지만, 아직 제대로 충원이 되지 않아서, 작은 졍대들은 2백 명 남짓했다. 그래도 열을 맞추어 행진해 오는 모습은 그럴듯했다.

　단연 돋보이는 부대는 긔병대였다. 말을 타고 긴 창을 세운 긔병들이 줄을 맞춰 나오는 모습은 멋졌다. 구경꾼들 사이에서 감탄하는 소리들이 나왔다.

　천영셰가 이끄는 6긔병졍대가 다가왔다. 그는 사람들보다 말들을 살폈다. 원래 군마(軍馬)로 훈련받은 말들이 아니었지만, 힘든 일들을 잘해내고 있었다.

　"우로 봣," 천영셰가 외치고서 칼로 오른쪽 땅바닥을 가리켰다.

　앞발을 든 말이 그려진 긔병대 깃발이 고개를 숙였다. 말을 타고 창을 세운 긔병들이 고개를 돌려 쟝대를 바라보았다.

　손을 들어 답례하는 그의 눈앞에서 '뎨일차 례산현텽 싸홈'에서 긔병대를 이끌고 돌격하던 때가 떠올랐다. 일흥역에서 막 모집한 여섯 긔병들로 이루어진 부대였다. 그때가 이달 초아흐레였으니, 열이틀 만에 챵의군의 긔병대는 2개 졍대로 늘어난 것이었다. 긔병들만 120명이 넘었다.

　윤삼봉이 이끈 7보병졍대가 뒤를 따랐다. 지금 챵의군에서 최정예 부대를 꼽으라면, 아마 모두 7졍대를 꼽을 터였다. 윤삼봉이야 물론 출중한 지휘관이었지만, 윤 밑의 지휘관들도 뛰어났다. 그래서 새로 창설된 부대들의 지휘관들 가운데는 이전 7대대 출신들이 많았다.

워낙 바빠서 많이 참석하지 못한 8공병경대 뒤로 류종뮤가 이끄는 9보병정대가 나타났다. '데이차 례산현텽 싸홈'에서 피해를 본 뒤 아직 충원되지 못해서 기간병들로만 이루어진 부대를 보자, 아물기 시작한 상처가 다시 터진 것처럼 날카로운 아픔이 가슴에 일면서 목이 뻣뻣해졌다.

"우로 봣," 류종무의 구령에 깃발이 고개를 숙였다.

가슴에서 솟구친 뜨거운 덩어리에 목이 메어, 침도 삼켜지지 않았다. 그는 손을 들어 답례했다. 침침해진 눈앞에 례산현텽을 지키다 죽은 사람들의 모습이 떠올랐다.

'언년이 아바, 이제 나난 여긔 현텽을 디킈다…… 그러하니, 자내난 아녀자달할 다리고 대지동아로 돌아가게. 그리하고셔 홍쥬로 가셔 내 아아애개 면하게, 후사랄 부탁한다고.' 자신의 마름에게 유언하는 리산구의 목소리가 귀에 들렸다.

그 목소리에 다른 목소리가 겹쳤다, '우리 시방 이리 죽디마난, 원슈님끠셔 꼭 다시 오실 샌듸…… 원슈님끠셔 오시거든, 시방 여긔 모호인 사람달한 원슈님끠 이 말쌈알 면하야주쇼셔. 우리 구대대 군사달한 원슈님끠셔 명하신 대로이 례산현텽을 디키다 죽었노라고.'

능지처참을 앞두고 유언하는 왕부영의 얼굴이 눈이 아프도록 선연히 떠올랐다. 그리고 잘려서 내걸린 목들이.

'이제 그들은 모두 가고…… 저 깃발만이, 관군에게서 되찾은 저 깃발만이 남았구나. 한 조각 천에 얼마나 많은 것들이 담길 수 있는가……'

"바로," 류의 구령에 장대를 지난 깃발이 고개를 들었다.

참으려 애써도 솟는 눈물에 무엇이 씻겨 나갔는지, 10특공정대의 경례에 답례하는 가슴이 빈 듯했다. 그 빈 가슴을 무심히도 보얀 봄 하늘이 가득 채웠다.

'언제나 이럴 것이다,' 그는 자신에게 일렀다. '살아남은 자들은 언제나 이렇게……'

"이제 경과보고가 이시겠압나니이다," 군악대를 끝으로 부대들이 다시 제자리에 들어서자, 최복만이 외쳤다.

손에 두루마리들을 든 하균이 옆 계단을 올라왔다. 그에게 경례한 다음, 하는 두루마리 하나를 펼쳤다. "쇼쟝이 경과랄 보고하겠압나니이다. 경과보고. 우리 호셔챵의군은 모단 사람달히 사람다이 살 수 이시게 하져 디난 삼월 칠일에 례산현에셔 긔병하얏도다……"

하의 목소리는 그의 귀에 또렷이 들어왔지만, 그의 마음은 그 뜻을 새기지 않고 그냥 흘려보냈다. 제자리에서 떨어져 나와 덜그럭거리면서 기계 속을 굴러다니는 부품처럼, 그의 마음은 공존할 수 없는 두 세상을 넘나들고 있었다. 저 세상의 이름들과 이 세상의 얼굴들이 뒤섞이고 저 세상에서 품고 온 사연들과 이 세상에서 맺은 인연들이 뒤엉켰다. 어쩐지 그렇게 뒤섞인 얼굴들과 뒤엉킨 인연들을 풀어보려는 생각이 들지 않아서, 그는 그 혼란스러움에 몸과 마음을 맡겼다.

진땀이 나더니, 뒤섞여서 들끓는 감정들이 차츰 가라앉기 시작했다. 마침내 하의 보고가 끝났을 때, 그의 가슴에는 슬픔의 시린 물결만이 잔잔하게 출렁이고 있었다.

"이제 '보령 슈영 싸홈'과 '뎨이차 례산현텽 싸홈' '뎨이차 홍쥬셩 싸홈' '셰미 운슈 작젼'에셔 공이 컸던 부대달콰 군사달해 대한 표챵이 이시겠압나니이다." 최가 외쳤다.

"몬져 부대 표챵이 이시겠압나니이다," 하가 받았다. " '보령 슈영 싸홈'애셔 표챵알 받알 부대난 뎨칠보병졍대와 뎨팔공병졍대이압나니이다. '뎨이차 례산현텽 싸홈'애셔 표챵알 받알 부대난 뎨구보병졍대이압나니이다. '뎨이차 홍쥬셩 싸홈'애셔 표챵받알 부대난 뎨이보병졍대이압나니이다. '셰미 운슈 작젼'에셔 표챵받알 부대난 뎨십삼운슈졍대이압나니이다. 표챵받알 부대달회 지휘관과 긔슈는 앒아로 나오쇼셔."

먼저 7보병졍대쟝 윤삼봉과 부대긔를 든 긔슈가 쟝대 위로 올라왔다.

"표챵쟝," 하균이 낭독하기 시작했다. "뎨칠보병졍대. 귀 부대난 긔묘 삼 월 십오 일 '보령 슈영 싸홈'애셔 명령을 튱실히 딸와 용감하개 싸화셔 공알 크게 세웠나이다. 이에 감샤와 존경으로 귀 부대애개 이급부대표챵알 슈여하나이다. 긔묘 삼 월 이십일 일 호셔챵의군 원슈 리언오. 대독."

그는 하에게서 표챵장을 받아 윤삼봉에게 건넸다. 이어 노랑 비단에 검은 실로 '뎨칠보병졍대 이급부대표챵 긔묘 보령 슈영 싸홈

긔묘 삼 월 이십일 일 효셔챵의군 원슈 리언오'라고 넣은 긔드림을 깃발 위에 달아주었다.

하가 손뼉을 치자, 다른 사람들이 따랐다. 점점 커지는 손뼉 소리 속에 두 사람은 긔드림이 달린 깃발을 앞세우고 쟝대를 내려갔다.

9보병졍대 깃발을 든 긔슈와 부대쟝 류종무가 올라왔다. 연병장이 문득 숙연해졌다. "표챵쟝. 뎨구보병졍대. 귀 부대난 긔묘 삼 월 십륙 일 '뎨이차 례산현텽 싸홈'애셔 명령을 튱실히 딸와 용감하개 싸화셔 공알 크게 셰웠나이다." 낭독하는 하의 목소리가 먼 세상에서 들려오는 것처럼 메마르게 울렸다.

'명령을 튱실히 딸와……' 감정이 담기지 않은 사무적 표현이 그의 막막한 가슴을 아프게 할퀴면서 메아리쳤다, '명령을 튱실히 딸와…… 명령을 튱실히……'

그래도 그는 의식의 절차에 따라 경례에 답례하고 옅은 자주 비단에 검은 실로 표창 사실을 수놓은 1급부대표창 긔드림을 깃발에 달아주었다. 그리고 손뼉을 치면서, 마음 한구석으로 들었다, 아까와는 울림이 다른 손뼉 소리를, 단단한 무엇이 속에 든 소리를.

"다암애난 개인 표챵이 이시겠압나니이다." 부대 표챵이 끝나고 부대쟝들과 긔슈들이 제자리로 돌아가자, 하가 말했다. "몬져 '보령 슈영 싸홈'애셔 공이 컸던 사람달해 대한 표챵이 이시겠압나니이다……"

보령 슈영 싸홈에서 공을 세운 사람들은 주로 7보병졍대 사람들이었다. 당시 윤삼봉이 이끈 7대대가 주공을 맡았었다. 8공병졍대 사람들도 많이 훈장을 받았다.

"다암애난 '데이차 례산현텽 싸홈'애셔 공이 컸던 사람달해 대한 표챵이 이시겠압나니이다. 금월무공훈쟝. 부렁 리산구. 튜셔. 본인끠셔 싸홈애셔 쟝렬히 전사햐샷긔, 유족끠셔 훈쟝알 받아시겠압나니이다. 유족끠셔는 쟝대 우흐로 올아오쇼셔."

마음을 도사려먹고 있었지만, 그는 가슴이 졸아드는 것을 느꼈다. 입안이 바싹 마르는 느낌이 들었다.

유족들은 모두 어제 홍쥬에 닿았다. 127명이나 죽었으므로, 유족들도 많았다. 그는 한산댁 마님을 비롯한 리산구의 유족들이 왔다는 보고를 받았지만, 내보인민정부를 새로 조직하는 일처럼 미룰 수 없는 일들을 처리하다 보니, 그들을 찾아서 인사할 때를 놓쳤다. 밤늦게야 최월매를 한산댁 사람들의 숙소로 보내, 겨우 인사를 차렸다. 이미 귀금이가 스스로 옛 상전들을 찾아가서 제 나름으로 인사를 차린 것이 그나마 다행이었다. 이제 그 사람들과 얼굴을 맞대야 하는 것이었다. 유족들을 만날 일은 하나같이 막막했지만, 그로선 마님을 뵐 일이 특히 난감했다.

긔훈이가 먼저 계단을 올라왔다. 녀석은 상복을 제대로 입고 있었다. 몸가짐도 어른스러웠다. 그 뒤로 여군 둘의 부축을 받은 한산댁 마님이 천천히 쟝대 위로 올아왔다. 갑자기 맏아들을 잃은 데다가 먼 길을 온 터여서, 마님은 수척했다. 그래도 몸가짐엔 흐트러진 데가 없었다.

'양반댁 규범에 맞춰 스스로를 다그치면서 평생을 살아오신 분이시니……' 그의 가슴을 가득 채운 죄송한 마음이 감탄과 존경심에 밀려 잠시 뒷전으로 물러났다.

이 세상에 찾아와서 새삼 깨우친 것들 가운데 하나는 조선 사회에선, 중세에서나 현대에서나, 여성의 공헌이 두드러지게 크다는 사실이었다. 인류가 진화한 뒤로 여성이 인류의 총생산액의 반 넘게 생산했다는 얘기를 어디선가 읽은 적이 있었는데, 이곳 16세기 조선 사회에선 적어도 총생산액의 4분의 3은 여성이 기여하는 듯했다. 근대에 발달한 식품 산업과 의류 산업만 생각해도, 이 점이 이내 드러났다. 그가 특히 감탄한 것은 반가(班家)의 부인들이 지닌 미덕들이었다. 그가 지금까지 찾은 반가들은 모두 시골의 한미한 집안들이었지만, 그 집안들의 부인들이 보인 모습은 그의 마음에 깊은 인상을 남겼다. 옳든 그르든, 5백 년이나 지속된 조선조의 사회 질서를 실질적으로 떠받친 것은 그녀들이 아니었나 하는 생각까지 들 만큼.

"표챵쟝. 부령 리산구. 귀관안 긔묘 '데이차 례산현텽 싸홈'애셔 명령을 튱실히 딸와 용감하개 싸화셔 공알 크게 셰웠나이다. 이에 감샤와 존경으로 금월무공훈쟝알 수여하나이다. 긔묘 삼 월 이십 일 일 호셔챵의군 원슈 리언오. 대독."

김이 읽기를 기다려, 그는 가볍게 목례하고 두 손으로 표챵쟝을 들어 마님에게 내밀었다.

마님이 목례하고 다가서서 조용히 두 손을 내밀었다. 종이를 맞들고서, 두 사람은 서로 쳐다보았다. 그의 눈길을 차분히 받은 마님의 눈길엔 무게가 실렸지만 감정은 드러나지 않았다.

마님의 눈길을 감당하기 어려워, 그는 고개 숙여 인사하고 한 걸음 물러섰다.

"원슈님, 여긔…… 훈쟝이 여긔 이시압나니이다." 그의 마음이 흔들리는 것을 알아차렸는지, 하가 거들었다.

"아, 네." 그는 훈쟝을 받아 들었다. 천으로 만든 훈쟝은 너무 작고 가벼웠다. 그리고 너무 초라했다, 의리를 위해 바친 목숨을 기리기엔. 마음을 가다듬으면서, 그는 쪼그려 앉아 긔훈이 목에 훈쟝을 걸어주었다. 이번 행사의 뜻을 제대로 모를 어린애에게 무슨 뜻있는 말을 해주고 싶었지만, 아무 말도 생각나지 않았다. 안타깝기만 한 그의 마음속으로 사람들이 손뼉 치는 소리가 아득히 들려왔다.

"긔훈이 도령님, 나이 뉘인지 아시겠나니잇가?" 불쑥 말문이 트이면서, 엉뚱한 소리가 입에서 나왔다.

녀석이 그의 얼굴을 한번 살피더니, 고개를 숙였다. 그리고 작은 목소리로 말했다, "숯골 스승님."

그 순진한 대답에 속에서 무엇이 툭 터졌다. 그대로 주저앉아 호곡하고 싶은 충동이 울컥 일었다. '내가 그냥 대지동에서 엉터리 불제자 노릇을 했다면, 이처럼 여러 목숨이…… 그 아까운 목숨들이 이리……'

손등으로 눈가를 훔치고서, 그는 녀석에게 말을 건넸다, "긔훈이 도령님."

목에 걸린 훈쟝을 손바닥에 놓고 살피던 녀석이 고개를 들었다.

"내죵애 나와 함끠 바다해 가사이다."

녀석의 얼굴에 수줍은 웃음이 어렸다. 녀석이 고개를 끄덕였다.

언젠가 그가 바다 얘기를 하자, 녀석이 바다를 보고 싶다고 했고, 그는 녀석에게 바다에 데려가겠다고 약속했었다. 아득한 옛일

처럼 느껴지는 그 작은 약속이 생각난 것이 그리도 반가웠다. '이 약속을 내가 언제 지킬 수 있을까?'

"금월무공훈쟝. 부사 왕부영. 튜셔. 유족끠셔는 쟝대 우흐로 올아오쇼셔," 긔훈이와 마님이 쟝대에서 내려가자, 하가 말했다.

공손하면서도 사무적인 하의 말씨가 뜻밖으로 그의 마음을 안정시켰다. 한숨을 길게 내쉬면서, 그는 이마의 진땀을 손등으로 훔쳤다.

소복한 여인이 두세 살 난 계집애의 손을 잡고 천막에서 나왔다. 안내를 맡은 여군 둘이 바로 뒤에서 따랐다.

"어어. 이런……" 그 여인의 부른 배가 눈에 들어오면서, 그는 나직이 외쳤다.

워낙 바쁜 터라, 왕부영의 유족을 찾지는 못했지만, 그는 왕을 비롯한 9대대 병사들 유족들의 안부에 대해 알아보고 도움을 준 터였다. 그래서 왕이 아내와 딸을 남겼다는 것도 알고 있었다. 그러나 왕의 부인이 몸이 무겁다는 얘기를 그에게 해준 사람은 없었다.

그는 쟝대에서 뛰어 내려갔다. "거긔 겨시쇼셔. 몸이 므거우신듸, 뎌긔 쟝대로 올아가실 수는 없나이다."

이번에는 왕의 부인이 놀랐다. 걸음을 멈추더니, 그와 그가 가리킨 곳을 번갈아 쳐다보았다.

"부인끠셔 몸이 므거우시다난 녜아기랄 듣디 못하야…… 례산애셔 여긔까장 엇디 오샷나니잇가? 걸어셔 오샷나니잇가?"

그녀가 고개를 저었다. "아니압나니이다. 가마랄 타고……"

"아, 그러하샷나니잇가?" 그는 안도의 한숨을 내쉬었다.

유족들의 식전 참가는 총참모부 소관이었는데, 리산응이 배려를 잘한 모양이었다. 왕부영의 부인은 관비였다는 얘기를 들은 적이 있었다. 양반이었으므로, 리는 관노들에 대한 신분적 차별을 아직 지녔을 터였는데, 왕의 부인에게 그렇게 마음을 써준 것이 그는 무척 고마웠다.

그는 뒤따라온 하균을 돌아다보았다. "표챵쟝알 이리 주쇼셔."

"표챵쟝. 부사 왕부영. 귀관안 긔묘……" 그가 표챵쟝을 받아 들자, 하가 읽기 시작했다.

표챵쟝을 받아 드는 부인의 두 손이 가늘게 떨렸다. 일로 거칠어지고, 깨끗이 씻었어도, 주름마다 검은 줄이 그어진 손이었다. 긴장해서 거의 표정이 없는 얼굴이 스물 두셋 되어 보였다. 너무 젊은 나이였다, 지아비를 잃기에도, 어린 딸과 유복자를 데리고 혼자 살기에도. 해주고 싶은 말들이 가슴에 들끓었지만, 막상 해줄 만한 말은 한 마디도 떠오르지 않았다.

"원슈님, 여긔……" 미안함과 안쓰러움에 그가 머뭇거리자, 이번에도 하균이 조심스럽게 그의 마음을 일깨웠다.

훈쟝을 받아 들고, 그는 아이 앞에 무릎을 꿇었다. "일홈이 므슥이시니잇가?"

"현슌이," 녀석이 또렷이 대꾸했다.

"됴한 일홈이니이다. 현슌 아씨, 여긔……" 그는 훈쟝을 아이 목에 걸어주었다.

노란 초승달이 수놓아진 훈쟝을 내려다보더니, 녀석이 방긋 웃었다.

"이것은 훈쟝이라난 것이니이다. 현슌 아씨, 훈쟝이 마암애 드시나니잇가?"

녀석이 고개를 끄덕이고서 다시 훈쟝을 내려다보았다. 그리고 손을 들어 조심스럽게 만져보았다.

그는 그 손을 살며시 잡았다. 그 조그만 손에 담긴 따스함이, 삶의 따스함이, 그의 저린 가슴으로 전해왔다.

녀석이 고개 들어 그를 살폈다. 제 아버지를 닮아서, 이목구비가 선선했다.

"현슌 아씨," 목이 잠겨서, 목소리가 탁하게 나왔다.

"현슌아, 원슈님끠셔 말쌈하시면, 대답해야디," 아이 어머니가 일렀다.

"현슌 아씨, 내 말알 이대 들으쇼셔."

녀석이 고개를 끄덕이고서, 제 어머니가 이른 얘기가 생각났는지, 걱정스러운 얼굴로 제 어머니를 흘긋 올려다보았다.

"현슌 아씨, 나난 현슌 아씨 아바님의 동모이니이다. 동모가 므슥인디 현슌 아씨 아시나이다?"

"녜," 아이가 냉큼 대꾸했다.

"나이 현슌 아씨 아바님 동모이니, 현슌 아씨 시혹 어려운 일이 이시면, 또 갖고 식븐 것이 이시면, 나애게 말하쇼셔. 사람달해게 말하쇼셔, 내 아바님 동모인 원슈끠 할 녜아기 이시니, 나랄 원슈끠 다려다주쇼셔. 그리 말하면, 사람달히 현슌 아씨랄 나애게 다려다줄 새니이다. 아시겠나니잇가?" 아이에게보다는 부인에게 한 말이었다.

녀석이 고개를 끄덕였다. 제 어머니를 홀긋 올려다보더니, 서둘러 대꾸했다, "녜."

그가 아이 볼에 입을 맞추고 일어서자, 하가 손뼉을 치기 시작했다. 사람들이 따랐다. 몸이 무거운 아내와 어린 딸만을 남기고 전사한 왕부영의 처지가 사람들의 가슴에 깊이 닿은 듯, 소리가 아까보다 훨씬 컸다. 구경꾼들 쪽에서 나는 소리가 특히 커서, 그는 마음이 흐뭇했다.

"이제 은월무공훈쟝알 수여하겠압나니이다." 그가 다시 쟝대 위로 오르자, 하가 말했다. "훈쟝알 받아실 분들흔 딕사 왕병듀, 딕사 왕은복, 정병 왕션동 세 분이시니이다. 유족달끽셔는 앞아로 나오쇼셔."

세 사람은 9대대의 듕대쟝들이었다. 9대대의 병사들에게는 모두 자성무공훈쟝이 수여되었다. 훈쟝을 받는 사람들이 많았으므로, 시간을 절약하려고, 정언디를 비롯한 군사들까지 나섰다. 그리했어도, '데이차 례산현텽 싸홈'에서 죽은 사람들에게 훈쟝들을 수여하는 데는 시간이 꽤 많이 걸렸다. 이어 '데이차 홍쥬셩 싸홈'과 '셰미 운슈 작젼'에서 공을 세운 사람들에게 훈쟝이 수여되었다.

"이제 원슈님 훈시 이실 새압나니이다." 훈쟝 수여식이 끝나자, 풀어진 분위기를 추스르려는 듯, 최복만이 큰 소리로 외쳤다.

그는 쟝대 뒤쪽에 놓인 배낭에서 수통을 찾아 급히 한 모금 마시고 자리로 돌아왔다.

"부대 차렷. 열중 쉬엇. 부대 차렷." 병사들의 마음을 다잡은 김항텰이 돌아서서 그에게 경례했다, "챵의."

"챵의. 부대 열중 쉬엇."

"부대 열중 쉬엇." 김이 복창하고 돌아섰다. "열중 쉬엇. 쉬는 채로 원슈님끠 쥬목."

군대 의식들과 구령들은 모두 조선공화국 것들을 그대로 옮긴 터였다. 김항텰에게 물어본 바로는, 이곳 조선조 군대에는 그런 것들이 제대로 마련되지 않은 듯했다. 있다 하더라도, 그로선 알 수 없었을 뿐더러 현대의 의식들과 구령들이 훨씬 합리적일 터였다. 근대 유럽의 거대한 상비군들에서 나왔으므로, 현대의 군대 의식들은 화려하고 잘 다듬어졌다. 게다가 조선공화국 군대의 모습에 큰 영향을 남긴 북조의 군대는 의식에선 아주 뛰어난 군대였다. 그의 관찰로는, 국가가 전제적일수록 그 군대의 의식은 멋있었다. 군대 의식의 멋은 획일성과 절도에서 나오므로, 전제적 체제의 군대가 그 점에서는 자유로운 체제의 군대보다 오히려 우위를 지녔다.

"여긔 모호이신 내보 쥬민 여러분, 유죡 여러분, 호셔챵의군 군사 여러분, 이 개선식은 우리 호셔챵의군이 여러 차례 싸홈애셔 이긘 것을 깃거하난 자리이압나니이다. 이러한 자리애셔 우리 호셔챵의군이 니러션 뜯을 다시 새기난 일안 뜯이 깊알 새압나니이다." 여느 때보다 큰 목소리를 냈으므로, 말에 감정을 싣기가 어려웠다. 그는 너무 빨리 말하지 말라고 스스로에게 일렀다.

"이믜 「챵의문」에셔 널리 알린 바텨로, 우리는 모단 사람달히 사람다이 살 수 이시난 셰샹알 맹갈려 니러셨압나니이다. 그러한 일알 이루기는 물론 쉽디 아니하압나니이다. 디난 십륙일 '데이차 례산현텅 싸홈'애셔 현텅을 디키다 용감하개 죽은 백스믈닐굽 분들끠셔 그 겸을 말쌈해주시압나니이다." 사람들이 그 비장한 싸움을 다시 생각할 시간을 주려고, 그는 잠시 뜸을 들였다.

"그러나 그 일이 너모 어려워 우리가 이룰 수 없는 것은 결코 아니압나니이다. 어려운 쳐디에서 목숨을 앗기디 아니하고 용감하게 싸혼 분들 덕택애, 우리 호셔챵의군은 이믜 많안 일달할 이루었압나니이다. 우리는 홍쥬와 례산, 덕산, 대흥 네 고을흘 얻어셔 이믜 '내보인민졍부'를 셰웠압나니이다. 사천 명 군대가 그 네 고을흘 디키고 이시압나니이다." 챵의군의 병력이 4천 명이라는 얘기는 좀 과장이었다. 현재 병력은 여군들을 포함해도 3천 6백 명가량 되었다.

"므슥보다도, 우리 호셔챵의군이 다살이난 곳애셔는 썩은 관리달희 가렴쥬구이 없어셔, 모도 마암 편히 살개 다외얐나니이다. 지금히 쳔인이라 하야 사람다히 살디 못한 사람달토 모도 사람다히 살 수 이시압나니이다. 이런 일달한 시작애 디나디 아니하압나니이다." 그는 힘주어 말했다.

자신이 만들려는 세상의 모습이 눈앞에 선연히 떠올랐다. 지금 여기 모인 사람들에게 그는 그 세상의 모습을 보여주어야 했다. 진정한 혁명을 꿈꾸는 자는 예언자가 될 수밖에 없다는 깨달음이 그의 마음을 환하게 밝혔다.

"여러분, 생각하야보면, 우리 호셔챵의군이 례산애셔 니러션 디 아직 보름이 다외디 아니하얐압나니이다. 오래 다외디 아니하야, 우리는 더 많안 고을틀흘 다살이개 다욀 새고, 우리 다살이난 곳애션 모단 사람달히 사람다히 살 새압나니이다. 배골판 사람이 없

고 관리달히나 아젼달희 가렴쥬구를 걱명하디 아니하고 살 수 이
실 새압나니이다. 뎌긔 우리 내보인민졍부긔를 보쇼셔." 그는 몸
을 돌려 나부끼는 깃발을 가리켰다.

"우리 내보인민졍부긔에는 벼 이삭달히 그려뎌 이시압나니이
다. 우리 호셔챵의군과 내보인민졍부는 모단 사람달히 배블리 먹
고 살 수 이시게 할 새압나니이다." 문득 북받친 뜨거운 감정을 그
는 목소리에 실었다, "나난 이 자리애셔 감히 예언하압나니이다,
오래다외디 아니하야, 모단 사람달히 벼를 넉넉히 심고 거두어 배
랄 곯난 사람이 없는 셰샹이 여긔 내보 따해 나오리라고."